Alle Rechte, einschließlich das des vollständigen oder
auszugsweisen Nachdrucks in jeglicher Form, sind vorbehalten.

Der Preis dieses Bandes versteht sich einschließlich
der gesetzlichen Mehrwertsteuer.

Umwelthinweis:
Dieses Buch wurde auf chlor- und säurefreiem Papier gedruckt.

Nora Roberts

Choreographie der Liebe

MIRA® TASCHENBUCH
Band 25185
1. Auflage: Juli 2006

MIRA® TASCHENBÜCHER
erscheinen in der Cora Verlag GmbH & Co. KG,
Axel-Springer-Platz 1, 20350 Hamburg
Deutsche Taschenbucherstausgabe

Titel der nordamerikanischen Originalausgabe:
Reflections/Dance of Dreams
Copyright © 1983 by Nora Roberts
erschienen bei: Silhouette Books, Toronto
Published by arrangement with
Harlequin Enterprises II B.V., Amsterdam

Konzeption/Reihengestaltung: fredeboldpartner.network, Köln
Umschlaggestaltung: pecher und soiron, Köln
Redaktion: Sarah Sporer
Titelabbildung: Getty Images, München
Autorenfoto: © by Harlequin Enterprise S.A., Schweiz
Satz: Buch-Werkstatt GmbH, Bad Aibling
Druck und Bindearbeiten: Ebner & Spiegel, Ulm
Printed in Germany
ISBN 3-89941-243-5

www.mira-taschenbuch.de

Nora Roberts

Die schöne Ballerina
Roman

Aus dem Amerikanischen von
Melanie Lärke

1. KAPITEL

Der Wind hatte die Luft abgekühlt. Er jagte dunkle Wolken vor sich her und pfiff durch die mitunter schon herbstlich verfärbten Blätter. Entlang der Straße zeigte sich mehr Gelb als Grün. Hier und da fielen vereinzelte Sonnenstrahlen auf flammendes Rot und leuchtendes Purpur. An diesem Nachmittag im September war zu spüren, dass der Sommer sich dem Ende zuneigte. Es wurde Herbst.

Regen lag in der Luft. Lindsay beschleunigte ihre Schritte, um vor dem drohenden Unwetter nach Hause zu kommen. Ein Windstoß zerzauste ihr das Haar. Unwirsch wischte sie ein paar Strähnen aus dem Gesicht. Eigentlich ging Lindsay bei jedem Wetter gern spazieren, doch weil sie es heute so eilig hatte, war ihr der Wind lästig. Sie hatte nicht einmal Augen für die ersten Anzeichen des nahenden Herbstes.

Vor drei Jahren war Lindsay nach Connecticut zurückgekehrt, um eine Ballettschule zu eröffnen. Seither hatte sie es nicht immer leicht gehabt, aber kaum ein Tag war so unerfreulich gewesen wie der heutige.

Angefangen hatte es mit einer verstopften Wasserleitung in ihrem Studio. Dann musste sie sich fünfundvierzig Minuten lang den Bericht einer begeisterten Mutter über die neuesten Heldentaten ihres Sprösslings am Telefon anhören. Kurz darauf zerrissen gleich zwei Kostüme, und zu guter Letzt wurde es einer ihrer Schülerinnen schlecht, die sich anscheinend den Magen verdorben hatte.

All diese Zwischenfälle hatte Lindsay mit Fassung ertragen. Doch dann streikte auch noch ihr Wagen. Das war zu viel! Als sie den Zündschlüssel im Schloss herumdrehte, spuckte und stöhnte der Motor wie üblich, aber anstatt nach einer Weile gutmütig anzuspringen, muckte und ruckte er so lange weiter, bis Lindsay sich geschlagen gab.

„Na dann eben nicht", sagte sie laut und stieg verärgert wieder aus. Nach einem hilflosen Blick unter die Motorhaube machte sie sich zähneknirschend auf den vier Kilometer langen Heimweg.

Warum habe ich nicht einfach jemanden gebeten, mich nach Hause zu fahren? fragte sich Lindsay wenig später, als sie im trüben Licht die Straße entlangeilte. Nach zehn Minuten in der kühlen Luft konnte sie wieder klarer denken und sah ein, wie unüberlegt sie gehandelt hatte.

Das sind die Nerven, dachte sie, ich bin nur wegen der Ballettaufführung heute Abend so nervös.

Lindsay schob die Hände in die Taschen und schüttelte den Kopf. Sie wusste genau, dass die Aufführung selbst ihr keine Sorgen machte, denn alle Schülerinnen beherrschten ihre Aufgabe, und die Generalprobe hätte nicht besser verlaufen können. Überdies sahen die jüngsten Mädchen in ihren Ballettröcken so niedlich aus, dass die Zuschauer kleinere Fehler übersehen würden.

Nein, Lindsay dachte mit einem gewissen Unbehagen an die Stunden vor und nach der Vorstellung. Und an die Eltern ihrer Schüler. Es gab immer einige, die mit der Rolle ihres Kindes nicht zufrieden waren. Andere würden von ihr verlangen, mit den Übungen schneller voranzugehen. Und dann kamen die immer gleich lautenden Fragen: Warum kann meine Paula noch immer nicht Spitze tanzen? Warum hat die Tochter von Mrs. Smith einen längeren Auftritt als meine? Wann kommt Sue endlich in die Klasse für Fortgeschrittene?

Lindsays Hinweise auf den kindlichen Körperbau, wachsende Knochen, Mangel an Ausdauer und noch nicht vorhandenes Gefühl für Timing brachten die Eltern nur selten zur Vernunft. Meistens erreichte sie mehr mit einer Mischung aus Schmeichelei, Eigensinn und Einschüchterung. Irgendwie schaffte sie es schließlich immer, mit allzu ehrgeizigen Vätern und Müttern fertig zu werden. Lindsay brachte sogar ein gewisses Verständnis für sie auf, weil ihre eigene Mutter nicht viel anders gewesen war.

Nichts hatte sich Mary Dunne sehnlicher gewünscht als eine große Bühnenkarriere für ihre Tochter. Sie selbst war auch Tänzerin gewesen, aber ihre Vorraussetzungen waren ungünstig. Da sie kurze Beine hatte und einen gedrungenen Körper, brachte sie es nur durch außergewöhnliche Willenskraft und unermüdliches Training zu einem Engagement bei der Ballettgruppe eines Tourneetheaters.

Mary war fast dreißig, als sie heiratete. Zu diesem Zeitpunkt hatte sie längst eingesehen, dass sie niemals Primaballerina werden würde, und sich für kurze Zeit als Ballettlehrerin betätigt. Aber ihre eigene Enttäuschung machte sie zu einer schlechten Lehrmeisterin.

Mit Lindsays Geburt änderte sich alles. Zwar hatte Mary den Traum, selbst eine große Tänzerin zu werden, begraben müssen, doch ihre Tochter würde es schaffen, davon war sie fest überzeugt.

Für Lindsay begann der Ballettunterricht mit fünf Jahren. Mary überwachte jeden ihrer Schritte. Schon bald war Lindsays Leben eine aufregende Mischung aus Unterricht, klassischer Musik und Ballettaufführungen. Mary achtete auf strengste Einhaltung einer bestimmten Diät und beobachtete besorgt das Wachstum ihrer Tochter. Als feststand, dass Lindsay nicht mehr als einen Meter sechzig erreichen würde, war sie erleichtert, denn Tänzerinnen wirkten auf erhobenen Spitzen achtzehn Zentimeter größer, und eine große Primaballerina hatte es oft schwer, Partner zu finden.

So blieb Lindsay klein wie ihre Mutter, war aber zu deren Stolz schlank und feingliedrig. Nach einer kurzen Übergangsperiode, in der Arme und Beine ihr ständig im Weg zu sein schienen, entwickelte sich Lindsay zu einem auffallend anmutigen Teenager mit feinem silberblonden Haar und leuchtend blauen Augen. Sie besaß die Figur der klassischen Balletttänzerin, und ihre graziösen Bewegungen täuschten darüber hinweg, wie durchtrainiert sie war.

Alle geheimen Wünsche Marys waren in Erfüllung gegangen.

Lindsay sah nicht nur aus wie eine Primaballerina, sie hatte auch das nötige Talent. Um das zu erkennen, brauchte Mary nicht erst die Beurteilung der Lehrer, sie sah es täglich mit eigenen Augen. Harmonie verband sich mit Technik, Ausdauer mit Können.

Mit achtzehn wurde Lindsay von einer New Yorker Balletttruppe engagiert. Sie blieb nicht eine von vielen, wie ihre Mutter, sondern wurde schon bald mit Solopartien betraut. Kurz vor ihrem zwanzigsten Geburtstag stand sie als Erste Tänzerin auf der Bühne. Zwei Jahre lang sah es so aus, als läge eine große Zukunft vor Lindsay. Doch dann zwang sie das Schicksal von heute auf morgen, ihre Karriere aufzugeben und nach Connecticut zurückzukehren.

Nun lehrte sie schon seit drei Jahren Tanz an ihrer Ballettschule, war jedoch im Gegensatz zu ihrer Mutter nicht verbittert, sondern nahm das Ganze gelassen hin. Schließlich war sie immer noch Tänzerin. Und daran würde sich auch nie etwas ändern.

Die Wolken schoben sich immer dichter vor die Sonne.

Lindsay fröstelte, und sie wünschte, sie hätte ihre Jacke nicht im Wagen liegen lassen, denn der Schal, den sie umgeschlungen hatte, bedeckte kaum ihre nackten Arme.

Um warm zu werden, beschloss sie, einen Dauerlauf zu machen. Mühelos passten sich ihre Muskeln dem neuen Tempo an. Sie lief locker und anmutig. Die Bewegung machte ihr Freude, und bald waren die unerfreulichen Ereignisse des Tages vergessen.

Plötzlich brach das Unwetter los, und im Nu stand die Straße unter Wasser. Lindsay blieb stehen, starrte in die schwarzen Wolken und stampfte mit dem Fuß auf. „Bleibt mir denn heute nichts erspart?"

Ein gewaltiger Donnerschlag schien sich über sie lustig zu machen, und da Lindsay ihren Sinn für Komik nicht verloren hatte, musste sie herzlich lachen.

Als sie auf der anderen Straßenseite das Haus der Moorefields bemerkte, beschloss sie, Andy zu bitten, sie nach Hause zu fahren. Sie zog den Schal ein wenig fester um die Schultern und trat auf die Fahrbahn, um hinüberzulaufen.

Im selben Augenblick hörte sie wütendes Hupen. Erschreckt zuckte sie zusammen. Durch den dichten Regenschleier sah Lindsay einen Wagen auf sich zurasen. Mit einem Satz sprang sie auf den rettenden Bürgersteig zurück, glitt auf dem nassen Pflaster aus und landete unsanft in einer großen Pfütze. Bremsen quietschten, Reifen rutschten über nassen Asphalt.

Entsetzt kniff Lindsay die Augen zusammen.

„Sind Sie von allen guten Geistern verlassen?" brüllte jemand.

Erst nach einigen Sekunden wagte Lindsay die Augen wieder zu öffnen. Eine große Gestalt beugte sich über sie. Bei näherem Hinsehen erkannte Lindsay die scharf geschnittenen Gesichtszüge eines dunkel gekleideten Mannes. Dichte Brauen waren zornig zusammengezogen. Lindsay schätzte den Fremden auf etwa einen Kopf größer als sie selbst und nahm mit beruflichem Interesse zur Kenntnis, dass er ausgesprochen gut gewachsen war.

„Sind Sie verletzt?" Die Frage klang mühsam beherrscht.

Als Lindsay stumm den Kopf schüttelte, packte er sie mit einer heftigen Bewegung bei den Armen, zog sie aus der Pfütze und stellte sie auf die Beine.

„Laufen Sie immer blind durch die Gegend?" Er schüttelte sie einmal kräftig, bevor er sie losließ.

Lindsay kam sich plötzlich ziemlich dumm vor, denn natürlich hatte sie nicht genügend aufgepasst. „Es tut mir Leid", setzte sie zu einer Entschuldigung an. „Ich habe mich umgesehen, aber ..."

„Umgesehen?" fiel er ihr ins Wort. „Dann sollten Sie vielleicht gelegentlich Ihre Brille aufsetzen!"

Über seinen Tonfall ärgerte sich Lindsay am meisten. „Ich trage keine Brille", erklärte sie würdevoll.

„Das sollten Sie aber."

„Ich habe sehr gute Augen." Sie strich sich mit der Hand das triefende Haar aus dem Gesicht.

„Warum laufen Sie dann wie ein blindes Huhn über die Straße?"

Langsam ging dieser Mensch Lindsay auf die Nerven. Sie stemmte die Arme in die Seiten und fauchte ihn an: „Ich habe mich bereits dafür entschuldigt – das heißt, ich wollte mich entschuldigen, bevor Sie mir über den Mund gefahren sind. Wenn Sie einen Kniefall erwarten, muss ich Sie leider enttäuschen. Hätten Sie nicht wie verrückt gehupt, dann wäre ich

Die schöne Ballerina

nicht in diese blöde Pfütze gefallen!" Sie fasste an die nassen Jeans. „Auf die Idee, sich bei mir dafür zu entschuldigen, sind Sie wohl noch nicht gekommen?"

„Nein, bin ich nicht. Warum sollte ich? Ist es meine Schuld, wenn Sie sich so tollpatschig benehmen?"

„Tollpatschig?" Lindsay wusste nicht, ob sie richtig gehört hatte. „Tollpatschig!" wiederholte sie empört, denn eine größere Kränkung konnte sie sich kaum vorstellen. Das ging erheblich zu weit. Niemand durfte sie so beleidigen. „Sie! Sie unverschämter Mensch!" Lindsays Wangen färbten sich tiefrot, und ihre Augen blitzten vor Zorn. „Sie haben mich fast zu Tode erschreckt, sind schuld daran, dass ich ins Wasser gefallen bin, beschimpfen mich, als wäre ich eine dumme Göre, und unterstehen sich auch noch, mich tollpatschig zu nennen?"

Die einzige Reaktion auf diesen leidenschaftlichen Temperamentsausbruch war ein leichtes Heben der Augenbrauen. „Wem der Schuh passt, der ziehe ihn sich an", erklärte der Fremde ungerührt, nahm Lindsay unsanft bei der Hand und zog sie hinter sich her.

„He! Was fällt Ihnen ein? Lassen Sie mich sofort los!" Sie versuchte sich seinem Griff zu entziehen.

„Wollen Sie hier im Regen Wurzeln schlagen?" Er öffnete seinen Wagen auf der Fahrerseite und schob Lindsay ohne Umstände auf den Sitz. Unwillkürlich rückte sie weiter, um ihm Platz zu machen.

„Ich kann Sie wohl kaum hier stehen lassen", erklärte er brüsk, setzte sich neben Lindsay und knallte die Tür zu.

Der Regen prasselte auf das Wagendach und gegen die Scheiben. Lindsay betrachtete die schlanken Hände des Fremden auf dem Steuerrad. Die Hände eines Pianisten, dachte sie und fand ihn plötzlich gar nicht mehr so schrecklich unsympathisch. Doch dann drehte er ihr sein Gesicht zu, und sein Blick erstickte alle aufkeimenden freundlichen Gefühle.

„Wohin wollen Sie?"

Lindsay richtete sich kerzengerade auf. „Nach Hause. Anderthalb Kilometer geradeaus."

Prüfend sah er das Mädchen an seiner Seite zum ersten Mal genauer an. Ihr klares Gesicht war ungeschminkt. Die langen Wimpern waren auch ohne Mascara dunkel und wirkten voll und betonten das intensive Blau der Augen. Diese Frau ist mehr als nur schön, dachte der Fremde, sie hat eine besondere Ausstrahlung. Bevor er dazu kam, weitere Betrachtungen anzustellen, bemerkte er, dass Lindsay vor Kälte zitterte.

„Wenn Sie im Regen spazieren gehen, sollten Sie sich dementsprechend anziehen", sagte er milde, langte nach einer braunen Jacke auf dem Rücksitz und warf sie Lindsay auf den Schoß.

„Ich brauche keine ..." Das Ende des Satzes ging in zweifachem Niesen unter. Danach legte sie sich ohne weiteren Widerspruch die Jacke über die Schultern, während der Unbekannte den Motor anließ. Schweigend fuhren sie durch den sintflutartigen Regen.

Mit einem Mal kam es Lindsay zu Bewusstsein, dass sie neben einem wildfremden Mann im Auto saß. Sie kannte fast alle Bewohner ihrer kleinen Heimatstadt wenigstens vom Sehen. Der Mann am Steuerrad war ihr noch nie begegnet, da war sie ganz sicher. Dieses Gesicht hätte sie bestimmt nicht vergessen.

In Cliffside, wo jeder jeden kannte, war es ganz natürlich, sich von vorüberfahrenden Wagen ein Stück mitnehmen zu lassen. Aber Lindsay hatte lange genug in New York gelebt, um zu wissen, wie gefährlich es sein konnte, mit Fremden zu fahren. Möglichst unauffällig rutschte sie näher zur Tür.

„Das fällt Ihnen ein bisschen spät ein", stellte der Mann ruhig fest.

Lindsay fuhr erschrocken zusammen. Sie fühlte sich ertappt und hatte zu allem Überfluss auch noch das Gefühl, der Unbekannte mache sich über sie lustig. Sie warf den Kopf in den Nacken und wies mit der Hand nach vorn.

„Hier ist es, halten Sie bitte jetzt an. Das Haus mit den Dachfenstern."

Als der Wagen vor einem weißen Holzzaun ausrollte, wandte Lindsay sich betont würdevoll an den Fremden, um sich so frostig wie möglich von ihm zu verabschieden.

„Sehen Sie zu, dass Sie schnell aus den nassen Kleidern kommen", riet er, ehe Lindsay auch nur die geringste Chance hatte, etwas zu sagen. „Und passen Sie in Zukunft besser auf, wenn Sie über die Straße laufen."

Lindsay drohte an ihrer Antwort zu ersticken, brachte jedoch keinen Laut über die Lippen. Hastig öffnete sie die Tür und sprang in den strömenden Regen hinaus. Mit einem kurzen Blick zurück zischte sie: „Tausend Dank für den freundlichen Rat!" und warf wütend die Tür hinter sich zu.

Um die Rückseite des Wagens herum rannte sie zum Gartentor und stürmte ins Haus, ohne zu bemerken, dass sie immer noch die Jacke des Fremden trug.

In der Diele blieb sie einen Augenblick lang stehen, schloss die Augen und atmete erst einmal tief durch. Ehe sie ihrer Mutter begegnete, musste sie ruhiger werden, denn sie wusste genau, wie verräterisch ihr Gesicht sein konnte.

Lindsays Karriere war ihr besonderes Talent, Gefühle mimisch und tänzerisch auszudrücken, sehr zugute gekommen, denn durch ihre große Ausdruckskraft vermochte sie ihre Rollen überzeugend darzustellen.

Im täglichen Leben erwies es sich dagegen nicht immer als Vorteil, dass man ihr jeden Gedanken vom Gesicht ablesen konnte. Hätte Mary ihre Tochter in ihrer augenblicklichen Erregung gesehen, so wäre Lindsay nicht davongekommen, ohne die ganze leidige Geschichte zu erzählen. Danach hätte sie sich die kritischen Bemerkungen ihrer Mutter anhören müssen, und dazu fühlte sie sich ganz bestimmt nicht mehr in der Lage.

Nass und erschöpft begann Lindsay die Stufen zum ersten Stock hinaufzusteigen. Bevor sie ihre Mutter sah, hörte sie deren ungleichmäßige Schritte. Zeit ihres Lebens würde Marys Hinken Lindsay an den tödlichen Unfall ihres Vaters erinnern.

„Hallo! Ich will mir nur schnell etwas Trockenes anziehen." Lindsay lächelte ihrer Mutter zu, die am Fuß der Treppe stehen geblieben war und sich auf den Geländerpfosten stützte.

Marys Haar war jugendlich blond gefärbt und sportlich geschnitten. Das geschickt aufgetragene Make-up verdeckte zwar kleinere Fältchen, aber leider nicht den Ausdruck ständiger Unzufriedenheit.

„Mein Wagen ist nicht angesprungen", fuhr Lindsay schnell fort, bevor ihre Mutter zu Wort kam. „Dann bin ich vom Regen überrascht worden, bevor mich jemand im Wagen mitgenommen hat. Heute Abend werde ich Andy bitten müssen, mich zur Vorstellung zu fahren."

„Du hast vergessen, ihm die Jacke zurückzugeben", stellte Mary fest. Während sie mit ihrer Tochter sprach, verlagerte sie ihr Gewicht noch stärker auf den Pfosten, denn bei feuchtem Wetter machte ihr die Hüfte sehr zu schaffen.

„Seine Jacke?" Verwirrt sah Lindsay auf die langen Ärmel, die zu beiden Seiten ihrer Schultern herabhingen. „Oh nein! Das darf doch nicht wahr sein!"

„Nun reg dich nicht gleich auf. Andy wird einen Abend ohne sie auskommen."

Lindsay war viel zu müde, ihrer Mutter zu erklären, dass die Jacke nicht Andy, sondern einem Fremden gehörte.

„Wahrscheinlich", stimmte sie obenhin zu. Dann trat sie einen Schritt zurück, legte ihre Hand auf die ihrer Mutter und meinte: „Du siehst müde aus. Hast du dich heute nicht genügend ausgeruht?"

„Behandle mich nicht ständig wie ein kleines Kind!" fuhr Mary sie an.

Lindsay zuckte zusammen und nahm schnell die Hand zurück. „Entschuldige bitte." Ihre Stimme klang beherrscht, aber man sah ihr an, dass die Zurückweisung sie verletzt hatte. „Ich geh nur schnell nach oben und ziehe mich um."

Sie wollte sich abwenden, doch Mary hielt sie am Arm zurück.

„Tut mir Leid, Lindsay", seufzte sie. „Entschuldige, aber ich bin heute schlecht gelaunt. Dieses Wetter deprimiert mich sehr."

„Ich weiß", sagte Lindsay sanft.

Sie kannte den Grund für die Stimmung ihrer Mutter. An einem Tag wie heute waren ihre Eltern verunglückt. Regen und abgefahrene Reifen hatten den schrecklichen Unfall verursacht.

„Und es regt mich einfach auf, wenn du da so stehst und dich um mich sorgst, anstatt in New York zu sein."

„Mutter ..."

„Gib dir keine Mühe." Marys Stimme hatte einen scharfen

Unterton. „Solange du nicht da bist, wo du hingehörst, habe ich keine ruhige Minute." Sie wandte sich ab und hinkte durch den Flur zurück.

Lindsay blickte ihr einen Moment nach, bevor sie weiter die Treppe hinaufstieg.

Wo ich hingehöre, wiederholte Lindsay im Geiste Marys Worte, als sie ihr Zimmer betrat. Wohin gehöre ich denn wirklich?

Sie schloss die Tür hinter sich und lehnte sich mit dem Rücken dagegen. Der Raum war groß und luftig mit zwei breiten, aneinander liegenden Fenstern. Auf dem Toilettentisch, der früher ihrer Großmutter gehört hatte, lagen Muscheln.

Lindsay hatte sie am nahe gelegenen Strand selbst gesammelt. In der Ecke stand ein Regal, voll gestopft mit Büchern aus der Kinderzeit. Den Orientteppich hatte sie nach Auflösung ihrer kleinen Wohnung aus New York mitgebracht. Der Schaukelstuhl stammte vom Flohmarkt und der Renoir-Druck aus einer Kunstgalerie in Manhattan.

Mein Zimmer, dachte sie, spiegelt die beiden Welten wider, in denen ich gelebt habe.

Über dem Bett hingen die blassrosa Spitzenschuhe, die sie bei ihrem ersten Solotanz getragen hatte. Während Lindsay näher trat, um die glatte Seide zu berühren, fiel ihr wieder ein, wie sie beim Annähen der Bänder vor Aufregung Magenschmerzen bekommen hatte. Sie erinnerte sich noch genau an die Begeisterung ihrer Mutter nach der Vorstellung und an die leicht gelangweilte Miene ihres Vaters.

Das liegt ein ganzes Leben zurück, dachte Lindsay und ließ die Hände herabsinken.

In Erinnerung an den Tanz, die Musik, den Zauber der Bewegung, an das Gefühl der Schwerelosigkeit lächelte Lindsay.

Die schöne Ballerina

Doch sie hatte auch die raue Wirklichkeit nicht vergessen, die unweigerlich der Verzauberung folgte – die verkrampften Muskeln, die blutenden Füße.

Weil sie sich auf der Bühne bis an die Grenzen ihrer Kraft verausgabte, fühlte sie sich nach der Vorstellung meist zu Tode erschöpft. Aber Schmerzen und Erschöpfung waren bald vergessen. Was zurückblieb, war das Gefühl tiefer Befriedigung. Sie hatte sich nie wieder so glücklich gefühlt wie in jener Zeit. Heute wie damals war der Tanz ihr Leben.

Lindsay strich mit der Hand über die Augen und kehrte in die Gegenwart zurück. Im Augenblick hatte sie an andere Dinge zu denken.

Sie zog die Jacke aus und hielt sie stirnrunzelnd vor sich hin. Was soll ich nur damit machen? dachte sie. Weil sie sich über den unverschämten Fremden so geärgert hatte, beschloss sie, gar nichts zu tun. Sollte er sich sein Eigentum doch holen, wenn er es vermisste. Und vermissen würde er die Jacke, so viel war sicher, denn sie war aus sehr gutem Material gemacht und hatte bestimmt sehr viel gekostet.

Sie ging zum Schrank und hängte das Jackett auf einen Bügel. Dann zog sie sich aus, schlüpfte in einen warmen Morgenrock und schloss mit Nachdruck die Schranktüren.

Bevor sie ihr Zimmer verließ, nahm sie sich vor, sowohl die Jacke als auch deren Eigentümer zu vergessen.

2. KAPITEL

Zwei Stunden später stand Lindsay am Eingang ihres Studios zum Empfang der Gäste bereit.
Sie trug eine weit geschnittene perlgraue Seidenbluse und einen schmalen Rock aus weicher Wolle im gleichen Farbton. Ihr Haar fiel glänzend und weich auf die Schultern. Sie wirkte ruhig, selbstsicher und sehr elegant.

Der größte Raum der Schule war heute Abend kaum wieder zu erkennen. Für den Auftritt der kleinen Tänzerinnen hatten Lindsay und ihre Helferinnen vor der Spiegelwand eine Bühne aufgebaut, deren Vorhang im Augenblick noch heruntergelassen war.

Vor der Bühne gruppierten sich im Halbkreis die Sitzplätze der Zuschauer. An der Wand, gleich neben dem Eingang, standen auf einem langen Tisch Erfrischungen wie Kaffee und Kuchen, hübsch dekorierte Appetithappen und Käsespieße bereit. Für die Kinder gab es Limonade und heiße Schokolade.

Je mehr sich der kleine Saal füllte, desto lauter wurde das Stimmengewirr, denn fast jeder Besucher entdeckte Freunde oder Bekannte unter den Anwesenden, und überall fanden sich Gruppen und Grüppchen in lebhaftem Gespräch zusammen.

Von der Stereoanlage hinter der Bühne klang leise klassische Musik herüber, die Lindsay sorgfältig ausgewählt hatte, um das Publikum auf die bevorstehende Aufführung einzustimmen.

Im Augenblick bemühte sie sich, jeden Besucher so freundlich und zuvorkommend zu begrüßen, als wäre gerade er ein besonders gern gesehener Gast. Sie unterhielt sich mit Vätern und Müttern, Großeltern und Geschwistern und beant-

Die schöne Ballerina

wortete geduldig immer wieder die gleichen Fragen. Niemand konnte ahnen, wie sehr sie sich zusammennehmen musste, um nach außen hin so ruhig und gelassen zu wirken.

Es nützte gar nichts, dass sie sich immer wieder sagte, es sei einfach lächerlich, wegen einer einfachen Schulaufführung Lampenfieber zu haben. Sie war fast so aufgeregt wie früher vor ihren eigenen Auftritten als Solotänzerin.

Was bedeutete es schon, dass die Generalprobe so gut verlaufen war. Lindsay war zwar nicht, wie viele ihrer Künstlerkollegen, der Meinung, eine gelungene Generalprobe fordere das Unglück geradezu heraus, aber wie leicht konnte die eine oder andere ihrer Schülerinnen beim Anblick der vielen Menschen nervös werden.

Lindsay hoffte nur, die Zuschauer würden über Fehler hinwegsehen und mit Applaus nicht sparen, denn die Kinder hatten für das heutige große Ereignis monatelang fleißig und begeistert geübt und verdienten wirklich, für ihre Mühe belohnt zu werden.

Gerade war Mr. Dingly, der Vater der kleinen Roberta, hereingekommen. Er schüttelte Lindsay die Hand. Im Gegensatz zu den meisten anderen Vätern war er jedoch nicht im Anzug erschienen, sondern ganz leger in einer hellen Hose mit Pullover.

Lindsay hatte es absichtlich unterlassen, auf ihren Einladungen um offizielle Kleidung zu bitten, weil sie wusste, wie sehr das Gelingen ihrer Vorführabende davon abhing, dass die Eltern ihrer Schülerinnen sich wohl fühlten. So schuf sie für diese Zusammenkünfte zwar stets einen festlichen Rahmen, sorgte aber gleichzeitig für eine ungezwungene und entspannte Atmosphäre. Entspanntes Publikum war leichter zufrieden zu stellen, und zufriedene Zuschauer machten bei ihren Freunden und Bekannten Reklame für Lindsays Schule. Hauptsächlich dieser Mund-zu-Mund-Propaganda verdankte Lindsay den schnellen Erfolg ihres Studios.

Aber noch aus einem anderen Grund lag Lindsay sehr daran, die Schülervorführungen zu einem besonderen Erlebnis für Groß und Klein zu gestalten. Sie war sich darüber klar, dass viele Eltern und Großeltern auf ein beliebtes Fernsehprogramm oder auf einen gemütlichen Abend zu Hause oder mit Freunden verzichtet hatten, um den kleinen Tänzerinnen durch ihre Anwesenheit eine Freude zu machen, und Lindsay fand, so viel selbstlose Liebe müsse belohnt werden.

So bemühte sie sich immer wieder, Abwechslung in das Programm zu bringen. Für jedes Kind schrieb sie eine spezielle Choreographie, die seinem Können entsprach, damit es seinen Angehörigen zeigen konnte, wie viel es im letzten Jahr schon gelernt hatte.

Als am Nachmittag das Unwetter losbrach, hatte sich Lindsay schon auf einen halb leeren Zuschauerraum gefasst gemacht. Darum empfand sie jetzt, beim Anblick der vielen Menschen, die sich weder von Sturm noch Regen hatten abschrecken lassen, Dankbarkeit und Rührung.

In diesem Augenblick war sie froh, nach Cliffside zurückgekehrt zu sein. Gewiss, sie hatte New York geliebt – die erregende Atmosphäre der Großstadt, die Herausforderung ihres Berufes –, aber sie schätzte die beschauliche Ruhe ihrer jetzigen Umgebung und fühlte sich den Menschen dieser kleinen Stadt verbunden.

Vielleicht sollte jeder einmal seine Heimat verlassen, dachte sie, um später zurückzukehren. Nicht unbedingt, um für immer dort zu bleiben, aber um den Ort der Kindheit als Erwachsener aus einer anderen Perspektive zu erleben.

Die schöne Ballerina

Gerade lächelte die Mutter einer ihrer Schülerinnen Lindsay von weitem zu. Sie hatte sie früher als Babysitter betreut, wenn die Eltern abends ausgegangen waren. Wie schön war es, so viele vertraute Gesichter um sich versammelt zu sehen, Gesichter, von denen sie die meisten schon seit ihrer Kindheit kannte.

„Lindsay!"

Lindsay drehte sich erfreut um und begrüßte eine ehemalige Schulkameradin, deren Tochter die Anfängerklasse besuchte.

Jackie hatte sich in den letzten Jahren kaum verändert. Sie war hübsch und schlank wie als junges Mädchen und wirkte immer noch genauso tüchtig wie damals, als sie neben ihrer harten Arbeit für die Schule noch in vielen Komitees tätig gewesen war.

„Hallo, Jackie! Wie schön, dich zu sehen. Ist dein Mann auch mitgekommen?"

„Natürlich, was denkst du denn? Und auch unser Sohn. Du kannst dir gar nicht vorstellen, wie aufgeregt wir alle sind!"

Lindsay folgte Jackies Blicken und entdeckte deren Mann, der sich gerade mit einem der anderen Herren unterhielt. Jackie hatte den früher von allen Mädchen umschwärmten Leichtathleten ein Jahr nach ihrer Abschlussprüfung geheiratet. Inzwischen war er zum Direktor einer großen Versicherungsgesellschaft aufgestiegen. Jetzt sah er zu Lindsay herüber und winkte ihr lebhaft zu.

„Das gehört sich auch so. Je größer das Lampenfieber, desto besser die Vorstellung, heißt es", tröstete Lindsay die Freundin.

„Na, hoffentlich hast du damit Recht. Patsy liegt so viel daran, ihren Vater heute zu beeindrucken. Du weißt ja, wie sehr sie an ihm hängt."

„Keine Sorge! Sie wird ihre Sache großartig machen. Und Daddy wird begeistert sein, wenn er seine Tochter in ihrem neuen Röckchen sieht. Übrigens, ich habe mich noch gar nicht richtig für deine Hilfe beim Nähen der Kostüme bedankt. Ohne dich hätte ich es nicht geschafft."

„Oh, das hat mir großen Spaß gemacht", versicherte Jackie. Mit einer Kopfbewegung deutete sie auf ein älteres Ehepaar, das gerade auf den Tisch mit Erfrischungen zusteuerte. „Wenn nur die Großeltern nichts an Patsy auszusetzen haben."

Lindsay musste lachen, denn sie wusste, wie sehr gerade diese Großeltern ihrer jüngsten Enkelin zugetan waren. Die Kleine konnte in ihren Augen überhaupt nichts verkehrt machen.

„Du hast gut lachen", meinte Jackie mit leichtem Vorwurf in der Stimme. „Kannst du dir vorstellen, wie schwierig der Umgang mit Großeltern manchmal sein kann? Und erst recht mit der übrigen angeheirateten Verwandtschaft!" Sie sah Lindsay von der Seite an und fügte, als sei es ihr gerade eingefallen, hinzu: „Ach, was ich noch sagen wollte ... kannst du dich an meinen Vetter Ted erinnern?"

Lindsay ahnte, was kommen würde. Ihre Antwort klang sehr zurückhaltend. „Ja."

„Er hat in nächster Zeit geschäftlich hier in der Gegend zu tun und kann ein paar Tage bei uns bleiben." Jackie tat ganz unbefangen. „Er hat sich am Telefon wieder nach dir erkundigt."

„Jackie ...", begann Lindsay mit fester Stimme, aber ihre Freundin ließ sie gar nicht erst zu Wort kommen.

„Warum lässt du dich nicht einmal von ihm zum Abendessen einladen? Seit er dich im vorigen Jahr bei uns kennen gelernt hat, ist er tief beeindruckt von dir. Ständig fragt er, ob ich dich in letzter Zeit gesehen hätte und wie es dir geht. Ted wird nur einige Tage in Cliffside sein, du brauchst also keine Angst zu haben, er könnte dir lästig werden. Habe ich dir eigentlich schon erzählt, dass er in New Hampshire ein außerordentlich gut gehendes Geschäft besitzt? Eisenwaren."

„Ja." Lindsay bemühte sich, ruhig zu bleiben.

Es gehörte zweifellos zu den Nachteilen des Kleinstadtlebens, dass ständig irgendwelche wohlmeinenden Freunde oder Bekannte das Bedürfnis hatten, unverheiratete junge Frauen unter die Haube zu bringen. Seit es ihrer Mutter gesundheitlich wieder besser ging, bemühte man sich immer häufiger, Lindsay mit heiratsfähigen jungen Männern bekannt zu machen.

So konnte es nicht weitergehen. Lindsay waren die Einladungen lästig, und sie mochte es nicht, wenn andere sich in ihre Privatangelegenheit einmischten. Das wollte sie ein für alle Mal klarstellen.

„Jackie, du weißt, wie beschäftigt ich bin ..."

„Natürlich, Lindsay. Und ich bewundere dich für das, was du in so kurzer Zeit aus der Schule gemacht hast. Die Kinder sind alle ganz verliebt in dich. Aber eine Frau sollte nicht nur für ihre Arbeit leben. Sie braucht auch mal ein wenig Abwechslung und Unterhaltung, meinst du nicht?" Ohne eine Antwort abzuwarten, erkundigte sie sich: „Zwischen Andy und dir ist doch nichts Ernstes?"

„Nein. Wieso? Aber ..."

„Dann besteht doch kein Grund, nicht ab und zu mal mit einem männlichen Wesen auszugehen, als ständig zu Hause herumzusitzen."

„Meine Mutter ..."

„Als ich neulich bei euch war, sah sie viel besser aus. Ich glaube, sie hat sogar ein bisschen zugenommen."

„Ja, aber …"

„Ted kommt wahrscheinlich übernächste Woche. Ich werde ihm ausrichten, er soll dich anrufen", erklärte Jackie, wandte sich schnell um und gesellte sich wieder zu ihrer Familie.

Lindsay wusste nicht recht, ob sie über diese einseitige Unterhaltung verärgert oder belustigt sein sollte. Eins zu null für Jackie, dachte sie. Vielleicht hat sie nicht einmal ganz Unrecht, und ich sollte mich wirklich nicht so abkapseln. Was ist schon dabei, wenn ich einen Abend mit Jackies Cousin ausgehe? Er ist zwar ziemlich langweilig, aber leider habe ich in den letzten Jahren keine interessanten Männer kennen gelernt. Was soll's? Ein Abend ohne meine Mutter wird mir bestimmt gut tun.

Mit einem Blick auf die Uhr stellte Lindsay fest, dass es Zeit wurde, sich um ihre Schülerinnen zu kümmern. Sie winkte dem einen oder anderen Gast zu, durchquerte eilig den Raum und betrat das angrenzende Umkleidezimmer.

In dem allgemeinen Durcheinander bemerkte zunächst niemand Lindsays Anwesenheit. Aufgeregt rannten einige Schülerinnen hin und her, andere standen schwatzend in Gruppen zusammen oder halfen sich gegenseitig beim Anlegen der Kostüme. Etwas abseits des Trubels versuchte eine ältere Schülerin, sich auf eine schwierige Schrittkombination zu konzentrieren. Zwei Fünfzehnjährige zankten sich um einen Spitzenschuh.

Lindsay war an das übliche Chaos vor Ballettaufführungen gewöhnt. Es regte sie nicht weiter auf. Um die Kinder auf sich aufmerksam zu machen, hob sie beide Arme und rief mit lauter Stimme: „Ruhe bitte!"

Sofort trat absolute Stille ein. Alle Augen wandten sich aufmerksam der Lehrerin zu.

Die schöne Ballerina

„In zehn Minuten fangen wir an. Beth, Josy", wandte Lindsay sich an zwei große Mädchen, „helft bitte den Kleinen."

Sie selbst beugte sich herunter, um die Bänder schlecht befestigter Spitzenschuhe fester zu schnüren, klopfte hier aufmunternd eine Schulter, versuchte mit wenigen Handgriffen zerzauste Frisuren wieder in Ordnung zu bringen und gab sich alle Mühe, die aufgeregten Kinder zu beruhigen.

„Miss Dunne", fragte Ginny, „Sie haben doch meinem Bruder nicht erlaubt, in der ersten Reihe zu sitzen? Er schneidet immer dumme Gesichter, und dann kann ich vor Schreck einfach nicht weitertanzen."

„Keine Sorge, er sitzt in der zweitletzten Reihe."

„Miss Dunne, ich schaffe bestimmt den zweiten Sprung nicht!"

„Natürlich schaffst du ihn. Das wäre doch gelacht!"

„Miss Dunne, Kate hat sich die Fingernägel rot angemalt!"

Abwesend murmelte Lindsay: „Hmm." Sie wurde langsam unruhig, weil Monika, die Klavierspielerin, noch immer nicht eingetroffen war.

„Ich finde, wir sehen alle viel zu blass aus", beschwerte sich eine der Kleinsten. „Wir sollten wirklich auf der Bühne Make-up tragen!"

„Das könnte dir so passen!" Lindsay konnte kaum ein Lächeln unterdrücken.

In diesem Augenblick betrat eine große junge Frau von ungefähr zwanzig Jahren den Umkleideraum durch die Hintertür.

„Monika! Gott sei Dank, dass du endlich da bist. Ich wollte schon Schallplatten auflegen."

Monika Anderson war ein sehr sympathisches Mädchen. Ihr krauses blondes Haar umrahmte ein fröhliches, mit Sommersprossen übersätes Gesicht. Lindsay mochte sie besonders gern, weil sie immer gut gelaunt und hilfsbereit war.

Monika studierte Musik, um Pianistin zu werden, und verdiente sich ihr Studium unter anderem als Klavierbegleiterin. Bei den Schülerinnen war sie sehr beliebt, weil sie die klassischen Kompositionen notengetreu und ohne überflüssige Schnörkel spielte, durch die eine Tänzerin nur zu leicht aus dem Rhythmus geraten konnte. Leider war sie kein Muster an Pünktlichkeit.

„Nur noch fünf Minuten bis zum Auftritt!" rief Lindsay Monika zu, die sich noch einmal zur Tür umdrehte.

„Kein Problem. In einer Sekunde bin ich draußen."

Niemand hatte bis jetzt das Mädchen bemerkt, das neben dem Eingang stehen geblieben war. Monika nahm es schnell bei der Hand. „Ich möchte dich nur noch mit Ruth bekannt machen. Sie ist Tänzerin."

Lindsay blickte in mandelförmige Augen, die ein schmales Gesicht beherrschten. In der Mitte gescheiteltes schwarzes Haar fiel glatt bis weit über die Schultern herab. Die zarten Gesichtszüge waren durchaus nicht gleichmäßig geschnitten, wirkten jedoch vielleicht gerade deshalb besonders anziehend.

Ruth stand ruhig und gelassen da, nur in ihren Augen entdeckte Lindsay eine gewisse Unsicherheit, die sie dazu veranlasste, ihre Hand auszustrecken und mit einem warmen Lächeln zu sagen: „Hallo, Ruth, ich freue mich, dich kennen zu lernen."

„Dann geh ich jetzt und sorge schon mal dafür, dass die Leute sich hinsetzen", erklärte Monika. Als sie hinausgehen wollte, hielt Ruth sie am Ärmel fest.

„Aber Monika ..."

„Ach ja. Ich soll dir sagen, dass Ruth dich sprechen möchte,

Lindsay." Während sie aus dem Zimmer ging, rief sie über die Schulter zurück: „Keine Angst, Kleines. Lindsay tut dir schon nichts!"

Ruth biss sich auf die Lippen. Tiefe Röte stieg ihr in die Wangen.

Um ihr aus der Verlegenheit zu helfen, legte ihr Lindsay leicht die Hand auf die Schulter. „Wenn du mir hilfst, die Gruppe für die erste Szene aufzustellen, werde ich gleich Zeit haben, mich mit dir zu unterhalten."

„Ich möchte Ihnen auf keinen Fall lästig sein, Miss Dunne."

Lindsay wies mit der Hand auf das Durcheinander um sie herum. „Davon kann überhaupt keine Rede sein. Ich könnte ein wenig Hilfe gut gebrauchen."

Mit Befriedigung sah sie, wie sich Ruths Gesicht entspannte, und bevor sie selbst ihre ganze Aufmerksamkeit den Schülerinnen zuwandte, bemerkte Lindsay, mit welch natürlicher Anmut sich das junge Mädchen bewegte.

In wenigen Minuten standen die Kinder für den ersten Auftritt bereit. Jetzt herrschte im Ankleidezimmer erwartungsvolle Stille. Lindsay öffnete leise die Tür zur Bühne und machte Monika ein Zeichen mit der Hand. Sogleich setzte die Einführungsmusik ein, und die Schülerinnen tanzten auf die Bühne.

Schon nach den ersten Pirouetten der kleinen Tänzerinnen brandete Applaus auf. Lindsay lächelte Ruth an. „Schau nur, wie reizend sie aussehen. Es macht wirklich nichts, wenn ein paar Schritte nicht ganz korrekt sind." Dann fragte sie sachlich: „Wie lange hast du schon Unterricht?"

„Seit ich fünf Jahre alt war."

Lindsay nickte, während ihre Augen auf die Bühne gerichtet blieben. „Und wie alt bist du jetzt?"

„Siebzehn. Seit vergangenem Monat."

Lindsay lächelte, beobachtete aber immer noch ihre Schülerinnen. „Ich habe auch mit fünf Jahren angefangen. Meine Mutter war Tänzerin, weißt du? Sie meinte, man könne nicht früh genug mit dem Unterricht beginnen."

„Ich habe Sie in New York auf der Bühne gesehen. Sie tanzten die Dulcinea in *Don Quichotte.*"

So viel Begeisterung klang aus dieser Bemerkung, dass Lindsay sich überrascht umdrehte. „Wirklich? Und wann war denn das?"

„Vor fünf Jahren. Ich werde es nie vergessen!"

Ruths Augen glänzten vor Bewunderung, doch als Lindsay ihr mit der Hand über das Haar strich, wich sie zurück.

Lindsay tat, als hätte sie es nicht bemerkt. „Danke für das Kompliment", meinte sie und fügte nach einer kleinen Pause hinzu: *„Don Quichotte* war immer mein Lieblingsballett. Es hat so viel Schwung, so viel Feuer."

„Ich werde auch eines Tages die Dulcinea tanzen." Das war eine ganz ruhige Feststellung.

Lindsay sah Ruth prüfend an und dachte: Ich habe noch nie jemanden gesehen, der rein äußerlich so gut für diese Rolle geeignet ist. „Willst du mit dem Studium weitermachen?"

„Ja."

Lindsay neigte den Kopf zur Seite, während sie das Mädchen weiter betrachtete. „Bei mir?"

Ruth nickte, bevor die Frage ganz ausgesprochen war. „Ja."

In diesem Augenblick verließ die erste Gruppe unter großem Applaus des Publikums die Bühne. Lindsay lobte die Kinder, als sie an ihr vorüberliefen, und gab das Zeichen für den nächsten Auftritt.

Eine Weile verfolgte sie konzentriert die Vorgänge auf der

Bühne. Dann nahm sie das unterbrochene Gespräch mit Ruth wieder auf.

„Morgen ist Samstag. Die erste Klasse fängt um zehn Uhr mit dem Unterricht an. Kannst du um neun kommen? Ich möchte, dass du mir etwas vortanzt, damit ich deine Leistungen beurteilen kann. Danach werde ich dir sagen, in welche Klasse du kommst. Bring normale Ballettschuhe und Spitzenschuhe mit."

Ruth strahlte. „Gut, Miss Dunne, ich werde um Punkt neun Uhr in der Schule sein."

„Es wäre gut, wenn deine Mutter oder dein Vater mitkommen könnte. Ich würde gern mit einem von ihnen sprechen."

„Meine Eltern leben nicht mehr. Sie wurden vor ein paar Monaten bei einem Verkehrsunfall getötet."

Lindsay hatte gerade die nächste Gruppe auf die Bühne gewinkt. Über die Köpfe der Kinder hinweg sah sie Ruth bestürzt an. Alle Freude war aus dem eben noch so strahlenden Gesicht gewichen.

Lindsay empfand tiefes Mitleid für das junge Mädchen. Nur allzu gut konnte sie nachempfinden, wie schmerzlich der Verlust beider Eltern gewesen sein musste. „Oh Ruth! Das ist schlimm. Es tut mir so Leid."

Ruth schüttelte nur ablehnend den Kopf.

Schweigend standen sie sich gegenüber, während Ruth sich bemühte, ihre Fassung zurückzugewinnen.

„Ich lebe bei meinem Onkel." Als Ruth weitersprach, klang ihre Stimme beherrscht. „Wir sind gerade in ein Haus am Ende der Stadt eingezogen."

„Das kann nur Cliff House sein!" rief Lindsay erfreut. „Ich habe schon gehört, dass es verkauft worden ist. Wie herrlich muss es für dich sein, dort zu wohnen. Ich liebe dieses Haus! Es ist wunderschön!"

Ruth sah ausdruckslos vor sich hin und schwieg.

Sie mag es nicht, dachte Lindsay. Sie hasst es, dort zu wohnen. Und wieder stieg Mitleid für das elternlose Mädchen in ihr auf.

In möglichst neutralem Ton sagte sie: „Dann kann vielleicht dein Onkel mit dir kommen. Wenn es ihm morgen nicht passt, soll er mich bitte anrufen. Meine Telefonnummer findet er im Telefonbuch. Aber es ist wichtig, dass ich ihn spreche, bevor ich einen Übungsplan für dich aufstelle."

Ein plötzliches Lächeln erhellte Ruths Gesicht. „Danke, Miss Dunne, ich freue mich schon."

Lindsay hörte es gerade noch, während sie schnell auf zwei Kinder zuging, die in ihrer Aufregung etwas zu laut miteinander sprachen.

„Pst! Seid leise, ihr beiden! Man kann euch ja bis in den Zuschauerraum hören!"

Als sie mit einem der beiden Störenfriede auf dem Arm zu ihrem Platz am Eingang der Bühne zurückkehrte, war Ruth verschwunden.

Ein seltsames Mädchen, dachte Lindsay und schmiegte den Kopf an den Nacken des Kindes auf ihrem Arm. Sie muss sehr einsam sein nach dem Tod ihrer Eltern. Wie gut, dass ich meine Mutter noch habe und meinen Beruf.

Während die Schülerinnen der Mittelstufe eine kurze Szene aus dem Ballett *Dornröschen* vorführten, überlegte Lindsay, wie wohl das Verhältnis des Onkels zu seiner Nichte sein mochte. Hatte er Verständnis für sie? War er nett zu ihr?

Morgen, dachte Lindsay, werde ich mir zuerst einmal ansehen, ob Ruth überhaupt tanzen kann und für welche meiner Gruppen sie geeignet ist.

Die schöne Ballerina

Es hatte immer noch nicht aufgehört zu regnen. Schon seit Stunden lag Lindsay im Bett und war immer noch hellwach.

Seltsam, dachte sie, sonst schlafe ich immer besonders gut ein, wenn es draußen ungemütlich ist und ich mich in meinem Zimmer geborgen fühle. Liegt es an den Nachwirkungen des ereignisreichen Tages, dass ich nicht zur Ruhe komme?

Der Abend war genauso erfolgreich verlaufen, wie Lindsay es gehofft hatte. Die Zuschauer hatten die zum Teil ganz beachtlichen Leistungen der größeren Mädchen mit viel Applaus belohnt und waren von den Kleinen hellauf begeistert gewesen. Immer wieder mussten sich die Tänzerinnen nach der Vorstellung vor dem Publikum verneigen.

Es wäre schön, wenn ich bis zur nächsten Aufführung auch ein paar Jungen in der Schule hätte. Wir könnten dann noch viel mehr Abwechslung ins Programm bringen.

Sie nahm sich vor, einige Eltern speziell daraufhin anzusprechen.

Im Augenblick war Lindsay dankbar dafür, dass der Abend ohne Pannen abgelaufen war. Im Geiste sah sie wieder die glückstrahlenden Gesichter ihrer Schülerinnen vor sich, und sie wusste, dass die Kinder in den nächsten Wochen ganz besonders eifrig beim Training sein würden.

Einige Mädchen haben wirklich Talent, dachte Lindsay, und damit kehrten ihre Gedanken wieder zu Ruth zurück.

Ob ihre neue Schülerin zu den Begabten gehörte, würde sich erst noch zeigen. Aber die Liebe zum Tanz leuchtete ihr förmlich aus den Augen. Lindsay hatte die Verletzlichkeit der jungen Tänzerin erkannt und hoffte sehr, ihr morgen nicht wehtun zu müssen.

Sie will die Dulcinea tanzen, erinnerte sich Lindsay und lächelte schmerzlich, denn sie wusste aus eigener Erfahrung, wie schnell große Hoffnungen von heute auf morgen zerstört werden konnten. Ruth hatte in ihrem jungen Leben schon genug Schweres erlebt, hoffentlich blieben ihr große Enttäuschungen erspart.

Das Schicksal dieses Mädchens, das sie gestern noch nicht kannte, lag Lindsay sehr am Herzen, vielleicht, weil sie sich noch so lebhaft an die Zeit erinnerte, als auch sie keinen größeren Wunsch gehabt hatte, als in der Rolle der Dulcinea auf der Bühne zu stehen. Es war, als hätte sich ein Kreis geschlossen.

Lindsay schloss die Augen und versuchte zu schlafen. Aber ihre Gedanken hielten sie wach.

Sie dachte kurz daran, in die Küche hinunterzugehen, um sich eine Tasse Tee oder Schokolade zu machen, schob den Gedanken aber gleich wieder von sich, weil sie befürchtete, ihre Mutter aufzuwecken.

Mary hatte einen leichten Schlaf, besonders bei Regenwetter, und da ihr Gesundheitszustand immer noch zu wünschen übrig ließ, brauchte sie dringend ihre nächtliche Ruhe.

Mary hatte sich notgedrungen mit ihrer Hüftverletzung abgefunden. Den Tod ihres Mannes konnte sie nicht verwinden. Nach dem tragischen Autounfall hatte sie tagelang in tiefem Koma gelegen. Die Ärzte hatten keine Hoffnung mehr. Es war wie ein Wunder, als sie aus der Bewusstlosigkeit erwachte. Vom Tod ihres Mannes wagte man sie erst zu unterrichten, nachdem zwei weitere Wochen vergangen waren.

Zuerst schien Mary nicht zu begreifen, dass ihr Mann sie für immer verlassen hatte, dass sie ihn nicht mehr wiedersehen würde. Vielleicht weigerte sich auch ihr Unterbewusstsein, den Verlust hinzunehmen.

Erst nach dem Tode ihres Mannes ging es Mary auf, wie

glücklich sie in ihrer Ehe gewesen war. Abgesehen von den kleinen Reibereien hatte zwischen den Eheleuten tiefes Einverständnis geherrscht. Sie hatten einander geschätzt und geachtet. Und für Mary war es immer selbstverständlich gewesen, dass ihr Mann sie in seiner ruhigen, unaufdringlichen Art umsorgte und beschützte.

Inzwischen hatte sie lernen müssen, mit ständigen Schmerzen und ohne ihren Mann zu leben.

Lindsay sah im Geiste ihre Mutter wieder am Fuß der Treppe stehen, sah den Ausdruck von Schmerz und Unzufriedenheit auf ihrem Gesicht. Würde sie ihr je begreiflich machen können, dass sie auch in ihrem jetzigen Beruf glücklich war? Warum wollte Mary denn nicht verstehen, dass Lindsays Karriere als Ballerina zu Ende war?

Wie so oft, wenn Lindsay über ihre Mutter nachdachte, fühlte sie sich hilflos und niedergeschlagen, und obgleich sie wusste, dass es nicht in ihrer Macht lag, Mary zu helfen, verspürte sie Gewissensbisse. Es war wie eine Bürde, die sie tragen musste. Niederdrückend dabei war besonders der Gedanke, dass ihr die Last von der eigenen Mutter aufgeladen wurde. Waren Mütter nicht dafür da, ihren Kindern das Leben zu erleichtern?

Schluss mit den unnützen Grübeleien, rief sie sich zur Ordnung. Mich trifft keine Schuld an Vaters Tod, und ich hätte New York nie verlassen, wenn mich die Umstände nicht dazu gezwungen hätten.

Ganz bewusst versuchte sie an erfreulichere Dinge zu denken, zum Beispiel an den vergangenen Abend.

Lindsay hatte sich über den großen Applaus genauso gefreut wie ihre Schülerinnen. Der Erfolg der Aufführung würde den guten Ruf ihrer Schule festigen und den kleinen Tänzerinnen noch mehr Ansporn geben.

In diesem Augenblick vermochte Lindsay sogar über den unerfreulichen Beginn des Tages zu lächeln. Warum habe ich mich über ein paar unwichtige Kleinigkeiten nur so aufgeregt? fragte sie sich. Wieso bin ich wegen dieses unfreundlichen Fremden so aus der Fassung geraten? Er konnte wirklich nichts dafür, dass ich ihm fast ins Auto hineingerannt wäre. Darf ich ihm da übel nehmen, dass er grob geworden ist?

Ihr fielen die schönen Hände des Unbekannten ein, und sie erinnerte sich daran, wie angenehm seine Stimme gewesen war, wenn er sie nicht gerade angeschrien hatte.

Und plötzlich wünschte sie, er käme sich möglichst bald seine Jacke zurückholen.

Er wird Augen machen, wenn er anstelle der tollpatschigen Göre eine elegante junge Dame antrifft, dachte sie befriedigt, und über dieser erfreulichen Vorstellung schlief sie endlich ein.

3. KAPITEL

Am nächsten Morgen schien die Sonne. Nur ein paar Pfützen und der nasse Rasen erinnerten noch an das Unwetter der vergangenen Nacht. Leichter Dunst stieg von der Straße auf, und es war recht kühl.

Andy stellte die Heizung in seinem Wagen ein wenig höher, als er Lindsay aus der Haustür kommen sah.

Obgleich er sie seit fünfzehn Jahren kannte, schlug sein Herz jedes Mal höher, wenn er sie erblickte. Schon als kleiner Junge war er von Lindsays Schönheit überwältigt gewesen, und daran hatte sich bis heute nichts geändert.

Andy hatte schon lange erkannt, dass er sie liebte, machte sich aber über Lindsays Gefühle ihm gegenüber keine Illusionen. Zu seinem großen Kummer würde es nie mehr als Freundschaft zwischen ihnen geben.

Beschwingten Schrittes kam Lindsay auf den Wagen zugelaufen. Schon an ihrem Gang erkennt man, dass sie Tänzerin ist, dachte Andy und hielt ihr die Tür auf.

Lachend ließ sie sich neben ihn auf den Sitz fallen, umarmte ihn und küsste ihn herzlich auf die Wange. „Andy, was würde ich nur ohne dich tun?" rief sie. „Du bist heute mal wieder meine einzige Rettung!"

Liebevoll raufte sie ihm den ungebärdigen braunen Haarschopf, der sich nie so recht bändigen ließ. Andy bedeutete ihr sehr viel. Sie liebte diesen großen, zuverlässigen Mann wie einen Bruder, und obgleich er ein wenig älter war als sie, hegte sie ihm gegenüber oft mütterliche Gefühle.

„Es ist wirklich schrecklich lieb von dir, dass du mich ins Studio bringst."

Er atmete den frischen zarten Duft ihres französischen

Parfüms ein und war sich schmerzlich ihrer körperlichen Nähe bewusst. Unauffällig rückte er ein wenig von ihr ab, sah sie zärtlich von der Seite an und meinte: „Aber, Kleines, das tu ich doch gern."

Lindsay legte ihm die Hand auf den Arm. „Du bist immer da, wenn ich dich brauche. Ich bin dir sehr dankbar dafür, Andy."

Er brummte verlegen etwas vor sich hin und konzentrierte sich auf die Fahrbahn.

„Ich habe gehört, deine Mutter kommt uns heute Nachmittag besuchen."

„Ja, ich weiß." Andy hielt das Steuer so entspannt wie jemand, der nicht auf die Strecke zu achten braucht, weil er sie Tag für Tag fährt. „Sie will Mary überreden, diesen Winter endlich nach Kalifornien zu reisen. Ich glaube, es würde ihrer Hüfte gut tun."

„Nicht nur der Hüfte. Sie braucht dringend ein wenig Abwechslung. Ich hoffe sehr, dass sie fährt."

„Ist es ihr in den letzten Tagen wieder schlechter gegangen?"

Lindsay seufzte. Vor Andy brauchte sie ihre Gefühle nicht zu verbergen. Er war ihr bester Freund, und es gab nichts, worüber sie nicht mit ihm sprechen konnte.

„Gesundheitlich geht es ihr sehr viel besser. In den letzten drei Monaten hat sie große Fortschritte gemacht. Aber ihr psychischer Zustand ..." Lindsay hob in einer hilflosen Gebärde beide Hände. „Sie ist deprimiert. Ruhelos. Enttäuscht und unzufrieden. Hauptsächlich meinetwegen. Sie will, dass ich nach New York zurückkehre und wieder auftrete. Sie stellt sich vor, ich könnte einfach dort wieder anfangen, wo ich aufgehört habe. Ich kann ihr noch so oft erklären, warum es nicht geht, sie hört nicht mal richtig zu. Manchmal kommt sie mir vor wie der Vogel Strauß, der den Kopf in den Sand steckt. Sie muss doch wissen, was es in diesem Beruf bedeutet, drei Jahre lang auszusetzen, drei Jahre älter geworden zu sein." Sie lehnte den Kopf an die Nackenstütze und seufzte.

Andy überließ sie eine Weile ihren Gedanken. Eigentlich hörte er nichts Neues. Lindsay hatte ihm schon häufig ihr Leid geklagt. Dann sagte er leise: „Würdest du denn gern zurückkehren? Ich meine, wenn es möglich wäre?"

Sie drehte sich zu ihm herum und zog die Beine seitlich auf den Sitz. Nachdenklich und mit zusammengezogenen Brauen sah sie ihn an. „Ich weiß nicht recht. Wahrscheinlich nicht. Es würde doch nichts als Enttäuschung dabei herauskommen. Ich habe mich damit abgefunden, dass ich keine Primaballerina werde, und bin ganz zufrieden hier. Nur ..."

„Nur?" Andy bog in eine Kurve ein und winkte im Vorüberfahren zwei Jungen auf Fahrrädern zu.

„Nun, manchmal bin ich doch ein wenig traurig. Die Bühne fehlt mir. Weißt du, ich habe diesen Beruf geliebt, auch wenn er mir manchmal das Letzte an Energie und körperlicher Kraft abverlangte. Ich war glücklich damals." Sie lächelte ein bisschen wehmütig und lehnte sich wieder bequem in den Sitz zurück. „Nun, was vorbei ist, ist vorbei. Doch versuch mal, das meiner Mutter klar zu machen. Selbst wenn ich zurückwollte, bestünde wohl kaum eine Chance, dass mich jemand nehmen würde. Ich weiß auch gar nicht, ob ich heute noch dasselbe leisten könnte wie vor drei Jahren."

Lindsay sah nachdenklich aus dem Fenster. Hinter den Bäumen zu beiden Seiten der Straße breiteten sich weite Stoppelfelder aus. Das Korn war schon lange abgeerntet. „Ich gehöre jetzt hierher. Hier ist mein Zuhause." Sie lachte leise vor sich hin. „Kannst du dich noch an die Streiche erinnern, die wir als Kinder ausgeheckt haben? Weißt du noch, wie wir uns einmal nachts davongeschlichen haben? Wir wollten unbedingt Cliff House von innen sehen. Es stand damals schon lange leer, und wir wollten wissen, ob es da wirklich Fledermäuse gab. Jemand hatte uns erzählt, abends gingen dort Geister um."

Andy musste nun auch lachen. „Fledermäuse haben wir zwar nicht gefunden, aber ich hätte schwören können, einen Geist gesehen zu haben. Wenn du wüsstest, wie ich mich gefürchtet habe. Meine Knie haben vor Angst geschlottert."

„Du warst ja auch noch ziemlich klein damals", meinte Lindsay liebevoll spottend. „Aber es war schon ein tolles Erlebnis. Ich war ganz überwältigt von der Schönheit des Hauses ... Es ist übrigens verkauft worden."

„Das habe ich auch schon gehört." Andy sah sie kurz von der Seite an. „Hast du nicht damals geschworen, du würdest eines Tages darin wohnen?"

„Ja, habe ich. Es war mein großer Wunschtraum, ganz oben auf dem Turm zu stehen und wie eine verwunschene Prinzessin über das Land zu schauen. Ich stellte mir vor, wie wundervoll es wäre, in einem Haus mit hundert Zimmern zu leben und durch die endlos langen Korridore zu laufen", erinnerte sie sich verträumt.

„Na, hundert ist ein bisschen übertrieben. Aber an die beiden Flure kann ich mich auch erinnern. Das Haus ist das reinste Labyrinth", kam die nüchterne Antwort. „Es soll übrigens umgebaut worden sein. Der neue Besitzer muss eine Menge Geld investiert haben."

„Hoffentlich hat er dabei nicht den Charme des Hauses zerstört, das wäre furchtbar."

„Meinst du die Spinnweben oder die Nester der Fledermäuse?"

Lindsay knuffte ihn liebevoll. „Sei nicht albern. Ich meine die Harmonie der Räume, dieses wunderbare Licht, die reizenden Winkel und Ecken, die alte Pracht, die Großzügigkeit der ganzen Anlage. Ich habe mir immer vorgestellt, wie es wäre, dort ein prachtvolles, großes Fest zu feiern. Kerzen, Blumen, Menschen in festlichen Gewändern. Die Türen zum Garten stehen weit offen, und der Rasen breitet sich vor der großen Terrasse aus. Der Duft von Rosen und blühenden Sträuchern dringt in den Tanzsaal. Musik erklingt ..."

„Hallo, komm zurück auf die Erde! Die Fenster in dem alten Kasten haben seit mindestens zehn Jahren nicht mehr offen gestanden, aus dem Rasen ist eine Wiese geworden, und nirgendwo in ganz Neu-England findest du mehr Unkraut als in diesem Garten."

„Du hast eben keine Fantasie", stellte Lindsay bedauernd fest. „Da kann man nichts machen. Nun, wie dem auch sei, ich treffe mich gleich mit dem Mädchen, dessen Onkel das Haus gekauft hat. Weißt du etwas über ihn?"

„Nein, nichts. Mutter vielleicht. Sie hört ja immer die letzten Neuigkeiten."

„Ich mag Ruth", meinte Lindsay nachdenklich. „Aber sie wirkt irgendwie verloren. Wahrscheinlich ist sie viel allein und nicht sehr glücklich. Könnte ich ihr nur helfen."

„Warum soll sie unglücklich sein?"

„Sie hat beide Eltern vor kurzem verloren. Ein Unfall. Aber das ist es nicht allein. Sie wirkt auf mich wie ein kleiner Vogel, der nicht weiß, ob die ausgestreckte Hand ihn fangen oder streicheln will. Ich wüsste gern, wie ihr Onkel ist."

„Was kann denn in deinen Augen an einem Mann nicht in

Ordnung sein, dem Cliff House so gefällt, dass er es gekauft hat?"

„Kaum etwas", gab sie lachend zu, während Andy und sie ausstiegen.

„Ich seh mir mal deinen Wagen an." Andy öffnete die Kühlerhaube.

Lindsay war neben ihn getreten und runzelte die Stirn. „Sieht furchtbar aus, nicht?"

„Es könnte deinem Wagen gewiss nicht schaden, wenn du ihn ab und zu mal reinigen lassen würdest." Andy schnitt eine Grimasse beim Anblick des völlig verschmutzten Motors und der geschwärzten Zündkerzen. „Hast du schon einmal was davon gehört, dass so ein Gefährt ein bisschen mehr als Benzin braucht? Gelegentlich muss auch das eine oder andere Teil ersetzt werden."

„Ich bin eben ein schlechter Automechaniker." Das klang zerknirscht.

„Du brauchst kein Automechaniker zu sein, um deinen Wagen in Ordnung zu halten."

„Oh je! Da hast du's mir aber gegeben! Ich bekenne mich schuldig und gelobe Besserung." Lindsay warf Andy die Arme um den Nacken, gab ihm einen Kuss auf die Wange und fügte hinzu: „Kannst du mir noch ein einziges Mal verzeihen?"

Andy lachte gutmütig. „Ich kenne dich ja inzwischen und sollte mich eigentlich über nichts mehr wundern", meinte er und erwiderte den freundschaftlichen Kuss.

In diesem Augenblick hielt ein anderer Wagen neben ihnen am Bürgersteig.

„Das muss Ruth sein", sagte Lindsay. „Nochmals vielen Dank, Andy. Ich bin dir dankbar, dass du nach dem Rechten siehst. Wenn du schlechte Nachrichten für mich haben solltest, bring sie mir bitte schonend bei."

Als sie sich umdrehte, um Ruth entgegenzugehen, blieb sie vor Überraschung wie gelähmt stehen. Es dauerte einige Sekunden, bis sie wieder atmen konnte.

Der Mann, der an der Seite des jungen Mädchens auf sie zukam, war groß und dunkel. Bevor er den Mund öffnete, wusste Lindsay schon, wie seine Stimme klang.

Er sah ihr geradewegs in die Augen und schien nicht im Geringsten überrascht zu sein.

„Miss Dunne?" Ruths Frage klang unsicher, weil sie sich das fassungslose Gesicht ihrer Lehrerin nicht erklären konnte. „Sagten Sie nicht, ich sollte um neun hier sein?"

„Wie? Ach so. Ja doch. Entschuldige bitte. An meinem Wagen ist irgendetwas nicht in Ordnung, und ich war einen Augenblick lang mit meinen Gedanken ganz woanders. Ruth, das ist mein Freund Andy Moorefield. Andy, Ruth …"

„Bannion", fügte Ruth sichtlich erleichtert hinzu. „Darf ich Sie mit meinem Onkel bekannt machen? Seth Bannion."

Andy schüttelte bedauernd den Kopf, als Ruth ihm die Hand geben wollte, und hielt ihr entschuldigend seine von Wagenschmiere völlig verschmutzten Hände entgegen.

„Miss Dunne." Seths Stimme klang so neutral, dass Lindsay im ersten Augenblick dachte, er hätte sie nicht erkannt. Ein Blick in seine Augen belehrte sie eines Besseren. Er erinnerte sich nicht nur, er amüsierte sich ganz offensichtlich. Dennoch hätte seine Begrüßung nicht formeller und höflicher ausfallen können.

Na, wenn du es so willst, dachte Lindsay, dann halte ich mich eben auch an diese Spielregeln.

„Mr. Bannion", sagte sie ebenso höflich, jedoch sehr distanziert, „ich freue mich, dass es Ihnen möglich war, Ruth heute Morgen zu begleiten."

„Oh, ich hatte absolut nichts Besseres zu tun."

Was will er nun mit diesen Worten ausdrücken? fragte sich Lindsay. Soll das ein Kompliment sein oder macht er sich über mich lustig? Sie wandte sich an Ruth. „Komm, wir wollen hineingehen."

Während sie auf das Haus zuging und in ihrer Tasche nach dem Schlüssel kramte, winkte sie noch einmal schnell zum Abschied in Andys Richtung.

„Es ist sehr freundlich von Ihnen, Miss Dunne, dass Sie mir erlaubt haben, heute Morgen schon so früh zu kommen." Ruths Stimme klang genau wie gestern, dunkel und ein wenig unsicher, als könne sie ihre Nervosität kaum unter Kontrolle halten. Lindsay bemerkte, wie sie sich an den Arm ihres Onkels klammerte.

Sie lächelte und legte Ruth leicht die Hand auf die Schulter. „Ich nehme mir immer gern ein bisschen Zeit, um eine neue Schülerin kennen zu lernen." Sie spürte, dass Ruth die Berührung unangenehm war, und nahm wie zufällig ihre Hand zurück.

„Nun erzähl mir zuerst einmal, bei wem du bisher Unterricht gehabt hast", schlug sie vor, während sie die Studiotür aufschloss.

„Bei verschiedenen Lehrern." Ruth und ihr Onkel waren auf Lindsays einladende Geste hin ins Studio getreten. „Ich bin mit meinen Eltern viel herumgereist."

„Verstehe." Lindsay sah Seth an, aber dessen Miene blieb ausdruckslos. „Bitte, machen Sie es sich inzwischen bequem, Mr. Bannion", forderte sie ihn auf, wobei sie seine formelle Höflichkeit nachahmte.

Seth nickte wortlos und drückte schnell Ruths Hand, bevor er auf einem der Stühle an der Wand Platz nahm.

„Die meisten unserer Klassenräume sind nicht besonders groß", erklärte Lindsay, während sie die lange Jacke auszog, unter der sie bereits ihr blassgrünes kurzes Trainingstrikot trug. „An der Einwohnerzahl von Cliffside gemessen, haben wir zwar verhältnismäßig viele Schülerinnen, aber wir kommen auch ohne Säle zurecht."

Sie lächelte Ruth zu und streifte wollene Legwarmer über die grüne Strumpfhose. Seths Augen wirkten heute eigentlich mehr grün als grau, dachte sie unpassenderweise in diesem Moment und zog unwillig die Brauen über der Nasenwurzel zusammen, als sie nach ihren Ballettschuhen griff.

„Es macht Ihnen Freude zu unterrichten, nicht wahr?" Ruths eng anliegendes altrosa Trainingstrikot hob ihre dunkle Schönheit hervor.

Bevor Lindsay antwortete, erhob sie sich. „Ja, sehr." Dann legte sie eine Schallplatte auf und ging Ruth zur Spiegelwand voraus. „Zuerst ein paar Übungen an der Stange."

Lindsay legte die Hand auf die *barre* und bedeutete Ruth, die sich ihr gegenüber aufstellte, dasselbe zu tun. „Also jetzt die erste Position."

Der Spiegel reflektierte den Gleichklang ihrer Bewegungen. Obgleich Lindsay blond und Ruth dunkel war, bestand in diesem Augenblick eine starke Ähnlichkeit zwischen den beiden, denn sie waren nicht nur ungefähr gleich groß und gleich schlank, sondern bewegten sich auch mit derselben Leichtigkeit und Anmut.

„Und jetzt *grand plié.*"

Mühelos gingen beide in die Kniebeuge. Lindsay achtete besonders auf Ruths Rücken, ihre Beine und die Stellung ihrer

Füße, während sie langsam mit ihr die fünf Grundpositionen durchführte. An Ruths *pliés* und *battements* gab es nichts zu beanstanden. Aus jeder ihrer Gesten, jeder Bewegung sprach ihre Liebe zum Tanz.

Schmerzlich wurde Lindsay an ihre eigene Lehrzeit erinnert, an ihre Träume, ihre Wünsche. Ruth ist noch so jung, dachte sie. Hoffentlich erspart ihr das Schicksal große Enttäuschungen. Es war leicht, sich selbst in Ruth wieder zu erkennen, während sie beide in vollkommener Harmonie ihre Übungen durchgingen. Für beide gab es bis zum Verklingen der Musik nichts Wichtigeres als die Konzentration auf die Bewegung.

„Jetzt die Spitzenschuhe." Lindsay ging zur Stereoanlage, um eine andere Platte aufzulegen.

Im Vorübergehen bemerkte sie, dass Seth sie beobachtete. Er sah sie ganz ruhig mit unbewegtem Gesicht an, und doch lag in der Intensität seines Blickes etwas, das Lindsay beunruhigte. Sie versuchte das Zittern ihrer Hände zu verbergen, als sie eine Ballettmusik von Tschaikowsky auflegte.

„Es dauert nicht mehr lange, Mr. Bannion", wandte sie sich an Seth. „Höchstens noch eine halbe Stunde. Soll ich Ihnen inzwischen schnell eine Tasse Kaffee machen?"

Er ließ sich viel Zeit mit der Beantwortung dieser einfachen Frage, und seltsamerweise schlug Lindsay unterdessen das Herz bis zum Hals.

„Nein", sagte er schließlich, und beim Klang seiner Stimme wurde es Lindsay plötzlich warm. „Nein, vielen Dank."

Lindsay schritt steifbeinig, als hätte sie nicht gerade noch Lockerungsübungen gemacht, zur Spiegelwand und lehnte sich Halt suchend an die Stange. Sie ärgerte sich und wusste nicht, ob über sich selbst oder über Seth.

Die schöne Ballerina

„Fertig, Ruth? Stell dich bitte in die Mitte der freien Fläche. Ich möchte jetzt einige *adagios* sehen."

Die meisten ihrer Schülerinnen mochten am liebsten schnelle Schrittkombinationen, *pirouettes* und Sprünge. Gerade deshalb legte Lindsay besonderen Wert darauf, ihnen die *adagios* – langsame, verhaltene Bewegungen, bei denen es auf Balance, Haltung und Stil ankam – nahe zu bringen.

„Können wir anfangen?"

„Ja, Miss Dunne."

Jetzt wirkt sie überhaupt nicht mehr scheu, dachte Lindsay, die den Glanz in Ruths Augen bemerkt hatte.

„Wir beginnen mit der vierten Position. Jetzt bitte eine langsame *pirouette*. Ja, gut. Fünfte Position."

Die Ausführungen waren sauber, die Bewegungen graziös. „Nun einmal, vierte Position, dann *pirouette* und *attitude*. Schön." Lindsay schritt einmal ganz um Ruth herum, um ihre Haltung besser beurteilen zu können. „Jetzt *arabesque* und noch einmal *attitude*. Anhalten, *plié!*"

Ruth hatte ganz ohne Zweifel Talent. Darüber hinaus war sie diszipliniert und schien auch Ausdauer zu besitzen. Ihre zarte Schönheit würde ihr bei ihrer zukünftigen Karriere sehr zugute kommen.

Ich werde ihr helfen, dachte Lindsay. Sie fühlte sich zu Ruth hingezogen und freute sich über ihr Können. Gleichzeitig empfand sie aber auch Mitleid bei der Vorstellung an die Mühen und Entsagungen, die diesem jungen Geschöpf noch bevorstanden, denn es gab noch vieles zu tun. Dabei war es leichter, schwierige Schritte und Sprünge zu erlernen als den vollkommenen Gleichklang von Technik und Ausdruck. Aber sie wird das große Ziel bestimmt erreichen, sagte sich Lindsay, ich bin sicher, sie wird es schaffen.

Etwa fünfundvierzig Minuten waren vergangen. „Entspann dich", rief Lindsay und stellte den Plattenspieler ab. „Ganz offensichtlich hast du nur gute Lehrer gehabt."

Sie ging auf Ruth zu, die ihr erwartungsvoll und fast ängstlich entgegensah. Ohne an Ruths Scheu vor Berührungen zu denken, legte sie ihr beruhigend die Hände auf die Schultern, zog sie jedoch schnell wieder zurück, als sie deren Zurückweichen bemerkte.

„Du hast großes Talent. Aber", fügte sie lächelnd hinzu, „das brauche ich dir wohl nicht erst zu bestätigen. Du weißt es selbst, nicht wahr? Du bist ja nicht dumm."

Mit Freude bemerkte Lindsay die Wirkung ihrer Worte. Ruths Gesicht schien plötzlich von innen heraus zu leuchten. Der Körper entspannte sich.

„Wenn Sie wüssten, wie viel mir gerade an Ihrem Urteil gelegen ist!"

Überrascht hob Lindsay die Augenbrauen. „Warum?"

„Weil Sie die beste Tänzerin sind, die ich in meinem Leben gesehen habe. Und wenn Sie nicht aufgegeben hätten, wären Sie heute die berühmteste Ballerina im ganzen Land! ‚Die viel versprechendste amerikanische Tänzerin dieses Jahrzehnts' hat man Sie in einer Zeitung genannt. Davidov wählte Sie zu seiner Partnerin, und er sagte, Sie seien die bezauberndste Julia, mit der er je auf einer Bühne gestanden habe und ..."

Abrupt unterbrach Ruth ihren langen Redeschwall und errötete.

Lindsay war gerührt. Um ihre Verlegenheit zu überspielen, antwortete sie leichthin: „Ich fühle mich äußerst geschmeichelt. Solches Lob höre ich nicht alle Tage." Sie strich sich eine Haarsträhne aus dem Gesicht. „Die anderen Mädchen werden dir erzählen, dass ich als Lehrerin recht schwierig sein kann.

Sehr streng. Ich verlange viel, besonders von meinen älteren Schülerinnen. Du wirst hart arbeiten müssen."

„Oh, das macht mir nichts aus."

„Sag mir, Ruth, welches Ziel hast du dir gesetzt?"

„Ich möchte tanzen und berühmt werden", kam die prompte Antwort. „Genau wie Sie."

Lindsay lachte kurz auf und schüttelte den Kopf. „Ich wollte immer nur tanzen", berichtete sie. „Es war meine Mutter, die wollte, dass ich berühmt würde. Geh jetzt und zieh deine normalen Schuhe wieder an. Ich möchte inzwischen mit deinem Onkel sprechen. Der Unterricht für Fortgeschrittene ist samstags um ein Uhr, für die Spitzenklasse um halb drei. Ich bestehe auf absolute Pünktlichkeit." Sie wandte sich an Seth. „Mr. Bannion, würden Sie mich bitte in mein Büro begleiten?"

Ohne eine Antwort abzuwarten, ging sie schnell in den angrenzenden Raum voraus.

4. KAPITEL

Um gleich von vornherein klarzustellen, wer bei der folgenden Unterhaltung das Sagen hatte, schritt Lindsay hinter den Schreibtisch. Sie fühlte sich sicher und kompetent und fand ihre Position Seth gegenüber heute wesentlich günstiger als bei ihrem ersten Zusammentreffen.

Mit einer Handbewegung bat sie ihn, auf dem Stuhl ihr gegenüber Platz zu nehmen, und setzte sich dann selbst.

Seth ignorierte ihre Aufforderung. In aller Ruhe besah er sich die Fotos an der Wand und fasste gerade ein Bild besonders ins Auge, auf dem sie mit Nick Davidov den Schlussakt von *Romeo und Julia* tanzte.

„Vor einigen Jahren ist es mir gelungen, ein Poster von derselben Aufnahme zu kaufen. Ich schickte es Ruth. Es hängt immer noch in ihrem Zimmer." Er drehte sich um, trat aber keinen Schritt näher. „Ruth bewundert Sie grenzenlos."

Sein Tonfall war neutral, und doch hatte er Lindsay mit der kurzen Bemerkung zu verstehen gegeben, dass sie gerade wegen dieser Bewunderung große Verantwortung für Ruth trage. Lindsay fand es ziemlich überflüssig, diese Tatsache besonders zu betonen.

„Als Ruths Vormund", erwiderte sie, „sollten Sie genauestens über alles informiert sein, was sie hier tun wird und was ich von ihr erwarte, sobald sie hier mit dem Training angefangen hat."

„Der Experte auf diesem Gebiet sind Sie, Miss Dunne."

Das klang wie eine nüchterne Feststellung, wobei sich Lindsay aber durchaus nicht sicher war, ob es auch so gemeint war. Seths Blick lag unverwandt und forschend auf ihrem Gesicht, und Lindsay fragte sich, wie es möglich war, sie auf diese Art und Weise anzustarren und gleichzeitig so unverbindlich zu reden. Unbehaglich rutschte sie auf ihrem Sessel ein Stück nach vorn.

„Als Ihr Vormund …"

„Als ihr Vormund", fiel ihr Seth ins Wort, „weiß ich vor allem eins – dass nämlich Tanzen für Ruth genauso wichtig ist wie Atmen." Er trat so nahe an Lindsay heran, dass sie den Kopf nach hinten beugen musste, um ihm in die Augen zu sehen. „Und ich weiß auch, dass ich sie Ihnen anvertrauen muss, bis zu einem bestimmten Punkt."

„Zu einem bestimmten Punkt? Was meinen Sie damit?"

„Das werde ich Ihnen erst in einigen Wochen sagen können. Bevor ich meine Entscheidung treffe, brauche ich mehr Informationen." Er ließ sie nicht aus den Augen. „Ich kenne Sie ja kaum."

Gekränkt, ohne recht zu wissen, warum, antwortete Lindsay spitz: „Ich Sie auch nicht."

„Stimmt." Er verzog keine Miene. „Ich nehme an, das Problem wird sich mit der Zeit von selbst lösen. Im Augenblick habe ich gewisse Schwierigkeiten zu begreifen, dass die bekannte Darstellerin der Giselle und das tollpatschige Mädchen von gestern ein und dieselbe Person sein sollen."

Lindsay atmete hörbar ein. Wütend fuhr sie ihn an: „Sie haben mich fast überfahren!" Vergessen war der Vorsatz, diesem Mann durch damenhafte Überlegenheit zu imponieren. „Wer mit solcher Geschwindigkeit durch die Gegend rast, noch dazu bei Regen, der sollte eingesperrt werden."

„Dreißig Kilometer kann man wohl kaum ‚rasen' nennen." Er blieb aufreizend ruhig. „Wenn ich fünfzig gefahren wäre, wie es auf dieser Straße erlaubt ist, dann hätte ich wahrscheinlich wirklich nicht mehr zeitig genug bremsen können. Sie haben sich nicht einmal umgesehen, bevor Sie die Straße überquerten."

„Die meisten Leute fahren zuerst einmal besonders vorsichtig, wenn sie in eine fremde Stadt kommen."

„Die meisten Leute gehen nicht ausgerechnet bei strömendem Regen spazieren. Ich habe gleich eine geschäftliche Verabredung", fuhr er sogleich fort, ohne Lindsay Gelegenheit zum Antworten zu geben. „Darf ich Ihnen für Ruths Schulgeld einen Scheck ausstellen?"

„Ich schicke Ihnen eine Rechnung." Die Antwort hätte nicht eisiger ausfallen können.

Obgleich sie sich maßlos über Seth geärgert hatte, folgte sie ihm höflich ein paar Schritte auf dem Weg zur Tür. In diesem Augenblick drehte er sich so plötzlich um, dass Lindsay, die sich dicht hinter ihm befand, mit ihm zusammenstieß.

Fassungslos starrte sie ihn an, entsetzt über die Reaktion ihres Körpers auf den physischen Kontakt mit diesem Mann.

Seth vergaß, dass er eigentlich etwas hatte sagen wollen. Er trat einen Schritt zurück, entschuldigte sich höflich mit einer Verbeugung und ging ins Nebenzimmer, wo Ruth schon auf ihn wartete.

Während des ganzen Tages musste Lindsay immer wieder an Seth denken. Sie wurde nicht klug aus ihm. An der Oberfläche wirkte er glatt und höflich, aber sie hatte seinen Temperamentsausbruch bei ihrem ersten Zusammentreffen erlebt und wusste, dass er nicht von Natur aus ruhig und beherrscht war. Auch heute hatte der Ausdruck seiner Augen seine Gelassenheit Lügen gestraft. Er ist wie ein Vulkan, dachte Lindsay. Das Äußere wirkt harmlos, aber unter der Oberfläche droht die Gefahr.

Ich sollte wirklich nicht mehr an ihn denken, hielt sie sich vor und konnte doch nicht verhindern, dass ihre Gedanken immer wieder zu ihm zurückkehrten. Er interessierte sie genauso sehr wie seine Nichte.

Während der ersten Unterrichtsstunde um ein Uhr beobachtete Lindsay Ruth genau. Sie achtete auf Technik und Ausdruck, aber noch mehr versuchte sie das Wesen ihrer neuen Schülerin zu ergründen. Lindsay hatte nie Schwierigkeiten im Umgang mit anderen Menschen gehabt. Umso schwerer fiel es ihr, Ruths Zurückhaltung zu verstehen.

Das Mädchen schien sich hinter Schutzmauern zu verstecken. Es ging weder auf seine Mitschülerinnen zu noch ließ es irgendjemanden an sich herankommen. Ruth war nicht etwa unfreundlich oder unhöflich, nur distanziert, und so hielt man sie für überheblich. Aber es war keine Überheblichkeit, so viel hatte Lindsay bereits erkannt, sondern Unsicherheit.

Lindsay erinnerte sich an die Art, wie Ruth sich morgens vor der Prüfung an ihren Onkel geklammert hatte. Bei ihm fühlte sie sich anscheinend sicher. Er ist wohl im Augenblick Ruths einziger Halt, dachte Lindsay. Ob er das weiß? Kennt er ihre Ängste und deren Ursache? Bemüht er sich, Ruth zu verstehen?

Lindsay führte eine Bewegung vor. Spielend leicht stellte sie sich auf die Spitzen und hob langsam ihre Arme.

Seth hatte ihrem Training mit Ruth so geduldig zugesehen. Was hatte er ihr hinterher eigentlich klar machen wollen? Dass er sie nicht für fähig hielt, Ruth zu unterrichten? Oder was sonst? Sie konnte sich seine Bemerkung nicht erklären.

Verärgert darüber, dass ihre Gedanken sich immer noch mit Seth beschäftigten, wies sie sich selbst zurecht und konzentrierte sich während der letzten Unterrichtsstunden voll und ganz auf ihre Schülerinnen. Aber als die letzten Mädchen laut schwatzend aus dem Klassenzimmer rannten, waren alle guten Vorsätze vergessen. Lindsay glaubte seine Augen wieder forschend auf sich gerichtet zu sehen und den Ton seiner Stimme zu hören.

Wenn das so weitergeht, gibt es Komplikationen, ermahnte sie sich, und die haben mir gerade noch gefehlt.

Befriedigt sah sie sich um. Mein Studio, dachte sie. Ich habe etwas daraus gemacht. Und wenn auch die meisten meiner Schülerinnen nie auf einer Bühne stehen werden, so freue ich mich doch jeden Morgen darauf, hier zu unterrichten. Und ich habe das Glück, mir meinen Lebensunterhalt mit einem Beruf zu verdienen, den ich liebe.

Ohne darüber nachzudenken, hatte sie eine Schallplatte aus dem Ständer genommen. Nun sah sie, dass sie die Musik zum Ballett *Don Quichotte* in der Hand hielt. Ohne zu zögern, legte sie sie auf den Plattenspieler. Sosehr sie ihren jetzigen Beruf liebte, ab und zu brauchte sie die Stille ihres leeren Studios, um ganz für sich allein zu tanzen, ganz einfach aus reiner Freude an der Bewegung. Ihre Mutter hatte das nie verstehen können. Für Mary war Tanz eine Art Besessenheit, ein Zwang, für Lindsay Freude, Hingabe.

Ruth hatte heute Morgen Erinnerungen an die Rolle der Dulcinea heraufbeschworen, eine Rolle, die Lindsay immer ganz besonders geliebt hatte wegen ihres Schwungs, ihres ungebändigten Temperaments.

Mit dem Klang der ersten Töne versank ihre Umgebung. Lindsay war Dulcinea. Ihre Füße reagierten auf den Rhythmus mit kurzen schnellen Schritten. Ihr Körper erinnerte sich an die Musik und bewegte sich wie von selbst.

Der Spiegel reflektierte eine junge Frau in zartgrünem Trikot, doch Lindsay sah sich in schwarzem Tüll und rotem

Die schöne Ballerina

Satin, mit einer voll erblühten Rose hinter dem Ohr und einem spanischen Kamm im Haar. Sie tanzte voller Hingabe, und als sie sich zum Schluss in schnellen *fouettes* wieder und wieder um sich selbst drehte, hätte sie am liebsten nie mehr aufgehört zu tanzen. Mit dem Schlussakkord warf sie eine Hand über den Kopf, die andere um ihre Taille.

„Bravo!"

Lindsay wirbelte herum, atemlos vom Tanz und überrascht, festzustellen, dass sie einen Zuschauer gehabt hatte.

Seth Bannion saß auf einem der kleinen Holzstühle im Hintergrund des Klassenzimmers und applaudierte lebhaft.

Lindsay hatte zwar für sich allein getanzt, aber da sie daran gewöhnt war, vor Zuschauern ihren Gefühlen Ausdruck zu verleihen, kam ihr gar nicht der Gedanke, Seths Anwesenheit als unbefugtes Eindringen in ihre Privatsphäre anzusehen.

Sie errötete zwar im ersten Augenblick, blickte ihm aber ruhig entgegen, als er sich nun von seinem Platz erhob und auf sie zukam.

Sie sah in seine Augen und war plötzlich atemlos. Ihr Herz klopfte bis zum Halse, und dieses Herzklopfen war nur in geringem Maße auf die Anstrengung des Tanzes zurückzuführen. Sie brachte keinen Laut hervor, denn ihr Mund war wie ausgetrocknet. Mit einer Hand fuhr sie zum Hals und fühlte, wie ihr Blut heftig pulsierte.

„Es war wunderbar", murmelte Seth, ohne ihren Blick loszulassen.

Er nahm die Hand, die auf ihrem Hals lag, und führte sie an seine Lippen. Dann drückten seine Finger leicht ihr Handgelenk, und er fühlte ihren rasenden Pulsschlag.

„Es sah ganz leicht aus, wie Sie da tanzten. Ich hätte nie erwartet, dass Sie so außer Atem sind." Sein unerwartet herzliches Lächeln überraschte Lindsay. „Ich muss Ihnen danken für dieses Erlebnis, obgleich ich mir sicher bin, dass der Tanz nicht für mich bestimmt war."

„Ich ... ich habe wirklich nicht für Zuschauer getanzt." Lindsay merkte, dass sie ihre Stimme nicht ganz unter Kontrolle hatte. Sie versuchte ihm ihre Hand zu entziehen, aber er hielt sie noch einen Augenblick fest, bevor er sie losließ.

„Das habe ich bemerkt. Eigentlich müsste ich jetzt sagen, dass es mir Leid tut, einfach hier eingedrungen zu sein, aber ich bedaure es kein bisschen."

Lindsay war nicht nur von seinem Charme überrascht, sondern von diesem neuen Seth regelrecht bezaubert. Sie konnte die Augen nicht von seinem Gesicht wenden und merkte erst, als sie ein Zucken in seinen Mundwinkeln entdeckte, dass er sich über sie amüsierte.

Um ihre Gelassenheit zurückzugewinnen, nahm sie die Schallplatte und steckte sie in die dazugehörige Schutzhülle.

„Sie brauchen sich nicht zu entschuldigen. Ich bin es gewöhnt, vor Publikum zu tanzen. Hatten Sie einen besonderen Grund für Ihr Kommen?"

„Ich verstehe nur wenig vom Ballett. Was war das, was Sie da eben getanzt haben?"

„Don Quichotte." Lindsay stellte die Schallplatte in das Regal zurück. „Ruth hatte mich gestern Abend daran erinnert. Sie möchte eines Tages die Dulcinea tanzen, gestand sie mir."

„Und? Wird sie das?"

„Ich glaube schon. Sie hat außergewöhnliches Talent." Lindsay schaute ihn direkt an. „Warum sind Sie gekommen?"

Sein Lächeln ist beunruhigend, fand Lindsay und hoffte, er würde sie nicht weiter auf diese Weise ansehen.

„Um Sie zu treffen." Als er Lindsays Überraschung bemerkte, setzte er schnell hinzu: „Und um mit Ihnen über Ruth zu sprechen. Heute Morgen war es einfach nicht möglich."

Lindsay versuchte eine professionelle Miene aufzusetzen. „Da haben Sie Recht. Es gibt wirklich einiges zu bereden. Heute Morgen hatte ich den Eindruck, Sie seien nicht sehr daran interessiert."

„Aber ganz im Gegenteil." Wieder dieser beunruhigende Blick. „Ich möchte mit Ihnen beim Abendessen darüber sprechen."

„Beim Abendessen?"

„Ja. Ich lade Sie zum Abendessen ein. Dann können wir uns in Ruhe über alles unterhalten."

Lindsay wusste nicht, wie sie auf diese Einladung reagieren sollte. „Ich weiß nicht recht ... das kommt sehr überraschend und ich ..."

Er nickte. „Fein, dass Sie nichts dagegen haben. Ich hole Sie um sieben ab."

Bevor Lindsay antworten konnte, schritt er zur Tür. „Ihre Adresse kenne ich ja bereits."

Lindsay hatte das weiße Wollkleid gekauft, weil sie sich in ihm damenhaft elegant vorkam. Das feine, weiche Material schmiegte sich an ihren Körper und brachte ihre biegsame, schlanke Figur vorteilhaft zur Geltung. Der große halsferne Kragen schmeichelte ihren zarten Gesichtszügen.

Sie betrachtete sich kritisch im Spiegel und war mit ihrer Erscheinung sehr zufrieden. Eine reife, selbstbewusste junge Frau sah ihr entgegen, und Lindsay sah sich gern in dieser Rolle, denn sie vermittelte ihr das angenehme Gefühl, dem Treffen mit Seth Bannion gewachsen zu sein.

Während sie an ihn dachte, bürstete sie ihr Haar so lange,

bis es im Licht der Lampe auf ihrem Toilettentisch Funken zu sprühen schien.

Warum lege ich nur so großen Wert darauf, ihn zu beeindrucken? fragte sie sich, und da sie sich selbst gegenüber ehrlich war, musste sie zugeben, dass sie ganz außergewöhnlich von ihm angezogen war – wahrscheinlich gerade, weil sie nicht recht wusste, was sie von ihm halten sollte. Im Allgemeinen pflegte sie Menschen, die sie kennen lernte, schnell in bestimmte Kategorien einzuordnen. Aber bei Seth war das nicht so einfach möglich. Hier hatte sie es mit einer komplizierten Persönlichkeit zu tun, und es reizte sie, ihn näher kennen zu lernen.

Vielleicht ist aber auch alles ganz einfach zu erklären, versuchte sie sich einzureden. Vielleicht mag ich ihn nur, weil er Cliff House gekauft hat.

Nach einem letzten Blick in den Spiegel ging sie zum Schrank, nahm das Jackett heraus und faltete es sorgfältig zusammen. Dabei dachte sie, dass es lange her war, seit sie eine Verabredung mit einem Mann gehabt hatte.

Die Kinobesuche mit Andy und die schnellen Imbisse hinterher in einem einfachen Restaurant konnte sie nicht mitrechnen, fand sie. Andy war ihr Jugendfreund. Er war der Bruder, den sie sich immer gewünscht hatte. Mit ihm zusammen zu sein hatte nichts mit einer Verabredung zu tun.

Unbewusst spielte Lindsay mit dem Kragen der Jacke, in der noch ein ganz leichter Duft von Seths Rasierwasser hing. Wie lange ist es her, seit ich zum letzten Mal mit einem Mann ausgegangen bin, fragte sie sich. Drei Monate? Vier?

Sechs Monate, entschied sie. In den letzten drei Jahren war sie nicht öfter als höchstens fünfmal ausgegangen. Und davor? Davor hatte es für sie nur das Theater gegeben.

Bereute sie das etwa? Nein, warum sollte sie? Ihr hatte

Die schöne Ballerina

damals nichts gefehlt, und was sie vor drei Jahren verloren hatte, war durch ihren heutigen Beruf ersetzt worden.

Sie blickte auf ihre rosa Ballettschuhe an der Wand und strich noch einmal zart mit der Hand über Seths Jacke. Dann nahm sie entschlossen ihre Handtasche und verließ ihr Schlafzimmer.

Die hohen Absätze ihrer eleganten Schuhe klapperten leicht auf den Treppenstufen, als sie in die Diele hinunterlief. Ein Blick auf ihre kleine goldene Uhr sagte ihr, dass sie noch ein paar Minuten Zeit hatte. Sie legte ihre Handtasche und Seths Jackett auf die alte Kommode und ging auf das Zimmer ihrer Mutter zu.

Seit Marys Rückkehr aus dem Krankenhaus wohnte sie im Erdgeschoss. Zunächst machte es ihre Krankheit unmöglich, die Treppen zu bewältigen, und später ersparte sie sich gern die Mühe. So hatte jede der beiden Frauen ein Stockwerk für sich allein und ein großes Maß an Privatsphäre.

Zwei Räume neben der Küche waren in ein Wohn- und ein Schlafzimmer für Mary umfunktioniert worden. Im ersten Jahr schlief Lindsay auf dem Sofa in dem Wohnzimmer, um immer in Hörweite ihrer Mutter zu sein. Selbst heute hatte sie noch einen leichten Schlaf und wachte auf, sobald irgendwelche alarmierenden Geräusche aus Marys Schlafzimmer zu vernehmen waren.

Als Lindsay leise an die Wohnzimmertür klopfte, hörte sie Radiomusik.

„Mutter, ich …"

Sie unterbrach sich und blieb stehen. Mary saß im Lehnstuhl. Sie hatte die Füße hochgelegt und hielt ein Fotoalbum auf dem Schoß, das Lindsay nur allzu gut kannte. Es war groß und dick und, damit es noch für künftige Generationen erhalten bliebe, in Leder gebunden. Die Seiten waren mit Fotos und Zeitungsausschnitten gefüllt. Da gab es Kritiken, Interviews und Informationen. Alle betrafen Lindsay Dunnes Karriere als Tänzerin. Es begann mit den ersten Zeilen, die der „Cliffside Daily" über sie geschrieben hatte, und endete mit einem Bericht der „New York Times". Ihr ganzer beruflicher Werdegang war in diesem Buch enthalten.

Wie so oft, wenn Lindsay ihre Mutter beim Durchblättern dieser Erinnerungen beobachtete, wurde sie von Schuldgefühlen und Hilflosigkeit überwältigt. Zögernd trat sie ins Zimmer.

„Mutter."

Erst jetzt blickte Mary auf. Ihre Augen glänzten vor Erregung, und ihre Wangen waren rot überhaucht.

„Eine lyrische Tänzerin", zitierte sie aus einem Artikel, ohne hinzusehen, „mit der Schönheit und Anmut einer Göttin. Atemberaubend. Clifford James", fügte sie hinzu, während Lindsay auf sie zukam, „einer der schärfsten Kritiker überhaupt. Du warst damals erst neunzehn."

„Von dieser Kritik war ich auch ganz überwältigt", erinnerte sich Lindsay und legte ihre Hand auf Marys Schulter. „Ich glaube, ich schwebte eine ganze Woche lang auf Wolken."

„Er würde heute noch genau dasselbe über dich sagen, da bin ich mir sicher."

Lindsay sah von dem Zeitungsartikel auf. Sie fühlte, wie ein Nervenstrang in ihrem Nacken steif wurde. „Heute bin ich fünfundzwanzig."

„Trotzdem. Du weißt es so gut wie ich. Wir ..."

„Mutter!" Lindsay schnitt ihr scharf das Wort ab und hockte sich dann, ihre Heftigkeit bedauernd, neben Marys Sessel. „Entschuldige. Aber ich möchte nicht mehr darüber sprechen, bitte."

Sie legte ihrer Mutter eine Hand an die Wange. Warum ist sie nur so starrsinnig? dachte Lindsay verzweifelt und sagte: „Ich habe nicht mehr viel Zeit. In einer Minute muss ich gehen."

Mary sah das Flehen in den Augen ihrer Tochter und bewegte sich unbehaglich in ihrem Stuhl. „Carol hat mir gar nicht gesagt, dass ihr heute Abend ausgehen wolltet."

Lindsay fiel ein, dass Andys Mutter den ganzen Nachmittag bei Mary verbracht hatte. Sie richtete sich wieder auf und suchte nach einer unverfänglichen Erklärung. „Ich gehe heute auch nicht mit Andy aus." Sie strich sich unsicher glättend über ihr Kleid.

„Nein?" Mary sah erstaunt auf. „Mit wem dann?"

„Mit dem Onkel einer neuen Schülerin." Lindsay sah ihre Mutter offen an. „Sie hat großes Talent. Du musst sie unbedingt bald kennen lernen, auch du wirst begeistert sein."

„Und was ist mit diesem Onkel?" Mary starrte auf das offene Album.

„Ich weiß noch nicht viel über ihn, außer dass er Cliff House gekauft hat."

„So?" Jetzt blickte Mary interessiert auf, denn sie wusste, wie sehr Lindsay dieses Haus liebte.

„Ja. Anscheinend sind sie schon vor ein paar Wochen dort eingezogen. Ruth wohnt bei ihrem Onkel. Sie ist Waise." Lindsay sah die traurigen Augen des jungen Mädchens wieder vor sich. „Ich interessiere mich sehr für sie und möchte mit ihrem Onkel einiges besprechen."

„Beim Abendessen!"

„Richtig." Ein wenig missmutig, weil sie eine einfache Einladung zum Abendessen ihrer Mutter gegenüber rechtfertigen musste, wandte Lindsay sich zur Tür. „Ich glaube nicht, dass es spät wird. Kann ich noch irgendetwas für dich tun, bevor ich gehe?"

„Ich bin kein Krüppel." Marys Mund kniff sich zusammen, ihre Hände umkrampften die Lehnen ihres Sessels.

„Ich weiß." Lindsays Stimme klang besänftigend.

Beklommenes Schweigen breitete sich zwischen den beiden Frauen aus. Warum, dachte Lindsay, wird die Kluft zwischen uns beiden größer, je länger wir zusammenleben?

Die Klingel am Eingang unterbrach schrillend die Stille. Mary sah die Unentschlossenheit im Gesicht ihrer Tochter und wandte ihren Blick bewusst auf das Buch in ihrem Schoß zurück.

„Gute Nacht, Lindsay."

„Gute Nacht." Mit schlechtem Gewissen verließ Lindsay das Zimmer und durchschritt die Diele. Es gibt nichts, was ich ändern könnte, sagte sie sich, und ich habe damals die einzig mögliche Entscheidung getroffen. Am liebsten wäre sie in diesem Augenblick aus dem Haus gelaufen und immer weiter und weiter gerannt, bis zu einem Ort, von dem sie wusste: hier gehöre ich hin.

Sie riss sich zusammen, um das Gefühl der Verzweiflung abzuschütteln, bevor sie die Tür öffnete.

Als Lindsay Seth begrüßte, zwang sie sich zu einem Lächeln und trat einen Schritt zurück, um ihn hereinzulassen. In seinem dunklen, perfekt geschnittenen Anzug wirkte er noch schlanker und eleganter. Wieder spielte dieses leicht ironische Lächeln um seine Mundwinkel, aber in diesem Augenblick gefiel es Lindsay.

„Ich sollte wohl besser einen Mantel mitnehmen. Es scheint ziemlich kalt geworden zu sein." Sie ging an die Garderobe und holte einen dunklen Wildledermantel. Seth nahm ihn ihr aus der Hand.

Wortlos erlaubte sie ihm, ihr in den Mantel zu helfen, und

wieder empfand sie seine starke physische Ausstrahlung wie einen Schock. Konnte man das einfach mit einer chemischen Reaktion erklären?

War es nicht seltsam, dass die Nähe eines anderen Menschen, eines Menschen, den man nicht einmal näher kannte, Herzklopfen verursachte? Lindsay war etwas verwirrt.

Lindsay wehrte sich nicht, als Seth sie zu sich herumdrehte. Sie standen eng beieinander und sahen sich in die Augen. Dann nahm Seth eine Hand von Lindsays Schulter, um ihr mit einer zärtlichen Geste den Mantelkragen zu schließen.

„Ist es nicht seltsam", fragte Lindsay nachdenklich, „dass ich mich so stark zu Ihnen hingezogen fühle, obgleich ich Sie gestern noch hätte erwürgen können? Und ich bin noch nicht einmal sicher, ob Sie mir heute viel sympathischer sind."

Er lachte herzlich. „Sind Ihre Bekenntnisse immer so offenherzig und gleichzeitig so schwer zu verstehen?"

„Kann schon sein." Lindsay freute sich über seine gute Laune. „Jedenfalls habe ich nicht viel Talent zum Versteckspielen. Ich sage meistens, was ich denke." Sie überreichte Seth die ordentlich gefaltete Jacke. „Dass ich sie Ihnen unter diesen Umständen zurückgeben würde, habe ich ganz gewiss nicht erwartet."

Seth blickte kurz auf die Jacke, bevor er Lindsay fragend ansah. „Hatten Sie andere Umstände im Sinn?"

„Das kann man wohl sagen! Und sie waren alle nicht sehr erfreulich für Sie. Können wir gehen?" Sie streckte ihm impulsiv ihre Hand entgegen.

Überrascht zögerte er eine Sekunde, bevor er lächelnd seine Finger mit ihren verschränkte.

„Sie sind ganz anders, als ich Sie mir vorgestellt habe", erklärte Seth, als sie in die kühle Nacht hinaustraten.

„Wirklich? Wieso?"

Schweigend gingen sie nebeneinander her. Lindsay atmete tief den würzigen Duft modernder Blätter ein.

Als sie seinen Wagen erreichten, blieb Seth vor ihr stehen und betrachtete Lindsay wieder mit einem seiner prüfenden Blicke, an die sie sich mittlerweile schon fast gewöhnt hatte.

„Das Bild, das Sie mir heute Morgen vermittelten, entsprach mehr meinen Erwartungen, tüchtig, distanziert und sehr kühl."

„So wollte ich eigentlich auch heute Abend auf Sie wirken. Aber leider habe ich es dann ganz vergessen."

„Darf ich Sie etwas fragen?"

„Nur zu."

„Als Sie mir eben die Tür aufmachten, sahen Sie aus, als wären Sie am liebsten um Ihr Leben gerannt. Würden Sie mir den Grund dafür verraten?"

Sie schaute ihn überrascht an. „Das haben Sie bemerkt? Ich hätte es nicht vermutet. Sie haben sehr viel Einfühlungsvermögen." Seufzend ließ Lindsay sich in das Polster des Wagens sinken. „Es hatte mit meiner Mutter zu tun, oder besser gesagt, mit meinem Gefühl der Unzulänglichkeit ihr gegenüber." Sie drehte ihm ihr Gesicht zu, bis sie in seine Augen sehen konnte. „Vielleicht erzähle ich Ihnen eines Tages davon. Aber nicht heute Abend. Heute Abend will ich nicht mehr daran denken."

Wenn er über ihre Antwort erstaunt war, so zeigte er es nicht. „Gut. Vielleicht haben Sie stattdessen Lust, mir ein bisschen über Cliffside zu erzählen."

Lindsay nickte dankbar. „Wie weit ist es bis zu unserem Restaurant?"

„Ungefähr zwanzig Minuten."

„Das wird gerade reichen", erklärte sie.

5. KAPITEL

Lindsay entspannte sich. Sie erzählte Seth allerlei Amüsantes über die Einwohner von Cliffside, weil sie ihn so gern lachen hörte. Vergessen war ihre trübe Stimmung von vorhin. Jetzt freute sie sich über die Gelegenheit, Seth besser kennen zu lernen, denn sie fühlte sich immer mehr zu ihm hingezogen. Zwar hatte sie gewisse Bedenken wegen seiner heftigen Ausbrüche, aber die würde sie in Kauf nehmen. Dafür war er wenigstens nicht langweilig.

Lindsay kannte das Restaurant. Sie war schon vorher von Männern, die sie beeindrucken wollten, dorthin eingeladen worden. Sie wusste jedoch, dass Seth es nicht nötig hatte, sie oder irgendjemand anderen zu beeindrucken. Er hatte das Lokal ausgesucht, weil es ihm gefiel. Es war ruhig, elegant, bekannt für ausgezeichnetes Essen und guten Service.

„Ich bin einmal mit meinem Vater hier gewesen", erzählte Lindsay, während sie auf den Eingang zugingen. „Es war an meinem sechzehnten Geburtstag. Bis dahin hatte ich nicht mit Jungen ausgehen dürfen. Vater sagte, er wolle der erste Mann sein, der mich zum Essen ausführte, und lud mich in dieses Restaurant ein." Lindsay wurde warm ums Herz bei der Erinnerung an ihren Vater. „Das war ganz typisch für ihn. Er ließ sich immer etwas Besonderes einfallen." Sie bemerkte, dass Seth sie von der Seite ansah. „Ich bin froh, dass ich Ihre Einladung angenommen habe, und ich bin froh, heute Abend mit Ihnen hier zu sein."

Er strich mit der Hand über ihren Mantelärmel und erwiderte: „Ich auch."

Gemeinsam schritten sie langsam die wenigen Stufen zum Haupteingang hinauf.

Bei ihrem Eintritt fühlte Lindsay sich wie bei jedem ihrer bisherigen Besuche sogleich von dem großen Panoramafenster angezogen, das einen überwältigenden Blick auf die Bucht von Long Island und auf das Meer bot. Als sie an ihrem von Kerzen beleuchteten Tisch Platz genommen hatten, glaubte sie, die Wellen des Ozeans zu hören.

„Ich mag diese Umgebung wirklich sehr", meinte sie begeistert. „Hier drinnen im Restaurant herrscht unaufdringliche Eleganz, und ein Blick durch das Fenster vermittelt den Eindruck, direkt am Meer zu sein." Sie lächelte Seth zu. „Ich mag Gegensätze – Sie auch?" Das Kerzenlicht warf einen weichen Schimmer auf ihr Gesicht. „Wie langweilig wäre das Leben doch ohne sie, nicht wahr?"

„Ich dachte gerade darüber nach, wie widersprüchlich Sie selbst sind. Es fällt mir immer noch schwer, Sie einzuordnen."

Lindsay blickte schnell aus dem Fenster. „Das fällt sogar mir selbst schwer", gestand sie. „Sie kennen sich selbst ziemlich genau, nicht wahr? Man merkt es Ihnen irgendwie an. Vielleicht, weil Sie so selbstsicher wirken."

„Möchten Sie vor dem Essen einen Drink?"

Lindsay bemerkte, dass inzwischen ein Kellner an ihren Tisch getreten war. Sie lächelte ihm zu, bevor sie sich an Seth wandte. „Ja, Weißwein wäre nicht schlecht. Ich möchte irgendetwas Kaltes, Trockenes."

Er sieht so unternehmungslustig aus, dachte Lindsay. Nein, das ist nicht der richtige Ausdruck. Er sieht aus wie ein Mann, der gerade die erste Seite eines Buchs umgeschlagen hat und den festen Entschluss fasst, es auf jeden Fall bis zur letzten Seite zu lesen.

Als sie wieder allein waren, saßen sie schweigend da, bis

Lindsay seine Blicke nicht länger ertragen konnte. Sie beschloss, ein unverfängliches Thema anzuschneiden.

„Wir müssen über Ruth sprechen."

„Ja", murmelte er abwesend.

„Seth", rief sie verwirrt, weil er nicht einmal zuzuhören schien. „Seth, Sie müssen sofort aufhören, mich so anzusehen!"

„Aber warum denn?"

In gespielter Verzweiflung hob sie die Hände. „Und dabei fing ich gerade an, Ihnen Ihre Unhöflichkeit von gestern zu verzeihen."

„Ich war nicht unhöflich", erklärte er, wobei er sich entspannt in seinem Stuhl zurücklehnte. „Sie sind schön. Und ich sehe mir nun mal gern Schönes an."

„Danke für das Kompliment." Lindsay hoffte, sie würde sich, bevor der Abend zu Ende ging, an seine Blicke gewöhnen. Sie beugte sich über den Tisch. „Seth!" Ihr lag wirklich daran, mit ihm über seine Nichte zu sprechen. „Seth, als ich Ruth heute Morgen prüfte, stellte ich fest, dass sie großes Talent hat. Später, beim Unterricht, war ich noch mehr von ihr beeindruckt."

„Ihr liegt sehr viel daran, bei Ihnen zu studieren."

„Aber das ist es ja gerade, worüber wir uns unterhalten müssen." Lindsay sprach so eindringlich, dass Seth endlich aufmerksam wurde. „Ich kann ihr nicht geben, was sie braucht, denn ich habe in meiner Schule nur begrenzte Möglichkeiten, die für eine Schülerin wie Ruth nicht genügen. Sie sollte eine Schule in New York besuchen, wo sie viel intensiver ausgebildet werden kann."

Seth wartete, bis der Kellner die Flasche geöffnet und den Wein eingegossen hatte. Er hob sein Glas und betrachtete den

Inhalt nachdenklich, bevor er fragte: „Heißt das, Sie sind nicht fähig, Ruth zu unterrichten?"

Lindsay biss sich auf die Lippen. Als sie antwortete, klang ihre Stimme nicht mehr warm. „Ich bin eine gute Lehrerin. Aber Ruth braucht die beste Ausbildung, die sie bekommen kann."

„Sie sind sehr leicht gekränkt", meinte er und nippte an seinem Wein.

„Finden Sie?" Lindsay versuchte genauso überlegen zu wirken wie Seth. „Vielleicht bin ich nur launisch. Sie haben doch sicher schon von den schnell wechselnden Stimmungen der Künstler gehört."

„Ruth beabsichtigt, mehr als fünfzehn Trainingsstunden pro Woche zu nehmen. Genügt das nicht für eine gute Ausbildung?"

„Nein." Lindsay beugte sich wieder zu ihm hinüber. Wenn er Fragen stellt, kann er nicht uninteressiert sein, dachte sie. „Ruth sollte jeden Tag Unterricht haben, und zwar sehr spezialisierten Unterricht, den ich ihr nicht geben kann. Weil ich einfach keine anderen Schülerinnen mit ihren Fähigkeiten habe. Selbst, wenn ich ihr Einzelunterricht geben würde, wäre das immer noch nicht genug für sie. Sie braucht zum Beispiel Partner für den *pas de deux*. Ich habe vier männliche Schüler, die einmal in der Woche zu mir kommen, damit ich an ihrer Technik fürs Rugby ein bisschen herumpoliere. Sie nehmen nicht einmal an unseren Schulaufführungen teil."

Ihre Stimme klang jetzt fest und eindringlich. Es lag ihr so viel daran, Seth zu überzeugen. „Cliffside ist nun einmal nicht das Kulturzentrum der Ostküste. Es ist eine Kleinstadt. Die Menschen, die hier leben, stehen mit beiden Beinen auf der Erde und haben nicht viel übrig für künstlerische Betätigungen. Nun gut, als Hobby lassen sie das Tanzen noch durchgehen, aber als Beruf? Davon kann keine Rede sein. Damit kann man seinen Lebensunterhalt nicht verdienen."

„Sie sind doch auch hier aufgewachsen." Seth füllte ihre Gläser nach. Der Wein schimmerte golden im Kerzenlicht. „Und Sie haben den Tanz zu Ihrem Beruf gemacht."

„Ja, das stimmt." Lindsay fuhr mit der Fingerspitze um den Rand ihres Glases. Sie zögerte mit der Antwort und überlegte, was sie sagen sollte. „Meine Mutter war Tänzerin. Sie hatte sehr bestimmte Vorstellungen, was mein Training betraf. Ich besuchte eine Schule etwa hundert Kilometer außerhalb von Cliffside. Wir brauchten jeden Tag mehrere Stunden für die Hin- und Rückfahrt mit dem Auto."

Lindsay machte eine kleine Pause, dann lächelte sie vor sich hin. „Meine Lehrerin war etwas ganz Besonderes, eine wunderbare Frau – halb Französin, halb Russin. Aber sie ist jetzt über siebzig und nimmt keine Schüler mehr an. Sonst hätte ich vorgeschlagen, Ruth zu ihr zu schicken."

Seth blieb genauso ruhig wie zu Beginn ihrer Unterhaltung. „Ruth möchte bei Ihnen studieren."

Lindsay musste sich zusammennehmen, um nicht laut aufzustöhnen. Sie nippte an ihrem Wein und zwang sich, geduldig zu bleiben. „Ich war siebzehn, genauso alt wie Ruth heute ist, als ich nach New York ging. Und ich hatte damals bereits acht Jahre Studium an einer bekannten Ballettschule hinter mir. Mit achtzehn erhielt ich mein erstes Engagement. Der Konkurrenzkampf ist mehr als hart, und das Training ist …" Lindsay suchte nach dem passenden Wort. „Es ist unvorstellbar schwer. Aber Ruth braucht es. Und sie verdient den bestmöglichen Unterricht, sonst kann sich ihr Talent nicht richtig entfalten."

Es dauerte eine Weile, bis Seth antwortete. „Ruth ist nicht

viel mehr als ein Kind, das in letzter Zeit ein paar schlimme Schicksalsschläge zu verkraften hatte." Er machte dem Kellner ein Zeichen, die Speisekarte zu bringen. „In drei oder vier Jahren kann sie immer noch nach New York gehen."

„In drei oder vier Jahren!" Lindsay legte die Speisekarte vor sich auf den Tisch, ohne auch nur einen Blick darauf zu werfen. Sie sah Seth vorwurfsvoll an. „Dann ist sie schon zwanzig!"

„Ein sehr fortgeschrittenes Alter", erwiderte er trocken.

„Das ist es tatsächlich für eine Tänzerin", gab Lindsay zurück. „In unserem Beruf gibt es nur wenige, die länger als bis Mitte Dreißig tanzen. Na ja, die Männer schlagen manchmal noch ein paar zusätzliche Jahre heraus, wenn es ihnen gelingt, ins Charakterfach hinüberzuwechseln. Mir sind auch vereinzelte Ausnahmen von Frauen bekannt, die mit vierzig noch auf der Bühne standen – Margot Fonteyn, zum Beispiel. Aber, wie gesagt, das sind Ausnahmen und nicht die Regel."

„Ist das der Grund dafür, dass Sie nicht in Ihren Beruf zurückkehren? Glauben Sie, Ihre Karriere sei mit fünfundzwanzig zu Ende?"

Lindsay schluckte. Sie hob ihr Glas und setzte es sofort wieder vor sich auf den Tisch. „Wir sprechen über Ruth, nicht über mich."

„Ich interessiere mich nun mal für Geheimnisse." Seth nahm ihre Hand und studierte die Handfläche, bevor er Lindsay wieder in die Augen sah. „Und eine schöne Frau mit einem Geheimnis ist für mich einfach unwiderstehlich. Wussten Sie eigentlich schon, dass es Hände gibt, die man einfach küssen muss? Sie haben solche Hände." Er führte ihre Handfläche an die Lippen.

Lindsay war es, als fließe ein warmer heißer Strom durch

ihre Glieder, und sie versuchte gar nicht erst, ihre Gefühle vor Seth zu verbergen. Sie sah ihn an und stellte sich vor, wie es wäre, wenn er seine Lippen fest und warm auf ihren Mund legte. Er hat einen schönen Mund, dachte sie und lächelte versonnen. Dann rief sie sich zur Ordnung. Es gab noch Wichtigeres zu besprechen.

„Um auf Ruth zurückzukommen", bemühte sie sich, das abgebrochene Gespräch wieder in Gang zu bringen, und versuchte gleichzeitig, Seth ihre Hand zu entziehen. Aber der hielt sie fest.

„Ruths Eltern sind vor kaum einem halben Jahr bei einem Zugunglück umgekommen. In Italien."

Seine Stimme klang gepresst. Seine Augen blickten so kalt und hart wie bei ihrem ersten Zusammentreffen. So hatte er mich angesehen, als ich auf dem Boden lag, dachte sie.

„Ruth hatte ein ungewöhnlich enges Verhältnis zu ihren Eltern, vielleicht, weil sie so viel mit ihnen herumgereist ist. Es war sehr schwer für sie, sich nach deren Tod anderen Menschen anzuschließen. Vielleicht können Sie sich vorstellen, was es für ein sechzehnjähriges Mädchen bedeutet, plötzlich als Waise dazustehen. In einem fremden Land und in einer Stadt, in der sie gerade vierzehn Tage vorher angekommen war."

Lindsays Herz zog sich vor Mitleid zusammen. Bevor sie etwas sagen konnte, fuhr er fort:

„Sie kannte dort buchstäblich keinen Menschen, und ich war zu diesem Zeitpunkt in Südafrika. Es hat mehrere Tage gedauert, bis man mich endlich erreichte. Ruth war fast eine Woche lang auf sich allein gestellt, bevor ich zu ihr kommen konnte. Als ich in Italien ankam, waren mein Bruder und seine Frau schon beerdigt."

„Seth! Wie schrecklich! Es tut mir unendlich Leid." In dem

instinktiven Bedürfnis zu trösten schlossen sich ihre Finger fest um seine Hand. Der Ausdruck seiner Augen veränderte sich, aber Lindsay war zu betroffen, um es zu bemerken. „Es muss entsetzlich für Ruth gewesen sein – und für Sie auch."

Er antwortete nicht sofort. „Ja", sagte er schließlich, „ja, es war entsetzlich. Ich brachte Ruth in die Vereinigten Staaten zurück. Aber New York ist sehr anstrengend, und es ging ihr gar nicht gut."

„Und dann haben Sie Cliff House gefunden", murmelte Lindsay.

Er sah erstaunt auf, als sie den Namen des Hauses erwähnte, ging aber nicht näher darauf ein. „Ich wollte ihr einen festen Halt geben – wenigstens für eine Weile. Obgleich ich weiß, dass Ruth von dem Gedanken, in einer Kleinstadt zu leben, nicht gerade begeistert ist. In dieser Beziehung hat sie viel Ähnlichkeit mit ihrem Vater. Aber es wird ihr im Augenblick gut tun, denke ich."

„Ich glaube, ich kann Ihre Beweggründe verstehen. Und ich respektiere sie. Aber Ruth braucht mehr als diesen Halt."

„In einem halben Jahr werden wir noch einmal darüber sprechen."

Das klang so endgültig, dass Lindsay nicht wagte, weiter in ihn zu dringen, aber es gelang ihr nicht ganz, ihre Enttäuschung zu verbergen. „Sie sind sehr autoritär, nicht wahr?"

„Das hat man mir schon öfter gesagt." Seine gute Laune schien zurückzukehren. „Hungrig?" Er lächelte Lindsay herzlich an.

„Ein bisschen", gab sie zu und öffnete die Speisekarte. „Der gefüllte Hummer ist hier besonders gut."

Während Seth seine Bestellung aufgab, sah Lindsay aus dem Fenster. Nachdenklich ließ sie ihren Blick über den Sund schweifen. Sie dachte an Ruth, die allein und verlassen mit dem Verlust ihrer Eltern hatte fertig werden müssen. Mit der Beerdigung. Mit all den schrecklichen Dingen, die der Tod eines Menschen mit sich brachte.

Lindsay konnte sich nur zu gut an ihre eigenen Gefühle bei der Nachricht vom Unfall ihrer Eltern erinnern. Niemals würde sie die Panik, die Angst vergessen, die sie auf dem Weg von New York nach Connecticut empfunden hatte. Als sie endlich im Krankenhaus ankam, war ihr Vater tot, ihre Mutter lag im Koma, und die Ärzte machten ihr nicht viel Hoffnung.

Ich war damals erwachsen, erinnerte sie sich, und hatte schon drei Jahre für mich allein gelebt. Und ich war in meiner Heimatstadt, umringt von Freunden. Mehr als zuvor empfand sie das Bedürfnis, Ruth zu helfen.

Sechs Monate, dachte Lindsay. Wenn ich Ruth allein unterrichte, ist die Zeit wenigstens nicht ganz verschwendet. Und vielleicht – vielleicht kann ich Seth doch noch dazu bringen, sie früher nach New York zu schicken. Er muss einfach einsehen, wie wichtig es für sie ist. Aber ich muss Geduld haben. Wenn ich ungeduldig bin, erreiche ich überhaupt nichts bei einem Mann wie Seth. Ich muss es diplomatisch anfangen.

Er war zu dieser Zeit in Afrika, hatte er erzählt. Was er dort wohl getan haben mochte. Bevor sie über die diversen Möglichkeiten weiter nachdachte, kam ihr die Erleuchtung.

„Bannion", sagte Lindsay laut vor sich hin. „S. N. Bannion, der Architekt. Jetzt weiß ich, warum mir Ihr Name von vornherein so bekannt vorkam."

Er schien überrascht zu sein, griff nach einer großen Salzstange, brach sie in zwei Hälften und bot ihr eine davon an. „Ich hatte ja keine Ahnung, dass Sie sich auch gern mit Architektur beschäftigen, Lindsay."

„Ich müsste in den letzten zehn Jahren schon auf einer einsamen Insel gelebt haben, wenn mir Ihr Name nichts sagte. In welcher Zeitung war doch diese große Artikelserie über Sie? War das in der ‚Newsview'? Ja, ich erinnere mich genau. In der ‚Newsview' war eine Serie von Berichten mit Fotos von einigen der repräsentativen Gebäude, die Sie gebaut haben. Das Handelszentrum in Zürich, das MacAfee-Gebäude in San Diego."

„Sie haben ein fabelhaftes Gedächtnis", stellte Seth fest, während er sie über die Kerze hinweg bewundernd ansah.

„Ein unfehlbares!" Lindsay gab sich sehr überlegen. „Ich kann mich auch noch an alle Einzelheiten gewisser Artikel erinnern, die von Ihren vorzüglichen Beziehungen zu einem großen Teil der weiblichen Bevölkerung des Landes berichteten", neckte sie ihn. „Ganz besonders denke ich da an die Erbin einer Hotelkette, an eine australische Tennisspielerin und an einen spanischen Opernstar. Haben Sie sich nicht vor einem Monat noch mit Billie Marshall, der Fernsehsprecherin, verlobt?"

Seth drehte den Stiel seines Glases zwischen den Fingern. „Ich war noch nie verlobt. Dazu habe ich viel zu viel Angst, aus der Verlobung könnte eine Ehe werden."

„Ach, so ist das. Von der Ehe scheinen Sie also nicht viel zu halten."

„Halten Sie etwas davon?"

Lindsay zögerte einen Augenblick mit der Antwort. Sie nahm seine Frage ernst. „Ich weiß nicht recht. Ich glaube, ich habe noch nie richtig darüber nachgedacht. Hatte wohl einfach nie die Zeit, darüber nachzudenken. Muss man etwas von der Ehe halten? Ich denke, ich lasse die Dinge in Ruhe auf mich zukommen. Aber wer weiß, vielleicht finde ich eines Tages doch noch einen Märchenprinzen."

„Sie können ja richtig romantisch sein."

„Ja, manchmal bin ich das. Aber Sie müssen auch eine romantische Ader haben, sonst hätten Sie Cliff House nicht gekauft."

„Warum bin ich romantisch, weil ich dieses Haus gekauft habe?"

Lindsay lehnte sich zurück. „Es ist nicht einfach irgendein Haus, und ich glaube, das wissen Sie genauso gut wie ich. Sie hätten ein Dutzend anderer Häuser kaufen können. Alle weniger reparaturbedürftig und fast alle günstiger gelegen."

„Und warum habe ich das Ihrer Ansicht nach nicht getan?" fragte Seth, dessen Interesse erwacht zu sein schien.

Er füllte Lindsays Glas aufs Neue. Sie hinderte ihn nicht daran, rührte es aber vorläufig nicht an, denn sie spürte bereits die Wirkung des Weins. Eigentlich ein sehr angenehmes Gefühl, dachte sie und erwiderte:

„Weil Sie seinem Zauber verfallen sind. Sie haben gemerkt, dass es etwas Einzigartiges ist. Wenn Sie ein purer Materialist wären, hätten Sie sich eine elegante Eigentumswohnung an der Küste, dreißig Kilometer südlich von hier, gekauft. Wie lautet doch die schöne Reklame, die immer in der Zeitung steht? ‚Kaufen Sie sich ein Stückchen des ursprünglichen Neu-England. Genießen Sie eine der schönsten Aussichten unseres Landes!'"

Seth lachte. „Darf ich also annehmen, dass Sie nicht viel für Eigentumswohnungen übrig haben?"

„Ich kann sie nicht ausstehen! Ganz und gar nicht, fürchte ich! Aber das ist meine sehr persönliche Ansicht. Für eine ganze Reihe von Leuten sind sie gewiss ideal. Ich mag halt keine Gleichförmigkeit. Eigentlich seltsam, denn gerade durch das Ballett müsste ich daran gewöhnt sein. Aber da geht es wohl mehr um einen Gleichklang der Bewegungen. Der persönliche Ausdruck, die persönliche Note sind mir sehr wichtig. Ich fühle mich zum Beispiel mehr geschmeichelt, wenn man in mir eine Persönlichkeit sieht, als wenn man mir sagt, ich sei schön."

In diesem Augenblick stellte der Kellner gerade einen riesigen Hummer vor sie hin. Als sie wieder allein waren, setzte sie hinzu: „Ich mag Originelles, Schöpferisches."

„Sind Sie deshalb Tänzerin geworden?" Seth spießte ein Stückchen Hummer auf seine Gabel. „Um Schöpferisches zu leisten?"

„Kann schon sein. Aber nicht nur deshalb. Wussten Sie übrigens", versuchte Lindsay das Thema zu wechseln, „dass es in Cliff House spuken soll?"

„Nein", antwortete er und lächelte breit. „Davon war bei unserem Verkaufsgespräch nicht die Rede."

„Natürlich nicht. Sonst wären Sie womöglich noch von dem Kauf zurückgetreten." Lindsay tropfte genüsslich noch ein wenig Zitrone über ihren Hummer, bevor sie davon probierte.

„Hätten Sie sich denn von einem Hausgeist abschrecken lassen?"

„Oh ja. Ich habe schreckliche Angst vor Geistern!" Sie nahm noch ein wenig Hummer und beugte sich näher zu ihm hinüber. „Wissen Sie, es soll ein weiblicher Geist sein, der vor einigen hundert Jahren gelebt hat. Das arme Ding war mit einem ziemlich üblen Ehemann verheiratet, behauptet man. Eines Nachts wollte sie sich zu ihrem Liebsten schleichen, und dabei wurde sie unglücklicherweise von ihrem Gatten erwischt. Hat wohl nicht genug aufgepasst, die Arme. Nun, wie dem auch sei, er hat sie den Felsen hinuntergeworfen. Vom Balkon im zweiten Stock."

Die schöne Ballerina

„Damit dürfte er den ehebrecherischen Neigungen seines Weibes ein plötzliches und endgültiges Ende gesetzt haben", kommentierte Seth trocken.

„Mmm." Lindsay nickte. „Aber hin und wieder soll sie zurückkommen. Die Leute behaupten, sie sei im Garten gesehen worden."

„Sie scheinen diese Mordgeschichte ja richtig zu genießen."

„Nun ja, nach ein paar hundert Jahren haben selbst Mord und Totschlag etwas Romantisches an sich. Denken Sie nur daran, in wie vielen Balletts davon die Rede ist. *Giselle, Romeo und Julia.* Das sind nur zwei von vielen."

„Und Sie haben in beiden die Hauptrolle dargestellt. Vielleicht mögen Sie deshalb auch Geistergeschichten?"

„Ich mag Geistergeschichten, obgleich ich mich ganz schrecklich vor Geistern fürchte. Aber das war schon so, bevor ich etwas mit Julia oder Giselle zu tun hatte. Das Haus hat mich fasziniert, solange ich denken kann. Als Kind habe ich geschworen, ich würde eines Tages selbst darin leben. Ich nahm mir vor, den Garten neu anzulegen und das Innere instand setzen zu lassen. Ich stellte mir vor, wie schön es sein müsste, wenn die vielen blank geputzten Fenster in der Sonne glänzen." Sie langte über den Tisch und drückte schnell Seths Hand. „Ich bin froh, dass Sie es gekauft haben."

„Wirklich?" Seine Augen wanderten von ihrem Gesicht über den Hals zu dem bescheidenen Ausschnitt ihres Kleides. „Warum?"

„Weil Sie es zu schätzen wissen. Sie werden es zu neuem Leben erwecken."

Lindsay war sich seiner Blicke sehr bewusst. Jetzt wanderten sie über ihren Mund zurück und versanken in ihren Augen. Wieder wurde ihr plötzlich warm, und sie spürte, wie ihre Haut zu kribbeln anfing. Entschlossen richtete sie sich in ihrem Stuhl auf und nahm die Schultern zurück.

„Ich weiß, dass Sie schon einiges an dem Haus getan haben. Werden Sie jetzt noch größere Umbauten vornehmen oder sich hauptsächlich aufs Renovieren beschränken?" Solange sie redete, fühlte Lindsay sich sicher, also musste sie für die Gesprächsthemen sorgen.

„Möchten Sie sich gern ansehen, was bisher gemacht worden ist?"

„Oh, gern!" Lindsay antwortete, noch bevor Seth die Frage ganz ausgesprochen hatte. Sie strahlte ihn an.

„Dann hole ich Sie morgen Mittag ab." Sein Blick fiel auf ihren Teller. „Ich hätte nie für möglich gehalten, dass eine kleine zierliche Person wie Sie so viel essen kann", bemerkte er schmunzelnd. „Haben Sie immer einen so guten Appetit?"

„Ja", antwortete Lindsay lachend und nahm sich noch ein Stückchen Toast mit Butter. Jetzt war ihr wieder wohler.

Über ihnen wölbte sich der nächtliche Himmel. Dort, wo man zwischen den Wolken Sterne blitzen sah, schienen sie zum Greifen nahe. Während Seth und Lindsay auf dem Rückweg die Küstenstraße entlangfuhren, packte der Herbstwind den Wagen mit solcher Macht von der Seite, dass Seth alle Hände voll zu tun hatte, sich nicht von der Straße drängen zu lassen.

Im Vertrauen auf seine Geschicklichkeit lehnte Lindsay sich behaglich in ihren Sitz zurück. Sie fühlte sich so zufrieden wie lange nicht mehr. Der Abend war viel schöner gewesen, als sie erwartet hatte, und abgesehen von ihrer kleinen Unstimmigkeit wegen Ruth hatten sie sich beide recht gut verstanden.

Hätte ihr gestern jemand gesagt, Seth könne entspannt,

ja sogar fröhlich sein, sie hätte ihm nicht geglaubt. Und das Schönste war, dass sie seit dem Unfall ihrer Eltern nicht mehr so viel und herzlich gelacht hatte. Sie war in den letzten Jahren zu ernst geworden, und es wurde für sie höchste Zeit, sich wieder an die heiteren Seiten des Lebens zu erinnern.

Nachdem Seth und Lindsay ihre Meinungsverschiedenheit zunächst beiseite geschoben hatten, war der Rest des Abends recht harmonisch und anregend verlaufen. Beide hatten sich erfolgreich bemüht, gefährlicheren Themen aus dem Weg zu gehen, und so fanden sie bald heraus, dass ihre Ansichten und Interessen in vieler Hinsicht übereinstimmten.

Lindsay wusste natürlich, dass sie mit Seth wegen Ruths Zukunft wahrscheinlich noch öfter aneinander geraten würde, denn in diesem Punkt waren sie zu unterschiedlicher Meinung, aber irgendwie würde sie ihren Willen durchsetzen, davon war sie fest überzeugt. Und heute war sie glücklich. Warum an morgen denken?

„Ich liebe Nächte wie diese." Sie räkelte sich voller Wohlbehagen. „Nächte, in denen die Sterne so nahe zu sein scheinen, in denen der Wind durch die Bäume rauscht." Sie drehte den Kopf ein wenig, um Seth anzusehen. „Auf der Ostseite Ihres Hauses wird man heute die Wellen am lautesten hören. Haben Sie sich das Schlafzimmer mit dem Balkon zur Bucht ausgesucht? Das mit dem angrenzenden Umkleidezimmer?"

„Sie scheinen das Haus ja gut zu kennen."

Lindsay lachte. „Natürlich. Was glauben Sie, wie oft wir als Kinder darin herumgelaufen sind. Wir mussten nur immer sehr vorsichtig sein, dass niemand uns sah, wenn wir hineinschlichen. Uns war schon klar, dass wir etwas Verbotenes taten, aber dadurch wurde das Unternehmen nur noch interessanter."

In der Ferne tauchten jetzt schon die ersten Lichter von Cliffside auf.

„Haben Sie sich dieses Zimmer ausgesucht?" wiederholte Lindsay. „Ich war immer ganz begeistert von dem riesigen alten Kamin und der hohen Stuckdecke. Aber der Balkon ... Haben Sie schon einmal bei Sturm auf dem Balkon gestanden? Das muss ein gewaltiges Erlebnis sein, wenn die Wellen sich an den Felsen brechen und der Wind um das Haus tobt."

Auch ohne Seth anzusehen, merkte Lindsay, dass er sich über sie amüsierte. Seine Worte bestätigten ihren Verdacht.

„Sie scheinen gern gefährlich zu leben."

„Kann sein. Vielleicht, weil ich nie viel Aufregendes erlebt habe. Dramatik und Abenteuer kenne ich nur von der Bühne her. In Cliffside verläuft das Leben ziemlich gleichförmig."

„Ihre Geisterfrau wäre sicher nicht derselben Ansicht."

„Sie meinen Ihre Geisterfrau", korrigierte Lindsay, während Seth den Wagen vor ihrem Haus ausrollen ließ. „Sie haben sie mit dem Haus gekauft. Sie gehört Ihnen."

Als sie ausstiegen, blies ihnen ein kalter Windstoß entgegen.

„Nun scheint der Herbst endgültig den Sommer vertrieben zu haben." Lindsay blieb einen Augenblick vor dem Wagen stehen und sah zu den dunklen Fenstern des Hauses hinüber. „Bald werden wir auf dem Platz am Ende der Straße ein Freudenfeuer anzünden. Marshall Woods wird seine Geige mitbringen, Tom Randers sein Akkordeon und Danny Brixton die Flöte, und dann spielen sie bis nach Mitternacht zum Tanz auf. Die ganze Stadt wird auf den Beinen sein, um an dem großen Ereignis teilzunehmen. Ihnen wird das Ganze wahrscheinlich recht harmlos vorkommen, nachdem Sie so viel in der Welt herumgekommen sind."

Seth öffnete das Garagentor und ließ ihr höflich den

Vortritt. „Ich bin in einem winzigen Flecken in Iowa aufgewachsen."

„Wirklich? Ich dachte, Sie kämen aus der Großstadt. Sie wirken so weltmännisch. Sind Sie später noch oft in Iowa gewesen?"

„Nein."

„Zu langweilig?"

„Zu viele Erinnerungen."

„Entschuldigen Sie bitte. Ich hätte nicht so neugierig fragen dürfen."

Lindsay trat auf die erste Stufe der Treppe, die zum Eingang führte. Da sie hohe Absätze trug, stand sie nun mit Seth fast auf gleicher Höhe und sah direkt in seine Augen. In seiner Iris entdeckte sie kleine bernsteinfarbene Pünktchen.

„Zwölf Pünktchen. Auf jeder Seite sechs", murmelte sie, ohne es selbst zu merken.

„Wie bitte?"

„Oh, nichts. Ich habe die unangenehme Eigenschaft, manchmal mit mir selbst zu reden. Warum lächeln Sie?"

„Mir fiel gerade ein, dass es lange her ist, seit ich ein Mädchen an die Haustür gebracht habe. Damals brannte auch ein Licht über der Tür. Ich war achtzehn, glaube ich."

„Wie tröstlich, dass Sie auch einmal achtzehn waren. Haben Sie ihr einen Gutenachtkuss gegeben?"

„Natürlich, und ihre Mutter hat hinter der Gardine gestanden und zugesehen."

Lindsay sah unwillkürlich noch einmal zu den Wohnzimmerfenstern hinüber. „Meine ist schon lange zu Bett gegangen", erklärte sie, legte ihm die Hände auf die Schultern, neigte sich nach vorn und berührte leicht seine Lippen.

Es war, als hätte die kurze Berührung ein Erdbeben ausgelöst. Empfindungen überwältigten Lindsay, von deren Existenz sie nichts geahnt hatte. Erschreckt fuhr sie zurück und merkte verwundert, dass der Boden unter ihr zu schwanken schien. Sie suchte Halt und klammerte sich fester an Seths Schultern.

Er hatte ihr Gesicht zwischen beide Hände genommen, und seine Blicke versanken in ihren Augen. Ihr Herz schlug plötzlich zum Zerspringen. So wild hatte es früher geklopft, wenn sie vor einem besonders schwierigen Auftritt darauf gewartet hatte, dass der Vorhang aufging. Was sie jetzt empfand, war fast die gleiche Mischung aus Furcht und Erwartung und doch viel stärker. Sie sah auf Seths Mund und fühlte ein fast unerträgliches Verlangen nach ihm.

Langsam, als stünde die Zeit für sie still, näherten sich ihre Gesichter einander. Dann lagen sie sich in den Armen, und seine Lippen legten sich sanft auf die ihren. Und es war, als hätten sie sich schon immer gekannt und nicht erst seit gestern.

Sein Mund glitt wie im Spiel über ihre Lippen, leicht und zart. Er schob die Hände in ihren Mantel, und deren Wärme drang durch das dünne Kleid. Als er ihre Unterlippe mit seinen Zähnen einfing, war ihr, als schösse ein Stromstoß durch ihren Körper. Ihre Knie zitterten. Sie umklammerte ihn, als verlöre sie den Halt unter den Füßen. Jetzt wurden seine Küsse fordernd und leidenschaftlich, und sie drängte sich enger an ihn, als sein Mund über ihren zurückgebogenen Hals glitt. Sein Haar kitzelte ihre Wange wie Schmetterlingsflügel, und sie konnte dem Verlangen nicht widerstehen, ihre Finger darin zu vergraben.

Dann fühlte sie, wie er den Reißverschluss ihres Kleides öffnete. Zärtlich liebkosten seine Hände ihre nackte Haut, und ihr war, als verbrenne ihr Rücken unter seiner Berührung. Ihre Zunge drängte sich in seinen Mund, und ihr eigenes Begehren machte ihr plötzlich Angst. Sie erschrak vor der Macht ihres Gefühls und der Schwäche ihres Willens.

Mit letzter Kraft stieß sie sich mit den Händen von seiner Brust ab. Er löste sich von ihren Lippen, hielt sie jedoch weiter fest umschlungen.

„Nein, ich …" Lindsay schloss einen Augenblick die Augen und rang nach Atem. Dann hörte sie sich sagen: „Es war ein reizender Abend. Vielen Dank, Seth."

Er sah sie verdutzt an. „Findest du deine kleine Ansprache nicht etwas fehl am Platz in diesem Augenblick?"

„Du hast ja Recht, aber …" Lindsay drehte ihr Gesicht zur Seite. „Ich glaube, ich gehe ins Haus. Ich habe keine Übung …"

„Übung?" Seth griff mit der Hand unter ihr Kinn und bog ihr Gesicht zu sich zurück.

Sie schluckte, denn sie wusste nur zu gut, dass sie selbst die Szene, die zum Schluss etwas außer Kontrolle geraten war, heraufbeschworen hatte. „Bitte … Ich bin in diesen Dingen noch nie besonders gut gewesen …"

„Was für ‚Dinge' meinst du, um Himmels willen?" Seth hielt sie immer noch fest umschlungen.

„Seth", Lindsays Herz schlug fast wieder so wild wie zuvor, „bitte, lass mich gehen, bevor ich mich ganz und gar lächerlich mache."

Eine Sekunde lang blitzten seine Augen sie zornig an. Dann presste er seine Lippen hart auf ihren Mund.

„Morgen", stieß er zwischen den Zähnen hervor und ließ sie abrupt los.

Lindsay taumelte ein wenig. Mit beiden Händen strich sie

ihr zerzaustes Haar zurück und stammelte: „Ich glaube, ich sollte lieber nicht ..."

„Morgen!" wiederholte er knapp, drehte sich auf dem Absatz um und lief zum Wagen.

Lindsay blieb stehen, bis die Schlusslichter nicht mehr zu sehen waren. Morgen, dachte sie, und plötzlich fröstelte sie.

6. KAPITEL

Lindsay war spät aufgestanden, und so wurde es Mittag, bevor sie ihre Übungen an der *barre* beendet und sich umgezogen hatte. Da sie dem Besuch in Cliff House nicht durch elegante Kleidung besondere Bedeutung geben wollte, zog sie sich bewusst lässig an. Ihr rostfarbener Jogginganzug schien ihr für diese Gelegenheit genau das Richtige zu sein. Sie warf sich die dazu passende Jacke lose über die Schultern und rannte die Treppe hinunter – geradewegs in Mrs. Moorefields Arme, die in diesem Augenblick das Haus betrat.

Carol Moorefield und ihr Sohn Andy waren so verschieden wie Tag und Nacht. Sie war klein, schlank, hatte glattes brünettes Haar und wirkte gleichzeitig welterfahren und jugendlich. Andy glich ganz seinem Vater, den Lindsay nur von Fotos her kannte, denn er war schon vor zwanzig Jahren gestorben.

Nach dem Tode ihres Mannes hatte Carol das Blumengeschäft übernommen und es mit viel Geschäftssinn und Geschmack weitergeführt. Lindsay hatte im Laufe der Jahre Carols Urteil immer mehr schätzen gelernt, und zwischen den beiden altersmäßig so ungleichen Frauen hatte sich eine tiefe Freundschaft entwickelt.

„Das sieht ja fast aus, als wolltest du noch einen Langlauf machen", rief Carol, während sie die Tür hinter sich schloss. „Dabei dachte ich, du könntest heute ein wenig Ruhe brauchen, nachdem es gestern so spät geworden ist."

Lindsay küsste sie auf die leicht gepuderte Wange. „Woher weißt du das? Hat Mutter dich angerufen?"

Carol strich Lindsay lachend über das lange Haar. „Natürlich. Aber ich wusste es schon vorher. Hattie Mac Donald", erklärte sie. „Sie hat gesehen, wie er dich abgeholt hat, und mir gleich die neuesten Nachrichten weitergegeben. Ja, ja, so sind die lieben Nachbarn."

„Wie schön, dass ich zu eurer Samstagabendunterhaltung beitragen konnte", erwiderte Lindsay trocken.

Carol betrat das Wohnzimmer und warf Tasche und Jacke auf das Sofa. „War es denn wenigstens nett?"

„Ja. Doch."

Lindsay hatte plötzlich etwas an ihrem Tennisschuh zu befestigen. Carol sah ihr schweigend dabei zu.

„Wir haben weiter oben an der Küste zu Abend gegessen."

„Und wie ist er?"

Lindsay sah kurz auf und wandte ihre Aufmerksamkeit sogleich dem anderen Schuh zu. „Ich weiß nicht recht. Interessant. So viel ist sicher. Im Ganzen ziemlich überwältigend. Und sehr selbstsicher. Ab und zu ein wenig formell. Und … und ich glaube, er kann auch sehr geduldig und einfühlsam sein."

Carol hörte den Ton ihrer Stimme und wusste Bescheid. Sie seufzte, denn obgleich auch sie wusste, dass Lindsay niemals Andys Frau werden würde, hatte sie sich immer noch ein ganz kleines bisschen Hoffnung in dieser Hinsicht gemacht. „Du scheinst ihn zu mögen."

„Ja …" Lindsay richtete sich auf. „Ich glaube es wenigstens. Wusstest du, dass er der Architekt S. N. Bannion ist?"

Carol hatte offensichtlich noch nichts davon gewusst. Sie zog ihre Brauen fragend hoch. „Wirklich? Ich dachte, dieser Bannion hätte eine Französin geheiratet, eine Rennfahrerin."

„Anscheinend doch nicht."

„Das ist ja interessant." Carol stützte die Hände in die

Hüften, wie immer, wenn sie wirklich beeindruckt war. „Weiß deine Mutter das schon?"

„Nein, sie ..." Lindsay warf über die Schultern einen Blick zum Schlafzimmer ihrer Mutter. „Ich fürchte, ich habe sie gestern gekränkt. Sie hat heute noch nicht mit mir gesprochen."

„Lindsay." Carol strich ihr leicht über die Wange, als sie den Schatten auf Lindsays Gesicht bemerkte. „Du darfst es dir nicht so nahe gehen lassen."

Lindsay wirkte plötzlich sehr verletzlich. „Manchmal scheine ich eine besondere Begabung zu haben, alles falsch zu machen, und dabei schulde ich ihr ..."

„Lass das!" Carol packte sie energisch bei der Schulter und schüttelte sie kurz. „Es ist einfach lächerlich, wenn Kinder meinen, sie müssten ihr Leben lang den Eltern irgendwas zurückzahlen. Das Einzige, was du Mary schuldest, sind Liebe und Respekt. Wenn du immer nur tun würdest, was sie will, würdet ihr schließlich beide unglücklich. So", sie strich Lindsay über das Haar, „und damit für heute genug der weisen Sprüche! Jetzt will ich Mary zu einer Spazierfahrt überreden."

Lindsay warf ihr die Arme um den Hals. „Was machten wir nur ohne dich!"

Carol freute sich über die herzliche Geste. „Magst du nicht mitkommen? Wir könnten erst ein wenig in der Gegend herumfahren und dann irgendwo ein schnuckeliges kleines Mittagessen zu uns nehmen."

„Nein, das geht leider nicht. Seth wird mich gleich abholen, um mir sein Haus zu zeigen."

„Ach ja, er hat dein geliebtes Cliff House gekauft." Carol nickte verständnisvoll. „Dieses Mal kannst du es dir sogar bei Tageslicht ansehen."

„Meinst du, ich könnte vielleicht enttäuscht sein?"

„Das bezweifle ich." Carol ging durchs Zimmer. „Viel Spaß wünsche ich dir auf jeden Fall, und du brauchst dich wegen des Abendessens nicht zu beeilen. Deine Mutter und ich werden irgendwo unterwegs essen."

Bevor Lindsay darauf antworten konnte, klingelte es an der Tür.

„Da ist schon dein junger Mann", rief Carol im Hinausgehen.

Lindsay blieb zögernd stehen. Ihr war gar nicht wohl zu Mute, wenn sie an die Szene vom vergangenen Abend dachte. Sich selbst gegenüber hatte sie die überstarken Empfindungen damit zu erklären versucht, dass sie so selten mit Männern ausging, und sie glaubte auch, die romantische Stimmung des Abends hätte dazu beigetragen. Sie hatte eben für einen Augenblick den Kopf verloren.

Von nun an wollte sie immer daran denken, dass Seth ein bekannter Frauenheld war, der jede seiner bisherigen Eroberungen nach kurzer Zeit wegen einer anderen Schönen wieder verlassen hatte. Es muss mir gelingen, sagte sie sich, unsere Beziehung auf eine freundschaftliche Basis zu bringen. Wenn ich für Ruth etwas erreichen will, muss ich zwar ein gutes Verhältnis zu ihrem Onkel bewahren, aber so, als hätte ich geschäftlich mit ihm zu tun.

Bevor sie die Tür öffnete, legte sie eine Hand auf die Magengegend, um ihre Nerven zu beruhigen. Sie nahm sich vor, Seth gegenüber zwar nett und freundlich zu bleiben, doch auf genügend Abstand zu achten.

Er trug eine dunkelbraune Baumwollhose und einen sandfarbenen Rollkragenpullover. Seine starke männliche Ausstrahlung traf sie wie ein Schlag. Sie hatte vorher schon ein oder zwei Männer mit einer so ausgesprochen sexuellen Aura kennen gelernt. Nick Davidov war der eine und ein Choreograph, mit dem sie zusammengearbeitet hatte, der zweite. In beider Leben hatte es ständig Frauen gegeben. Eine Geliebte war vergessen, sobald die nächste auf der Bildfläche erschien.

Sei vorsichtig, dachte Lindsay, sehr vorsichtig!

Sie begrüßte Seth mit einem freundlichen „Hallo", hängte sich eine kleine Tasche aus grob gewebtem Leinen über die Schulter und zog die Tür hinter sich ins Schloss. Dann hielt sie Seth ganz selbstverständlich die Hand hin.

„Wie geht es dir?"

„Bestens."

Mit einem leichten Druck seiner Hand hinderte er sie daran, die Treppe sofort hinunterzugehen. So standen sie genau da, wo sie sich am Abend vorher umarmt hatten. Lindsay wusste, dass auch Seth daran dachte. Als sie ihn anzusehen wagte, bemerkte sie seinen prüfenden Blick.

„Und wie geht es dir?"

„Gut", brachte sie heraus und kam sich ziemlich lächerlich vor.

„Ganz bestimmt?" fragte er und zwang sie, ihn weiter anzusehen.

Lindsay überlief es heiß. „Ja, natürlich." Das klang zu ihrer eigenen Überraschung wieder ganz normal. „Warum sollte es mir nicht gut gehen?"

Als hätte ihn ihre Antwort befriedigt, drehte sich Seth um. Sie gingen zusammen zum Wagen. Heute wirkt er wieder ganz anders als gestern, fast fremd, dachte Lindsay und fühlte sich von diesem Fremden, ohne es zu wissen, noch stärker angezogen als je zuvor.

Während Seth den Wagen für sie aufschloss, beobachtete

sie drei Spatzen, die hinter einer Krähe herjagten. Amüsiert hörte sie das aufgeregte Gezwitscher und Gezirpe. Schließlich entkam die Krähe mit großen Flügelschlägen gen Osten.

Lachend wandte sie sich Seth zu, und im selben Augenblick lag sie auch schon in seinen Armen.

Im ersten Moment war sie zu überrascht, um irgendetwas zu empfinden, aber dann, als sein Gesicht dem ihren so nahe war, schien sich ihr ganzes Sein auf dieses Gesicht zu konzentrieren. Ihre Lippen öffneten sich einladend, und ihre Augenlider schienen immer schwerer zu werden.

Dann fielen ihr plötzlich ihre guten Vorsätze ein. Sie schluckte, wich zurück und stieg schnell in den Wagen. Erst als Seth die Tür hinter ihr zuschlug, atmete sie erleichtert auf. Sie beobachtete, wie er um den Wagen herum zur Fahrerseite ging.

Ich darf nicht zulassen, dass mir die Situation wieder aus der Hand gleitet. Ich muss mich viel besser unter Kontrolle haben. Sie wiederholte die Sätze wie eine Beschwörungsformel.

Sobald Seth neben ihr saß, versuchte sie ihn in eine Unterhaltung zu ziehen.

„Hast du eine Vorstellung, wie viele Augen in diesem Moment auf uns gerichtet sind?"

Seth ließ den Motor an, fuhr aber noch nicht los. „Nein. Meinst du wirklich, es schaut einer zu?"

„Einer? Dutzende." Lindsay senkte verschwörerisch ihre Stimme. „Hinter jedem Vorhang. Wie du siehst, mache ich mir nicht viel daraus. Aber ich bin ja von der Bühne her an Publikum gewöhnt. Ich hoffe nur, du lässt dich nicht nervös machen."

„Aber kein bisschen", erwiderte Seth, drängte sie gegen die Rückenlehne ihres Sitzes und drückte ihr einen schnellen, heftigen Kuss auf den Mund, der Lindsay sogleich wieder in inneren Aufruhr versetzte. „Wenn sich die Leute schon die Mühe machen, wollen sie doch von uns nicht enttäuscht werden! Meinst du nicht auch?"

„Mmm", war alles, was Lindsay hervorbrachte.

Sie rückte schnell von ihm weg. Da habe ich mich ja fein unter Kontrolle gehabt, schimpfte sie sich innerlich selbst aus.

Cliff House war weniger als vier Kilometer von Lindsays Elternhaus entfernt, aber es stand hoch über der Stadt, oberhalb des vor der Küste aufragenden Bergzuges. Es war aus Granit gebaut. Wenn man die Straße hinauffuhr, wirkte es, als wäre es direkt aus dem Felsen herausgeschlagen – trotzig, fast ein wenig drohend, wie eine kleine Festung. Nur die vielen Fenster milderten diesen Eindruck ein bisschen, und zu Lindsays großem Entzücken blitzten sie alle im Sonnenlicht. Rauch stieg aus den vielen Schornsteinen auf. Zum ersten Mal seit mehr als einem Dutzend Jahren wirkte das Haus lebendig.

Die Einfahrt war steil und lang und wand sich in vielen Kurven von der Hauptstraße bis zur Vorderfront des Hauses. Zu dieser Jahreszeit blühten nur noch wenige Herbstblumen im Garten, doch der weite Rasen war geschnitten und wirkte gepflegt.

„Ist es nicht herrlich hier?" rief Lindsay begeistert. „Mir hat immer besonders gefallen, dass das Haus dem Meer den Rücken zukehrt, als wäre es von dessen Gewalt ganz unbeeindruckt. Es scheint zu sagen: Wenn du meinst, du könntest mir auch nur das Geringste anhaben, so hast du dich gewaltig geirrt!"

Seth hatte den Wagen am Ende der Zufahrt angehalten. Jetzt wandte er sich ihr zu. „Das ist allerdings eine sehr fantasievolle Deutung, Lindsay."

„Ich bin auch eine sehr fantasievolle Person."

„Ja. Das habe ich allerdings schon bemerkt."

Er lehnte sich über sie, um von innen die Tür an ihrer Seite zu öffnen. Dabei kam sein Mund dem ihren gefährlich nahe. Die kleinste Bewegung, und ihre Lippen hätten einander berührt.

„Seltsam, bei dir finde ich das sehr anziehend. Sonst habe ich eigentlich immer mehr für realistische Frauen übrig gehabt."

„Tatsächlich?"

Seine Nähe hatte eine eigenartige Wirkung auf Lindsay. Es war, als schlängen sich Hunderte unsichtbarer Fäden um sie herum und machten sie absolut wehrlos. „Ich bin leider ziemlich unpraktisch. Ich träume lieber."

„So? Was träumst du denn?"

„Ziemlichen Unsinn, fürchte ich."

Sie stieß mit dem Arm schnell die Tür weiter auf und stieg aus. Während sie auf ihn wartete, atmete sie tief die frische Luft ein, um wieder zur Wirklichkeit zurückzufinden.

„Weißt du", erzählte sie, als Seth an ihre Seite getreten war, „das letzte Mal war ich um Mitternacht hier. Ich war sechzehn." Bei der Erinnerung lächelte sie vor sich hin, während sie mit Seth auf das Haus zuschritt. „Der arme Andy – ich habe ihn einfach hinter mir hergezogen. Ob er wollte oder nicht, er musste mit mir durch das Seitenfenster einsteigen."

„Andy." Seth blieb vor dem Eingang stehen. „Das ist doch dieser Muskelprotz, den du vor deinem Studio geküsst hast."

Diese Beschreibung Andys passte Lindsay ganz und gar nicht. Sie kniff den Mund zusammen, antwortete nicht.

„Eine Jugendliebe?" fragte Seth betont obenhin und klingelte mit den Schlüsseln in seiner Hand.

„Er ist ein Freund. Ein guter Freund!"

Die schöne Ballerina

„Ihr scheint euch sehr zu mögen."

„Stimmt haargenau. Das ist wohl normalerweise bei Freunden so."

„Welch scharfsinnige Antwort." Seth schloss die schwere Haustür auf und forderte sie mit einer Handbewegung auf, einzutreten. „Dieses Mal brauchst du nicht durchs Fenster einzusteigen."

Der erste Eindruck war genauso überwältigend, wie Lindsay ihn in Erinnerung gehabt hatte. Raue Holzbalken stützten die sechs Meter hohe Decke der Eingangshalle. Links schwang sich eine weite Treppe nach oben, teilte sich und mündete in die Galerie, die im ersten Stock rings um die Halle herumführte. Das Geländer glänzte wie ein Spiegel, und die Treppenstufen waren nicht mit Teppich belegt.

Seidig glänzende Tapete in einem sahnigen Cremeton bedeckte die ehemals staubigen Wände. Auf dem Fußboden lag ein großer Perserteppich, und in den Prismen eines gewaltigen Kronleuchters brachen sich die durch das Fenster einfallenden Sonnenstrahlen.

Ohne ein Wort zu sagen, schritt Lindsay durch die Halle zum ersten Zimmer. Der Salon war vollständig restauriert worden. Ein Gemälde in kühn flammenden Farben hob sich von den gedämpften Tönen der anderen ab. Im Marmorkamin knisterte ein Feuer.

Vor einem kleinen Tisch aus dem achtzehnten Jahrhundert blieb sie stehen und ließ vorsichtig ihre Hand darüber gleiten. „Es ist bezaubernd." Sie betrachtete ein mit fein gestreiftem Brokat bezogenes Sofa. „Du hast mit sicherem Geschmack ausgewählt, was in dieses Haus passt. So eine kleine Meißener Schäferin habe ich in meiner Fantasie schon immer auf dem Kaminsims stehen sehen. Und da steht sie nun wirklich." Sie trat näher, um die kleine Kostbarkeit zu bewundern. „Und französische Teppiche auf dem Boden …"

Lindsay schaute Seth voll ins Gesicht. Sie strahlte vor Entzücken. Ihre eigene zarte, zeitlose Schönheit schien in diesen Raum mit seinen ausgesuchten Antiquitäten, den kostbaren Brokat- und Seidenstoffen hineinzugehören.

Seth näherte sich ihr. Er sog den Duft ihres feinen Parfüms ein.

„Ist Ruth nicht hier?" fragte Lindsay.

„Nein, im Augenblick nicht." Er streckte seine Hand aus und strich mit den Fingerspitzen zart über ihre Wange. „Sie ist bei Monika. Es steht dir gut, wenn dein Haar ein wenig zerzaust ist. Ich habe es vorher noch nie so gesehen", sagte er leise, und seine Finger wanderten von der Wange zum Ansatz ihres vollen Haares.

Lindsay war, als fingen die gefürchteten unsichtbaren Fäden schon wieder an, ein Netz um sie zu weben. Schnell trat sie einen Schritt zurück.

„Als wir uns zum ersten Mal getroffen haben, war es auch zerzaust und, wenn ich mich recht erinnere, außerdem völlig nass und aufgelöst."

Das Lächeln erschien zuerst in Seths Augen, bevor es sich in seinem Gesicht ausbreitete. „Deine Erinnerung trügt dich nicht." Er verringerte aufs Neue den Abstand zwischen ihnen und fuhr ihr mit dem Finger langsam über die Kehle. Unwillkürlich erschauerte Lindsay.

„Du reagierst ungewöhnlich stark auf Zärtlichkeiten", stellte er ruhig fest und sah sie forschend an. „Ist das nur bei mir so oder auch sonst?"

Eine warme Welle durchströmte Lindsays Haut, und der Puls hämmerte dort, wo seine Hand die ihre berührte. Sie schüttelte den Kopf und wandte ihr Gesicht zur Seite. „Die Frage ist unfair."

„Ich bin kein fairer Mann."

„Nein", stimmte Lindsay zu und sah ihn wieder an, „jedenfalls nicht, soweit es deinen Umgang mit Frauen anbetrifft. Aber darüber wollte ich mich nicht mit dir unterhalten. Ich bin gekommen, um mir das Haus anzusehen", erinnerte sie ihn schnell. „Willst du es mir zeigen?"

Er schien ihre Bemerkung gar nicht zu hören, sondern neigte sich ihr entgegen, als plötzlich ein kleiner, schlanker Mann mit silbergesprenkeltem Bart in der Tür erschien. Der Bart war voll und gut geschnitten und wuchs von den Ohren um den Mund herum bis zum Kinn. Er wirkte besonders eindrucksvoll, weil ansonsten kein einziges Haar auf dem Kopf des Mannes zu sehen war. Er trug einen dunklen Anzug mit Weste, ein weißes gestärktes Hemd und eine dunkle Krawatte. Seine Haltung war perfekt, militärisch korrekt. Lindsay hatte den Eindruck von Kompetenz und Tüchtigkeit.

„Sir."

Seth drehte sich zu ihm um, und augenblicklich schien die Spannung, die über dem Raum gelegen hatte, zu weichen. Lindsays verkrampfte Muskeln entspannten sich.

„Worth." Seth nickte und nahm Lindsays Arm. „Lindsay, darf ich dir Worth vorstellen? Worth, das ist Miss Dunne."

„Wie geht es Ihnen, Miss Dunne?" Die leichte Verbeugung war europäisch, der Akzent britisch.

Lindsay fand ihn sympathisch. „Hallo, Mr. Worth." Ihr Lächeln war spontan und freundlich, als sie ihm ihre Hand entgegenstreckte.

Worth zögerte mit einem kurzen Seitenblick auf Seth, bevor er sie leicht mit den Fingerspitzen berührte.

„Ein Anruf für Sie, Sir", richtete er dann das Wort an seinen Arbeitgeber. „Von Mr. Johnston in New York. Er sagte, es sei äußerst wichtig."

„Gut, danke. Sagen Sie ihm, ich käme sofort."

Als Worth aus dem Zimmer ging, zuckte Seth bedauernd die Schulter. „Tut mir Leid. Aber es wird nicht lange dauern. Möchtest du inzwischen einen Drink?"

„Nein, vielen Dank." Lindsay blickte hinter Worth her und dachte: Es ist doch wesentlich leichter, mit Seth zurechtzukommen, wenn er sich mir gegenüber formell benimmt.

Sie trat an das Fenster. „Lass dich nicht aufhalten. Ich warte ganz einfach hier."

Es dauerte keine zehn Minuten, bis Lindsays Neugier ihr Gefühl für gutes Benehmen besiegte. Dieses Haus hatte sie als Kind in stockdunklen Nächten durchstreift, trotz der Spinnweben und trotz der Angst vor Fledermäusen und Geistern. Jetzt, wo strahlender Sonnenschein die Zimmer erhellte, konnte sie dem Drang, die alte Bekanntschaft zu erneuern, einfach nicht widerstehen.

Sie begann ihre Entdeckungstour in der Halle.

An den Wänden hingen wertvolle alte Gemälde und eine Tapisserie, die ihr den Atem nahm. Das japanische Teeservice auf dem Tisch an der Seite war so dünnwandig, dass sie fürchtete, es könnte schon vom Anschauen zerspringen. In ihrer Verzauberung vergaß sie, dass sie eigentlich nur in der Halle hatte bleiben wollen. Sie stieß eine Tür im Hintergrund auf und stand unversehens in der Küche.

Die Einrichtung zeigte eine seltsame und doch sympathische Mischung aus Zweckmäßigkeit und altmodischem Charme. Die Küchengeräte waren eingebaut. Überall glänzten rostfreier Stahl und Chrom. Die Arbeitsflächen bestanden aus wasserabstoßendem Holz. Der Geschirrspüler machte beim Laufen nur ein kaum hörbares Geräusch, und in einem offenen Herd flackerte ein kleines Feuer. Sonnenlicht drang durch die Fenster und fiel auf die gekachelten Wände und den hölzernen Fußboden.

„Wie schön!" rief Lindsay unwillkürlich aus.

Worth richtete sich langsam von dem großen Tisch in der Mitte auf, wo er gerade damit beschäftigt gewesen war, Fleisch zu klopfen. Das Jackett hatte er gegen eine weiße Schürze eingetauscht. Sein Gesicht drückte Erstaunen aus, bevor es sich in die gewohnt ausdruckslosen Falten legte.

„Kann ich etwas für Sie tun, Miss?"

„Was für eine herrliche Küche!" gab Lindsay ihrer Begeisterung Ausdruck und ließ die Tür hinter sich zufallen.

Worth stand regungslos auf seinem Platz. Lindsay wanderte herum und bewunderte die schimmernden Kupferkessel und Pfannen, die über seinem Kopf hingen. „Wie geschmackssicher muss Mr. Bannion sein, um zwei Welten so perfekt miteinander zu verbinden."

„Gewiss, Miss", kam die knappe Antwort. „Haben Sie sich verirrt?" Er wischte die Hände an einem weißen Tuch ab.

„Nein. Ich bin nur ein bisschen herumgewandert." Lindsay ließ sich durch Worth, der nun wieder stocksteif auf der Stelle stand, nicht beirren. „Küchen haben mich schon immer fasziniert", erzählte sie. „Sie sind der Mittelpunkt des Hauses, nicht wahr? Leider habe ich nie richtig kochen gelernt. Das hat mir immer Leid getan."

Sie erinnerte sich an ihre kärglichen Mahlzeiten aus Salaten und Jogurt, die während ihrer Tänzerinnenzeit nur gelegentlich von Gerichten in französischen oder italienischen

Restaurants ergänzt wurden. Nicht einmal den Kühlschrank in ihrem Apartment hatte sie regelmäßig benutzt. Essen war etwas, das man in der Hektik des Tages meist vergaß. An Kochen war gar nicht zu denken.

„Ich bin schon froh, wenn es mir gelingt, eine Tunfischdose zu öffnen, ohne mir in die Finger zu schneiden", gestand sie. „Aber Sie sind gewiss ein ausgezeichneter Koch. Das sieht man Ihnen gleich an." Lindsay stand gerade neben einem der Fenster, und das Sonnenlicht umspielte ihr fein geschnittenes Profil und schmeichelte ihrer makellosen Haut.

„Ich tue, was ich kann, Miss. Darf ich Ihnen Kaffee im Salon servieren?"

Nun begriff Lindsay endlich, dass ihre Anwesenheit an diesem Ort unerwünscht war. Sie unterdrückte einen Seufzer. „Nein, vielen Dank, Mr. Worth. Ich glaube, ich gehe jetzt lieber zurück und schaue, ob Mr. Bannion sein Telefongespräch beendet hat."

Kaum hatte sie den Satz beendet, als die Tür aufging und Seth erschien. „Tut mir Leid, dass es so lange gedauert hat." Die Tür schloss sich geräuschlos hinter ihm.

„Ich bin, ohne mir etwas dabei zu denken, in deine Küche eingedrungen." Mit einem entschuldigenden Blick in Richtung Worth kam Lindsay auf Seth zu. „Seit ich zuletzt hier war, hat sich einiges geändert."

Eine unausgesprochene Botschaft schien zwischen den beiden Männern ausgetauscht zu werden, bevor Seth sie am Arm nahm und aus der Küche herausführte.

„Und? Gefällt es dir?"

Sie sah zu ihm auf und meinte: „Bevor ich ein endgültiges Urteil fälle, sollte ich wohl besser noch den Rest sehen. Aber ich bin jetzt schon ganz hingerissen. Und es tut mir Leid, dass ich so gedankenlos in die Küche spaziert bin. Das war unhöflich Worth gegenüber."

„Er hat eine ganz bestimmte Meinung, was Frauen in seiner Küche angeht", erklärte Seth.

„Ja", stimmte Lindsay ihm zu. „Das habe ich zum Schluss endlich kapiert. Seiner Meinung nach haben also Frauen in der Küche nichts verloren."

„Genau", antwortete Seth mit einem breiten Lächeln.

Sie besichtigten die anderen Räume im Erdgeschoss – die Bibliothek, wo die alte Holztäfelung restauriert und von Hand gewachst worden war, das noch nicht fertig tapezierte Wohnzimmer und zum Schluss Worths Zimmer, die von spartanischer Einfachheit und blitzsauber waren.

„Der Rest der unteren Räume wird erst im Frühjahr in Angriff genommen", kommentierte Seth, während sie die Treppe zum Obergeschoss hinaufstiegen.

Lindsay ließ ihre Finger über das Geländer gleiten.

„Das Haus ist grundsolide gebaut, und eigentlich gibt es sehr wenig zu reparieren und umzubauen", fuhr Seth fort, während Lindsay dachte: Wie viele Hände mögen dieses Treppengeländer wohl schon berührt haben? Und dann lachte sie leise bei der Vorstellung, was für ein Vergnügen es wäre, daran herunterzurutschen, wie sie es als Kinder getan hatten.

„Du liebst dieses Haus", stellte Seth fest und blieb auf dem Treppenabsatz stehen. Er war ihr sehr nahe, und sie legte den Kopf in den Nacken, um ihm in die Augen sehen zu können. „Warum liebst du es so?" fragte er und wartete auf ihre Erklärung.

„Ich glaube, weil es so aussieht, als wäre es für die Ewigkeit gebaut. Und irgendwie hat es mich wohl immer an ein Märchenschloss erinnert. Es ist so alt. Seit Jahrhunderten steht es hier hoch über dem Meer, und viele Generationen haben in ihm gelebt." Lindsay ging die Galerie entlang, die über der Halle im Erdgeschoss hing. „Glaubst du, Ruth wird es auf die Dauer hier gefallen? Wird sie sich daran gewöhnen können, immer am selben Ort zu leben?"

„Warum fragst du?"

Lindsay zuckte die Schulter. „Ruth interessiert mich halt."

„Beruflich."

„Und menschlich", entgegnete Lindsay ein wenig unwillig über seinen Ton. „Warum bist du so dagegen, dass sie Tänzerin wird?"

Abrupt hielt er am Fuß der Treppe inne und betrachtete Lindsay mit einem seiner prüfenden Blicke. „Ich bin mir nicht sicher, ob du und ich dasselbe meinen, wenn wir vom Tanzen reden."

„Vielleicht nicht. Aber es kommt doch wohl hauptsächlich darauf an, was Ruth darunter versteht und ..."

„Sie ist noch sehr jung", fiel er ihr ins Wort, bevor sie zu Ende sprechen konnte, „und ich bin für sie verantwortlich." Er öffnete eine Tür zu ihrer Rechten und ließ sie eintreten.

Das Zimmer war ausgesprochen feminin eingerichtet. Zartblaue Vorhänge bewegten sich im Wind, der durch die offen stehenden Fenster wehte. Die Farbe wiederholte sich im Ton der Übergardinen. Vor dem Kamin aus weiß glasierten Ziegeln stand ein fächerförmiger Funkenschutz aus gehämmertem Kupfer.

Englischer Efeu rankte vom Sims herunter. Der Blumentopf stand auf einem winzigen, reich verzierten Tischchen. An der Wand hingen gerahmte Fotos von Ballett-Stars. Lindsay entdeckte auch das Foto, von dem Seth gesprochen hatte: sie selbst als Julia mit Nick Davidov als Romeo. Sogleich wurden Erinnerungen wach.

„Ich brauche nicht erst zu fragen, wer dieses Zimmer bewohnt", meinte sie, als ihr Blick auf die rosa Seidenbänder auf dem Schreibtisch fiel. Sie blickte auf, um Seths Gesicht zu studieren.

Er ist ein Mann, der daran gewöhnt ist, alles von seiner eigenen Warte aus zu sehen, dachte sie. Er hätte Ruth ganz einfach in ein Internat stecken und ihr großzügige Schecks schicken können. Ob es ihm schwer gefallen ist, diesen Raum für sie zu gestalten? Wie hat er ihre Bedürfnisse erraten?

„Bist du eigentlich von Natur aus großzügig?" fragte sie neugierig. „Oder nur unter gewissen Umständen?"

Sie sah, wie er die Stirn runzelte. „Du hast ganz sicher ein außergewöhnliches Talent für seltsame Fragen." Indem er ihren Arm nahm, führte er sie weiter den Flur entlang.

„Und du hast ein besonderes Talent, ihnen auszuweichen."

„Das hier wird dich ganz besonders interessieren", ging Seth einer weiteren Diskussion aus dem Wege.

Lindsay wartete, bis er die Tür für sie geöffnet hatte, und trat ein.

„Oh ja!" Sie lief in die Mitte des Zimmers und drehte sich einmal schnell um sich selbst. „Es ist umwerfend!"

Die Fensterbänke der hohen Bogenfenster waren mit burgunderfarbenen Samtpolstern bedeckt, und die gleiche Farbe erschien im Muster des riesigen Perserteppichs. Die Möbel waren alt, schwer, viktorianisch, und sie glänzten matt und kostbar. Nichts hätte besser in diesen hohen, weiten Raum gepasst. Am Fuße des Bettes stand eine alte Truhe, in der früher Bettwäsche untergebracht gewesen war. Es war ein altes Bett mit vier Pfosten, und an jeder Längsseite standen kleine Tische mit alten Kerzenleuchtern.

„Du hast immer genau die richtige Wahl bei der Einrichtung getroffen. Das muss daran liegen, dass du Architekt bist", meinte Lindsay bewundernd.

Beim Anblick des massiven Kamins aus Naturstein musste Lindsay unwillkürlich an ein loderndes Feuer denken. Sie stellte sich vor, wie in einer langen dunklen Winternacht die Holzscheite krachend brennen würden, bis zum Schluss nur noch das leise Zischen der Glut übrig bliebe. Sie sah sich selbst vor der Feuerstelle liegen, in Seths Armen, ihr Körper warm an seinen geschmiegt. Ein wenig verwirrt von der Klarheit ihrer Vision blickte sie schnell zur Seite und wanderte weiter durch das Zimmer.

Vergiss deinen Vorsatz nicht, befahl sie sich. Lass dich nur ja auf nichts ein! Vor allem nicht so schnell! Denk daran, dass du es hier mit einem besonders erfolgreichen Don Juan zu tun hast.

An den hohen Flügeltüren blieb sie stehen, stieß sie beide weit auf und trat auf den Balkon hinaus. Sofort wurde sie von einer Windböe erfasst. Von unten her drang das Rauschen der schäumenden Brandung herauf, und die Luft schmeckte nach feuchtkaltem Salz. Lindsay sah zu den Wolken auf, die der Wind vor sich herjagte. Sie beugte sich über das Geländer und blickte hinunter. Die Felsen fielen tödlich steil zur Bucht ab. Die aufgewühlten Wellen zerfetzten an dem zerklüfteten Gestein und wichen nur zurück, um mit neuer Gewalt heranzustürmen.

Lindsay war so in die wilde Szenerie versunken, dass sie nicht bemerkt hatte, wie Seth ganz nahe hinter sie getreten war. Als er sie zu sich herumdrehte, war ihre Reaktion so natürlich und spontan, als hätte sie nur darauf gewartet.

Die schöne Ballerina

Sie schlang die Arme um seinen Nacken, als er sie an sich zog. Ihre Körper berührten sich, und ihr Mund kam seinem entgegen. Von plötzlicher Leidenschaft überwältigt, beantwortete sie seine Küsse mit dem gleichen Hunger. Ihre Zunge erforschte das Innere seines Mundes, und sie zitterte. Nicht aus Angst oder Ablehnung, sondern weil sie in seinen Armen so glücklich war.

Seine Hand glitt unter ihr T-Shirt und strich vorsichtig über ihre Rippen. Dann umschloss sie zärtlich ihre Brust. Langsam bewegten sich seine Hände nach unten, über die sanften Hügel ihres Bauches, und seine Küsse folgten ihrer Spur. Sie griff mit den Händen in sein Haar und klammerte sich daran, als müsse sie sich vor einer alles überschwemmenden Flut von Begehren retten, die sie unaufhaltsam in immer tieferes Gewässer zog.

Von seinen Händen auf ihrem Körper gingen warme Wellen des Entzückens aus. Als er seinen Mund von ihrem Bauch löste, um ihren Nacken zu liebkosen, wurde es Lindsay mit einem Schlag heiß. Den kalten Wind, der ihr Gesicht erfasste, empfand sie wie einen Schock, der jedoch seltsamerweise den Genuss nur intensiver machte. Auch der winzige Schmerz, den sie fühlte, als Seth mit den Zähnen an ihren Lippen nagte, verstärkte das Gefühl der Lust.

In ihrem Kopf dröhnte das Geräusch der anrollenden Flut, doch durch das Dröhnen hörte sie ihn ihren Namen rufen. Als sein Mund wieder fordernd auf ihrem lag, dachte sie, es gäbe kein größeres Begehren als das ihre.

Seth löste sich von ihren brennenden Lippen. Er hielt sie eng an sich gepresst und beugte ihren Kopf zurück, um ihr tief in die Augen zu sehen. Lindsay erkannte Zorn und Leidenschaft in den seinen. Eine neue Welle der Erregung rieselte an ihrer Wirbelsäule hinunter. Hätte er sie nicht fest in seinen Armen gehalten, sie wäre zusammengesunken.

„Ich will dich ganz." Der Wind zerrte an Seths Haar, und er sah sie fast wild an.

Das Klopfen ihres Herzens schwoll in ihrem Kopf zur Lautstärke der Brandung an. Sie hatte sich in die Gefahr begeben, war sich ihrer bewusst und hatte sie sogar willkommen geheißen. Aber irgendwo tief in ihrem Inneren regte sich ein winziger Rest von Vernunft.

„Nein!" Sie schüttelte den Kopf, obgleich sie immer noch vor Sehnsucht nach ihm brannte. „Nein."

Der Boden schien unter ihr zu schwanken. Sie griff Halt suchend nach dem Geländer und zwang sich, tief die kalte Seeluft einzuatmen. Zitternd richtete sie sich auf.

Seth packte ihre Arme, dass es schmerzte. „Was, zum Teufel, meinst du damit?" Seine Stimme klang gefährlich kalt.

Lindsay schüttelte wieder den Kopf. Der Wind blies ihr das Haar ins Gesicht, und sie schob es zurück, um Seth klar zu sehen. Sein Gesicht wirkte so wild und unzähmbar wie das Meer unter ihnen. Er zog sie heftig an sich und ließ sie nicht mehr los.

„Was bis jetzt geschehen ist, war wohl unvermeidbar, aber es darf nicht darüber hinausgehen", sagte sie.

Seths kräftige Hand fasste sie fast grob am Nacken. Sie konnte jeden seiner Finger einzeln fühlen. „Das glaubst du doch wohl selbst nicht!"

Sein Mund senkte sich wieder auf ihren, aber statt zu fordern, verführte er. Sanft strich seine Zunge über ihre Lippen, bis sie sich vor Sehnsucht öffneten. Nun wurden seine Küsse drängender, aber nur wenig drängender, und ihre Wirkung war umso verheerender. Lindsay umklammerte Seth mit beiden

Armen, um ihr Gleichgewicht zu halten. Der Atem war ihr abgeschnitten, als stürze sie kopfüber von der Brüstung des Balkons auf die Felsen tief unten.

„Ich will mit dir schlafen."

Seine Lippen an ihrem Ohr verursachten schmerzhaftes Begehren. Lindsay schob ihn von sich.

Einen Augenblick lang sagte sie gar nichts, sondern stand nur da, rang nach Atem und starrte ihn an.

„Du musst das verstehen", begann sie und hielt inne, weil die Stimme ihr kaum gehorchte. „Versteh mich doch! Ich kann nicht nur mal eben für eine Nacht mit jemandem ins Bett gehen. Ich bin nicht dafür geschaffen, nur Sex zu genießen. Ich brauche mehr als das."

Wieder wischte sie ein paar Strähnen aus dem Gesicht. „Ich habe nicht so viel Erfahrung wie du, Seth. Du darfst an mich nicht den gleichen Maßstab legen wie an die anderen Frauen in deinem Leben. Mit ihnen kann ich nicht konkurrieren."

Sie wollte sich von ihm abwenden, doch er zog sie am Arm zurück und hielt ihr Gesicht fest. „Glaubst du wirklich, wir könnten das, was zwischen uns gewesen ist, einfach rückgängig machen?"

„Ja", flüsterte sie, doch sie war sich ihrer Sache durchaus nicht sicher. Dann wiederholte sie laut, als wolle sie nicht nur ihn, sondern auch sich selbst überzeugen: „Ja! Wenn es sein muss!"

„Ich will dich heute Abend sehen!"

„Nein! Das geht auf gar keinen Fall!" Er war ihr zu nahe, deshalb wich sie weiter zurück.

„Lindsay! Lindsay, ich werde nicht zulassen, dass du alles, was zwischen uns war, einfach wegwirfst!"

„Das Einzige, was wir noch gemeinsam haben, ist Ruth.

Es würde für uns beide einfacher sein, wenn wir immer daran denken würden."

„Einfacher?" Ein halbes Lächeln erschien in seinem Mundwinkel. Er griff nach einer Strähne ihres zerzausten Haares. „Ich glaube nicht, dass du zu den Frauen gehörst, die mit einfachen Dingen zufrieden sind."

„Du kennst mich eben nicht."

Jetzt breitete sich das Lächeln auf seinem ganzen Gesicht aus. Er umfasste ihre Schultern und führte sie entschlossen ins Haus zurück.

„Vielleicht hast du Recht. Vielleicht kenne ich dich wirklich noch nicht richtig", stimmte er fast fröhlich zu. „Aber ich werde dich kennen lernen! Darauf kannst du dich verlassen!"

7. KAPITEL

Ruth war nun schon seit fast einem Monat in Lindsays Schule. Unterdessen war es kalt geworden, und der Schnee würde nicht mehr lange auf sich warten lassen. Lindsay ließ die alte Zentralheizung auf vollen Touren laufen und hoffte, sie würde diesen Winter ohne zusätzliche Reparaturkosten überstehen.

Heute gab sie die letzte Unterrichtsstunde. Über ihr Trikot hatte sie eine Hemdbluse gezogen und sie in der Taille zu einem Knoten geschlungen. Sie schritt die Reihe ihrer in Linie aufgestellten Schülerinnen ab, um deren Haltung zu begutachten. Dann gab sie die Kommandos zu den nächsten Figuren.

„*Glissade! Arabesque* und Spitze!"

Mit ihrer besten Klasse war sie äußerst zufrieden. Die Mädchen machten gute Fortschritte und zeigten zunehmendes Verständnis für die Verbindung zwischen Musik und Bewegung.

Aber je länger Ruth in dieser Klasse war, desto mehr zeigte sich, dass sie nicht da hineingehörte. Ihr Talent war dem der anderen haushoch überlegen und konnte sich bei den Anforderungen, die an ihre Mitschülerinnen gestellt wurden, nicht richtig entfalten.

Ihre Begabung wird verschwendet, dachte Lindsay bitter, als sie Ruth beobachtete. Langsam wurde aus ihrer Enttäuschung über Seths Starrsinn regelrechter Groll. Warum wollte er nicht einsehen, dass seine Nichte nach New York gehörte?

Lindsay machte einer ihrer Schülerinnen ein Zeichen, das Kinn höher zu heben, und überlegte: Wie kann ich ihn nur überzeugen? Wenn nicht schon bald etwas geschieht, kann es für Ruth zu spät sein. Die kostbare Zeit kann sicher nie wieder eingeholt werden.

Der Gedanke an Seth lenkte ihre Aufmerksamkeit von den Schülerinnen ab. Wenn sie sich selbst gegenüber ehrlich war, musste sie zugeben, dass sie in den letzten Wochen ständig an ihn hatte denken müssen. Zuerst hatte sie sich einzureden versucht, ihre Zuneigung zu ihm würde mit der Zeit nachlassen und schwächer werden. Aber das war Selbstbetrug. Kein Tag verging, ohne dass sie nicht an ihn dachte.

Die Erinnerung an seine Berührungen, seine Stimme, und das Glück, das sie in seinen Armen empfunden hatte, ließ sich nicht einfach verdrängen. Ob sie am Morgen ihren Kaffee trank, abends noch spät allein im Studio arbeitete oder ohne Grund mitten in der Nacht aufwachte – immer fragte sie sich, was Seth wohl in diesem Augenblick machte.

Bis jetzt hatte sie jedoch der Versuchung, Ruth nach ihrem Onkel zu fragen, widerstanden. Wegen dieses Mannes werde ich mich nicht zum Narren machen, dachte sie.

„Brenda, denk an die Hände!"

Lindsay demonstrierte eine fließende Bewegung aus dem Handgelenk heraus, als zu ihrer Überraschung das Telefon klingelte. Stirnrunzelnd blickte sie auf die Uhr. Normalerweise rief niemand während der Unterrichtsstunden im Studio an. Sollte mit ihrer Mutter etwas nicht in Ordnung sein?

„Brenda, übernimm du für einen Augenblick", rief sie ihrer Schülerin zu, stürzte, ohne eine Antwort abzuwarten, in ihr Büro und riss den Hörer hoch.

„Cliffside Tanzschule", meldete sie sich ein wenig atemlos.

„Lindsay? Lindsay, bist du es?"

„Ja, ich ..." Dann erkannte sie die Stimme und den russi-

Die schöne Ballerina

schen Akzent. „Nick! Oh Nick, wie schön, deine Stimme zu hören! Von wo aus rufst du an? Wo bist du?"

„In New York, natürlich." Sie hörte ihn lachen. Dieses Lachen, das tief aus der Kehle zu kommen schien, hatte sie immer gern gemocht. „Was macht deine Schule?"

„Sie geht gut voran. Ich habe gerade mit einigen meiner guten Schülerinnen trainiert. Eine ist ganz besonders begabt, und ich würde sie dir gern schicken, Nick. Sie ist wirklich etwas ganz Außergewöhnliches, herrlich gewachsen und ..."

„Später, später." Lindsay glaubte die Handbewegung, mit der er ihr das Wort abschnitt, förmlich zu sehen. „Zuerst will ich über dich sprechen. Geht es deiner Mutter gut?"

Lindsay zögerte nur kurz mit der Antwort. „Viel besser. Sie kommt schon seit einiger Zeit recht gut allein zurecht."

„Wunderbar. Ausgezeichnet. Wann bist du wieder bei uns?"

„Nick." Lindsay unterdrückte einen Seufzer und blickte wehmütig auf die Fotos an der Wand, auf denen sie mit dem Mann, der sich jetzt am anderen Ende der Telefonleitung befand, tanzte. Drei Jahre, dachte sie. Es könnten genauso gut dreißig sein. „Es ist zu lange her, Nick."

„Rede keinen Unsinn! Du wirst hier gebraucht."

Sie schüttelte den Kopf. Immer noch der kleine Diktator, dachte sie. „Ich bin nicht mehr in Form, Nick. Jedenfalls nicht genug, um in die alte Mühle zurückzukommen. Jüngere Talente drängen nach." Unwillkürlich dachte sie dabei an Ruth. „Und das ist auch richtig so."

„Seit wann schreckst du vor schwerer Arbeit zurück oder vor ein bisschen Konkurrenz?"

Die Herausforderung in seiner Stimme war ihr von früher her bekannt, und sie musste unwillkürlich lächeln. „Nick, wir sind uns doch beide darüber klar, dass man drei Jahre Unterrichten nicht mit drei Jahren auf der Bühne vergleichen kann. Die Zeit bleibt nicht stehen, Nick, nicht einmal für dich."

„Angst?"

„Ja, wenigstens ein bisschen."

Er lachte über das Geständnis. „Gut. Die Angst wird dir helfen, noch besser zu tanzen. Ich brauche dich, *ptitschka* – mein Vögelchen. Ich habe mein erstes eigenes Ballett fast fertig geschrieben."

„Nick, wie wundervoll! Ich hatte ja keine Ahnung, dass du daran arbeitest."

„Mir bleibt noch ein Jahr zum Tanzen. Wenn ich Glück habe, zwei. Ich habe kein Interesse an Charakterrollen."

Während der kleinen Pause, die entstand, hörte Lindsay die Mädchen das Übungszimmer verlassen, um sich umzukleiden.

„Man hat mir den Posten des Direktors angeboten."

„Das überrascht mich nicht im Geringsten", erwiderte Lindsay herzlich. „Ich freue mich für dich. Sie können aber auch froh sein, wenn sie dich bekommen."

„Ich will, dass du zurückkommst. Ich kann es arrangieren, weißt du? Brauche nur ein paar Fäden zu ziehen."

„Ich will aber nicht. Ich …"

„Es gibt niemanden, der mein Ballett so tanzen kann wie du. Die Hauptrolle ist Ariel. Und du bist Ariel!"

„Nick, bitte!" Lindsay ballte die freie Hand zur Faust. Sie hatte die Welt, in die er sie zurückholen wollte, hinter sich gelassen.

„Lindsay, wir sollten das nicht am Telefon besprechen. Sobald ich das Ballett fertig geschrieben habe, komme ich zu dir nach Cliffdrop."

„Cliffside", korrigierte Lindsay.

„Side, drop. Wo ist da der Unterschied? Ich bin Russe. Man erwartet, dass ich Fehler mache. Ich komme im Januar", fuhr er fort, „und dann nehme ich dich gleich mit nach New York."

„Nick, wenn du es sagst, klingt es, als wäre es das Einfachste von der Welt."

„Das ist es auch, *ptitschka*. Also bis Januar!"

Lindsay nahm den Hörer vom Ohr, als es klickte. Nick hatte einfach eingehängt. Typisch, dachte sie.

Nick war bekannt für große, impulsive Gesten, aber auch für absolute Hingabe an seinen Beruf. Er war ein glänzender Tänzer, und an Selbstvertrauen hatte es ihm noch nie gefehlt.

Nick hat noch nicht mit seiner Vergangenheit abgeschlossen, dachte Lindsay, warum sollte er? Er hat noch zwei Jahre vor sich, und was dann kommt, steht auf einem anderen Blatt. Nick lebt in der Gegenwart. Für ihn ist es aber auch leichter als für mich, denn für ihn gab es nie etwas anderes als die Bühne. Bei mir dagegen hat sich in den letzten Jahren so viel geändert. Ich weiß nicht einmal, was ich noch kann – nicht einmal, was ich will.

Sie schlang die Arme um die Brust und umfasste ihre Ellbogen, als wolle sie sich vor etwas schützen. Vor was? Vor Entscheidungen?

Ich habe mich zu lange treiben lassen, warf sie sich vor und ging ins Ankleidezimmer zu ihren Schülerinnen. Die meisten trödelten noch, obgleich sie schon umgezogen waren. Draußen war es kalt, und hier drinnen konnte man sich noch so gemütlich unterhalten.

Ruth war an die *barre* zurückgekehrt, um noch ein bisschen für sich allein weiter zu üben. Lindsay ging an ihr vorüber, als

Monika rief: „Ruth und ich gehen gleich eine Pizza essen und hinterher ins Kino. Hast du Lust, mitzukommen, Lindsay?"

„Hört sich verlockend an. Aber ich muss noch ein wenig an der Choreographie zur *Nussknacker-Suite* tun. Bis Weihnachten ist es nicht mehr lang."

So einfach ließ sich Monika nicht abschütteln. „Du arbeitest zu viel, Lindsay."

Lindsay lachte. „Mach dir keine Sorgen. So schlimm ist es gar nicht."

In diesem Augenblick wurde die Tür aufgestoßen. Begleitet von einem Schwall kalter Luft betrat Andy das Studio. Seine Haut war gerötet vor Kälte.

„Hallo!" Lindsay streckte ihm beide Hände entgegen. „Dich habe ich heute Abend gewiss nicht erwartet."

„Sieht ja so aus, als hätte ich den Zeitpunkt genau richtig abgepasst." Er sah sich nach den Schülerinnen um, die sich nun doch zum Gehen entschlossen hatten und ihre Mäntel anzogen.

Beiläufig grüßte er zu Monika hinüber, die darüber vor Freude errötete. „Hallo, Andy", stammelte sie.

Ruth hatte die Begrüßung vom anderen Ende des Raumes aus beobachtet. Ihr war die Situation sofort klar: Andy war in Lindsay verliebt und Monika in Andy. Sie hatte genau gesehen, wie Monika vor Freude über seinen Gruß errötet war. Er dagegen hatte nur Augen für Lindsay. Wie seltsam die Leute manchmal sind, dachte sie, während sie ein *grand plié* ausführte.

Lindsay war Ruths großes Vorbild. Sie sah in ihr die erfolgreiche Ballerina, schön und begabt. Niemand konnte ihrer Meinung nach mit Lindsay konkurrieren, mit ihrem Können, ihrem Stil. Wie leicht waren ihre Bewegungen, ihre Schritte, ihre Gesten.

Ruth beneidete Lindsay nicht, wenn sie ihr beim Tanzen

zusah, und sie sah ihr oft zu. Sie glaubte, Lindsay immer besser kennen zu lernen, und bewunderte deren Offenheit, Herzlichkeit und die Wärme, mit der sie auf die Probleme anderer Menschen einging. Sie glaubte aber auch, dass Lindsay in persönlichen Dingen sehr zurückhaltend sein konnte.

Ruths Gedanken wurden unterbrochen, als sich die Studiotür wiederum öffnete.

Dieses Mal kam ihr Onkel herein.

Wieder beobachtete Ruth die Begrüßungszeremonie. Der kurze Blickwechsel zwischen ihrem Onkel und Lindsay war ihr nicht entgangen. So schnell er vorüberging, so sehr offenbarte er die besondere Beziehung der beiden zueinander. Ruth war überrascht. Davon hatte sie nichts gewusst.

Das wird ja immer komplizierter, dachte sie. Monika ist verliebt in Andy, Andy in Lindsay und Lindsay in Onkel Seth. Da Onkel Seth ebenfalls in Lindsay verliebt zu sein scheint, schließt sich der Kreis. Seltsam, überlegte sie, keiner scheint sich dieser Situation bewusst zu sein, dabei ist sie doch gar nicht zu übersehen.

Schon als Kind hatte sie in den Blicken, die ihre Eltern miteinander tauschten, deren Liebe zueinander erkannt.

Der Gedanke an ihre Eltern erwärmte sie, stimmte sie aber gleichzeitig traurig, weil sie nie mehr Teil ihrer Liebe sein konnte.

Ohne ein Wort zu sagen, ging sie ins Ankleidezimmer und zog ihre Spitzenschuhe aus.

Der Anblick Seths war für Lindsay wie ein Schock. Es war, als würde sie von einer Flutwelle überspült und dann kraftlos zurückgelassen. Ihre Beine schienen sich unterhalb der Knie ins Nichts aufzulösen.

Nein, die Anziehungskraft ist nicht geringer geworden. Ich

habe mir etwas vorgemacht, gestand sie sich ein, sie ist stärker als je zuvor.

Im Bruchteil einer Sekunde grub sich sein Bild in ihr Bewusstsein ein – sein windzerzaustes Haar, die Art und Weise, wie er die Lammfelljacke trotz der Kälte offen trug, seine Augen, mit denen er sie zu verschlingen schien, als er hereinkam. Selbst wenn sie sich besondere Mühe gegeben hätte, außer Seth noch etwas anderes wahrzunehmen, wäre es ihr in diesem Augenblick nicht gelungen. Sie hätte mit ihm auf einer einsamen Insel oder auf dem Gipfel eines Berges sein können.

Ich habe ihn vermisst, erkannte sie. Erst sechsundzwanzig Tage ist es her, seit ich zuletzt mit ihm gesprochen habe. Vor einem Monat wusste ich noch nicht, dass es ihn gibt, und nun denke ich zu allen möglichen und unmöglichen Zeiten an ihn.

Ohne dass sie sich dessen bewusst war, erhellte sich ihr Gesicht zu einem Lächeln, und obgleich es von Seth nicht erwidert wurde, trat sie ihm mit ausgestreckten Händen entgegen.

„Hallo! Ich habe dich lange nicht gesehen. Du hast mir sehr gefehlt."

„Wirklich?" Er sah sie fragend an.

Sein Tonfall erinnerte Lindsay daran, dass sie ihm gegenüber vorsichtig sein sollte. „Ja", gab sie dennoch zu, entzog ihm aber ihre Hände. „Du kennst Monika und Andy schon, nicht wahr?"

Monika stand noch am Klavier und legte Noten zusammen. Lindsay sah auf die Uhr und bat sie, alles stehen und liegen zu lassen.

„Kümmre dich nicht weiter drum", sagte sie. „Du und Ruth müsst ja schon fast verhungert sein. Und wenn ihr noch rechtzeitig ins Kino kommen wollt, solltet ihr euch wirklich beeilen."

Ich tue ja gerade so, als könnte ich sie nicht schnell genug loswerden, schalt sie sich innerlich und nahm sich vor, nächstens zu denken, bevor sie redete.

Sie winkte der letzten Schülerin, die das Studio verließ, verabschiedend zu und fragte Andy: „Hast du schon gegessen, Andy?"

„Eigentlich nicht. Deshalb bin ich vorbeigekommen. Ich wollte dich fragen, ob du Lust hast, mit mir einen Hamburger essen zu gehen."

„Oh Andy, wie lieb von dir. Aber ich habe noch viel zu tun heute Abend. Monika und Ruth hatten mich auch schon eingeladen. Warum gehst du nicht mit ihnen eine Pizza essen?"

„Ja! Das wäre schön, Andy", rief Monika begeistert und wurde noch röter. „Wir würden uns sehr freuen, nicht, Ruth?"

Ruth sah die freudige Erwartung in Monikas Augen und nickte. „Du bist doch nicht etwa meinetwegen gekommen, Onkel Seth?" wandte sie sich dann an ihren Onkel, während sie sich anzog.

„Nein." Seth sah den Kopf seiner Nichte in einem dicken wollenen Pullover verschwinden und am Ausschnitt wieder hervorkommen. „Ich wollte ein paar Worte mit deiner Lehrerin sprechen."

„Dann sollten wir machen, dass wir hier wegkommen." Monika bewegte sich mit einer für ein so großes Mädchen außergewöhnlichen Anmut, die zum Teil sicherlich auf ihren eigenen Ballettunterricht vor dem Studium zurückzuführen war. Jetzt griff sie nach ihrem Mantel und sah Andy an.

Ihr Lächeln war weniger zurückhaltend als zögernd. „Kommst du mit, Andy?" Sie sah den schnellen Blick, den er Lindsay zuwarf.

„Na klar." Andy legte Lindsay eine Hand auf die Schulter. „Ich seh dich dann morgen."

„Gute Nacht, Andy." Lindsay stellte sich auf die Zehenspitzen und gab ihm einen leichten Kuss. „Viel Vergnügen!" Letzteres galt für alle drei.

Andy und Monika gingen zur Tür, beide mit bedrückter Miene. Ruth schlenderte hinter ihnen her. Ein wissender Ausdruck lag in ihren Augen.

„Gute Nacht, Onkel Seth, gute Nacht, Miss Dunne."

Lindsay starrte auf die geschlossene Tür. Sie fragte sich, was dieser seltsame Ausdruck in Ruths Augen wohl bedeutet hatte. War es Schadenfreude?

Es soll mir recht sein, solange sie sich nur über irgendetwas freut, dachte Lindsay. Aber weshalb sollte Ruth schadenfroh sein? Sie schüttelte den Kopf und wandte sich Seth zu.

„So, dann werden wir uns also heute über Ruth unterhalten. Ich habe mir gedacht ..."

„Nein."

„Nein?" wiederholte sie verblüfft. Dann machte Seth einen Schritt auf sie zu, und sie verstand.

„Wir sollten aber doch über Ruth sprechen", versuchte sie es noch einmal und drehte ihm den Rücken zu, sodass sie ihn in der Spiegelwand beobachten konnte. „Sie ist so viel weiter als alle anderen Schülerinnen, viel talentierter und viel ehrgeiziger. Ruth ist zum Tanzen geboren, Seth. Sie wird es weit bringen."

„Kann sein." Lässig zog er seine Jacke aus und legte sie auf das Klavier.

Instinktiv begriff Lindsay, dass es heute Abend nicht leicht sein würde, mit ihm fertig zu werden. Ihre Finger zupften nervös an dem Knoten in ihrer Hemdbluse.

„Aber es ist erst ein Monat vergangen und kein halbes Jahr. Wir werden nächsten Sommer darüber reden", erklärte Seth.

„Das ist einfach lächerlich." Verärgert drehte sich Lindsay

Die schöne Ballerina

zu ihm um. Und das hätte sie besser nicht getan, denn sein direkter Anblick war wesentlich beeindruckender als sein Spiegelbild. Schnell versuchte sie ihren Fehler wieder gutzumachen und begann rastlos im Zimmer umherzulaufen.

„Wenn man dich hört, könnte man meinen, es ginge um nichts anderes als um eine vorübergehende Laune. Aber das ist es ganz und gar nicht. Ruth ist mit Leib und Seele Tänzerin, Seth, und daran wird sich in fünf Monaten nichts ändern."

„Dann macht es erst recht nichts aus, ein bisschen länger zu warten."

Bei dieser Logik schloss Lindsay verzweifelt die Augen. Aber sie unterdrückte ihren aufsteigenden Zorn, weil sie wusste, dass sie ruhig bleiben musste, wenn sie bei Seth etwas erreichen wollte.

„Es ist Zeitverschwendung", gelang es ihr, sachlich zu antworten, „und in dieser Situation ist Zeitverschwendung eine Sünde. Ruth braucht mehr – so unendlich viel mehr, als ich ihr geben kann."

„Zunächst einmal braucht sie Sicherheit." Auch in Seths Stimme schwang beherrschter Ärger mit.

„Sie ist besonders begnadet. Warum kannst – warum willst du das nicht einsehen? Echtes Talent ist so selten, und es ist so etwas Schönes. Man muss eine solche Begabung hegen und pflegen. Sie muss in die richtigen Bahnen geleitet werden. Je mehr Zeit vergeht, umso schwieriger wird es sein."

„Ich habe dir früher klar zu machen versucht, dass ich für Ruth verantwortlich bin." Seine Stimme hatte nun einen scharfen Unterton. „Und jetzt gerade habe ich dir versichert, dass ich nicht gekommen bin, um mich über Ruth zu unterhalten. Nicht heute Abend."

Lindsays Vernunft sagte ihr, es sei besser, einzulenken. Heute würde sie nichts bei ihm erreichen. Sie konnte nur hoffen, Seth zu einem späteren Zeitpunkt umzustimmen. Wenn ich etwas für Ruth tun will, dachte sie, muss ich mich in Geduld üben.

„Also gut." Sie atmete tief ein und aus und fühlte, wie sie ruhiger wurde. „Warum bist du gekommen?"

Mit einem Schritt war er hinter ihr und hielt sie bei den Schultern, bevor sie etwas dagegen machen konnte.

„Du hast mich also vermisst?" fragte er und ließ ihr Spiegelbild nicht aus den Augen.

„Ja, ich dachte, seltsam, dass man ihn nie sieht. In einer kleinen Stadt wie Cliffside begegnet man sich doch eigentlich dauernd." Sie versuchte einen Schritt von ihm weg zu tun, aber sein Griff wurde nur noch fester.

„Ich habe an einem Projekt gearbeitet, an einem Krankenhaus, das in Neuseeland gebaut werden soll. Die Zeichnungen sind jetzt fast fertig."

Das interessierte Lindsay so, dass sie vergaß, sich gegen ihn zu sträuben. „Wie aufregend muss es sein, ein Bauwerk zu schaffen, in dem später Leute leben und arbeiten, etwas, das uns überleben wird. Warum bist du Architekt geworden?"

„Bauen hat mich immer schon fasziniert." Langsam begannen seine Finger ihren Rücken zu massieren, aber sie schien nur auf seine Antwort zu warten. „Ich fragte mich, warum in so unterschiedlicher Weise gebaut wurde und warum die Leute diesen oder jenen Stil bevorzugten. Ich nahm mir vor, Häuser zu bauen, die gleichzeitig funktionell und schön sind, und bemühe mich, das auch einzuhalten."

Seine Daumen liebkosten ihren Nacken, dort, wo er in den Haaransatz überging, und ihr war, als hätte sie an dieser Stelle hunderttausend Nervenenden. „Ich habe nun mal eine Schwäche für alles Schöne."

Die schöne Ballerina

Während Lindsay ihn im Spiegel dabei beobachtete, begann er ihre ohnehin schon prickelnde Haut zu küssen.

Ein Zittern überlief ihren Körper. „Seth ..."

„Warum bist du Tänzerin geworden?"

Mit der Frage unterbrach er ihren Protest. Er ließ ihr Spiegelbild nicht aus den Augen. So entging ihm keineswegs ihre Erregung.

„Es hat nie etwas anderes für mich gegeben." Lindsays Stimme klang atemlos und ein wenig zittrig vor mühsam zurückgehaltener Leidenschaft. Es fiel ihr schwer, sich auf eine Antwort zu konzentrieren. „Solange ich zurückdenken kann, hat meine Mutter von nichts anderem geredet."

„Dann bist du ihretwegen Tänzerin geworden?" Er griff in ihr Haar und löste das Band, mit dem Lindsay es vor dem Training zusammengebunden hatte.

„Nein. Manches im Leben ist Vorbestimmung. Das Schicksal hat es für mich so gewollt."

Seine Hand fuhr ihr zärtlich über die Schläfe.

„Ich wäre auch ohne meine Mutter Tänzerin geworden. Ich glaube, es lag mir einfach im Blut. Sie hat das Ganze nur beschleunigt. Seth, was tust du da? Bitte lass das." Sie legte ihre Hand über seine, um ihn an weiteren Zärtlichkeiten zu hindern.

„Ich liebe deine Haut, besonders, wenn ich sie berühre. Ich liebe dein Haar."

„Seth, bitte!"

„Bindest du es immer nach hinten, wenn du trainierst?"

„Ja, ich ..."

„Jetzt tanzt du aber nicht", murmelte er und vergrub sein Gesicht in der schweren seidigen Flut.

Das Spiegelbild zeigte den Kontrast ihres blonden Haares

gegen sein dunkles, und gegen seine dunkle Haut wirkte die ihre wie Elfenbein.

Wie behext stand sie vor der Spiegelwand und sah, wie er seinen Mund auf ihren Nacken presste und mit den Händen ihre Arme umfangen hielt. Fasziniert beobachtete sie das Paar im Spiegel.

Als er sie zu sich herumdrehte und sie sich gegenüberstanden, war der Bann immer noch nicht gebrochen. Benommen starrte sie ihn an.

Er legte langsam seinen Mund auf ihren, und obgleich ihre Lippen sich für ihn öffneten, wich er aus und bedeckte Wangen und Ohren mit federleichten Küssen, während seine Hände ihr Haar durchwühlten.

Sie konnte es kaum erwarten, seinen Mund voller Leidenschaft auf dem ihren zu fühlen. Aber selbst als sie den Kopf zurückneigte, um ihm den Weg zu weisen, ging er nicht darauf ein.

Heiße Wellen stiegen von ihren Zehen auf und schienen sich in der Lunge zu konzentrieren, bis sie das Gefühl hatte, sie müsste unter dem zunehmenden Druck explodieren.

Seths Blicke schienen in ihren Augen zu versinken, als er anfing, den Knoten ihrer Bluse zu lösen. So leicht, dass sie dabei kaum ihre Haut berührten, wanderten seine Finger zu den Schultern hoch und verweilten an einer Stelle, die nur einen Herzschlag von ihrem Brustansatz entfernt lag. Sanft schob er die Bluse zurück, bis sie geräuschlos zu Boden fiel.

Die Geste wirkte erstaunlich erotisch. Lindsay fühlte sich nackt vor ihm. Er hatte alle Barrikaden gesprengt. Nun konnte sie sich nicht länger ihren Illusionen hingeben.

Sie trat ihm einen Schritt entgegen, hob sich auf die Zehenspitzen und verschloss ihm den Mund mit ihrem.

Lindsay ließ sich Zeit für ihre Zärtlichkeiten, denn beide

Die schöne Ballerina

wussten, dass die Lust später ihren Höhepunkt erreichen würde.

Sie streichelten einander mit den Lippen und zügelten die Leidenschaft, als wollten sie den Moment der Erfüllung so lange wie möglich hinauszögern.

Lindsay erforschte mit ihrem Mund die Linien seines Gesichts. Um die Wangen herum fühlte es sich rau an. Der Bart war im Laufe des Tages nachgewachsen. Sein Kiefer war unter der Haut spürbar. Unter seinem Ohr entdeckte sie eine rätselhafte Narbe. Ihre Zunge versuchte, zärtlich verweilend, das Rätsel zu lösen.

Seine Hände lagen auf ihren Hüften und glitten von dort zu den Schenkeln, die Lindsay ihm entgegenhob, um ihn zu kühneren Liebkosungen anzuregen.

Doch er ließ sich nicht darauf ein, sondern streichelte ganz zart ihre Brust. Das Trikot, das sie noch immer anhatte, war sehr dünn, und sie spürte es kaum zwischen seiner Hand und ihrer Brust.

Dann fanden sich ihre Lippen in verzweifelter Gier. Ihre Körper drängten zueinander. Seine Arme pressten sie so fest an sich, dass sie kaum noch mit den Füßen den Boden berührte.

Jetzt gab es kein Hinauszögern mehr. Lindsay fühlte nur noch schmerzhaftes Verlangen, aber selbst der Schmerz bereitete Lust.

Wie durch einen langen dunklen Tunnel hörte Lindsay das Schellen einer Klingel. Sie versuchte den Kopf in Seths Armbeuge zu vergraben.

Das Klingeln hörte nicht auf, sondern schrillte weiter und weiter, bis es sich nicht mehr aus ihrem Bewusstsein verdrängen ließ. Sie versuchte sich von Seth abzustemmen, doch er zog sie nur umso näher an sich.

„Lass es doch klingeln, zum Kuckuck!"

„Seth, ich kann nicht! Ich muss ans Telefon! Es könnte etwas mit meiner Mutter sein!"

Widerstrebend ließ er sie los. Lindsay stürzte in ihr Arbeitszimmer zum Telefon und riss den Hörer ans Ohr.

„Ja bitte?" Sie fuhr mit der Hand durchs Haar und versuchte einen klaren Kopf zu bekommen.

„Miss Dunne?"

„Ja, am Apparat." Sie setzte sich auf die Ecke ihres Schreibtisches, weil ihre Knie noch immer zitterten.

„Es tut mir sehr Leid, Sie zu stören, Miss Dunne. Hier spricht Worth. Ist Mr. Bannion vielleicht zufällig bei Ihnen?"

„Mr. Worth?" Lindsay atmete erleichtert auf. „Oh ja, er ist hier. Einen Augenblick bitte, ich hole ihn." Langsam legte sie den Hörer auf den Schreibtisch. Einen Augenblick lang blieb sie im Türrahmen zum Studio stehen.

Seth sah ihr entgegen, wartete darauf, sie erneut in die Arme zu schließen.

Am liebsten wäre Lindsay zu ihm gerannt, es gelang ihr nur schwer, ihm nicht entgegenzulaufen. „Es ist für dich", sagte sie, „Mr. Worth."

Seth nickte. Als er an ihr vorüberging, zog er sie kurz an sich. Einen Augenblick standen sie beieinander. „Es dauerte nicht lange."

Als Lindsay hörte, dass er mit Worth redete, begann sie – wie nach einem anstrengenden Tanzpart – Atemübungen zu machen, gezielte Übungen, die mit unwillkürlichem Luftholen nichts gemeinsam hatten. Sie füllte ihre Lungen mit Sauerstoff und atmete danach tief aus. Ein und aus. Und ein und aus. Sie glaubte zu spüren, wie ihr Kreislauf reagierte. Der Pulsschlag verlangsamte sich, und das Kribbeln auf ihrer Haut ließ nach.

Die schöne Ballerina

Und während die Gefühle sich normalisierten, klärte sich auch der Verstand. Bald sah Lindsay ein, dass sie gerade zu weit gegangen war. Sich mit Seth Bannion auf ein Liebesverhältnis einzulassen, hieße das Schicksal herauszufordern. Die Karten waren in diesem Spiel von Anfang an nicht gleichmäßig verteilt.

Zugegeben, an der augenblicklichen Lage der Dinge war sie nicht unschuldig, aber wenn sie sich noch weiterhin so gehen lassen würde, gäbe es für sie bald ein schlimmes Erwachen.

Wie ist es nur möglich, dachte sie, dass ich ihm so verfallen bin? Ich kenne ihn doch erst ein paar Wochen.

Zögernd machte sie einen Schritt auf die Stelle zu, an der immer noch ihre Hemdbluse lag, blieb aber stehen, als sie in der Spiegelwand eine Bewegung hinter sich wahrnahm. Wieder begegneten ihre Augen Seths begehrendem Blick. Kleine kalte Nadelstiche schienen an ihrem Rücken hochzulaufen.

Schnell bückte sie sich nach der Bluse und drehte sich zu ihm um. Sie wusste, dass sie jetzt nicht daran vorbeikam, einiges klarzustellen.

„Es gibt ein Problem", erklärte Seth knapp. „Ich muss nach Hause, um einige Zahlen zu überprüfen." Er kam auf sie zu. „Komm mit zu mir."

Seth ließ keinen Zweifel über die Bedeutung dieser Aufforderung, und in der Einfachheit und Direktheit, mit der er ihr seinen Wunsch mitteilte, lag etwas überwältigend Verführerisches.

Betont sorgfältig zog Lindsay ihre Bluse wieder an. „Nein, ich kann nicht. Ich habe noch zu arbeiten, und dann …"

„Lindsay." Er unterbrach sie mit diesem einen Wort und legte ihr die Hand an die Wange. „Ich möchte mit dir schlafen. Ich möchte mit dir aufwachen."

Der lange Seufzer schien tief aus ihrem Inneren zu kommen. „Ich habe dir schon einmal gesagt, dass ich nicht gewöhnt bin, so ohne weiteres mit jemandem ins Bett zu steigen", erklärte sie entschlossen und sah ihm dabei fest in die Augen. „Ich gebe zu, dass ich mich zu dir mehr hingezogen fühle als je zu einem anderen Mann, und, offen gestanden, weiß ich noch nicht recht, was ich dagegen tun kann."

Seths Hand glitt von ihrer Wange zur Kehle. „Glaubst du, du könntest mir das so einfach mitteilen und mich dann allein nach Hause schicken?"

Lindsay schüttelte den Kopf und versuchte ihn zurückzudrängen. „Ich sage es dir, weil ich leider immer das Herz auf der Zunge habe." Eine senkrechte Falte erschien zwischen ihren Augenbrauen. „Ich will dir nur klar machen, dass ich nichts tun werde, bevor ich nicht absolut sicher bin, es wirklich zu wollen. Und ich werde nicht mit dir schlafen." Ihre Stimme klang entschlossen.

„Das wirst du doch!" Er packte sie fester. „Wenn nicht heute Nacht, dann morgen. Und wenn nicht morgen, dann übermorgen!"

„Da wäre ich an deiner Stelle nicht so sicher!" Lindsay schüttelte seine Hände ab. „Ich mag es nicht, wenn man mir sagt, was ich tun soll. Ich treffe meine eigenen Entscheidungen."

„Du hast deine Entscheidung schon getroffen, als ich dich zum ersten Mal geküsst habe. Heuchelei passt nicht zu dir."

„Heuchelei?" Lindsay hielt einen Augenblick den Atem an vor Empörung. „Wie kannst du es wagen, mir gegenüber dieses Wort in den Mund zu nehmen? Ich bin also eine Heuchlerin, weil ich deinen Antrag nicht annehme!"

„Ich glaube wirklich, ‚Antrag' ist in diesem Fall nicht ganz der korrekte Ausdruck."

Die schöne Ballerina

„Ich streite mich nicht mit dir wegen einer albernen Definition! Und jetzt tu mir den Gefallen und geh! Ich habe noch zu tun!"

Er handelte schnell. Mit einem fast groben Griff schwang er sie zu sich herum. „Stoß mich nicht zurück, Lindsay!"

Sie versuchte wieder, von ihm loszukommen. „Lass mich! Du kannst mich zu nichts zwingen!"

„Lindsay! Wir wollen uns doch nicht streiten!"

„Du streitest!" Sie stieß ihn heftig von sich. „Ich habe nicht vor, mich in die Schlange deiner unzähligen Geliebten einzureihen! Sollte ich mich einmal entschließen, mit dir ins Bett zu gehen, werde ich es dich früh genug wissen lassen. In der Zwischenzeit wird sich unsere Unterhaltung auf Ruth beschränken!"

Seth sah sie lange an. Ihre Wangen hatten sich mit tiefer Röte überzogen, und ihr Atem ging schnell. Die Andeutung eines Lächelns spielte um seinen Mund.

„Jetzt siehst du fast aus wie vor ein paar Wochen, als du die Dulcinea getanzt hast – sprühend vor Leidenschaft. Wir werden ein anderes Mal darüber reden." Bevor Lindsay es verhindern konnte, gab er ihr einen langen, festen Kuss. „Bald."

Sie ging zum Klavier, nahm seine Jacke und hielt sie ihm hin. „Und was Ruth betrifft..." Zögernd hatte sie den Satz angefangen und brachte ihn nicht zu Ende.

Er zog seine Jacke über, ließ Lindsay aber dabei keine Sekunde aus den Augen.

„Bald", wiederholte er und ging zur Tür.

8. KAPITEL

Sonntags machte Lindsay nie Pläne. Es genügte, wenn sie sich sechs Tage in der Woche an feste Zeiten halten musste, sei es, um für die Schule zu arbeiten oder sich um ihre Mutter zu kümmern. Die Sonntage hielt sie sich frei.

Es war schon ziemlich spät, als sie an diesem Morgen hinunterging. Der Duft von frisch aufgebrühtem Kaffee zog sie in die Küche. Schon bevor sie die Tür öffnete, hörte sie den ungleichen Schritt ihrer Mutter.

„Guten Morgen." Lindsay umarmte Mary und gab ihr einen herzlichen Kuss auf die Wange. Dann fiel ihr Blick auf das neue Jackenkleid ihrer Mutter. „Du hast dich ja schon am frühen Morgen fein gemacht", bemerkte sie erfreut. „Gut siehst du aus!"

Mary griff ein wenig verlegen mit der Hand nach der gepflegten Frisur. „Carol wollte heute Mittag mit mir im Country-Club essen. Wie findest du mein Haar?"

„Sehr hübsch. Aber die Männer werden ohnehin nur nach deinen Beinen sehen. Sie sind fantastisch!"

Mary lachte. Lindsay hatte sie seit Jahren nicht mehr lachen gehört und war ganz glücklich darüber. „Das hat dein Vater auch immer gesagt."

Weil Marys Stimme schon wieder ein wenig traurig klang, legte Lindsay ihr schnell den Arm um die Schulter und bat: „Bitte nicht, Mutter, es war so schön, dich endlich wieder lachen zu hören. Vater würde sich wünschen, dass du immer fröhlich bist." Sie zog ihre Mutter an sich.

Mary klopfte ihrer Tochter liebevoll den Rücken. „Komm, lass uns Kaffee trinken. Meine Beine mögen ja noch ganz gut

Die schöne Ballerina

sein, aber leider sind sie mit diesen Hüften verbunden, und die werden immer noch zu schnell müde."

Lindsay wartete, bis ihre Mutter vorsichtig am Küchentisch Platz genommen hatte, und ging zum Schrank. Sie wusste, dass es jetzt darauf ankam, ihre Mutter bei Laune zu halten.

„Gestern habe ich noch sehr lange mit dem Mädchen gearbeitet, von dem ich dir neulich erzählte, Ruth Bannion." Lindsay goss Kaffee ein, bevor sie Milch aus dem Kühlschrank holte und ihrer Mutter davon in den Kaffee schüttete. Sie selbst bevorzugte den Kaffee schwarz. „Sie ist wirklich eine große Ausnahme", fuhr sie fort und setzte sich zu Mary. „Ich habe sie für die Rolle der Carla in der *Nussknacker-Suite* vorgesehen. Sie ist ein scheues, introvertiertes Mädchen, das nur aufzutauen scheint, wenn es tanzt."

Nachdenklich betrachtete sie die kleinen Schauminseln auf ihrem Kaffee. „Ich möchte sie so gern nach New York zu Nick schicken, aber ihr Onkel lässt nicht mit sich darüber reden." Nicht, bevor ein halbes Jahr vergangen ist, dachte sie grimmig. Dickköpfig und unflexibel ist er! „Sind eigentlich alle Männer so störrisch wie Maulesel?" fragte sie ihre Mutter und schimpfte laut, weil sie sich an ihrem heißen Getränk die Zunge verbrannt hatte.

„Die meisten", kam die trockene Antwort. „Seltsamerweise scheinen sich die meisten Frauen sogar von diesen Mauleseln angezogen zu fühlen." Mary hatte ihren Kaffee noch nicht angerührt. „Und dir scheint es ja nicht viel anders zu gehen."

Lindsay sah kurz auf und konzentrierte sich sofort wieder auf ihre Tasse. „Schon möglich. Weißt du, er ist anders als die Männer, mit denen ich sonst zu tun hatte. Bei ihm dreht sich nicht alles ums Tanzen. Er ist viel in der Welt herumgekommen, unwahrscheinlich selbstbewusst und manchmal sogar arrogant. Ich kenne nur noch einen einzigen Mann, der genauso selbstsicher ist, und das ist Nick."

Bei dem Gedanken an Nick Davidov erhellte sich ihr Gesicht. „Aber Nick hat ein leidenschaftliches Temperament. Eben ein russisches. Er wirft mit Gegenständen um sich, schreit und stöhnt. Doch selbst seine schlechte Laune scheint nach einer bestimmten Choreographie abzulaufen. Seth ist anders. Er schnappt ganz einfach zu und reißt dich in Stücke."

„Und das gefällt dir so an ihm."

Lindsay blickte auf und lachte. Zum ersten Mal seit langer Zeit unterhielt sie sich mit ihrer Mutter über etwas, was sie selbst beschäftigte und nicht mit Tanzen zu tun hatte.

„Ja", stimmte sie zu. „So verrückt es klingt, es ist tatsächlich so. Aber er gehört nicht zu den Männern, die Autorität verlangen, ohne sie zu besitzen – wenn du verstehst, was ich damit sagen will." Diesmal nippte Lindsay ein wenig vorsichtiger an ihrem Kaffee. „Ruth betet ihn an. Man merkt es, wenn sie ihn ansieht. Sie wirkt übrigens längst nicht mehr so verloren wie früher, und ich bin sicher, dass es auf ihn zurückzuführen ist."

Lindsays Stimme bekam einen weichen Klang. „Er ist sehr einfühlsam, weißt du, und er kann seine Gefühle unwahrscheinlich gut kontrollieren. Ich glaube, selbst wenn er eine Frau liebt, würde er noch versuchen, nicht zu viel an Gefühl zu investieren … Ich bin jedenfalls wütend auf ihn, weil er so störrisch ist und mich Ruth nicht zu Nick schicken lässt. Ein Jahr Training in New York, und ein Engagement bei einer guten Truppe wäre ihr sicher. Das habe ich ihm letztens auch gesagt, aber …"

„Wem? Nick?" fragte Mary erstaunt.

Lindsay hätte sich ohrfeigen können. Auf keinen Fall hatte

sie Nicks Anruf ihrer Mutter gegenüber erwähnen wollen, um nicht wieder die Rede auf das Thema zu bringen, das dauernd zu Missstimmigkeiten zwischen ihnen führte.

„Wann hast du mit ihm gesprochen, Lindsay?"

„Vor ein paar Tagen. Er rief im Studio an."

„Warum?" Marys Frage kam ruhig, aber sie ließ sich nicht abweisen.

„Ach, er wollte sich nur erkundigen, wie es mir geht. Und nach dir hat er auch gefragt." Die Blumen, die Carol vor einigen Tagen mitgebracht hatte, verwelkten in der Vase auf dem Tisch. Lindsay stand auf und trug sie fort. „Er mochte dich schon immer sehr gern."

Mary beobachtete ihre Tochter, wie sie die verwelkten Blumen in den Mülleimer warf. „Er hat dich gebeten, zurückzukommen."

Lindsay stellte die leere Vase ins Spülbecken und begann sie abzuwaschen. „Er hat mir erzählt, dass er ein Ballettstück schreibt."

„Und er will, dass du einen Hauptpart darin übernimmst. Was hast du ihm gesagt?"

Lindsay schüttelte den Kopf. „Oh Mutter, bitte! Lass uns nicht mehr darüber reden. Es bringt doch nichts."

Einen Augenblick lang hörte man nur das Wasser in den Spülstein laufen. Lindsay hielt ihre Hände unter den warmen Strahl.

„Ich werde wahrscheinlich mit Carol nach Kalifornien fahren."

Überrascht – nicht nur von der Ankündigung, sondern noch mehr von Marys Ruhe – drehte Lindsay sich um, ohne den Wasserhahn abzudrehen. „Das wäre ja herrlich. Du würdest dem scheußlichen Winter entgehen."

„Dabei dachte ich nicht nur an den Winter. Es soll für immer sein."

„Für immer?" Lindsays Gesicht spiegelte ihre Verwirrung wider. Hinter ihr spritzte das Wasser gegen die Vase. Sie langte mit der Hand nach dem Hahn und drehte ihn ab. „Ich glaube, ich habe dich nicht richtig verstanden."

„Carol hat Verwandte dort." Mary stand auf, um sich mehr Kaffee einzugießen. Als Lindsay ihr dabei helfen wollte, wies sie sie mit einer protestierenden Handbewegung zurück. „Ein Cousin von ihr hatte in Erfahrung gebracht, dass eine Blumenhandlung zum Verkauf stand. Ein sehr gut gehendes Geschäft in einmaliger Lage. Carol hat es gekauft."

„Sie hat es gekauft? Aber wann denn? Sie hat mir kein Wort davon erzählt. Andy hat auch nichts davon erwähnt, als ich ihn sah."

„Sie wollte nicht darüber reden, bis alles unter Dach und Fach war", erklärte Mary und fuhr fort: „Sie möchte, dass ich ihr Teilhaber werde."

„Ihr Teilhaber? In Kalifornien?" Lindsay strich sich verwirrt mit der Hand über die Stirn.

„So wie bisher kann es mit uns nicht weitergehen, Lindsay." Mary hinkte mit ihrem Kaffee an den Tisch zurück. „Gesundheitlich geht es mir so gut, wie es den Umständen entsprechend nur möglich ist. Es besteht kein Grund mehr für dich, mich ständig zu verwöhnen und dir obendrein noch Sorgen um mich zu machen. Ja, das tust du", fügte sie hinzu, als Lindsay den Mund zu einem Protest öffnete. „Seit ich aus dem Krankenhaus zurückgekommen bin, habe ich gewaltige Fortschritte gemacht."

„Ich weiß. Du hast ja Recht. Aber Kalifornien?" Sie sah ihre Mutter hilflos an. „Es ist so weit weg ..."

„Es wird für uns beide das Beste sein. Carol hat mich darauf aufmerksam gemacht, dass ich versucht habe, Druck auf dich auszuüben. Sie hat vollkommen Recht."

„Mutter ..."

„Nein, nein. Das ist schon so, und es würde so bleiben, wenn wir uns weiter so nahe auf der Pelle sitzen." Mary atmete einmal tief aus und ein und fuhr mit warmer Stimme fort: „Es wird Zeit für uns beide, wieder ein eigenes Leben zu leben. Ich habe mir immer nur eines gewünscht – für dich gewünscht –, und ich werde wohl nie aufhören, es zu wünschen."

Sie nahm Lindsays Hand und betrachtete die langen, schlanken Finger. „Träume lassen sich nicht so schnell abschalten. Mein ganzes Leben lang habe ich geträumt – zuerst für mich, dann für dich. Vielleicht war es falsch. Weißt du, manchmal habe ich in letzter Zeit gedacht, dass du meine Krankheit als Entschuldigung dafür brauchst, nicht mehr zurückzukehren."

Sie ließ sich durch Lindsays Kopfschütteln nicht beirren. „Du hast für mich gesorgt, als ich dich brauchte, und ich werde dir ewig dankbar dafür sein – wenn ich es auch nicht immer gezeigt habe. Aber jetzt bin ich nicht mehr auf Pflege und Fürsorge angewiesen. Im Gegenteil, du darfst mir nicht das Gefühl geben, ein Krüppel und zu nichts mehr nütze zu sein. Willst du mir einen letzten, großen Gefallen tun?" Mary sah Lindsay bittend an.

Lindsay wartete schweigend.

„Denk bitte noch einmal darüber nach, wo du jetzt stehst. Überlege dir, ob es nicht doch richtiger wäre, nach New York zurückzukehren."

Lindsay brachte keinen Ton heraus. Sie nickte nur und umarmte ihre Mutter.

Sie hatte darüber nachgedacht, lange und gründlich. Das war vor zwei Jahren gewesen. Damals hatte sie ihren Entschluss gefasst. Aber sie hatte genickt, weil sie das Band, das sie heute zum ersten Mal seit langer Zeit wieder zwischen sich und ihrer Mutter gespürt hatte, nicht zerstören wollte.

„Wann willst du abreisen?"

„In drei Wochen."

Lindsays Arme fielen herunter. „Du und Carol, ihr werdet ein fantastisches Gespann sein." Plötzlich fühlte sie sich verloren, allein und verlassen. „Ich geh ein bisschen spazieren", sagte sie schnell, bevor Mary ihr die Rührung ansehen konnte. „Ich möchte ein wenig nachdenken."

Lindsay liebte Spaziergänge am Strand, besonders, wenn der Winter nicht mehr fern war. Ein verschlissener, aber immer noch warmer Lammfellmantel schützte sie vor dem schneidend kalten Wind, und so wanderte sie, die Hände in den Taschen vergraben, an der Küste entlang.

Es roch nicht nur nach Meer, Lindsay glaubte den salzigen Geschmack auf der Zunge zu schmecken. Sie stemmte sich gegen den Wind und fühlte, wie ihre Gedanken sich allmählich klärten.

Niemals hatte sie erwartet, ihre Mutter könnte Cliffside einmal für immer verlassen, und sie war sich immer noch nicht klar darüber, was sie bei dem Gedanken an eine Trennung von Mary empfand.

Eine Möwe strich ganz nah an ihr vorüber. Lindsay blieb stehen und sah zu, wie der Vogel sich auf einem der Felsblöcke niederließ.

Drei Jahre, dachte sie. Drei Jahre lang bin ich Tag für Tag an meine Mutter und meinen Beruf gefesselt gewesen. Ich habe

Die schöne Ballerina

mich daran gewöhnt. Wie werde ich es ertragen, plötzlich aus einem festen Tagesablauf herausgerissen zu werden?

Sie beugte sich herunter und nahm einen glatten flachen Stein aus dem Sand. Er hatte die Größe eines Silberdollars und war sandfarben mit schwarzen Flecken. Sie rieb ihn sauber und steckte ihn in die Manteltasche. Dort hielt sie ihn in der Hand.

Sie rief sich die letzten drei Jahre in Cliffside ins Gedächtnis zurück und die drei Jahre vorher in New York. Zwei verschiedene Welten, dachte sie und zog die Schultern ein wenig hoch. Bestehe ich vielleicht auch aus zwei verschiedenen Personen?

Sie warf den Kopf in den Nacken und erblickte hoch über sich auf der Klippe Cliff House. Es war vielleicht dreihundert Meter von ihr entfernt, aber sein Anblick wärmte ihr das Herz.

Es wird immer da sein, solange ich lebe, dachte sie. Hier ist etwas, auf das ich mich verlassen kann. Sie blickte zu den im Sonnenschein schimmernden Fenstern auf und freute sich über den Rauch, der aus den Schornsteinen stieg. Genauso habe ich es mir früher immer vorgestellt, überlegte sie.

Dann bemerkte Lindsay eine Gestalt, die den geschlungenen Pfad herunterkam. Jetzt war sie auf der Treppe, die zum Strand führte. Ohne es zu wollen, lächelte sie.

Warum nur hat er diese Wirkung auf mich? fragte sie sich und schüttelte den Kopf. Warum freue ich mich jedes Mal so schrecklich, wenn ich ihn sehe? Wie selbstsicher er geht. Keine überflüssigen Bewegungen. Ohne die geringste Anstrengung. Ich wünschte, ich könnte mit ihm tanzen. Jetzt. Etwas Langsames, Zärtliches.

Sie seufzte und sagte sich, es sei höchste Zeit, wegzurennen.

Sie rannte. Ihm entgegen.

Seth sah sie kommen. Ihr Mantel hatte sich geöffnet, ihr Haar flatterte hinter ihr wie eine gelbe Woge. Die Kälte hatte ihre Wangen gerötet. Ihr Körper wirkte schwerelos, wie sie, den Sand kaum mit den Füßen berührend, daherlief, und er wurde lebhaft an den Abend erinnert, als er sie ganz für sich allein hatte tanzen sehen. Ohne sich dessen bewusst zu werden, blieb er stehen.

Als sie ihn erreichte, leuchteten ihre Augen, und sie streckte ihm die Hände entgegen.

„Hallo!" rief sie atemlos, stellte sich auf die Zehenspitzen und hauchte ihm einen Kuss auf die Lippen. „Bin ich froh, dich zu sehen. Ich habe mich so verlassen gefühlt." Ihre Finger verschränkten sich ineinander.

„Ich habe dich vom Haus aus gesehen."

„Wirklich?" Sie dachte: Er sieht jünger aus mit dem windzerzausten Haar. „Wie hast du mich auf die Entfernung erkannt?"

Er brauchte nicht lange über die Antwort nachzudenken. „An deinem Gang."

„Ein schöneres Kompliment kannst du einer Tänzerin nicht machen. Bist du deshalb heruntergekommen?" Es tat gut, seine Hand zu halten und bei ihm zu sein. „Wolltest du mich treffen?"

„Ja. Warum sonst?"

„Ich bin froh darüber", sagte sie warm. „Ich brauche jemanden, mit dem ich reden kann. Willst du mir zuhören?"

„Schieß los."

In schweigender Übereinstimmung gingen sie weiter am Ufer entlang.

„Solange ich zurückdenken kann, war Tanzen mein Leben",

Die schöne Ballerina

begann Lindsay. „Ich kann mich an keinen Tag ohne Unterricht, an keinen Morgen ohne die Übung an der *barre* erinnern. Für meine Mutter, die als Tänzerin nicht sehr erfolgreich gewesen war, war es ungeheuer wichtig, dass ich es weiter bringen würde als sie. Sie empfand es als eine besonders glückliche Fügung des Schicksals, dass ich Talent zum Tanzen hatte. Dass ich Tänzerin wurde, war für uns beide auf verschiedene Art wichtig, aber das gemeinsame Ziel verband uns eng miteinander."

Lindsay sprach leise, aber Seth konnte sie trotz der lauten Brandung gut verstehen.

„Als ich mein erstes Engagement erhielt, war ich kaum älter als Ruth. Es war ein hartes Leben. Der Konkurrenzkampf, das harte Training, der Stress. Schon morgens früh fing es an, wenn man die Augen öffnete – *barre*, Unterricht, Proben, wieder Unterricht, sieben Tage in der Woche. Wenn man vorankommen will, existiert nichts anderes. Selbst wenn man den Schritt zur Solotänzerin schafft, ändert sich nichts daran, denn immer steht jemand hinter dir und will auf deinen Platz. Versäumst du nur einmal den Unterricht, rächt sich dein Körper dafür. Beim nächsten Training gehorcht er nicht. Die Muskeln schmerzen, die Waden, die Füße. Das ist der Preis, den man zahlen muss, um diese unnatürlichen Bewegungen zu beherrschen."

Sie atmete die würzige Brise ein und hielt ihr Gesicht dem kalten Wind entgegen. „Aber ich war glücklich. Ich hätte mir kein schöneres Leben vorstellen können. Es ist schwer zu beschreiben, was man fühlt, wenn man vor dem ersten Solo hinter den noch geschlossenen Vorhängen steht und auf den Auftritt wartet. Man muss selbst tanzen, um es nachempfinden zu können. Und dann, auf der Bühne, ist aller Schmerz vergessen. Bis zum nächsten Tag. Dann fängt es wieder von vorne an."

Lindsay drückte Seths Hand. „Solange ich mein Engagement hatte, ging ich ganz in meiner Arbeit auf. Ich brauchte nichts anderes und dachte kaum noch an Cliffside oder irgendjemanden, der dort wohnte. Wir begannen gerade mit den Proben zum *Feuervogel*, als meine Eltern verunglückten."

Lindsay machte eine kleine Pause. Obgleich ihre Stimme leiser wurde, verlor sie nichts von ihrer Klarheit. „Ich liebte meinen Vater. Er war ein unkomplizierter, liebevoller Mann. Und doch hatte ich im letzten Jahr in New York sicher kein Dutzend Mal an ihn gedacht. Hast du schon einmal etwas getan oder, besser gesagt, nicht getan, für das du dich immer, wenn du dich daran erinnerst, hasst? Etwas, das nicht mehr zu ändern ist? Etwas, von dem du träumst und das dich morgens um drei Uhr aufweckt?"

Seth schlang einen Arm um Lindsays Taille und zog sie näher zu sich. „Ein paarmal."

„Meine Mutter war lange im Krankenhaus." Lindsay lehnte einen Augenblick ihren Kopf an seine Schulter, denn das Sprechen fiel ihr jetzt schwerer, als sie erwartet hatte. „Sie lag im Koma. Dann wurde sie mehrmals operiert, und danach folgte die stationäre Behandlung. Es war eine lange, schwere Zeit für sie. Ich musste mich um vieles kümmern, Papiere besorgen, Finanzielles regeln. Dabei fand ich heraus, dass meine Eltern eine zweite Hypothek auf unser Haus aufgenommen hatten, um meine ersten Jahre in New York zu finanzieren."

Nur mühsam gelang es Lindsay, nicht in Tränen auszubrechen. „Da war ich einzig und allein mit mir selbst und meinen Ambitionen beschäftigt gewesen, während sie sich für mich in Schulden gestürzt hatten."

„Sie haben es ganz bestimmt gern getan, Lindsay. Und du hattest Erfolg. Sie waren sicher sehr stolz auf dich."

Die schöne Ballerina

„Ja, ich glaube schon, dass sie stolz auf mich waren. Aber ich habe damals das Geld von ihnen genommen, ohne mir auch nur die geringsten Gedanken darüber zu machen. Nicht einmal bedankt habe ich mich dafür."

„Wie konntest du dich für etwas bedanken, von dem du nichts wusstest?"

„Ich wünschte, ich könnte es auch von diesem logischen Standpunkt aus sehen. Nun", fuhr sie fort, „als ich nach Cliffside zurückkam, eröffnete ich meine Schule, um bei Verstand zu bleiben und um Geld zu verdienen. Die Krankenhaus- und Arztkosten waren hoch. Zu diesem Zeitpunkt dachte ich noch nicht daran, für immer in Cliffside zu bleiben."

„Aber dann hast du deine Pläne geändert."

Lindsay ging jetzt langsamer, und Seth passte sich ihrem Tempo an. „Ein Monat nach dem anderen verging. Als meine Mutter endlich aus dem Krankenhaus nach Hause kam, brauchte sie immer noch Pflege. Ich weiß nicht, was wir ohne Andys Mutter getan hätten. Sie teilte sich ihre Arbeitszeit im Laden so ein, dass sie bei Mutter sein konnte, wenn ich Unterricht gab. Nur so war es mir möglich, die Schule weiter zu betreiben. Dann, eines Tages, musste ich einen Entschluss für die Zukunft fassen. Es war inzwischen sehr viel Zeit vergangen, und niemand konnte sagen, wann meine Mutter wieder geheilt sein würde."

Einen Moment gingen sie schweigend nebeneinander her.

„Ich gab es auf, an eine Rückkehr nach New York zu denken. In Cliffside war ich zu Hause, hier hatte ich meine Freunde und meine Schule. Das tägliche Training einer professionellen Tänzerin unterscheidet sich sehr vom Unterrichten. Sie muss eine bestimmte Diät einhalten und ein sehr geregeltes Leben führen. Das war bei mir schon lange nicht mehr der Fall gewesen, und so hatte ich eigentlich bereits aufgehört, eine professionelle Tänzerin zu sein."

„Aber deine Mutter wollte das nicht akzeptieren."

Überrascht blieb Lindsay stehen. „Woher weißt du das?"

Er schob eine Haarsträhne von ihrer Wange. „Das war nicht schwer zu erraten."

„Drei Jahre, Seth! Sie sieht die Dinge einfach nicht realistisch. Bald werde ich sechsundzwanzig. Wie kann ich zur Bühne zurückkehren und mit Mädchen in Ruths Alter konkurrieren? Und selbst, wenn ich es könnte, warum soll ich wieder damit anfangen, meine Muskeln und Füße zu quälen und dauernd zu hungern? Ich weiß nicht einmal, ob ich es fertig bringen würde. Ich habe die Bühne geliebt, das stimmt, aber meine Schule liebe ich auch."

Lindsay sah versonnen zu, wie die hohen Wellen der Brandung an einem der Felsen zerschellten. „Jetzt will meine Mutter für immer von hier fortziehen, um ein neues Leben anzufangen und – darüber bin ich mir völlig klar – um mich zu einer Entscheidung zu zwingen. Zu einer Entscheidung, die längst gefallen ist."

„Und nun tut es dir Leid, dass sie weggeht und du dich nicht mehr um sie kümmern kannst."

„Ich fürchte, genau da liegt mein Problem." Lindsay lehnte sich einen Moment an ihn. Seine Nähe gab ihr Trost. „Aber ich möchte vor allem, dass sie glücklich ist, wirklich glücklich. Ich liebe sie. Nicht in derselben unkomplizierten Weise, in der ich meinen Vater geliebt habe, aber genauso herzlich. Ich weiß nur nicht, ob ich jemals so sein kann, wie sie es wünscht."

„Wenn du glaubst, du könntest deine vermeintliche Schuld ihr gegenüber abtragen, indem du das tust, was sie sich wünscht, so irrst du dich. So einfach ist es nicht."

Die schöne Ballerina

„Aber Kinder sollten doch ihren Eltern irgendwie das, was sie für sie getan haben, zurückzahlen."

„Warum? Sie tun ihren eigenen Kindern dafür Gutes." Seine Stimme klang ruhig und kontrolliert. „Wann will deine Mutter abreisen?"

„In drei Wochen."

„Dann lass dir mit der endgültigen Entscheidung Zeit, bis sie fort ist. Im Augenblick stehst du noch zu sehr unter Druck. Lass deine Gefühle ein wenig zur Ruhe kommen."

„Ich wusste doch, dass du mir einen guten Rat geben würdest." Lindsay sah ihn dankbar an. „Normalerweise habe ich es gar nicht gern, wenn mir jemand sagt, was ich tun soll. Aber diesmal ist es für mich eine Erleichterung." Sie schlang die Arme um Seth und schmiegte sich an ihn. „Bitte, halt mich einfach fest. Ach, ist es schön, wenn man sich auf jemanden verlassen kann."

In seinen Armen wirkte sie sehr klein und schutzbedürftig. Er legte seine Wange auf ihren Kopf, und so standen sie schweigend da. Nur das Kreischen der Möwen und das Rauschen der Wellen waren zu hören.

„Du riechst nach Seife und Leder", murmelte Lindsay schließlich. Sie hob ihr Gesicht und sah ihm in die Augen. Ich könnte mich in ihn verlieben, dachte sie. Er ist der erste Mann, in den ich mich wirklich verlieben könnte. „Ich weiß, dass es verrückt klingt", sagte sie, „aber ich möchte jetzt gern, dass du mich küsst."

Sie küssten sich zart und lösten sich voneinander, um sich anzusehen. In den Augen des anderen spiegelte sich das eigene Begehren, und Seth nahm ihren Mund wieder in Besitz – nicht heftig, sondern sanft und liebevoll.

Lindsay klammerte sich an ihn und erkannte, dass ihre Sehnsucht nach ihm stärker war, als sie es hatte zugeben wollen. Einen kurzen Augenblick lang gab sie sich ganz der Tiefe ihres Gefühls hin. Am liebsten hätte sie ihm ihre Liebe gestanden. Aber dann stieß sie ihn zurück und schüttelte den Kopf.

„Ich hätte besser fortlaufen sollen, statt dich an jenem ersten Abend vor der Haustür zu küssen", sagte sie und atmete schwer.

Seth legte die Hand um ihr Kinn und hob ihr Gesicht. „Die Erkenntnis kommt ein wenig zu spät."

In Lindsays Augen erkannte er immer noch ihre Erregung, und als er sie leicht zu sich zurückzog, sträubte sie sich nicht.

„Vielleicht hast du Recht." Sie legte ihre Hände an seine Brust. „Jedenfalls habe ich dich eben sogar um einen Kuss gebeten."

„Wenn jetzt Sommer wäre", murmelte Seth und ließ seinen Finger von Lindsays Kinn zum Hals gleiten, „würden wir hier ein Picknick veranstalten. Nachts, wenn es dunkel ist. Mit kaltem Wein. Wir würden uns lieben und am Strand schlafen, bis die Sonne über dem Wasser aufginge."

Lindsay fühlte wieder die Schwäche in den Knien, die drohende Gefahr ankündigte. „Oh ja, das wäre schön", seufzte sie und fügte entschlossen hinzu: „Aber jetzt sollte ich wirklich davonlaufen."

Sprach's und rannte auf einen Felsen zu. Während sie daran hochkletterte, rief sie außer Atem über die Schulter zurück: „Weißt du, warum ich den Strand um diese Jahreszeit am liebsten habe?"

„Weil du Herausforderungen nun mal magst", rief Seth zurück, der hinter ihr hergelaufen war und nun am Fuß des Felsens stand.

Sie sah von oben zu ihm hinunter. „Stimmt! Du liebst

sie übrigens auch, wenn ich mich recht erinnere. Ich habe gelesen, du seist ein sehr guter Fallschirmspringer!" Er hielt ihr seine Hand entgegen, und sie sprang leichtfüßig zu ihm in den Sand. „Ich würde es niemals fertig bringen, aus einem Flugzeug zu springen, es sei denn, es stünde gerade auf dem Flugplatz."

„Ich dachte, du seiest mutig."

„Aber nicht lebensmüde!"

„Ich könnte aus dir eine perfekte Fallschirmspringerin machen", erklärte er und zog sie in seine Arme.

„Einverstanden! Wenn ich aus dir vorher einen Tänzer machen darf. Übrigens, stand nicht in einer der Zeitungen auch, du hättest einer italienischen Gräfin den freien Fall beigebracht?"

„Ich fange an zu glauben, dass du ein viel zu gutes Gedächtnis hast."

Lindsay versuchte, sich aus seinen Armen zu winden, aber er lockerte den Griff um keinen Millimeter. „Ich wundere mich nur, dass du bei so viel gesellschaftlichen Aktivitäten noch zum Bauen kommst."

Er lächelte breit und sah plötzlich sehr jungenhaft aus. „Ein schwer arbeitender Mensch muss sich ab und zu ein Vergnügen gönnen."

Bevor Lindsay die spitze Bemerkung loswurde, die ihr auf der Zunge lag, wurde sie abgelenkt. Ein Mädchen im roten Mantel kam auf sie zugelaufen.

„Das ist Ruth!" rief sie.

Ruth winkte schon von weitem. Ihr Haar hing zerzaust über den Mantelkragen.

„Sie ist wirklich ein hübsches Mädchen", meinte Lindsay und sah Seth an. Zu ihrem Erstaunen bemerkte sie seinen nachdenklichen Gesichtsausdruck. „Seth? Ist etwas nicht in Ordnung?" fragte sie besorgt.

„Ich muss wahrscheinlich für ein paar Wochen verreisen und mache mir Sorgen um Ruth. Sie ist immer noch so verletzlich."

„Du hältst sie für schwächer, als sie in Wirklichkeit ist."

Lindsay hatte plötzlich das Gefühl, etwas verloren zu haben. Verreisen musste er also. Für ein paar Wochen. Wohin? Sie sah Ruth entgegen und zwang sich, jetzt nicht weiter darüber nachzudenken. „Du hast ihr so viel Halt gegeben, dass ein paar Wochen bei Ruth keinen Schaden anrichten werden."

Bevor Seth antworten konnte, war Ruth schon bei ihnen angelangt.

„Hallo, Miss Dunne."

Seit Lindsay sie zum ersten Mal gesehen hatte, wirkte Ruth wesentlich entspannter. Im Augenblick glänzten ihre Augen vor Begeisterung, und ihre Wangen hatten eine gesunde Röte.

Eifrig wandte sie sich ihrem Onkel zu. „Onkel Seth, ich komme gerade von Monika. Ihre Katze hat vor einem Monat Junge bekommen."

Lindsay lachte. „Ich glaube fast, Monika ist für den gesamten Katzennachwuchs in dieser Gegend allein verantwortlich."

„Nicht ganz allein", berichtigte Seth.

„Sie hatte vier", fuhr Ruth fort, „und eins davon ... ich meine ..." Sie sah von Seth zu Lindsay und nagte an der Unterlippe. Schweigend öffnete sie den Verschluss ihres Mantels und ließ das winzige orangefarbene Fellbündel sehen.

Lindsay schrie auf vor Entzücken, streckte die Hand aus und nahm das junge Kätzchen. „Oh, ist das süß! Wie soll es denn heißen, Ruth?"

Die schöne Ballerina

„Nijinsky", erklärte Ruth und sah ihren Onkel bittend an. „Ich werde es oben auf meinem Zimmer halten, damit es Worth nicht im Weg ist. Es ist doch so klein und macht bestimmt keine Mühe."

Lindsay bemerkte, wie Ruths Augen leuchteten. Ihr Gesichtsausdruck war so lebhaft wie sonst nur während des Unterrichts.

„Mühe? So ein kleines Ding macht doch keine Mühe. Sieh nur, was für ein niedliches Gesicht es hat." Damit reichte Lindsay das Kätzchen Seth. Der hob mit einem Finger den kleinen Kopf. Nijinsky miaute und kuschelte sich in die große Hand.

„Drei gegen einen", meinte Seth und kraulte die weichen Ohren, „das kann man nicht gerade fair nennen." Er gab Ruth das Kätzchen zurück und strich ihr über das Haar. „Aber mit Worth rede ich selbst. Das ist besser."

„Onkel Seth!" Ruth warf ihrem Onkel die Arme um den Hals und gab ihm einen dicken Kuss. „Dank! Miss Dunne, ist er nicht wunderbar, mein Vater könnte nicht lieber zu mir sein."

„Wer? Nijinsky oder Seth?"

Ruth kicherte. Lindsay hatte noch nie erlebt, dass Ruth sich wie ein typisches junges Mädchen gab. Es war das allererste Mal.

„Alle beide! Jetzt bringe ich ihn lieber nach Hause!" Sie steckte das Pelzbündel wieder unter ihren Mantel und rannte davon. „Ich werde ein bisschen Milch aus dem Kühlschrank stibitzen!" rief sie zurück.

„Jetzt ist sie glücklich", meinte Lindsay, als sie hinter Ruth hersah. „Das hast du gut gemacht. Sie glaubt, sie hätte dich überredet."

Seth lächelte. „Hat sie das denn nicht getan?"

Lindsay berührte seine Wange mit der Hand. „Ich finde es

schön, dass du so viel Verständnis für sie hast. Aber jetzt muss ich gehen."

„Lindsay!" Er hielt sie zurück. „Lass uns heute Abend zusammen essen. Nur essen! Aber ich möchte mit dir zusammen sein!"

„Seth, wir wissen beide, dass es nicht beim Essen bliebe. Wir würden beide mehr wollen."

„Wäre das so schlimm?" fragte er und versuchte sie an sich zu ziehen, aber sie wehrte sich dagegen.

„Ja. Ich muss erst über uns nachdenken, und das kann ich nicht, wenn ich mit dir zusammen bin. Ich brauche ein wenig Zeit."

„Wie lange?"

„Ich weiß nicht." Plötzlich hatte sie Tränen in den Augen. Verwundert wischte sie sie fort.

„Lindsay." Seths Stimme klang weich und zärtlich.

„Nein, sprich nicht in diesem Ton zu mir! Schrei mich an! Wenn du mich anschreist, fällt es mir leichter, vernünftig zu sein!"

Sie bedeckte ihr Gesicht mit den Händen und rang um Fassung. Plötzlich wusste sie, warum sie weinte. „Ich muss gehen, Seth. Bitte, lass mich gehen. Ich will allein sein. Ich glaube, es ist besser so."

Er sah aus, als würde er sie nicht loslassen. Doch dann sagte er: „Also gut. Aber Geduld ist nicht gerade meine Stärke, Lindsay, denk daran."

Sie antwortete nicht, sondern drehte sich um und floh. Und sie wusste, dass es keinen Zweck mehr hatte zu fliehen, denn sie hatte erkannt, dass sie Seth liebte.

9. KAPITEL

Am frühen Nachmittag fuhren sie zum Flughafen. Andy saß am Steuer, Lindsay neben ihm und ihre beiden Mütter auf den hinteren Sitzen. Der große Kofferraum war zum Bersten voll mit Gepäck.

Selbst nachdem sie ihrer Mutter drei Wochen lang beim Packen geholfen hatte, nachdem die Kisten schon vorausgeschickt waren und das Haus, in dem sie aufgewachsen war, zum Verkauf stand, konnte Lindsay immer noch nicht fassen, dass Mary für immer nach Kalifornien ging. Erst als das Haus verkauft war, begriff sie, dass die Trennung unvermeidbar war.

Während sich ihre Mutter und Carol auf der Fahrt miteinander unterhielten, dachte Lindsay: Alles, was ich brauche, kann ich in dem freien Zimmer in der Schule unterbringen. Das ist am bequemsten für mich. Und für Mutter ist es bestimmt das Beste, wieder auf eigenen Füßen zu stehen.

In der Ferne sah sie eine Düsenmaschine zur Landung ansetzen und wusste, dass es bis zum Flughafen nicht mehr weit sein konnte. Lindsay beobachtete das Flugzeug, während sie ihren bedrückenden Gedanken nachhing.

Seit dem Tag, an dem Mary ihr Vorhaben, nach Kalifornien zu ziehen, verkündet hatte, war es Lindsay nicht besonders gut gegangen. Zu viele Gefühle waren auf sie eingestürmt. Zwar hatte sie versucht, Abstand zu gewinnen, die Emotionen so lange zur Seite zu schieben, bis sie in der Lage wäre, vernünftig zu denken, aber es war ihr nicht gelungen.

Nachts quälten sie schlechte Träume, und, was noch schlimmer war, tagsüber wurde sie oft unversehens von einer Traurigkeit überfallen, die es ihr unmöglich machte, konzentriert zu arbeiten. Woher diese Traurigkeit kam, darüber fürchtete sie sich nachzudenken, wusste aber, dass nicht allein die bevorstehende Abreise ihrer Mutter, sondern auch ihre Liebe zu Seth schuld daran waren.

Obgleich sie versuchte, nicht mehr an ihn zu denken, konnte sie nicht einmal ein Zimmer betreten, in dem sie mit ihm zusammen gewesen war, ohne an ihn erinnert zu werden.

Warum musste ich mich ausgerechnet in einen solchen Mann verlieben? fragte sie sich, in einen Mann, der eine Geliebte nach der anderen gehabt hat und allen gefühlsmäßigen Bindungen immer wieder geschickt ausgewichen ist? Zugegeben, auf sein Verhältnis zu Ruth trifft das nicht zu. Aber Ruth ist auch seine Nichte, die Tochter seines verstorbenen Bruders. Ihr gegenüber hatte er Verpflichtungen. Ich bin nicht gerecht, sagte sie sich dann. Sein Verständnis für Ruth, das Bedürfnis, ihr ein Heim und Sicherheit zu geben, hatten nichts mit Verpflichtung zu tun.

Andys Stimme riss Lindsay aus ihren Gedanken und brachte sie in die Gegenwart zurück. Er hatte den Wagen bereits in einer Parklücke vor dem Eingang des Flughafenterminals abgestellt, und Mary und Carol waren schon ausgestiegen.

„Die Flugtickets haben wir ja schon. Wir müssen nur noch einchecken", verkündete Carol gerade.

„Vergiss nicht, dass ihr einen Haufen Gepäck aufgeben müsst", erinnerte Andy, öffnete den Kofferraum und fing an, einen Koffer nach dem anderen neben sich aufzubauen. Dann besorgte er einen Gepäckwagen, um das Ganze damit zur Abfertigung zu bringen.

Carol machte Mary ein Zeichen, mit ihr zu kommen, und Lindsay folgte den beiden, nachdem sie den Kofferraum zugeschlagen und den Schlüssel abgezogen hatte.

Bevor Carol die Eingangstür zur Abflughalle erreicht hatte,

drehte sie sich zu Lindsay um und rief: „Wetten, dass es heute Nacht schneit?"

„Und ihr seid dann schon im sonnigen Kalifornien und probiert eure neuen Badeanzüge an", antwortete Lindsay und stemmte sich gegen den kalten Wind.

Andy hatte das gesamte Gepäck schon vor der Abfertigungstheke aufgereiht, als die drei Frauen dort ankamen. Mit gerunzelter Stirn zählte er die Koffer.

„Gib nur gut auf die Gepäckscheine Acht", riet er seiner Mutter. „Am besten, du tust sie ins Portemonnaie."

„Ja, Andy." Vergnügt zwinkerte Carol Lindsay zu, aber Andy bemerkte nichts davon. Er fuhr fort, seiner Mutter ernsthafte Ratschläge zu geben.

„Vergiss nicht anzurufen, sobald ihr in Los Angeles angekommen seid."

„Nein, Andy."

„Ihr müsst eure Uhr drei Stunden zurückstellen."

„Ich werde daran denken, Andy."

„Und lasst euch nicht von fremden Männern ansprechen!"

„Wir werden versuchen, sie vorher näher kennen zu lernen."

Andy grinste, lachte dann laut auf und drückte seine Mutter an sich.

Lindsay sah Mary an und fühlte mit einem Mal einen dicken Kloß im Hals. Tränen stiegen ihr in die Augen, als sie ihrer Mutter um den Hals fiel und schluchzend flüsterte: „Ich liebe dich! Alles, was ich möchte, ist, dass du glücklich wirst, sehr glücklich."

„Lindsay!" Auch Marys Stimme klang verdächtig nach Tränen. Sie schob ihre Tochter an den Schultern ein wenig von sich und sah sie an. Lindsay konnte sich nicht daran erinnern, dass ihre Mutter sie jemals so konzentriert angesehen hatte, es sei denn, als Tänzerin. „Auch ich liebe dich, Lindsay. Ich weiß, dass ich Fehler gemacht habe, aber ich habe immer nur dein Bestes gewollt, oder jedenfalls das, was ich dafür hielt."

Lindsay brachte keinen Ton heraus. Mary küsste sie auf beide Wangen und wandte sich dann Andy zu, um sich auch von ihm zu verabschieden.

Carol nahm die Gelegenheit wahr, Lindsay auf Wiedersehen zu sagen. Sie flüsterte ihr zu: „Und lass deinen jungen Mann nicht zu lange warten! Das Leben ist so kurz!"

Darauf ging sie mit Mary in die Wartehalle, die zum Abfluggate führte.

Als Lindsay sich zu Andy umdrehte, hingen immer noch Tränenspuren an ihren Wimpern. Er hakte sich bei ihr unter.

„Ich komme mir vor, als hätte ich gerade meine Mutter verloren", sagte Lindsay. „Verrückt, nicht?"

„Ja, aber ich komme mir genauso vor. Was meinst du, sollen wir einen Kaffee trinken?"

Lindsay schüttelte den Kopf. „Ich möchte ein Eis. Ein großes Eis mit viel Sahne. Das ist im Augenblick das Richtige für mich. Und ich lade dich ein!"

Schon am späten Nachmittag zeigte sich, dass Carol mit ihrer Wettervorhersage Recht gehabt hatte. Eine Stunde, bevor die Sonne unterging, begann es zu schneien.

Die Schülerinnen, die zum Abendunterricht erschienen, verkündeten die Neuigkeit. Lindsay lief zur Eingangstür und sah die ersten Schneeflocken fallen.

Seltsam, dachte sie, dass der erste Schnee immer ein so großes Ereignis ist. Er bringt uns zum Träumen. Später wachen wir dann meist unsanft auf, wenn wir Schnee schaufeln müssen, wenn die Straßen zugeschneit und die Wasserleitungen eingefroren sind.

Während der ersten Unterrichtsstunde dachte sie immer wieder an ihre Mutter und Carol. Bei deren Ankunft in Los Angeles würde es dort noch hell und wahrscheinlich noch warm sein. Jedenfalls viel wärmer als in Cliffside.

In der Pause, während sich die Schülerinnen ihre Spitzenschuhe anzogen, ging Lindsay noch einmal an die Tür. Ein kalter Wind blies ihr den Schnee ins Gesicht.

Es schneite jetzt sehr stark. Schon lagen ungefähr zehn Zentimeter Schnee auf der Straße. Wenn das so weiterging, käme bald der Verkehr zum Stocken.

Lindsay fand, es sei zu riskant, die Mädchen so lang im Studio zu halten.

„Heute fällt der Spitzenunterricht aus", verkündete sie. „Diejenigen von euch, die nicht mit dem Wagen gekommen sind, müssen sofort zu Hause anrufen, damit sie abgeholt werden."

Nach kurzer Zeit fuhren Mütter und Väter vor, um ihre Töchter in den Wagen zu verfrachten. Einige der Kleinen wurden von den Großen im Auto mitgenommen und zu Hause abgesetzt. Schließlich waren nur noch Lindsay, Monika und Ruth zurückgeblieben.

Lindsay fragte: „Hast du deinem Onkel Bescheid gesagt? Nicht, dass er sich Sorgen macht."

„Ich übernachte heute bei Monika. Aber ich habe ihn trotzdem angerufen und gesagt, er solle sich wegen des Schnees keine Sorgen machen, wir würden gleich losfahren."

„Gut." Lindsay setzte sich und zog eine Cordhose über ihre Legwarmers. „Ich fürchte, in einer Stunde haben wir den schönsten Blizzard. Bis dahin möchte ich auf jeden Fall zu

Hause sein und es mir mit einer Tasse heißer Schokolade gemütlich machen."

„Hmm, klingt gut", meinte Monika, die gerade den Reißverschluss ihres daunengefütterten Parkas schloss und die Kapuze über den Kopf zog. „Seid ihr fertig?"

Ruth nickte und schloss sich den beiden anderen Frauen an, als diese das Studio verließen. „Was meinen Sie, Miss Dunne, haben wir morgen wieder Unterricht?"

Sie mussten sich kräftig gegen den Wind stemmen, um zu ihren Autos zu kommen.

„Hör dir nur an, wie ehrgeizig sie ist, Lindsay. Kann einfach nicht genug kriegen, die Kleine", rief Monika.

In schweigendem Einverständnis gingen alle drei zuerst zu Monikas Wagen, um ihn aus dem Schnee zu graben. Dabei benutzten sie abwechselnd den kräftigen Besen, den Lindsay in kluger Voraussicht aus dem Studio mitgebracht hatte. Bald war das Auto schneefrei, und nun sollte auch Lindsays Wagen startklar gemacht werden. Aber bevor es dazu kam, schrie Monika laut auf.

„Oh, verflixt! Seht euch das an. Hier, der Reifen. Platt! Und dabei hat Andy mich noch gewarnt. Er hat mir gezeigt, wie verdächtig dünn eine Stelle aussah. Aber ich konnte natürlich nicht auf ihn hören!"

„Reg dich erst einmal ab", meinte Lindsay. „Später hast du noch genug Zeit, dir Vorwürfe zu machen. Was ist schon Großartiges passiert? Ich bringe euch nach Hause."

„Aber Lindsay, das ist ein riesiger Umweg für dich."

„Hast Recht", erklärte Lindsay. „Dann werdet ihr wohl den Ersatzreifen montieren müssen. Also dann bis morgen." Sie schwang den Besen auf die Schulter und machte sich auf den Weg zu ihrem eigenen Wagen.

„He, Lindsay!"

Monika packte Ruth bei der Hand und rannte hinter Lindsay her. Auf dem Weg nahm sie ein bisschen Schnee vom Boden, formte einen Ball daraus und warf ihn nach Lindsays Mütze.

Lindsay schüttelte den Schnee ab und drehte sich lachend wieder um.

„Na, habt ihr es euch doch noch anders überlegt?" Sie sah den ängstlichen Ausdruck auf Ruths Gesicht und setzte hinzu. „Die Arme hat wirklich gedacht, ich ließe euch hier stehen." Großzügig überreichte sie Monika den Besen. „Nun aber an die Arbeit, bevor wir hier vollständig einschneien."

Kaum fünf Minuten später fand sich Ruth zwischen Lindsay und Monika eingezwängt auf dem Vordersitz. Draußen wirbelten dicke Schneeflocken gegen die Windschutzscheibe.

„Also dann los!" rief Lindsay und startete.

„Wir haben einmal einen Schneesturm in Deutschland erlebt", erzählte Ruth, die sich so klein wie möglich machte, um Lindsay nicht beim Fahren zu behindern. „Drei Tage lang waren wir in einem Dorf eingeschneit, und wir mussten auf dem Fußboden schlafen."

„Hast du noch mehr so nette Gutenachtgeschichten?" Monika schloss die Augen, um den Schnee nicht zu sehen.

„Einmal wären wir fast in eine Lawine geraten."

„Na, fantastisch!"

„Bei uns hat es seit Jahren keine mehr gegeben", stellte Lindsay fest.

„Wo bleiben denn die Schneepflüge?" Monika sah ängstlich auf die Straße.

„Die waren schon da. Man sieht nur kaum noch etwas davon", erwiderte Lindsay und schaltete vorsichtig in den dritten Gang. „Sieh doch mal, ob die Heizung richtig an ist. Meine Füße sind immer noch kalt."

Ruth prüfte den Hebel. „Angestellt ist sie, aber bis jetzt kommt nur kalte Luft aus dem Gebläse. Oh, sehen Sie nur, man kann unser Haus von hier aus sehen, trotz des Schnees. Onkel Seth hat in seinem Arbeitszimmer Licht brennen. Natürlich, wo denn auch sonst. Er arbeitet an einem großen Projekt für Neuseeland. Ich habe Bilder von seinem Entwurf gesehen. Ganz toll."

Monika hatte die Augen wieder geschlossen, während Ruth daherplapperte.

Vorsichtig bog Lindsay in die Straße ein, die zu Monikas Haus führte. „Er scheint in letzter Zeit aber sehr beschäftigt zu sein."

„Das kann man wohl sagen. Die meiste Zeit schließt er sich in seinem Arbeitszimmer ein." Ruth lehnte sich vor, um noch einmal die Heizung zu prüfen. Dieses Mal spürte sie schon die Wärme. „Mögen Sie den Winter auch so gern?" fragte sie begeistert.

Monika stöhnte auf. „Nun hör dir dieses Mädchen an!"

Lindsay lachte und lenkte den Wagen langsam in die Einfahrt.

Monika seufzte erleichtert auf. „Bin ich froh, wenn ich endlich im Haus bin! Willst du nicht über Nacht bei uns bleiben, Lindsay? Die Straßen sind ja in einem beängstigenden Zustand."

„So schlecht sind sie nun auch wieder nicht", wehrte Lindsay ab. Die Heizung funktionierte jetzt, und ihr war es endlich warm genug. „In fünfzehn Minuten bin ich zu Hause, macht euch keine Sorgen."

„Bis dahin werde ich keine ruhige Minute haben."

„Tut mir Leid. Ich werde dich sofort anrufen, wenn ich angekommen bin."

„Sofort! Versprich es mir", verlangte Monika.

„Ich werde mir nicht einmal die Schuhe abstreifen, bevor ich ans Telefon eile!"

„Gut." Monika kletterte aus dem Auto und wartete im dichten Schnee auf Ruth. „Fahr vorsichtig, Lindsay."

„Natürlich. Gute Nacht, Ruth."

„Gute Nacht, Lindsay."

Ruth schlug die Hand vor den Mund, weil sie „Lindsay" gesagt hatte anstatt „Miss Dunne". Aber Monika war es anscheinend nicht aufgefallen, denn sie hatte schon die Haustür aufgeschlossen.

Lindsay setzte den Wagen aus der Einfahrt zurück und machte sich auf den Heimweg. Sie stellte das Radio an. Monika hatte Recht, dachte sie, die Straßen sind wirklich schrecklich.

Obgleich die Scheibenwischer mit Höchstgeschwindigkeit arbeiteten, konnte Lindsay kaum drei Meter weit sehen. Ihr Wagen kroch förmlich den Weg entlang, und sie konzentrierte sich darauf, nicht ins Rutschen zu kommen.

Sie war eine gute Fahrerin und kannte die Straßen, aber heute war ihr nicht sehr behaglich zu Mute.

Warum habe ich Monikas Einladung nicht angenommen? dachte sie. Jetzt komme ich in ein dunkles, verlassenes Haus und werde mich sehr einsam fühlen.

Einen Augenblick zögerte sie, weiterzufahren, und dachte daran, umzukehren. Bevor sie sich jedoch entschieden hatte, tauchte plötzlich vor ihr auf der Straße ein großer schwarzer Schatten auf. Sie erkannte einen Hund und versuchte instinktiv zur Seite auszuweichen, um das Tier nicht zu überfahren.

Der Wagen kam ins Schleudern, drehte sich um die eigene

Achse. In ihrer Angst wollte Lindsay leicht bremsen und gegensteuern. Vergebens. Es krachte.

Lindsay durchzuckte ein scharfer Schmerz, und dann wurde es dunkel um sie.

Formen rannen ineinander, wichen zurück und begannen sich von neuem zusammenzuschließen.

Langsam kehrte Lindsays Bewusstsein zurück. Als Erstes erkannte sie Seth, der sich mit besorgter Miene über sie beugte. Sie spürte seine Finger an ihrer Schläfe, dort, wo sich der Schmerz konzentrierte. Ihr Mund fühlte sich trocken an, und als sie zu sprechen versuchte, klang ihre Stimme krächzend.

„Was machst du denn hier?"

Er hatte die Augenbrauen finster zusammengezogen. Jetzt hob er eines ihrer Augenlider und sah ihr prüfend in die Pupille.

„Ich hatte dich eigentlich immer für einigermaßen vernünftig gehalten."

Lindsay war noch zu benommen, um zu merken, dass er wütend war. Sie versuchte sich aufzurichten, aber Seths Hand hielt sie an der Schulter zurück. Sie entdeckte, dass sie auf dem Sofa in seinem Wohnzimmer lag.

Im Kamin prasselte ein Feuer, es roch nach verbranntem Holz, und die Flammen warfen dunkle Schatten, denn der Raum wurde nur von zwei kleinen Lampen beleuchtet.

Lindsays Kopf ruhte auf einem handbestickten Kissen, und sie bemerkte, dass sie immer noch ihren Mantel anhatte. Sie versuchte zu begreifen, wie sie hierher gekommen war.

„Der Hund!" rief sie plötzlich. „Habe ich den Hund überfahren?"

„Was für einen Hund meinst du?"

„Den Hund, der mir fast in den Wagen gerannt wäre. Ich glaube, ich konnte noch ausweichen. Aber genau kann ich mich nicht daran erinnern."

„Willst du damit sagen, du bist gegen einen Baum gefahren, um einem Hund auszuweichen?"

Wenn Lindsay klar bei Verstand gewesen wäre, hätte sie endlich gemerkt, wie zornig Seth war. Aber sie griff nur mit der Hand an die Schläfe und meinte: „Bin ich vor einen Baum gefahren? Mir kam es eher wie ein ganzer Wald vor."

„Bleib still liegen!" befahl Seth und verließ das Zimmer.

Lindsay richtete sich mühsam zu einer sitzenden Position auf. Zuerst drehte sich alles um sie und die Schläfen schmerzten noch mehr, aber dann wurde es besser. Befriedigt lehnte sie den Kopf gegen die Sofalehne und schloss die Augen. Langsam kam die Erinnerung an das, was geschehen war, zurück.

„Ich sagte doch, du sollst still liegen!"

Lindsay schlug die Augen auf und lächelte Seth matt an. „Es geht mir besser, wenn ich den Kopf nicht so tief liegen habe. Wirklich. Was ist das?"

Seth hatte ihr ein Glas in die Hand gedrückt und ein paar Tabletten.

„Hier, Aspirin", stieß er zwischen den Zähnen hervor. „Nimm sie!"

Sein Ton passte Lindsay überhaupt nicht, aber sie fühlte sich zu schwach, um zu widersprechen. Seth achtete genau darauf, dass sie die Tabletten herunterschluckte, bevor er aufstand und einen Brandy ins Glas goss.

„Warum, zum Teufel, bist du nicht bei Monika geblieben?"

Lindsay zuckte mit der Schulter. „Wenn ich mich recht erinnere, hatte ich mich das gerade selbst gefragt, als der Hund vor mir auftauchte."

„Und dann hast du bei glatter Straße gebremst, um ihn nicht zu überfahren!"

Jetzt merkte selbst Lindsay, wie wütend er war. „Nein, ich versuchte nur zur Seite zu fahren. Aber im Endeffekt läuft es wohl auf dasselbe hinaus. Ich konnte einfach nicht anders. Ich habe ihn doch nicht überfahren? Und mir ist ja weiter nichts passiert."

„Weiter nichts passiert?" Seth drückte ihr brüsk den Brandy in die Hand. „Kannst du dir vorstellen, was passiert wäre, wenn Ruth mich nicht angerufen hätte, um mir zu sagen, du hättest sie zu Monika gefahren?"

„Seth, ich bin wohl immer noch nicht ganz klar im Kopf. Ich begreife nicht, was du willst. Bitte, erklär mir doch alles einmal der Reihe nach."

„Trink zuerst einen Schluck. Du bist immer noch ganz blass."

Er wartete, bis sie gehorchte, und goss sich selbst einen Drink ein. „Ruth rief mich an, um mir zu sagen, dass ich mir keine Sorgen zu machen brauche, sie sei gut bei Monika angekommen. Du hättest sie mit deinem Wagen gebracht und darauf bestanden, von dort aus zu dir nach Hause zu fahren", erklärte er dann.

„Nicht eigentlich darauf bestanden", fing Lindsay an zu widersprechen, sah dann aber Seths finstere Miene und trank lieber noch einen Schluck von ihrem Brandy. Eigentlich hatte sie sich ja auf eine heiße Schokolade gefreut. Aber der Alkohol wärmte auch.

„Monika war natürlich besorgt um dich. Sie sagte mir, du seiest gerade wieder weggefahren, und bat mich, da ich doch von hier oben aus einen so guten Blick über die Straße hätte, nach dir Ausschau zu halten. Wir dachten uns, dass bei diesem

Wetter nicht viele Wagen unterwegs sein würden." Er machte eine Pause, um selbst zu trinken, und bemerkte befriedigt, dass etwas Farbe in Lindsays Wangen zurückgekehrt war. „Nachdem ich aufgehängt hatte, ging ich sofort ans Fenster. Ich sah auch tatsächlich deine Rücklichter. Sie bewegten sich in eigenartigen Linien hin und her, beschrieben einen Kreis und standen dann still."

Er setzte sein Brandyglas hart auf den Tisch. „Wenn Ruth mich nicht angerufen hätte, würdest du dich immer noch bewusstlos da unten in deinem Wagen befinden! Gott sei Dank hattest du wenigstens so viel Verstand, deinen Sicherheitsgurt anzulegen. Wer weiß, was sonst noch alles passiert wäre!"

„Du tust gerade, als wäre ich mit voller Absicht gegen den Baum gefahren!"

„Es genügt vollkommen, dass du wegen eines Hundes …"

„Seth! Ich bemühe mich sehr, dir dankbar dafür zu sein, dass du mich aus dem Wagen geholt und hier raufgebracht hast. Aber du machst es mir nicht gerade leicht."

„An deiner Dankbarkeit bin ich nicht interessiert!"

„Gut. Also Schluss damit." Lindsay erhob sich und kämpfte erneut gegen den Schwindel an. „Ich möchte Monika anrufen, damit sie sich keine Sorgen mehr macht."

„Das habe ich schon erledigt." Seth sah, dass ihr die Farbe wieder aus dem Gesicht gewichen war. „Ich sagte ihr, du seiest hier, weil mit deinem Wagen etwas nicht in Ordnung wäre. Warum sollte ich den Mädchen einen Schrecken einjagen? Leg dich wieder zurück, Lindsay."

„Das war sehr umsichtig von dir. Vielleicht bist du so nett und fährst mich jetzt zu ihnen."

Seth packte sie bei den Schultern und drückte sie auf das Sofa zurück. „Das glaubst du doch selbst nicht! Keiner von uns beiden wird bei diesem Unwetter noch einmal nach draußen gehen, das ist zu gefährlich!"

Lindsay reckte das Kinn vor. „Ich werde auf keinen Fall hier bleiben."

„Ich fürchte, du hast keine andere Wahl."

Wütend kreuzte Lindsay die Hände über der Brust. „Dann hast du Worth sicher schon befohlen, einen netten kleinen Raum im Kerker für mich zurechtzumachen!"

„Das hätte ich bestimmt getan", erwiderte Seth, „wenn er nicht zufällig in New York wäre, wo er etwas für mich zu erledigen hat. Wir sind ganz allein im Haus."

Lindsay versuchte Haltung zu bewahren. „Nun, das macht nichts. Ich kann morgen zu Fuß zu Monika laufen. Heute Nacht darf ich vermutlich Ruths Zimmer benutzen?"

„Du vermutest richtig!"

Sie erhob sich, etwas langsamer und vorsichtiger als zuvor, und ignorierte den zunehmenden Druck in ihrem Kopf. „Dann gehe ich jetzt nach oben."

„Es ist noch keine neun Uhr." Er brauchte die Hand nur leicht auf ihre Schulter zu legen, damit sie stehen blieb. „Bist du denn schon müde?"

„Nein, ich ..." Hatte ich mir nicht vorgenommen zu denken, bevor ich rede? fragte sie sich. Nun war es zu spät.

„Komm, zieh erst einmal deinen Mantel aus." Ohne eine Antwort abzuwarten, machte er sich an den Knöpfen zu schaffen. „Ich war so damit beschäftigt, dich wieder zu Bewusstsein zu bringen, dass ich gar nicht daran gedacht habe." Er schob ihr den Mantel über die Schultern und berührte leicht die Schwellung an ihrer Schläfe. „Tut es noch weh?"

„Nicht sehr." Lindsays Puls raste. Sie versuchte erst gar nicht, dem Schock die Schuld daran zuzuschreiben, sondern gab sich selbst gegenüber zu, dass ihre Gefühle schon wieder in Unordnung gerieten. Sie sah ihn an. „Danke."

Seth lächelte, nahm ihre Hände und küsste ihre Handflächen. Dann glitten seine Lippen zu den Handgelenken. „Dein Puls geht immer noch sehr unregelmäßig."

„Was meinst du wohl, warum?" murmelte sie.

Seth lachte erfreut und ließ ihre Hände los. „Hast du schon gegessen?"

„Gegessen?" Lindsay war mit ihren Gedanken ganz woanders.

„Ob du schon gegessen hast? Zu Abend gegessen?"

„Oh, nein. Ich war den ganzen Nachmittag im Studio."

„Dann setz dich hin. Ich sehe mal nach, ob Worth etwas Essbares im Kühlschrank gelassen hat."

„Ich komme mit! Keine Sorge", kam sie seinem Einspruch zuvor, „wir Tänzer sind hart im Nehmen. Mir geht es gut."

Er sah sie einen Augenblick zweifelnd an. Dann nickte er. „Gut, aber du machst keinen Schritt." Schon hatte er sie hochgehoben und trug sie auf den Armen. „Du darfst ruhig schimpfen, wenn es dir Spaß macht."

Lindsay dachte gar nicht daran. Sie fand es herrlich, so verwöhnt zu werden, und lehnte sich genüsslich an ihn. „Hast du denn schon gegessen?" murmelte sie.

Seth schüttelte den Kopf. „Nein. Zuerst habe ich gearbeitet, und dann habe ich es vor lauter Aufregung vergessen."

„Gedankt habe ich dir schon. Ich werde mich nicht auch noch entschuldigen. Wenn der Hund nicht gewesen wäre …"

Seth stieß die Küchentür mit dem Fuß auf. „Du hättest so gescheit sein sollen, bei Monika zu übernachten."

„Wie vernünftig und logisch du mal wieder bist! Wäre ich bei Monika geblieben, würde ich mich jetzt nicht hier befinden und könnte mich nicht von dir verwöhnen lassen. Was wirst du mir zum Abendbrot servieren?"

„Ich habe noch nie jemanden wie dich kennen gelernt", bemerkte Seth halb anerkennend und halb bewundernd.

„Soll das ein Kompliment sein oder das Gegenteil?"

Er schüttelte nachdenklich den Kopf. „Darüber bin ich mir selbst noch nicht im Klaren."

Lindsay sah ihm zu, wie er zum Kühlschrank ging. Warum liebe ich ihn nur so? Warum ausgerechnet ihn, fragte sie sich wohl zum hundertsten Mal. Und was soll jetzt werden? Soll ich ihm gestehen, dass ich ihn liebe? Aber vielleicht will er dann nichts mehr mit mir zu tun haben. Er hat Angst vor Bindungen. Oh, wäre ich ihm doch nie begegnet!

„Lindsay?"

Sie schreckte zusammen, als Seth sie ansprach. „Entschuldige, ich habe gerade über etwas nachgedacht."

„Sieh mal, hier ist eine Platte mit Roastbeef, und außerdem gibt es noch Spinatsalat und Käse."

„Hört sich wunderbar an. Ich decke schnell den Tisch, und du bringst alles her. Kein Widerspruch! Mir geht es ausgezeichnet. Ich habe einen Riesenhunger."

Nach dem Essen fragte Seth: „Fühlst du dich stark genug, ins Wohnzimmer zurückzugehen? Dann werde ich den Kaffee hinübertragen."

„Ich will es versuchen", antwortete Lindsay, stand auf und öffnete die Tür für Seth.

Er sah sie bewundernd an. „Kaum zu glauben, wie schnell du dich wieder erholt hast", meinte er. „Wenn ich daran denke, wie dein Wagen zugerichtet ist, grenzt es fast an ein Wunder, dass du schon wieder so munter bist."

„Bitte, sprich jetzt nicht von meinem Wagen, wenn du

nicht willst, dass ich anfange zu heulen." Sie setzte sich auf das Sofa und forderte Seth mit einer Geste auf, das Tablett mit dem Kaffee vor sie hinzustellen. „Ich werde eingießen. Du nimmst Sahne, nicht wahr?"

„Mmm."

Seth warf noch ein Stück Holz in den Kamin. Ein paar Funken sprühten heraus, bevor die Flammen aufzüngelten. Als er an den Tisch zurückkam, goss Lindsay gerade für sich selbst ein.

„Ist dir warm genug?"

„Oh ja! Das Feuer ist herrlich. Aber dieser Raum ist sogar ohne Feuer warm." Sie lehnte sich behaglich zurück und sah sich um. „Als Teenager habe ich immer davon geträumt, hier zu sitzen. Ein Unwetter draußen, ein Feuer im Kamin und mein Liebster an meiner Seite."

Die Worte waren ihr einfach herausgerutscht. Als ihr bewusst wurde, was sie da gesagt hatte, errötete sie tief vor Verlegenheit.

„Ich hätte nie gedacht, dass du erröten könntest." Seth schien darüber entzückt zu sein.

Lindsay rückte schnell ein wenig von ihm ab. „Wahrscheinlich habe ich Fieber."

„Lass mich mal fühlen." Sanft berührte er ihre Schläfe mit den Lippen. „Nein, ich glaube, es ist alles in Ordnung." Er befühlte ihren Hals. „Auch der Puls scheint sich normalisiert zu haben."

„Seth …"

Er schob die Hand unter ihren Pullover und streichelte ihren Rücken. Dann wanderten seine Finger zu der Stelle oberhalb ihres T-Shirts, wo er die nackte Haut spüren konnte. „Dieser dicke Pullover muss dir doch viel zu warm sein."

„Nein, ich ..."

Bevor sie ihn davon abhalten konnte, hatte er ihr den Pullover einfach über den Kopf gezogen. „So, das ist schon besser."

Seth massierte ihre nackten Schultern, bis Lindsay glaubte, jeden einzelnen Nerv zu fühlen. Dann ließ er sie plötzlich los und trank einen Schluck aus seinem Glas, ließ sie dabei aber nicht aus den Augen.

„Wovon hast du sonst noch als Teenager geträumt?"

„Ich träumte davon, mit Nick Davidov zu tanzen."

„Ein Traum, der Wirklichkeit geworden ist." Er beugte sich vor. „Weißt du, was mich im Augenblick am meisten an dir fasziniert?"

„Meine überwältigende Schönheit?"

„Deine Füße."

„Meine Füße!" Sie lachte ungläubig und blickte unwillkürlich auf ihre Schuhe.

„Sie sind so klein." Er nahm ihre Füße und legte sie auf seinen Schoß. „Fast wie die eines Kindes. Jedenfalls habe ich mir die Füße einer Tänzerin immer anders vorgestellt."

„Ich kann mich beim Spitzentanzen sogar auf drei Zehen abstützen. Die meisten müssen auf einem oder auf zweien stehen. Seth! Aber was soll denn das?" lachte sie, als er ihr die Schuhe auszog.

Dann liebkosten seine Hände ihre Fußsohle, und sie sog scharf den Atem ein, weil, so unglaublich es war, diese Geste ihr Begehren weckte.

„Sie sehen so zart und zerbrechlich aus", fuhr Seth fort und legte die andere Hand über den Rist, „und doch müssen sie sehr stark sein. Und sensibel." Wieder sah er ihr in die Augen, hob den Fuß dabei an die Lippen und küsste ihn.

Die schöne Ballerina

Lindsay konnte ein leises Aufstöhnen nicht unterdrücken. „Weißt du, was du mit mir machst?" wisperte sie. Es war an der Zeit, das, was unvermeidlich war zwischen ihnen, anzunehmen.

Als Seth seinen Kopf hob, drückte sein Blick Triumph aus. „Ich weiß, dass ich dich will. Ich will dich so sehr, Lindsay. Und du willst mich auch."

Wenn es nur so einfach wäre, dachte sie. Wenn ich ihn nur nicht so liebte. Dann könnten wir miteinander schlafen, einander genießen ohne Bedauern. Aber ich liebe ihn. Und was wird aus mir nach dieser Nacht? Ich werde dafür bezahlen müssen. Furcht zog ihr die Kehle zusammen.

„Halt mich fest!" Lindsay flüchtete sich an seine Brust und umschlang ihn mit den Armen. „Bitte, halt mich fest!"

Für immer und ewig, fügte sie schweigend hinzu. Es gibt niemanden auf der Welt als dich. Es gibt kein Morgen, kein Gestern.

Sie bog ihren Kopf zurück, um ihn anzusehen. Dann fuhr sie mit den Fingerspitzen zart die Kurven seines Gesichts entlang, als wolle sie sich dessen Form für immer einprägen. „Nimm mich, Seth. Nimm mich jetzt", bat sie leise.

Sie hatten keine Zeit mehr für Zärtlichkeiten. Die Leidenschaft besaß ihre eigenen Regeln. Seths Mund verschloss ihre Lippen hart und begehrend, noch bevor sie zu Ende gesprochen hatte. Sein Hunger steigerte ihren eigenen. Aber Seth hatte sich gut unter Kontrolle. Da gab es keine Ungeschicklichkeit, als er sie auszog. Und er half ihr, als sie nicht mit seinen Hemdknöpfen zurechtkam.

Lindsay spürte seine breite Brust, seine muskulösen Schultern. Begierig erforschte sie mit ihren Händen, mit den Fingern seinen nackten Körper. Sie klammerte sich an Seth.

Er gehörte ihr. In diesem Augenblick konnte niemand ihn ihr fortnehmen. Es gab nichts zwischen ihnen.

Sie beide bewegten sich nur langsam, kosteten die unerträgliche Sehnsucht nacheinander völlig aus. Ihre Energie war endlos, stammte aus dem Drang, zu geben und zu nehmen, und ihre Lust steigerte sich. Sie verloren sich in Ekstase und wurden schließlich eins.

10. KAPITEL

Lindsay träumte. Sie lag in den Armen ihres Mannes und hörte ihr Baby schreien. Sie kuschelte sich tiefer in seine warme Armbeuge und öffnete nur widerwillig die Augen.

Seth lächelte sie an.

„Es ist schon Morgen", murmelte sie und räkelte sich wohlig im Bett, während er sie küsste. „Ich muss aufstehen und nach ihm sehen." Immer noch hörte sie das Wimmern des Babys.

„Hmm", machte er nur und knabberte an ihrem Ohr. Dann fuhr er mit der Zunge über die zarte Haut dahinter, und Erinnerungen an die vergangene Nacht kehrten zurück.

„Seth, ich muss aufstehen. Es schreit."

Seth griff über sie hinweg nach etwas, das auf dem Boden lag, und legte es ihr auf den Bauch. Lindsay blinzelte verwirrt, als Nijinsky kläglich miaute. Der Traum zerrann. Einen Augenblick blieb sie still liegen und holte tief Atem.

„Was ist mit dir?" fragte Seth und streichelte ihr Haar.

„Nichts." Sie griff nach dem Kätzchen und strich über sein warmes Fell. „Ich habe geträumt. Etwas völlig Verrücktes."

„Du hast geträumt." Er gab ihr kleine Küsse auf die Schulter. „Hast du von mir geträumt?"

Lindsay drehte ihm den Kopf zu, bis sie in seine Augen sehen konnte. „Ja", antwortete sie leise, „von dir."

Er zog ihren Kopf zärtlich in die Beuge zwischen Hals und Schulter. Nijinsky tapste über sie hinweg zum Fußende, wo er sich ein paarmal herumdrehte, bevor er sich auf der Daunendecke zusammenrollte. „Was hast du denn von mir geträumt?"

Sie schmiegte sich noch enger an ihn. „Das ist ganz allein mein Geheimnis."

Und während seine Hände ihre Schultern und Arme streichelten, dachte sie: Ich gehöre zu ihm, aber er weiß es nicht. Ich darf es ihm nicht einmal gestehen.

Sie starrte aus dem Fenster und sah, dass es immer noch schneite, wenn auch nicht mehr so stark wie gestern. Es gibt nur uns beide, erinnerte sie sich, bis es aufhört zu schneien. Und ich liebe ihn so verzweifelt.

Sie schloss die Augen und legte die Hand auf seine Brust. Dann drückte sie ihre Lippen an seinen Hals. Nicht an morgen denken, befahl sie sich. Genieße das Zusammensein mit ihm, solange es möglich ist.

Ihre Küsse hatten keine Ähnlichkeit mit denen der vergangenen Nacht. Die verzweifelte Begierde fehlte. Sie hatten keine Eile, denn das Wissen, dass ihre Sehnsucht erfüllt würde, verstärkte die Vorfreude.

„Deine Hände", murmelte Seth und küsste jeden einzelnen ihrer Finger, „deine Hände sind etwas Besonderes. Wenn du tanzt, scheinen sie ein eigenes Leben zu besitzen." Er spreizte seine Hand über ihre Handfläche.

Lindsays Haar fiel über ihre Schultern auf seine Brust. Im sanften Licht des Morgens wirkte es wie Silber. Ihre Haut hatte die Farbe rosig angehauchten Elfenbeins. Sie wirkte sehr zart. Ihre Augen glänzten lebhaft. Lindsay stützte sich auf ihrem Ellbogen ab und beugte sich über ihn, um mit ihren Lippen zart über seinen Mund zu streifen. Ihre Pulse jagten, als sie merkte, wie ihr Verlangen stärker wurde.

„Ich mag dein Gesicht", flüsterte sie und hauchte kleine Küsse auf seine Wangen, Augenlider und Ohren. „Es ist so stark. Weißt du, dass ich dich zum Fürchten fand, als ich dich zum ersten Mal gesehen habe?" Bei der Erinnerung lächelte sie in sich hinein.

„War das, bevor oder nachdem du mir fast in den Wagen gerannt bist?" Eine Hand liebkoste ihren Rücken, die andere spielte in ihrem Haar.

„Ich bin dir nicht fast in den Wagen gerannt." Lindsay zupfte an seinem Kinn. „Du bist viel zu schnell gefahren. Nun gib es endlich zu. Du sahst schrecklich groß aus, als ich vor dir in der Pfütze saß."

Lindsay hatte sein Gesicht zwischen ihre Hände genommen und streichelte es mit ihren Lippen. Er umschlang fest ihren Körper und drehte sie ohne Hast so, dass er über ihr lag. Sein Kuss sagte ihr, dass auch er nun nicht mehr warten wollte, und sie ergaben sich ihrem Verlangen, das wie eine warme Woge über ihnen zusammenschlug.

In Jeans und ein warmes Flanellhemd von Ruth gekleidet, lief Lindsay die breite Treppe hinunter. Es war ziemlich kühl im Haus, fand sie. Der Kamin im Wohnzimmer war wohl über Nacht ausgegangen, und so beschloss sie, zuerst einmal ein Feuer im Küchenherd zu machen.

Sie summte eine fröhliche Melodie, als sie die Küchentür aufstieß, und sah zu ihrer Überraschung, dass Seth ihr zuvorgekommen war. Es duftete schon köstlich nach Kaffee.

„Hallo!" rief sie, lief auf ihn zu und schlang die Arme um seinen Nacken. „Ich dachte, du wärst noch oben."

„Ich kam runter, als du an Ruths *barre* einige Übungen ausgeführt hast." Er zog sie an sich. „Hunger?"

„Ich glaube schon." Lindsay hätte jubeln können vor Freude darüber, hier mit ihm zusammen zu sein. „Wer von uns beiden macht das Frühstück?" rief sie übermütig.

Er knuffte sie spielerisch in die Rippen. „Wir beide zusammen. Was hast du denn gedacht?"

„Dann hoffe ich nur, dass du Cornflakes und Bananen hast. Das ist meine Spezialität."

Seth lächelte breit. „Kannst du nicht irgendetwas aus Eiern zaubern?"

„Oh, meine Ostereier sind bezaubernd."

„Gut", entschied er, „dann mache ich die Rühreier. Weißt du, wie man mit einem Toaster umgeht?"

„Ich kann's ja mal versuchen."

Der Toaster stand auf der Arbeitsfläche vor dem Fenster. Der Garten wirkte wie ein Bühnenbild. Unberührt lag der Schnee auf dem Rasen, und die Spitzen der Büsche und Sträucher, die Seth hatte pflanzen lassen, bogen sich unter der weißen Last. Und immer noch schneite es.

„Lass uns nach draußen gehen", sagte Lindsay impulsiv. „Sieh nur, wie wunderbar der Garten aussieht!"

„Zuerst wird gefrühstückt. Hinterher müssen wir sowieso mehr Kaminholz hereinholen."

„Der vernünftige Seth", spöttelte Lindsay und rümpfte die Nase. „Immer so unwahrscheinlich praktisch." Sie schrie übertrieben auf, als er sie leicht am Ohrläppchen zog.

„Architekten müssen praktisch sein, sonst würden ihre Häuser den Leuten auf den Kopf fallen."

„Aber die Häuser, die du baust, sehen für meinen Geschmack absolut nicht praktisch aus." Sie beobachtete ihn, wie er Eier, Butter und Speck aus dem Kühlschrank nahm. „Sie sind schön. Nicht wie die Kästen aus Stahl und Glas, die den Städten ihren eigenen Charakter rauben."

„Schönheit kann auch praktisch sein." Er kam mit den Zutaten für die Rühreier an den Tisch zurück. „Oder, besser ausgedrückt: Praktisches kann auch schön sein."

„Ja, aber ich stelle es mir schwierig vor, Häuser zu

bauen, die funktionell sind und gleichzeitig architektonisch reizvoll."

„Wenn es nicht schwierig wäre, machte es nicht so viel Spaß."

Lindsay nickte. Das konnte sie verstehen. „Wirst du mir nachher deine Entwürfe für das Neuseeland-Projekt zeigen?" Sie nahm das Toastbrot aus dem Brotkasten. „Ich habe noch nie den Entwurf eines Hauses gesehen."

„Wird gemacht, Madam!" Er schlug die Eier in eine bunt bemalte Schüssel.

Sie bereiteten das Frühstück zu und setzten sich an den hübsch gedeckten Tisch. Lindsay fühlte sich in der Küche zu Hause. Der Duft von Kaffee, Toast und gebratenen Eiern ließ die Atmosphäre von Behaglichkeit aufkommen.

Ganz bewusst wollte Lindsay den heutigen Morgen in ihrer Erinnerung eingraben, damit sie in Zukunft noch davon zehren konnte.

Nachdem sie gegessen und die Küche wieder in Ordnung gebracht hatten, zogen sie sich warm an und gingen nach draußen.

Lindsay versank bis zu den Knien im Schnee. Lachend gab Seth ihr einen leichten Stoß, dass sie hintüberfiel und bis zu den Schultern in der Schneewehe verschwand.

„Am besten binde ich dir ein Glöckchen um den Hals, damit ich immer weiß, wo du zu finden bist!" rief Seth.

Mühsam befreite Lindsay sich aus dem Schneehaufen und tat, als wäre sie wütend. „Brutaler Mensch", schimpfte sie und lächelte gleichzeitig.

„Das Brennholz liegt da drüben auf dem Stapel", verkündete Seth, nahm ihre Hand und zog sie hinter sich her.

Zum Schein sträubte sie sich zuerst, bevor sie ihm folgte.

Es war, als wären sie auf einer Insel. Der Schnee hüllte sie ein und dämpfte die Geräusche, so dass sie kaum die Brandung hören konnten. Lindsay hatte Ruths Stiefel an. Obgleich sie ihr bis an die Knie reichten, drang von oben her immer mehr Schnee in die Schäfte. Die Kälte hatte Lindsay die Wangen gerötet, aber sie spürte sie nicht.

In diesem Augenblick wünschte sie sich, ein Maler zu sein, um die Schönheit um sich herum festzuhalten. Wenn doch die Zeit stillstünde, dachte sie. Ein größeres Glück wird es für mich nie geben.

„Du siehst traurig aus", sagte Seth und zog sie in seine Arme. „Woran denkst du? Machst du dir Sorgen um deine Mutter?"

„Nein, nein. Ich bin nur so glücklich, dass es fast wehtut."

Er sah ihr in die Augen, beugte ihren Kopf nach hinten und küsste sie. Lindsay spürte dann plötzlich, wie er erzitterte. Er riss sie hoch, nahm sie auf die Arme und ging auf das Haus zu.

„Seth, wir sind beide voller Schnee. Wenn wir so ins Haus gehen, wird alles nass", versuchte sie ihn zurückzuhalten.

„Na und?"

Sie waren in der Halle, und sie strich sich die Haare aus den Augen.

„Seth, wo willst du denn hin?"

„Nach oben."

„Du bist verrückt!" Sie versuchte sich loszustrampeln, während Seth sie die Treppe hochtrug. „Was meinst du, was Worth sagen wird, wenn wir die Teppiche voll Schnee machen?"

„Er wird's überstehen." Seth ging unbeirrt auf sein Schlafzimmer zu, stieß die Tür auf und legte Lindsay auf das Bett.

„Seth!" Sie richtete sich auf den Ellbogen auf.

„Es ist wohl besser, wenn du das nasse Zeug ausziehst." Er zog ihr die Stiefel aus und begann ihr den Mantel aufzuknöpfen.

„Du bist wirklich verrückt", rief sie lachend, als er ihr den Mantel auszog und auf den Boden warf.

„Schon möglich", stimmte er zu und zog ihr die nassen Socken von den Füßen. Dann massierte er ihre kalten Zehen. Er merkte ihre Reaktion auf seine Berührung.

„Seth, sei nicht albern." Aber ihre Stimme war bereits heiser.

Mit einem Lächeln küsste er ihre Füße und beobachtete sie, als sich ihre Augen verdunkelten. Er erhob sich und nahm sie in die Arme.

„Der Teppich ist trocken", sagte er, während er sie vor dem Kamin niederließ.

Genießerisch langsam knöpfte er ihre Bluse auf, öffnete sie und presste seine warmen Lippen auf ihre Haut. Kleine Flammen des Entzückens durchzuckten Lindsay. Sie wand sich unter ihm, wünschte sich, er würde sich beeilen. Endlich zog er ihr die Bluse über die Schulter und entkleidete sie ganz.

„Ich will dich mehr als je zuvor", murmelte er an ihrer Brust.

„Dann nimm mich", sagte sie und drängte sich an ihn. „Nimm mich sofort!"

Das Telefon weckte Lindsay.

Verschlafen bemerkte sie, dass Seth aufstand und den Hörer abnahm. Sie streckte sich behaglich im Bett aus und hatte nur den einen Wunsch: nie mehr aufzustehen, nie mehr der Realität des Lebens entgegenzusehen.

Ohne zu hören, was Seth sagte, glaubte sie zu wissen, mit wem er sprach.

Mit einem Blick zum Fenster stellte sie fest, dass es aufgehört hatte zu schneien, während sie schliefen. Und nun ruft Ruth an, wusste Lindsay, um Seth zu sagen, sie käme nach Hause.

Nimm dich zusammen, befahl sie sich, als Seth zurückkam und sie prüfend ansah, und es gelang ihr tatsächlich, gleichmütig auszusehen.

„Kommt sie nach Hause?" fragte sie ruhig.

„Ruth und Monika wollten gleich abfahren. Sieht so aus, als wären die Straßenräumer früh aufgestanden. Die Hauptstraße soll frei sein."

„Nun", meinte Lindsay und warf die Daunendecke zurück, „dann wird es wohl höchste Zeit für mich, aufzustehen."

Am liebsten hätte sie geweint, doch sie kämpfte dagegen an und sammelte, nach außen hin gelassen, ihre Kleider ein. Ich muss vernünftig sein, mahnte sie sich. Seth wird mich hassen, wenn ich jetzt eine Szene mache.

So redete sie einfach, ohne nachzudenken, vor sich hin, während sie sich anzog.

„Es ist doch erstaunlich, wie schnell die Straßen geräumt werden. Hoffentlich haben die Räumer meinen Wagen nicht ganz unter dem Schnee begraben. Wahrscheinlich muss ich ihn abschleppen lassen. Aber das ist ja eine Kleinigkeit." Sie zog den Pulli über den Kopf. „Ich muss Ruths Bürste ausborgen", fuhr sie fort und zog das lange Haar aus dem Rollkragen.

Seth sagte gar nichts, sondern blickte sie nur an.

„Warum siehst du mich so an?" fragte sie. „Warum sagst du denn nichts?"

„Ich warte darauf, dass du aufhörst zu reden."

Lindsay schloss die Augen. Nun hatte sie wohl doch alles verdorben und einen Narren aus sich gemacht. Er war ein Mann von Welt, war an Affären und vorübergehende Beziehungen gewöhnt. „Bitte entschuldige. Ich weiß nicht, wie man sich in einer derartigen Situation benimmt."

Er streckte die Hand nach ihr aus.

„Nein, bitte nicht!" Sie trat einen Schritt zurück. „Ich kann jetzt nicht."

„Lindsay." Der Ärger in seiner Stimme half ihr, die Tränen zurückzuhalten.

„Bitte, gib mir ein paar Minuten Zeit", stieß sie hervor, „bevor ich mich noch mehr blamiere."

Sie drehte sich um, rannte aus dem Zimmer und knallte die Tür hinter sich zu.

Fünfzehn Minuten später stand Lindsay in der Küche und goss für Nijinsky Milch in eine kleine Schüssel. Sie hatte das Haar gebürstet, das Gesicht mit kaltem Wasser gekühlt und sich ein wenig beruhigt.

Dieser Gefühlsausbruch war reichlich übertrieben gewesen, fand sie nun. Sie starrte durch das Küchenfenster in den verschneiten Garten. Warum kann ich nicht mit dem, was ich gehabt habe, zufrieden sein? fragte sie sich. Eine andere Frau würde seine Geliebte bleiben und sich sicher nicht verletzt fühlen.

Eine andere Frau würde nicht mehr von ihm verlangen, wo sie doch schon so viel von ihm bekommen hatte, dachte Lindsay und beschloss, so zu tun, als wäre sie eine andere Frau, um weiterleben zu können.

Obgleich Seth bei seinem Eintritt kein Geräusch gemacht hatte, wusste sie, dass er gekommen war. Sie brauchte eine Sekunde, bis sie fähig war, sich umzudrehen und ihm entgegenzusehen.

Er hatte eine dunkelbraune Kordhose angezogen. Dazu trug er einen V-Pullover über einem blassblauen Hemd. Die lässige Kleidung stand ihm gut, fand Lindsay und sah ihn bewundernd an.

„Ich mache uns schnell einen Kaffee. Du trinkst doch eine Tasse?" sagte sie bewusst freundlich.

„Ja, aber erst möchte ich noch etwas anderes."

Er kam auf sie zu und schloss sie in seine Arme. Lindsay entzog sich ihm sanft und machte sich an der Kaffeemaschine zu schaffen.

„Ich bin froh, dass wir hier eingeschneit waren. Es war nett, mit dir zusammen zu sein." Das sagte sie in sehr neutralem Ton.

Seth schwieg. „Und?" fragte er endlich und schob die Hände in die Taschen.

Lindsay nahm die Kanne und goss Kaffee in zwei Tassen. Die eine reichte sie Seth, an der anderen nippte sie selbst und verbrannte sich leicht die Zunge. Der Kaffee war noch reichlich heiß.

„Und, was?" wiederholte sie fragend.

Sein Gesichtsausdruck änderte sich. Eine steile Falte erschien zwischen seinen Brauen. „Ist das alles, was du zu sagen hast?"

Lindsay fuhr mit der Zunge über die Lippen und zuckte die Schulter. „Ich weiß nicht, was du damit meinst."

„Da ist etwas in deinen Augen", murmelte er und suchte ihren Blick. „Aber ich weiß nicht, was es ist. Warum sagst du mir nicht, was du fühlst, Lindsay?"

Lindsay starrte in ihre Kaffeetasse und trank einen kleinen

Die schöne Ballerina

Schluck. „Seth, meine Gefühle sind so lange meine Angelegenheit, bis ich sie dir freiwillig offenbare."

„Ich dachte, das hättest du schon getan."

Ich hätte nie gedacht, dass es so schwer ist, vernünftig zu sein, dachte Lindsay, nahm ihre ganze Kraft zusammen und antwortete leichthin: „Wir sind doch beide erwachsene Menschen. Wir haben unseren Spaß miteinander gehabt, und nun …"

„Und wenn mir das nicht genug ist?"

Hoffnung und Furcht ließen ihr Herz wie rasend klopfen. Mühsam brachte sie hervor: „Nicht genug? Was willst du damit sagen?"

Er sah ihr tief in die Augen. „Wenn du es nicht fühlst, kann ich es dir wohl auch nicht mit Worten klar machen."

Enttäuscht setzte Lindsay ihre Kaffeetasse hart auf. „Warum fängst du an, mir etwas zu offenbaren, wenn du es dann doch nicht tust?"

„Das habe ich mich gerade selbst gefragt." Er zögerte noch einen Moment, nahm dann ihr Gesicht zwischen seine Hände. „Lindsay …"

Die Küchentür wurde aufgestoßen, und Ruth rief: „Hallo, ihr beiden!"

Dann merkte sie, dass sie im ungelegenen Augenblick erschienen war, und wollte sich schnell wieder zurückziehen, aber Monika ging schon an ihr vorbei auf Lindsay zu.

„Wie geht es dir? Bist du wieder ganz in Ordnung? Wir haben deinen Wagen gesehen." Monika war noch immer ihre Sorge um Lindsay anzumerken. „Ich hätte dich nicht wegfahren lassen dürfen."

„Mir geht es sehr gut", erklärte Lindsay und gab Monika zur Beruhigung einen Kuss auf die Wange. „Wie sehen denn die Straßen jetzt aus?"

„Ganz gut." Sie nickte mit dem Kopf zu Ruth hinüber. „Unsere Kleine kann es nicht abwarten, dass der Ballettunterricht wieder stattfindet."

„Oh, so wichtig ist das nicht", fiel Ruth ihr schnell ins Wort. Sie sah Lindsay wissend an. „Fühlen Sie sich wirklich wieder gut, Miss Dunne?"

Lindsay langte nach ihrer Kaffeetasse und lächelte Ruth zu. „Ja, mach dir keine Gedanken."

„Ich sollte wohl besser den Abschleppdienst anrufen", erklärte Seth. Er hatte, seit die beiden Mädchen gekommen waren, bis jetzt geschwiegen.

„Oh, das ist nicht nötig …"

„Ich sagte, dass ich mich darum kümmere. Und vorher fahre ich euch drei zum Studio, wenn ihr fertig seid."

Damit ließ er die drei Frauen stehen und verließ abrupt die Küche.

11. KAPITEL

Auf der Fahrt zum Studio saßen Monika und Ruth hinten im Wagen. Ruth war sich der Spannung zwischen Lindsay und ihrem Onkel sehr bewusst, und weil sie beide gern hatte, tat sie ihr Bestes, um die Atmosphäre ein wenig zu lockern.

„Wird Worth heute Abend zurück sein?"

Seth blickte in den Rückspiegel nach hinten. „Morgen früh."

„Dann mache ich dir heute Abend Coque au vin", verkündete Ruth und lehnte sich über die Lehne des vorderen Sitzes. „Das ist eine Spezialität von mir. Aber wir werden ziemlich spät essen müssen."

„Du musst morgen früh zur Schule."

„Onkel Seth", sagte sie leicht vorwurfsvoll, „ich bin kein Kind mehr. Ich bin siebzehn!"

Da sie gerade in den Parkplatz vor der Schule einbogen, beugte sie sich vor, um aus dem Fenster zu sehen. Irgendjemand hatte sich bemüht, einen Weg vor dem Studio freizuschaufeln. Lindsay konnte sich denken, dass es die Nachbarskinder gewesen waren.

„Es scheint Besuch für Sie gekommen zu sein", meinte Ruth, die den schnittigen ausländischen Wagen auf dem Platz bemerkt hatte.

Lindsay warf desinteressiert einen Blick hinüber. „Ich kann mir nicht denken ..."

Mitten im Satz hielt sie inne. Ihre Augen weiteten sich. Langsam, als könne sie nicht glauben, was sie sah, stieg sie aus dem Wagen. Dann erkannte sie den Mann, der im schwarzen pelzbesetzten Mantel die Treppe vom Studio herunterkam.

„Nikolai!"

Während sie seinen Namen rief, rannte sie ihm schon entgegen und warf sich in seine Arme.

Nick lachte, hielt sie ein wenig von sich ab und küsste sie auf die Wange. Er war zu sehr auf Lindsay konzentriert, um zu bemerken, dass Ruth ihren Onkel aufgeregt in die Seite stieß und „Davidov" flüsterte.

„Hallo, mein Vögelchen", rief er begeistert.

Lindsay konnte zuerst gar nichts sagen. Sie drückte nur ihr Gesicht an seine Schulter. Dann nahm Nick sie bei den Armen und hielt sie ein wenig von sich ab, und Lindsay sah, dass er sich kaum verändert hatte, seit sie ihn zum letzten Mal gesehen hatte.

Er wirkte immer noch sehr jungenhaft. Seine Wimpern waren fast zu lang und dicht für einen Mann. Der Mund war fest und großzügig geschwungen und sein dunkelblondes Haar lockig. Er machte sich nie die Mühe, es zu kämmen, sondern pflegte nur mit den Fingern hindurchzufahren, wodurch es immer zerzaust wirkte. Und Nick wusste genau, wie gut ihm das stand. Er war knapp eins achtzig groß, also auch von der Statur her ein sehr passender Partner für Lindsay.

„Oh Nick, du hast dich überhaupt nicht verändert."

„Aber du, du hast dich verändert." Er lachte sie strahlend an. „Du bist zwar immer noch mein Vögelchen, meine *ptitschka,* aber wie kommt es, dass du noch schöner geworden bist?"

„Ach Nick, wenn du wüsstest, wie sehr ich dich vermisst habe!" Lindsay küsste ihn auf die Augen und auf den Mund. „Nun sag mir aber, wie du so plötzlich hierher gekommen bist."

„Du warst nicht zu Hause, also bin ich hierher gefahren. Ich sagte dir, ich komme im Januar, nicht? Ich bin nur ein bisschen früher gekommen, das ist alles. Aber wo hast du deine guten Manieren gelassen, *ptitschka?*"

„Oh, entschuldigt bitte, aber ich war so überrascht ... Seth, Ruth, das ist Nikolai Davidov. Nick, darf ich dich mit Seth und Ruth Bannion bekannt machen? Ruth ist die Schülerin, von der ich dir erzählt habe."

Ruth starrte Lindsay überrascht an und wurde dunkelrot vor Freude.

„Es ist mir ein Vergnügen, Freunde von Lindsay kennen zu lernen." Er schüttelte Seth die Hand. Dann fragte er: „Sind Sie nicht zufällig der Architekt Seth Bannion?"

„Doch."

Nick klopfte ihm vor Vergnügen auf die Schulter. „Ah, das ist gut! Ich habe gerade ein Haus, das Sie entworfen haben, in Kalifornien gekauft. Es steht am Strand und hat viele Fenster, so dass man das Meer im Wohnzimmer hat."

Er ist so überschwänglich, dachte Lindsay, so ganz anders als Seth, und doch besteht eine gewisse Ähnlichkeit zwischen beiden.

„Ich kann mich an das Haus erinnern. In Malibu, nicht wahr?"

„Ja, ja, in Malibu", rief Nick offensichtlich entzückt. „Man nannte es ehrfurchtsvoll ein Frühwerk von Bannion, so als wären Sie schon lange tot."

Seth lächelte. „Das steigert den Marktwert."

Auch Seth kann sich Nicks Charme nicht entziehen, dachte Lindsay.

Nikolai lachte zustimmend. Er hatte gerade den Blick bemerkt, mit dem Lindsay Seth angesehen hatte, und dachte: Also aus dieser Richtung weht der Wind. Dann wandte er seine Aufmerksamkeit Ruth zu.

„Also das ist die junge, begabte Tänzerin, von der du mir erzählt hast." Er nahm ihre beiden Hände. Eine Schönheit, dachte er. Dunkel. Feingliedrig. Wenn man sie richtig schminkt, wird sie exotisch wirken. Und ihre Größe ist gerade richtig.

„Mr. Davidov", stotterte Ruth. Dass der große Nikolai Davidov vor ihr stand und mit ihr redete, konnte sie immer noch nicht recht fassen.

Er tätschelte beruhigend ihre Hände und meinte: „Sie müssen mir sagen, ob Lindsay sich immer so unmöglich benimmt. Wie lange lässt sie normalerweise ihre Freunde draußen in der Kälte stehen?"

„Oje! Ich bin wirklich schlimm. Doch du hast mich mit deinem plötzlichen Erscheinen so umgeworfen, dass du von mir kaum normales Verhalten erwarten kannst." Lindsay zog hastig die Schlüssel aus der Tasche und öffnete die Tür. „Aber ich kann nur wiederholen: Du hast dich kein bisschen verändert!"

Nikolai trat hinter ihr ins Studio. Er zog seine Handschuhe aus und schlug damit gedankenverloren in die eine Hand, während er sich überall im Raum umsah.

„Sehr gut", erklärte er dann und nickte zustimmend. „Das hast du ausgezeichnet gemacht, Vögelchen. Hast du schon einen Stellvertreter gefunden für die Zeit, wenn du in New York bist?"

„Nick." Lindsay schluckte. „Ich habe nicht behauptet, ich käme nach New York zurück."

„Unsinn." Mit einer Handbewegung wischte er ihren Widerspruch beiseite. „In zwei Tagen muss ich nach New York zurück, weil ich den *Feuervogel* tanze. Im Januar fange ich dann mit den ersten Proben für mein eigenes Ballett an." Während er sprach, zog er seinen Mantel aus, unter dem er einen einfachen blauen Jogginganzug trug. „Mit dir als Ariel kann es nur ein Erfolg werden."

„Nick ..."

„Aber zuerst will ich dich tanzen sehen", überging er ihren Protest. „Wer weiß, ob du mir nicht vor Schwäche zusammenbrichst."

Lindsay warf den Kopf in den Nacken. „Ehe ich zusammenbreche, Nick Davidov, gehst du schon lange am Krückstock!"

„Na, na, da bin ich aber gar nicht so sicher. Sagen Sie, Mr. Bannion, kennen Sie mein Vögelchen gut?"

Seth sah Lindsay an, bis sie errötete. „Ziemlich gut. Warum?"

„Weil Sie mir dann sicher sagen können, ob sie ihre Muskeln noch so gut beherrscht wie ihr Mundwerk. Es ist wichtig für mich zu wissen, wie viel Zeit ich brauche, um sie wieder auf Vordermann zu bringen."

Lindsay wusste genau, dass er sie herausforderte, und sie konnte nicht anders, als die Herausforderung anzunehmen. „Mich braucht niemand auf Vordermann zu bringen."

„Okay!" Er nickte. „Dann vergiss die Spitzenschuhe nicht, wenn du dich umgezogen hast."

Lindsay drehte sich auf dem Absatz um und knallte die Tür hinter sich zu. Nick zwinkerte Seth und Ruth zu.

„Sie kennen sie recht gut", meinte Seth.

Nikolai grinste. „Wie mich selbst. Wir sind gar nicht so sehr verschieden." Er langte in eine der großen Taschen seines Mantels, holte ein Paar Ballettschuhe hervor und setzte sich auf einen Stuhl, um sie anzuziehen.

„Kennen Sie Lindsay schon lange?" Nick wusste genau, dass er sich mit dieser neugierigen Frage ein wenig zu viel erlaubte, und er war nicht überrascht, dass Seth unwillig die Stirn runzelte und nicht sofort antwortete. Aber er ist der Mann, der Lindsay von ihrem Beruf abhalten könnte, dachte Nick, und darum muss ich wissen, was in ihm vorgeht.

„Ein paar Monate", antwortete Seth schließlich und schob die Hände in die Taschen. „Sie haben in New York einige Zeit mit ihr zusammengearbeitet?" Es war mehr eine Feststellung als eine Frage.

„Ich hatte nie eine bessere Partnerin. Aber davon durfte ich jetzt nicht reden. Ich muss sie wütend machen, damit sie für mich tanzt", erklärte er.

Lindsay kam zurück, nachdem sie sich umgezogen hatte, das Kinn hielt sie immer noch hoch erhoben.

„Du hast zugenommen", war das Erste, was Nick sagte.

„Ich wiege knapp 92 Pfund", verteidigte sich Lindsay.

„Fünf Pfund müssen weg", erklärte Nick ungerührt, als er zur *barre* schritt. „Ich bin Tänzer und kein Gewichtheber."

„Wenn du meinst, ich würde für dich hungern, dann hast du dich gewaltig geirrt."

„Du vergisst wohl, dass ich jetzt der Direktor des Ensembles bin."

„Und du vergisst, dass ich nicht mehr zu deinem Ensemble gehöre!"

„Ach, das bedeutet nichts. Wir werden schnell einen schönen Vertrag machen."

„Wir lassen euch jetzt am besten allein", machte sich Seth bemerkbar.

„Oh bitte", kam Nick Lindsays Antwort zuvor, „Sie müssen bleiben!"

„Ja", bemerkte Lindsay leicht boshaft, „Nick würde nie ohne Publikum tanzen."

„Bitte, Onkel Seth!" Ruth hängte sich an seinen Arm. Die Augen waren vor Begeisterung ganz dunkel.

„Also gut."

Während sie ein paar Bewegungen zum Aufwärmen der Muskeln ausführten, flüsterte Nick Lindsay ins Ohr: „Wie lange liebst du ihn schon?" Lindsay sah ihn überrascht an. „Du konntest mir noch nie etwas vormachen, Vögelchen. Ein Freund sieht oft mehr als ein Liebhaber."

„Ich weiß es selbst nicht. Manchmal habe ich das Gefühl, ich hätte ihn schon immer gekannt."

„Und deine Augen sind traurig." Er legte ihr eine Hand auf die Wange. „Komm, mach ein frohes Gesicht. Erinnerst du dich an den zweiten *pas de deux* aus *Romeo und Julia*?"

Lindsay sah ihn voller Zuneigung an. „Natürlich. Wir haben ihn endlos geübt."

Nick legte die Schallplatte auf. „Dann lass uns anfangen! Tanzen wir wie in alten Zeiten!"

Ruth sah Nick und Lindsay fasziniert zu. Obgleich alles so einfach aussah, wusste sie aus eigener Erfahrung, wie schwierig die Schritte waren und welches Können dazugehörte, mit einer so unwahrscheinlichen Leichtigkeit zu tanzen.

Als zum Schluss Romeo und Julia auf dem Boden knieten, sich nur mit den Fingerspitzen berührten und sich auch einige Sekunden, nachdem die Musik zu Ende war, nicht bewegten, hielt Ruth immer noch den Atem an.

Nick zog Lindsay lächelnd zu sich herüber. „Nein, du brichst nicht zusammen, mein Vögelchen. Komm mit mir. Ich brauche dich."

„Oh Nick."

Erschöpft legte sie den Kopf an seine Schulter. Sie hatte vergessen, wie herrlich es war, mit ihm zu tanzen. Ihre Gefühle befanden sich in Aufruhr. Sie liebte Seth und dachte sehnsuchtsvoll an das verschneite Haus auf dem Berg. Doch sie liebte auch den Tanz. Wie sehr, das war ihr eben wieder klar geworden. Sie klammerte sich an Nick wie an einen Rettungsanker.

„Sie waren wunderbar", flüsterte Ruth, die vor Begeisterung kaum sprechen konnte. „Sie waren beide wundervoll, nicht wahr, Onkel Seth?"

Dessen Gesicht war ausdruckslos. „Ich habe noch nie zwei Menschen sich in so vollkommener Harmonie bewegen sehen." Er nahm seinen Mantel. „Ich muss jetzt gehen."

Ruths Protest schnitt er ab, indem er ihr die Hand auf die Schulter legte. „Vielleicht darf Ruth noch bleiben? Es ist ja nur noch eine Stunde, bis der Unterricht beginnt."

„Natürlich." Lindsay empfand die Kälte in seiner Stimme schmerzhaft. In einer hilflosen Gebärde hob sie die Hände. „Seth ..."

„Ich hole Ruth heute Abend ab", fuhr Seth fort, als hätte er sie nicht gehört. „Es hat mich gefreut, Sie kennen zu lernen, Mr. Davidov."

„Das Vergnügen war ganz auf meiner Seite."

Nikolai merkte, wie Lindsay sich verkrampfte, als Seth die Tür hinter sich ins Schloss warf. „Lindsay ..." Er legte ihr die Hand auf die Schulter, doch sie schüttelte wütend den Kopf.

„Nein. Bitte, lass mich. Ich muss ein paar Telefongespräche führen." Sie rannte aus dem Zimmer.

Nick seufzte und wandte sich an Ruth, die ihn mit großen Augen ansah.

„Sehr emotional, diese Tänzerinnen. Also, dann kommen Sie bitte her und lassen Sie mich sehen, warum Lindsay Sie zu mir schicken will."

„Ich soll ... Ich soll Ihnen vortanzen?" Ruth hatte das Gefühl, ihre Beine wären aus Blei und sie könnte sich nicht von der Stelle regen.

Nick ging zum Plattenspieler. „Ja, wie soll ich sonst erfahren, was Sie können. Ziehen Sie Ihre Schuhe an!"

Das ist kein Traum, sagte sich Ruth, es ist Wirklichkeit. Das Gefühl war in ihre Beine zurückgekehrt, sie hatte aufgehört zu zittern und sogar den Mut gefunden, ein paar Schritte an der *barre* zu machen.

Nick forderte sie sachlich auf, sich in der Mitte des Raums aufzustellen. „Ich werde Ihnen Anweisungen geben, die Sie exakt ausführen sollen."

Ruth schluckte und versuchte sich einzureden, es ginge um eine ganz gewöhnliche Übung. Aber sie brachte es kaum fertig, die Hand von der *barre* zu lösen.

Davidov merkte, wie nervös das Mädchen war, und lächelte ihr aufmunternd zu. „Nun kommen Sie schon! Ich beiße doch nicht."

Während Ruth sich aufstellte, schaltete er den Plattenspieler ein.

Lindsay hatte Recht mit ihrer Beurteilung, das sah er schon nach den ersten Bewegungen. Aber er gab weiterhin ruhig seine Befehle und schaute Ruth konzentriert zu.

Nachdem sie sich erst beruhigt hatte, ließ sich Ruth von der Musik davontragen und tanzte eine *arabesque,* ein *soubresaut* und einige kleine schnelle *pirouettes.* Als er ihre keine Instruktionen mehr gab, sondern eine neue Platte auswählte, wartete Ruth geduldig, bis er das gefunden hatte, was er suchte.

„Die *Nussknacker-Suite,* das übt Lindsay doch sicher mit euch für Weihnachten ein?"

„Ja."

„Dann sind Sie die Carla." Er gab ihr schnell die Schrittkombination an, kreuzte die Arme über der Brust und sagte: „Also los!"

Lindsay hörte in ihrem Büro Nicks Anweisungen und die Musik. Sie hatte aufgehört zu weinen, doch der tiefe Schmerz in ihrem Innern wollte nicht weichen.

Sie war so sicher gewesen, dass sie das Ende der Romanze mit Seth ohne Bedauern und ohne Tränen hinnehmen könnte. Aber nun war sie zutiefst verletzt.

Wie gut, dass ich mich ihm wenigstens nicht an den Hals geworfen und ihm meine Liebe gestanden habe, dachte sie. Aber kann ich je aufhören, ihn zu lieben, fragte sie sich verzweifelt. Wie soll das gehen? Wenn ich ihn jetzt anrufen würde, könnte er mir dann erklären, warum er das Studio so brüsk verlassen hat?

Sie wollte nach dem Telefon greifen, doch dann nahm sie die Hand wieder zurück. Hatte sie sich nicht schon genug zum Narren gemacht?

Lindsay stand auf, lehnte ihr Gesicht an die kalte Fensterscheibe und sah einigen Kindern zu, die im Schnee tollten. Das Leben geht weiter, dachte sie, und ich muss irgendwie damit fertig werden. Die Musik aus dem Nebenzimmer erinnerte sie daran, dass sie nur Trost beim Tanz finden würde.

Sie verließ ihr Büro und öffnete leise die Studiotür. Weder Nick noch Ruth bemerkten ihr Kommen. Mit einem Lächeln auf dem Gesicht befolgte Ruth Nicks Kommandos. Lindsay kannte ihn gut genug, um ihm anzusehen, wie sehr ihm das gefiel, was ihm hier vorgeführt wurde.

Die Musik ging zu Ende, und Ruth ließ ihre Arme sinken.

Die schöne Ballerina

Sie wartete auf neue Instruktionen. Aber Nick stellte den Plattenspieler ab.

Als Davidov sie anlächelte, dachte Ruth: Jetzt kommen sie, die freundlichen Worte, mit denen er mir beibringt, ich sei nur mittelmäßig.

„Mr. Davidov …", wollte sie ihm zuvorkommen.

„Lindsay hatte Recht", unterbrach er sie. „Wenn Sie nach New York kommen, werde ich Sie unterrichten."

„Sie?" Ruth wusste nicht, ob sie ihren Ohren trauen konnte.

„Ja, ich", wiederholte Nick amüsiert. „Ich verstehe nämlich ein bisschen was vom Tanzen."

„Oh, Mr. Davidov, ich meinte … ich dachte doch nur …"

Nikolai nahm ihre Hand und drückte sie. „Sie müssen noch viel lernen. Vor allem Spitzentanzen und den *pas de deux*. Aber was ich gesehen habe, war gut."

„Also meine beste Schülerin hat dir gefallen." Lindsay war zu den beiden getreten.

„Hast du etwa daran gezweifelt?"

„Nein." Sie lächelte Ruth zu. „Aber ich bin sicher, Ruth hat daran gezweifelt. Du kannst einem schon Furcht einjagen, weißt du?"

„Unsinn! Ich benehme mich immer so sanft wie ein Heiliger."

„Du schwindelst! Wie immer."

„Schwindeln gehört zu meinem Charme."

Lindsay fühlte, wie sie sich langsam bei der Unterhaltung entkrampfte. Seine Freundschaft würde ihr helfen, das wusste sie.

„Ich glaube, du könntest jetzt eine Tasse Tee gebrauchen", sagte sie zu Ruth. „Wenn ich mich recht erinnere, habe ich innerlich gezittert wie Espenlaub, als ich Nick vortanzen musste, und damals war er noch nicht der ‚große Davidov'. Ich meine, er war schon groß, aber die Leute hatten es noch nicht herausgefunden", fügte sie verschmitzt lächelnd hinzu.

Ruth nahm spontan Lindsays Hand. „Danke", sagte sie strahlend und fragte Nick: „Möchten Sie auch eine Tasse Tee, Mr. Davidov?"

„Gibt es russischen Tee?"

„Ich fürchte, nein", bedauerte Lindsay.

„Dann vielleicht etwas Wodka?"

„Du hast auf der ganzen Linie Pech, du Armer. Ich war eben auf russischen Besuch nicht vorbereitet."

„Oh, in Gesellschaft zweier so schöner Damen schmeckt mir auch normaler Tee, was immer das sein mag. Später werden wir zum Dinner ausgehen, und dann werden wir feiern wie in alten Zeiten, Vögelchen."

Während Nick die Schallplatte wieder fortträumte, verließ Ruth den Raum.

„Ein außergewöhnlich reizendes Mädchen", bemerkte er. „Zu deinem Urteil kann ich dir nur gratulieren."

„Und du wirst sehen, wie hart sie arbeiten wird. Du wirst ihr ein Engagement geben und ..."

Er nahm sie bei der Hand. „Ich brauche dich, Lindsay! Komm, sieh mich an. Dieser Architekt ..."

„Nein, nein! Sprich bitte nicht von ihm."

„Na gut. Dann frage ich dich: Glaubst du, ich würde dich bitten, zu unserer Truppe zurückzukommen und die bedeutendste Rolle in meinem ersten Ballett zu übernehmen, wenn ich nur den geringsten Zweifel an deinem Können hätte?"

Lindsay wollte etwas sagen, aber er fuhr fort: „Bevor du darauf antwortest, denk darüber nach."

„Ich weiß nicht", murmelte Lindsay mit gesenktem Kopf. „Ich weiß wirklich nicht, was ich glauben soll, und ich weiß nicht, was ich tun soll."

„Wir werden später darüber reden. Jetzt musst du dich entspannen, bevor der Unterricht anfängt."

„Oh Nick, ich bin so froh, dass du hier bist!"

„Gut", erklärte er und umarmte sie. „Dann darfst du mich heute Abend zum Essen einladen."

12. KAPITEL

Einen Tag nach Weihnachten spazierte Monika durch den Park. Die Luft war kalt, die Äste der Bäume bogen sich unter der Last des Schnees, und der Sonne gelang es nur hin und wieder für einen Augenblick, die dunkle Wolkendecke zu durchdringen.

Der Spielplatz lag verlassen da. Monika wischte den Schnee von einer Schaukel und setzte sich auf das Holzbrett. Sie war deprimiert. Und das hatte mit ihrem Verhältnis zu Lindsay und Andy zu tun.

Monika war wie vom Schock getroffen, als sie merkte, dass aus ihrer Teenagerschwärmerei für Andy tiefe Liebe geworden war. Sie hatte in ihm einen Helden gesehen, seit er zum ersten Mal mit ihrem Bruder zu ihnen nach Hause gekommen war. Er hatte in seinem Rugby-Dress einen überwältigenden Eindruck auf sie gemacht. Er dagegen bemerkte die kleine Schwester – sie war damals dreizehn – seines Freundes kaum, da er schon damals ganz verrückt nach Lindsay war.

Während Lindsays Abwesenheit von Cliffside hatte Monika Andy angehimmelt wie ein liebeskranker Teenager. Er jedoch strich ihr höchstens einmal abwesend über das Haar. Dann kam Lindsay zurück. Andy hatte inzwischen nicht einmal gemerkt, dass aus der kleinen Monika eine Frau geworden war. Und Lindsay ihrerseits merkte nicht, dass Andy immer noch in sie verliebt war.

Monika lehnte sich auf der Schaukel zurück und stieß sich stärker mit den Füßen ab.

„Hallo!"

Sie drehte den Kopf zur Seite und sah erstaunt, während sie mit der Schaukel an ihm vorbeiflog, Andy lächelnd neben sich stehen. Sie bremste ihren Schwung ab und rief zurück: „Hallo!"

„Du bist ja schon früh unterwegs am Samstag." Er hielt die Kette der Schaukel mit einer Hand. „Wie hast du Weihnachten verlebt?"

„Gut, danke. Eigentlich wie immer. Du bist aber auch schon früh unterwegs."

Andy zuckte mit der Schulter und setzte sich neben Monika auf die Schaukel. Monikas Herz machte einen kleinen Sprung.

„Musste unbedingt mal frische Luft schnappen", erklärte er. „Gibst du immer noch Klavierunterricht?"

Monika nickte. „Ich habe gehört, du willst dein Blumengeschäft erweitern."

„Stimmt. Ich habe jetzt eine Abteilung für Zimmerpflanzen."

Monika sah auf seine Hände und dachte, wie schon häufig vorher: Seltsam, dass diese großen Hände so zart mit Blumen umgehen können. „Machst du denn heute dein Geschäft nicht auf?"

„Doch. Heute Nachmittag für ein paar Stunden. Es sieht nicht so aus, als würde es sich lohnen bei dem Wetter."

Eine kleine Pause entstand. Monika war es warm trotz der kalten Dezemberluft. „Hast du schon jemals daran gedacht, von Cliffside fortzuziehen?"

„Daran gedacht schon. Aber ich werde es wohl nie tun."

„Dann geht es dir genau wie mir." Monika hatte unterdessen mit dem Fuß einen kleinen Ball ausgegraben. Sie stand auf und hob ihn aus dem Schnee. „Ich kann mich noch gut daran erinnern, wie du mit meinem Bruder in unserem Garten Rugby geübt hast. Manchmal wart ihr so gnädig und habt mich mitmachen lassen." Sie warf den Ball spielerisch in die Luft.

„Du warst gar nicht schlecht – für ein Mädchen", lachte Andy. Jetzt war ihm schon viel wohler zu Mute als noch vor wenigen Minuten, als er es zu Hause einfach nicht mehr ausgehalten hatte. Monikas Gesellschaft hatte oft diese Wirkung auf ihn.

Er schnappte nach dem Ball. „Machen wir ein Spiel?"

„Okay." Monika stellte sich in einiger Entfernung auf. Andy schleuderte den Ball, und sie fing ihn gekonnt auf.

„Nicht übel!" rief er. „Als Fänger warst du schon immer ganz gut. Aber du würdest den Ball nie ins Tor bringen."

„Dann pass nur fein auf!" schrie Monika, rannte mit dem Ball unter dem Arm auf ihn zu und schlug einen Haken, bevor er sie berühren konnte.

Ihre Technik überraschte Andy, aber seine Reflexe waren immer noch sehr gut. Er raste hinter ihr her, bekam sie bei der Taille zu packen und riss sie mit sich zu Boden. Beide stürzten in den Schnee, Andy auf Monika.

Erschrocken bemerkte Andy, wie rot Monikas Gesicht unter der Schneeschicht war.

„Oh, verflixt! Tut mir Leid, Monika! Hast du dir wehgetan?" Er fing an, ihr den Schnee vom Gesicht zu wischen. „Entschuldige bitte. Ich habe einfach nicht nachgedacht."

Sie schüttelte nur den Kopf. Er lag halb über ihr und sah sie so bestürzt an, dass sie über seinen besorgten Gesichtsausdruck lächeln musste. Ihre Blicke trafen sich, und dann gab Andy einem plötzlichen Impuls nach und küsste sie leicht auf die Lippen. Und dann gleich noch einmal.

„Tut dir bestimmt nichts weh?"

„Oh Andy!" Monika warf ihre Arme um seinen Nacken

Die schöne Ballerina

und rollte sich auf ihn. Sie presste ihren Mund auf seinen, und dieser Kuss ließ keinen Zweifel an ihren Gefühlen. Schnee rieselte in Andys Kragen, aber er kümmerte sich nicht darum, sondern zog ihren Kopf noch näher zu sich heran, als wolle er sie nie mehr loslassen.

„Ich liebe dich", flüsterte sie mit erstickter Stimme, während sie sein Gesicht mit Küssen bedeckte. „Ich liebe dich so sehr, Andy."

Zuerst schien es, als wollte Andy für immer im Schnee liegen bleiben, doch dann setzte er sich auf. Er wiegte Monika in seinen Armen, sah ihr in die Augen und küsste sie noch einmal.

„Komm, lass uns zu mir nach Hause gehen."

Lindsay fuhr auf ihrem Weg nach Cliff House an Monika und Andy vorbei und winkte ihnen zu. Aber die beiden waren so mit sich selbst beschäftigt, dass sie es nicht bemerkten.

Bis kurz vor Weihnachten war Seth in Neuseeland gewesen. Er hatte Lindsay vor seiner Abreise nicht angerufen und ihr später auch nicht geschrieben. Lindsay hatte zwar nicht damit gerechnet, aber gehofft hatte sie doch darauf, von ihm zu hören. Nun wusste sie, dass die glücklichen Stunden mit ihm endgültig der Vergangenheit angehörten und sie nicht mehr hoffen sollte.

Aber sie durfte Ruth nicht vergessen. Ihretwegen musste sie noch einmal mit ihm sprechen, denn für deren Zukunft war es unbedingt nötig, dass sie nach New York durfte. Lindsay wollte sie mitnehmen, da sie nach ihrer Unterhaltung mit Nick mehr denn je davon überzeugt war, dass keine Zeit mehr vergeudet werden durfte. Lindsay hatte sich vorgenommen, die Unterhaltung mit Seth rein sachlich zu führen, ihn von der Notwendigkeit einer speziellen Ausbildung für seine Nichte zu überzeugen und sich von ihren eigenen Gefühlen nichts anmerken zu lassen.

Als sie vor Cliff House aus dem Wagen stieg, klammerte sie sich an ihre Handtasche, um das Zittern ihrer Hände zu verbergen. Sie wartete einen Augenblick, bevor sie auf den Klingelknopf drückte, und nahm sich vor, sich nicht von Erinnerungen überwältigen zu lassen.

Es dauerte nicht lang, bis Worth die Tür öffnete.

„Guten Morgen, Miss Dunne", sagte er formell, und seiner Stimme war keine Überraschung wegen des frühen Besuchs anzumerken.

„Guten Morgen, Mr. Worth. Ist Mr. Bannion zu Hause?"

„Er arbeitet, glaube ich, Miss." Worth trat höflich einen Schritt zurück und ließ Lindsay eintreten. „Wollen Sie bitte im Wohnzimmer warten? Ich sehe nach, ob er zu sprechen ist."

„Ja, danke, das ist nett von Ihnen."

„Wollen Sie inzwischen ablegen?"

Wortlos schlüpfte Lindsay aus dem Mantel und übergab ihn Worth. Das Feuer prasselte im Kamin, und sofort erinnerte sie sich schmerzlich der Zärtlichkeiten, die sie und Seth ausgetauscht hatten.

„Miss?"

„Ja? Oh, Entschuldigung, ich habe nicht verstanden, was Sie sagten."

„Möchten Sie eine Tasse Tee trinken, während Sie hier warten?"

„Nein, vielen Dank."

Lindsay ging zum Fenster. Ich muss mich zusammennehmen, bevor ich Seth sehe, ermahnte sie sich. Und gleichzeitig fühlte sie sich den Erinnerungen, die nun auf sie einströmten, hilflos ausgeliefert.

„Lindsay."

Sie drehte sich um. Von allen Gefühlen, die sie überfluteten, war das der Freude am stärksten. Sie konnte nicht anders, als lächelnd auf ihn zuzugehen und ihm ihre Hände entgegenzustrecken.

„Seth! Wie schön, dich wiederzusehen!"

Er nahm ihre Hand und drückte sie heftig, ließ sie aber sofort wieder los. „Du siehst gut aus."

Das sagte er in so beiläufigem Ton, dass ihr die Worte, die ihr auf der Zunge gelegen hatten, nicht über die Lippen kamen.

„Danke." Sie trat an den Kamin. „Ich hoffe, ich störe dich nicht zu sehr."

„Nein." Seth blieb, wo er stand. „Du störst mich nicht, Lindsay."

„Ist in Neuseeland alles nach Wunsch verlaufen?" zwang sie sich zu fragen. „Ich glaube, das Klima ist dort ganz anders."

„Ein bisschen schon", stimmte er zu und kam ein wenig näher, hielt aber immer noch gebührenden Abstand. „Anfang des Jahres muss ich wieder hin. Für ein paar Wochen. Dann werden die restlichen Dinge wohl geregelt sein. Ruth erzählte mir, dass du euer Haus verkauft hast."

„Ja. Ich bin in die Schule gezogen. Das ist für mich bequemer. Es hat sich einiges geändert, nicht wahr?"

Er neigte zustimmend den Kopf.

„Es wird auch leichter für meine Vertreterin sein, dort zu wohnen, wenn ich in New York bin."

„Du gehst nach New York." Seine Stimme klang so scharf, dass Lindsay leicht zusammenzuckte.

„Nächsten Monat." Sie wischte mit der Hand über die Fensterscheibe, um irgendetwas zu tun. „Dann fangen die Proben zu Nicks Ballett an. Ich habe mich schließlich doch überreden lassen."

„Verstehe." Seth war nun ruhig und sachlich. „Du hast dich also entschlossen, zurückzugehen."

„Nur für eine Vorstellung." Sie bemühte sich, genauso ruhig zu sprechen wie Seth. „Die Premiere wird vom Fernsehen übertragen. Und da ich Nicks bekannteste Partnerin war, habe ich eingewilligt, mitzumachen. Wenn wir beide zusammen auftreten, wird sein Stück mehr Aufsehen erregen."

„Eine Vorstellung", meinte Seth nachdenklich. „Glaubst du wirklich, dass du danach aufhören kannst?"

„Ja, natürlich. Es gibt eine Reihe von Gründen für mich, nicht für immer auf die Bühne zurückzukehren. Aber diese Vorstellung ist wichtig für Nick."

„Glaubst du wirklich, dass du hinterher wieder unterrichten kannst? Ich habe dich mit Davidov tanzen sehen. Du bist in eine andere Welt getaucht."

„Das mag sein. Aber Tanzen und auf der Bühne stehen ist nicht dasselbe. Ich habe auf der Bühne gestanden. Ich kenne das Rampenlicht. Ich brauche es nicht mehr."

„Das sagt sich so leicht. Aber wenn du wieder vor dem Publikum gestanden hast, sieht es vielleicht ganz anders aus."

„Nein. Ich komme wieder nach Cliffside. Willst du wissen, warum?"

Er sah sie lange an, bevor er sein Gesicht abwandte. „Nein, ich glaube, das möchte ich nicht. Was wäre, wenn ich dich bäte, nicht zu gehen?"

„Nicht zu gehen?" Sie kam auf ihn zu und legte ihre Hand auf seinen Arm. „Warum sollte ich nicht gehen?"

Seth rührte sie nicht an, blickte ihr nur in die Augen. „Weil ich dich liebe und dich nicht verlieren will."

Lindsays Augen weiteten sich. Dann war sie in seinen Armen. „Küss mich", bat sie. „Küss mich, bevor ich aufwache."

Sie küssten sich, und Lindsay klammerte sich an ihn, als fürchte sie, der Traum könne vergehen.

Sie barg ihr Gesicht an seiner Schulter, und er strich ihr über den Rücken, über die Wangen und flüsterte: „Ich habe mich so danach gesehnt, dich wieder zu fühlen. In manchen Nächten habe ich nicht schlafen können und immer nur an dich gedacht."

„Oh Seth, ich kann es immer noch nicht glauben." Sie fuhr ihm mit beiden Händen durch das Haar. „Sag es mir noch einmal!"

Er küsste ihre Schläfe und zog sie an sich. „Ich liebe dich." Sie spürte, wie sich sein Körper entspannte, und hörte ihn seufzen. „Das habe ich noch nie einer Frau gesagt."

„Nicht einmal der italienischen Gräfin oder der französischen Filmschauspielerin?"

Er blieb ernst. „Eine Frau wie dich habe ich mein ganzes Leben lang nicht gefunden. Ich wusste eigentlich gar nicht, dass es so etwas wie dich gibt. Du warst vielleicht eine Überraschung!" Nun lachte er.

Zärtlich küsste sie seine Handfläche. „Als ich wusste, dass ich dich liebe, hatte ich Angst, weil mir klar wurde, dass ich nicht mehr ohne dich leben konnte. Und ich habe immer noch Angst. Halt mich! Bitte, halt mich fest."

Ihre Lippen fanden sich zu einem Kuss inniger Hingabe.

„Und dann hast du zu mir gesagt, die Nacht mit mir sei sehr nett gewesen", sagte Seth leise. „Ich dachte, ich könnte nicht mehr atmen. Ich liebte dich und wusste nicht, was ich tun sollte."

„Hast du denn nicht gemerkt, dass ich gelogen habe?"

„Später, im Wagen, habe ich es mir gedacht. Aber dann sah ich dich mit Davidov tanzen, und je länger ich zuschaute, desto mehr schienst du mir zu entgleiten."

„Aber so war es nicht, Seth." Um ihn zum Schweigen zu bringen, legte sie ihre Finger leicht auf seine Lippen. „So war es ganz und gar nicht."

„Nein? Er bot dir ein Leben an, das ich nicht mit dir teilen konnte. So bin ich gegangen. All die Wochen habe ich mich von dir fern gehalten. Doch in dem Augenblick, als ich dich vor mir stehen sah, wusste ich, dass ich dich nicht gehen lassen konnte."

„Aber das hast du falsch verstanden. Ich kehre ja nicht zurück, weil ich dieses Leben wieder will."

„Ich möchte nicht, dass du gehst! Ich bitte dich, gar nicht zu gehen." Seine Finger krampften sich um ihre Arme.

Sie sah ihn einen Augenblick an. „Und wenn ich dich bäte, nicht nach Neuseeland zu fliegen?"

Brüsk wandte er sich ab. „Das ist nicht dasselbe. Hier geht es um meinen Job, und ich bin in ein paar Wochen zurück." Als er sie wieder ansah, ballte er die Hände in den Hosentaschen. „Wo gäbe es denn Platz für mich und unsere Kinder, wenn du Primaballerina wärst?"

„Aber ich werde nicht wieder Primaballerina. Ich will es gar nicht. Ich werde nicht einmal offiziell zu Nicks Balletttruppe gehören. Ich bin nur Gast für eine einzige Vorstellung."

Jetzt war es Lindsay, die sich abwandte. „Es ist so wichtig für Nick, und er ist mir ein so guter Freund. Ich muss es ihm zuliebe tun. Und ich muss es tun, um dieses wichtige Kapitel meines Lebens mit etwas Schönem zu beenden. Es soll nicht der Tod meines Vaters sein, der meine Karriere als Tänzerin beendet hat, deswegen muss ich noch einmal auf die Bühne."

Schweigen. Dann Seths leise Worte: „Du wirst also gehen, gleichgültig, wie ich mich fühle."

„Ich gehe und bitte dich, mir zu vertrauen. Und ich bitte dich, Ruth mit mir kommen zu lassen."

„Nein!"

„Aber Nick hat auch gesagt, dass sie mit ihm arbeiten soll. Sie braucht das Training und …"

„Nein! Du verlangst zu viel von mir. Du hast mir beschrieben, welch hartes Leben ihr bevorsteht, wenn sie Tänzerin wird. Solange ich für sie verantwortlich bin, wird sie hier bleiben."

„Aber in ein paar Monaten wird sie mündig. Du bringst sie in eine Lage, in der sie sich gegen dich entscheiden muss."

„Dich kann ich nicht zurückhalten. Du musst tun, was du für richtig hältst. Aber Ruths Leben sollst du nicht zerstören."

„Also das glaubst du von mir, dass ich Ruths Leben zerstören will!" Lindsay war kreidebleich geworden.

„Ich weiß nicht, was ich denken soll. Ich verstehe dich nicht."

„Bitte, lass mich gehen." Jetzt war Lindsays Stimme ganz ruhig, obgleich sie innerlich zitterte.

Als Seth sie losließ, blieb sie eine Weile vor ihm stehen und musterte ihn. „Alles, was ich dir gesagt habe, ist wahr. Alles. Würdest du Worth bitten, mir meinen Mantel zu bringen. Ich glaube, wir haben uns nichts mehr zu sagen."

13. KAPITEL

Die Tage waren hart und machten die Nächte leichter zu ertragen. Lindsay arbeitete schwer. Unterricht, Proben und wieder Unterricht. Die Muskeln gewöhnten sich wieder an Schmerzen und Krämpfe. Der Januar ging in den Februar über. Die tägliche Routine war so, wie sie auch früher gewesen war: unerträglich.

Nick war ein guter Freund, aber als Tänzer unerbittlich in seinen Forderungen. Auch wenn Lindsay erschöpft war, kannte er kein Pardon, sondern forderte das letzte von ihr, wie er es auch von sich selbst verlangte. Oft schrie er sie an, und sie schrie zurück.

Nur einmal, als sie einen besonders schlimmen Tag hinter sich hatte, ihre Füße blutig getanzt waren und ihre Muskeln nicht mehr gehorchen wollten, brach sie bei einer Probe in Tränen aus und lief von der Bühne weg in den Umkleideraum. Dort ließ sie sich auf eine Bank fallen und schluchzte bitterlich.

„Lindsay." Nick berührte sie an der Schulter.

„Nick, ich fühle mich so miserabel. Ich habe noch nie eine Probe geschmissen. Bitte, sei mir nicht böse."

„Ich kann dir doch nicht böse sein, mein Vögelchen. Wir lieben uns doch. Ich schreie dich an, und du schreist mich an, aber was wäre ich ohne dich?" Sie lachte unter Tränen und küsste ihn. „Es ist nicht die Probe. Ich habe dich schon oft erschöpft erlebt. Du bist traurig, Vögelchen, gib es doch endlich zu. Es ist dieser Architekt, nicht wahr? Willst du nicht endlich darüber reden?"

„Nein", antwortete sie und gleich darauf, als sie sah, wie er die Augenbrauen hochzog: „Ja." Sie musste ihm die Wahrheit sagen. „Er sagt, er liebt mich. Aber Liebe ist wohl nicht genug. Er vertraut mir nicht. Verstehen, Vertrauen – eins geht doch nicht ohne das andere."

Nikolai wartete geduldig, bis sie fortfuhr: „Er konnte sich nicht damit abfinden, dass ich wieder nach New York fahren wollte, weil er nicht glaubt, dass ich nur für eine Vorstellung zurückgekommen bin, und er verlangte, dass ich bei ihm bleibe."

„Das war sehr egoistisch."

„Er ist ein egoistischer Mann."

„Aber vielleicht ist Liebe immer ein bisschen egoistisch. Ich weiß es nicht."

„Aber das Schlimmste war, dass er glaubte, ich wolle Ruths Leben zerstören, weil ich sie zu dir bringen wollte. Er sagte, das Dasein einer Tänzerin sei unmenschlich, und er wünsche sich kein solches Leben für Ruth."

„Du musst verstehen, dass er anders fühlt als wir." Nick dachte eine Weile nach und versuchte den Eindruck, den Seth Bannion auf ihn selbst gemacht hatte, mit dem zu verbinden, was er gerade gehört hatte. „Ich glaube, er ist sehr verletzt", sagte er schließlich. „Er hat nur so gesprochen, weil er dich liebt. Du wirst ihn wiedersehen, wenn die Premiere vorüber ist. Du wirst mit ihm sprechen, und er wird verstehen."

„Ich weiß nicht. Ich könnte es nicht ertragen, wenn er wieder solche Dinge sagt."

„Warte nur, Vögelchen. Du wirst sehen, dass Davidov immer Recht hat. Und nun geh und wasch dein Gesicht. Es ist Zeit, wieder auf der Bühne zu erscheinen."

Lindsay beobachtete sich selbst prüfend im Spiegel, während sie an der *barre* übte. Von der *attitude* erhob sie sich langsam auf die Spitzen. Ihr Geist befahl, und ihr Körper folgte. Es gelang ihr nur mühsam, das Zittern ihrer Knie zu unterdrücken. Als sie sich zu einem langsamen *grand plié* beugte und wieder aufrichtete, wurde sie von einer Bewegung im Spiegel abgelenkt. Ärgerlich über die Störung sah sie zur Tür und schrie auf.

„Ruth!"

Ruth stürzte auf sie zu und fiel ihr in die Arme.

Noch vor einigen Monaten schreckte sie zurück, wenn ich sie nur anfasste, dachte Lindsay. Wie anders sie geworden ist.

„Lass mich dich ansehen, Ruth." Lindsay nahm ihr Gesicht zwischen die Hände. „Du siehst großartig aus."

„Ich habe Sie so vermisst, ganz schrecklich vermisst!"

„Aber wie kommst du hierher? Seth? Ist Seth mit dir gekommen?"

„Nein, er ist zu Hause." Ruth sah, wie ein Schatten über Lindsays Gesicht fiel. „Er konnte im Augenblick seine Arbeit nicht verlassen. Ich bin mit dem Zug gekommen und bleibe hier, um Ballett zu studieren."

„Du bleibst? Ich kann es einfach nicht glauben!"

„Doch, es ist wahr. Ich hatte ein langes Gespräch mit Onkel Seth, bevor er nach Neuseeland fuhr. Er hatte meinem Studium gegenüber große Bedenken und Vorbehalte. Ich nehme an, Sie wissen das?"

„Ja", antwortete Lindsay leise.

„Sicher, er wollte nur mein Bestes. Es war schwer für ihn, mich gehen zu lassen. Doch er hat sich großartig verhalten. Er hat den ganzen Schriftkram erledigt und mit der Schule gesprochen und eine Familie für mich gefunden, bei der ich hier in New York wohnen kann. Ich darf sogar Nijinsky hier bei mir haben."

Ruth ging an die *barre* und machte in Jeans und Straßenschuhen ein paar Bewegungen. „Es ist einfach toll hier. Und Mr. Davidov will mir jeden Tag Unterricht geben!"

„Du hast Nick schon gesehen?"

„Ja, gleich, als ich ankam. Er sagte mir, ich könnte Sie hier finden, und er versprach, ich dürfte bei der Premiere zuschauen. Ist das nicht aufregend?" Ruth drehte vor Freude gleich drei *pirouettes* hintereinander. Dann sah sie, wie Lindsay die Augen schloss und sich an der Wand abstützte. „Onkel Seth kommt mich bald besuchen", sagte sie, weil sie ahnte, warum Lindsay traurig war. „Er ist nicht glücklich."

„Er wird dich vermissen."

„Das ist nicht der Grund, warum er so unglücklich ist."

Bei diesen Worten öffnete Lindsay fragend die Augen. „Hat er etwas gesagt? Hat er dir eine Nachricht für mich mitgegeben?"

Ruth schüttelte den Kopf, und Lindsay schloss die Augen wieder.

Die Premiere sollte eine Wohltätigkeitsaufführung werden, und es wurden Stars und alles, was Rang und Namen hatte, erwartet. Das Ballett würde vom Fernsehen übertragen werden und der Reinerlös begabten jungen Tänzern zu einer Ausbildung verhelfen. Je mehr Publicity, desto mehr Spenden würden eingehen. Das war einer der Gründe, warum Lindsay Nick und sich selbst einen großen Erfolg wünschte.

Als Lindsay am Tage des großen Ereignisses in ihrer Garderobe saß, um sich für den Auftritt zurechtzumachen, erreichte sie ein Anruf ihrer Mutter, die entzückt darüber war, dass Lindsay nun doch noch einmal auf der Bühne stehen würde. Zu Lindsays Freude sagte sie aber, sie sei beruflich so eingespannt, dass sie leider nicht kommen könne, sie würde jedoch die Vorstellung im Fernsehen verfolgen. Lindsay glaubte aus dem Gespräch herauszuhören, dass ihre Mutter in ihrem neuen Leben Befriedigung gefunden zu haben schien.

Sie schminkte sich, froh darüber, dass die Videokameras sie wenigstens nicht bis in ihre Garderobe verfolgt hatten, und machte anschließend Atemübungen, bevor sie sich auf den Weg zur Bühne begab. Ihr Auftritt kam nach der Eröffnung des Balletts durch die Forest-Gruppe.

Noch hinter der Kulisse trat Ruth zu ihr, um ihr wortlos die Hand zu halten. Seltsam, dachte Lindsay, dass ich nach all den Jahren immer noch Lampenfieber habe. Ihr Mund war so trocken, dass sie kaum schlucken konnte, und ihr Magen schmerzte. Sie hatte das Gefühl, sie müsse sich jeden Moment übergeben.

Aber dann richteten sich die Scheinwerfer auf sie, und alle Nervosität war mit einem Schlag wie weggeblasen. Sie lief auf die Bühne und wurde mit großem Applaus vom Publikum empfangen. Lindsay hörte das Klatschen nicht. Für sie existierte nur die Musik.

Dieser Auftritt war kurz, wenn auch sehr anstrengend, und als sie hinter die Bühne kam, glänzten Schweißtropfen auf ihren Augenbrauen. Jemand tupfte ihr das Gesicht trocken und legte neues Make-up auf, während sie Nicks ersten Auftritt verfolgte. Binnen weniger Sekunden hatte er wie immer das Publikum fasziniert.

Alles geht gut, dachte Lindsay erleichtert.

Dann kam die letzte Szene. Die Musik war jetzt gedämpft. Lindsay trug ein fließendes blaues Gewand, das bis zu den Knien reichte. Sie war Ariel und musste sich entscheiden, ob sie ihre Unsterblichkeit ihrer Liebe zu dem Prinzen opfern wollte. Sie tanzte allein im Mondlicht, das durch die Bäume des

Die schöne Ballerina

Waldes fiel, und dachte daran, wie sie ihr Leben inmitten der Blumen und Pflanzen geliebt hatte. Nun sollte es vergänglich werden, wollte sie den Mann, den sie liebte, nicht verlieren. Die Wahl war schmerzlich, und sie sank weinend zu Boden, als der Prinz den Wald betrat. Er kniete neben ihr nieder und berührte ihr Gesicht mit der Hand.

Anschließend folgte der große *pas de deux*, in dem Ariel ihre Liebe zum Ausdruck bringt und der Prinz seine Angst, sie zu verlieren. Sie fühlt sich zu ihm hingezogen, gleichzeitig fürchtet sie auch, sterblich zu werden. Als der Tag anbricht, muss sie sich entscheiden. Der Prinz streckt seine Hand nach ihr aus, aber sie wendet sich ab. Unsicher. Verängstigt.

Er glaubt, sie verloren zu haben, und will sie verlassen, doch im letzten Augenblick ruft sie ihn zurück. Die ersten Sonnenstrahlen fallen durch die Bäume, als sie ihm entgegenläuft. Er reißt sie in seine Arme und trägt sie von der Bühne.

Als der Vorhang sich schloss, hielt Nick sie immer noch an sich gedrückt. Er sah ihr in die Augen und sagte einfach: „Danke." Dann küsste er sie so sanft, als wolle er einem Freund Lebewohl sagen.

„Nick." Ihre Augen füllten sich mit Tränen.

„Horch", forderte er sie auf und wies auf den Vorhang. „Hörst du, wie das Publikum tobt? Wir können es nicht warten lassen."

Blumen. Menschen. Lindsays Garderobe war so voll, dass kaum jemand sich bewegen konnte. Champagner wurde herumgereicht. Lindsay beantwortete Fragen, nahm Glückwünsche entgegen und lächelte unaufhörlich, bis ihre Wangen schmerzten.

Als es Ruth gelang, sich zu ihr durchzukämpfen, bat Lindsay:

„Bleib in meiner Nähe, bitte. Ich bin immer noch nicht wieder ganz da. Ich brauche dich."

„Oh Lindsay." Ruth warf ihre Arme um Lindsays Nacken. „Du warst wundervoll. Ich habe nie etwas Schöneres gesehen!"

Glücklich darüber, dass Ruth sie beim Vornamen genannt hatte, lachte Lindsay und erwiderte die Umarmung. Dann stand Nick plötzlich neben ihr. Er sah, dass sie am Ende ihrer Kraft war, und lud die Anwesenden zu einer Feier in ein nahe gelegenes Restaurant ein.

„Ihr müsst *ptitschka* – mein Vögelchen – jetzt allein lassen, damit sie sich anziehen kann", sagte er jovial und klopfte einem der Herren auf den Rücken. „Und verwahrt uns genug Champagner und Kaviar! Aber russischen!"

Innerhalb weniger Minuten waren nur noch Lindsay, Ruth und Nick in der Garderobe.

„Fandest du deine Lehrerin gut heute Abend?"

Ruth lächelte. „Hinreißend!"

„Das finde ich auch." Er nickte. „Ruth, würdest du uns bitte einen Augenblick allein lassen? Diese Dame hier und ich, wir haben noch etwas zu besprechen."

„Natürlich", antwortete Ruth und wollte sich sofort zurückziehen.

„Warte", rief Lindsay, nahm eine einzelne Rose von ihrem Toilettentisch und reichte sie dem Mädchen. „Für eine zukünftige Primaballerina."

Ruth konnte nichts sagen. Ihre Augen glänzten verdächtig, als sie das Zimmer verließ.

„Was für ein gutes Herz mein Vögelchen hat", flüsterte Nick, nahm ihre Hand und küsste sie.

„Du wirst sie schon in zwei, drei Jahren herausbringen, nicht wahr, Nick?"

Die schöne Ballerina

Er nickte. „Sie gehört zu denjenigen, die es schaffen." Er sah ihr in die Augen. „Nie werde ich mit einer besseren Partnerin tanzen als mit dir, *ptitschka*. Ich liebe dich."

„Ich liebe dich auch, Nick."

„Willst du mir heute Abend noch einen Gefallen tun?"

„Wie könnte ich dir etwas abschlagen." Sie lächelte und lehnte sich in ihrem Stuhl zurück.

„Da ist jemand, der dich gerne noch heute Abend sprechen möchte."

Sie sah ihn mit komischer Verzweiflung an. „Ich hoffe nur, es ist nicht noch ein Reporter! Aber ich empfange, wen immer du willst, solange du nur nicht von mir verlangst, zu diesem Empfang zu gehen."

„Gut, du bist entschuldigt." Nach einer Verbeugung ging er zur Tür, von wo aus er noch einmal zurückblickte.

Lindsay blieb erschöpft in ihrem Stuhl sitzen. Sie hatte sich abgeschminkt und das Haar aus dem Gesicht nach hinten gebürstet, so dass es über den Rücken fiel. Aus den Augen leuchtete noch die Erregung der vergangenen Stunden. Nick sagte nichts mehr, sondern ging schweigend hinaus.

Lindsay schloss wiederum kurz die Augen, und fast im selben Augenblick überfiel sie ein innerliches Zittern. Der Hals wurde eng und trocken, wie eben, vor ihrem Auftritt. Plötzlich wusste sie, wer da sein würde, wenn sie die Augen wieder öffnete.

Sie erhob sich, als Seth langsam die Tür hinter sich schloss, als wäre er darauf bedacht, ihr nicht zu schnell zu nahe zu kommen. Sie war jetzt hellwach, als hätte sie einen erfrischenden Schlaf hinter sich. Mit einem Mal roch sie den Duft der vielen Blumen in ihrer Garderobe und sah ihre bunte Blumenpracht.

Seths Gesicht war dünner geworden. Er stand sehr aufrecht

da, und seine Augen schauten ernst. Und sie wusste, dass ihre Liebe zu ihm nie nachgelassen hatte.

„Hallo." Sie versuchte ein kleines Lächeln. Abendkleidung steht ihm gut, dachte sie, während sie ihre Finger ineinander verschränkte, wusste jedoch, dass er genauso gut in Jeans und Flanellhemd aussah. Es gibt so viele Seths in dem einen Mann, überlegte sie, und ich liebe sie alle.

„Du warst überwältigend", sagte er, trat einen Schritt näher und sah sie an, als wolle er sich ihr Bild für alle Ewigkeit einprägen. „Aber ich glaube, das hast du heute Abend schon oft gehört."

„Ich kann es gar nicht oft genug hören", erwiderte sie, „und vor allem nicht von dir." Am liebsten wäre sie zu ihm gegangen. Aber in seinen Augen las sie etwas, das sie davon zurückhielt. „Ich hatte ja keine Ahnung, dass du kommen würdest."

„Ich bat Ruth, dir gegenüber nichts zu erwähnen. Vor der Vorstellung wollte ich nicht zu dir kommen, weil ich fürchtete, es könnte deine Konzentration beeinflussen."

„Du hast Ruth geschickt ... Das hat mich sehr glücklich gemacht."

„Ich musste schließlich einsehen, dass meine Meinung falsch war." Er trat an den Toilettentisch, nahm eine einzelne Rose und betrachtete sie. „Du hattest Recht. Sie gehört hierher. Ich hatte auch noch in anderer Beziehung Unrecht."

„Und ich hätte dich nicht drängen dürfen." Lindsay löste die Finger und verschränkte sie aufs Neue in einer hilflosen Gebärde. „Ruth brauchte genau das, was du ihr gegeben hast. Sie hätte sich innerlich nicht so entwickelt, wenn die Monate mit dir nicht gewesen wären. Sie ist überhaupt nicht mehr verschlossen oder verkrampft, und ich habe den Eindruck, dass sie bei dir sehr glücklich ist."

Die schöne Ballerina

„Und du?" Er sah auf und suchte ihren Blick. „Bist du auch glücklich?"

Sie öffnete den Mund zu einer Erwiderung, fand aber keine Worte und wandte sich zur Seite. Vor ihr auf dem Toilettentisch stand eine halb volle Flasche Champagner und ihr bisher unangerührtes Glas. Sie nahm das Glas, trank einen Schluck und hatte sogleich das Gefühl, die Enge in ihrem Hals hätte nachgelassen.

„Möchtest du auch ein bisschen Champagner? Sieht so aus, als wäre noch genug davon da."

„Ja", sagte er. „Gern."

Nervös sah sich Lindsay nach einem zweiten sauberen Glas um. „Wie dumm", meinte sie und drehte ihm den Rücken zu. „Es stehen überall so viele Gläser herum, aber keines scheint unbenutzt zu sein."

„Macht nichts. Ich trinke aus deinem mit." Er legte ihr eine Hand auf die Schulter und drehte sie sanft zu sich herum. Dann schloss er seine Finger über den ihren, die das Glas hielten, und trank, wobei er ihr tief in die Augen sah.

„Du hast nichts falsch gemacht." Ihre Stimme brach fast, als sie das Glas senkte. „Gar nichts."

Seine Finger schlossen sich fester um ihre. „Vergib mir nicht zu schnell, Lindsay." Der enge Kontakt, der gerade noch zwischen ihnen bestanden hatte, zerbrach, als er ihr das Glas aus der Hand nahm und auf den Tisch stellte. „Ich habe schlimme Dinge gesagt."

„Nein, nein. Die sind längst vergessen." Ihre Augen füllten sich mit Tränen.

„Aber ich kann sie nicht vergessen. Ich hatte plötzlich solche Angst, dich zu verlieren, dass ich dich verletzen und aus meinem Leben stoßen wollte."

„Ich bin nie aus deinem Leben verschwunden."

Sie hätte ihn gerne berührt, aber er wandte sich ab. „Wenn man dich liebt, Lindsay, kommt man nie mehr von dir los. Du bist so warm, so selbstlos. Ich habe nie jemanden wie dich gekannt."

Als er sich umdrehte, las sie Rührung in seinen Augen. In diesem Moment versuchte er nicht, seine Gefühle zu verbergen. „Ich brauche dich, Lindsay, ich kann ohne dich nicht mehr sein. Und ausgerechnet du bist mir entglitten."

„Aber das stimmt doch nicht." Sie war in seinen Armen, ehe er weiterreden konnte. Als er sich versteifte, hob sie ihm das Gesicht entgegen und legte ihre Lippen auf seinen Mund. Seth reagierte, indem er sie heftig an sich riss und sie küsste wie ein Verdurstender, der endlich die rettende Quelle gefunden hatte.

„Seth, oh Seth! In den letzten drei Monaten war ich wie tot. Bitte, verlass mich nie mehr."

Er legte seine Wange auf ihr Haar und atmete den zarten Duft ein, der von ihr ausging. „Du hast mich verlassen", murmelte er.

„Ich werde es nie wieder tun." Sie sah ihn aus großen Augen an. „Nie mehr. Ich verspreche es."

„Lindsay." Er nahm ihr Gesicht zwischen seine Hände und schluckte. „Ich kann nicht ... Ich kann dich nicht bitten, mit mir zu kommen. Nicht, nachdem ich dich heute Abend auf der Bühne gesehen habe."

„Du brauchst mich um gar nichts zu bitten." Sie legte ihre Hände um seine Handgelenke, als wolle sie ihn zwingen, ihr zu glauben. „Warum kannst du das denn nicht verstehen? Ich will doch dieses Leben hier nicht. Ich will keine Ballerina sein. Nicht mehr. Was ich will, was ich brauche, bist du! Du und ein Heim und eine Familie."

Er sah ihr fragend in die Augen und schüttelte den Kopf. „Es fällt mir schwer, das zu glauben. Der Applaus war überwältigend. Das Publikum brachte dir stehend Ovationen."

Sie lächelte. „Seth, wenn du wüsstest, wie viel Kraft mich diese drei Monate gekostet haben. Ich musste mir das Letzte abverlangen und habe härter gearbeitet als je in meinem Leben, um diese eine Vorstellung zu geben. Ich bin müde. Ich möchte nach Hause. Heirate mich. Teile dein Leben mit mir."

Mit einem Seufzer legte er seine Stirn an ihre. „Bis jetzt hat mir noch niemand einen Heiratsantrag gemacht."

„Gut, dann bin ich eben die Erste."

„Und die Letzte", murmelte er zwischen Küssen.

– ENDE –

Nora Roberts

Tanz ins große Glück
Roman

Aus dem Amerikanischen von
Cecilia Scheller

1. KAPITEL

Der Kater lag absolut reglos auf dem Rücken. Seine Augen waren geschlossen, und die Vorderpfoten ruhten auf seiner weißen Brust. Die letzten Sonnenstrahlen drangen durch die Spalten in der Jalousie und wärmten sein orangefarbenes Fell. Er rührte sich auch nicht, als der Schlüssel ins Schloss der Eingangstür gesteckt wurde und so die Stille in der Wohnung störte. Er öffnete nur halb die Augen, als er die Stimme seiner Herrin hörte, machte sie jedoch gleich wieder zu, als er mitbekam, dass sie nicht allein war. Wieder hatte sie diesen Mann mit nach Hause gebracht, und der Kater mochte ihn überhaupt nicht. Also schlief er lieber wieder ein.

„Aber Ruth, es ist erst kurz vor acht Uhr. Es ist sogar noch hell draußen."

Ruth ließ die Schlüssel auf den zierlichen Queen-Anne-Tisch gleich neben der Eingangstür fallen, dann wandte sie sich dem Mann mit einem Lächeln zu. „Donald, ich habe dir bereits gesagt, dass ich früh nach Hause wollte. Das Essen war wunderbar. Ich bin froh, dass du mich überredet hast, mitzukommen."

„Wenn es so ist", sagte er und nahm sie wie selbstverständlich in die Arme, „dann erlaube mir, dich zu einem verlängerten Abend zu überreden."

Ruth hatte nichts gegen seinen Kuss, sie mochte das leicht aufwallende Gefühl, das ihre Haut erwärmte. Als er sie jedoch enger an sich zog, legte sie die Hände auf seine Brust und drückte ihn sanft zurück. „Donald." Sie lächelte ebenso freundlich wie zuvor. „Du musst wirklich gehen. Es ist schon sehr spät."

„Ein Schlummertrunk, bitte", murmelte er und küsste sie wieder, zärtlich, überredend.

„Nicht heute." Entschlossen löste Ruth sich von ihm. „Ich habe morgen früh Training, Donald, und dann den ganzen Tag über Probe."

Donald drückte einen Kuss auf ihre Stirn. „Es wäre leichter für mich, wenn ein anderer Mann dahintersteckte, aber diese Leidenschaft fürs Tanzen …" Er zuckte die Schultern und wandte sich zum Gehen. Verliere ich sie? fragte er sich.

Nach zehn Jahren war Ruth Bannion die erste Frau, die ihn ständig hinhielt, und das mit Erfolg. Warum nur, wunderte er sich, komme ich immer wieder zurück? Sie öffnete ihm die Tür, schenkte ihm ein letztes, etwas rätselhaftes Lächeln und schob ihn sanft nach draußen. Ein flüchtiger Blick auf diese Frau in der schwachen Flurbeleuchtung – und er kannte die Antwort. Ruth Bannion war mehr als schön, sie war hinreißend.

Ruth lächelte immer noch, als sie die Sicherheitskette vorlegte. Sie war gern mit Donald Keyser zusammen. Er war groß, dunkelhaarig und auf eine elegante Weise gut aussehend. Er hatte einen ausgesprochen guten Geschmack und Sinn für trockenen Humor. Sie schätzte ihn als talentierten Modedesigner, trug fast ausschließlich seine Modelle und konnte sich in seiner Gesellschaft entspannen, vorausgesetzt, sie fand die Zeit dafür. Natürlich war sie sich der Tatsache bewusst, dass Donald eine etwas intimere Beziehung mit ihr vorgezogen hätte.

Es war allerdings nicht schwer für Ruth gewesen, sich dagegen zu entscheiden. Sie fühlte sich zu Donald hingezogen und hatte ihn gern. Aber er erregte sie nicht. Sie wusste, dass er sie zum Lachen bringen konnte, doch sie bezweifelte sehr, dass er sie zum Weinen bringen könnte. Sie ging durch den dunklen

Flur, und so etwas wie Bedauern kam in ihr hoch. Völlig unerwartet fühlte sie sich auf einmal allein.

Im Eingang stellte Ruth sich vor den goldgerahmten viereckigen Spiegel, um sich zu betrachten. Der Spiegel gehörte zu den ersten Möbelstücken, die sie seinerzeit für das neue Apartment gekauft hatte. Das Glas war alt und hatte oben rechts in der Ecke dunkle Flecke. Ruth hatte für den Spiegel einen lächerlich hohen Preis bezahlt. Aber es hatte ihr viel bedeutet, dass sie ihn in ihrem eigenen Apartment – ihrem eigenen Heim – aufhängen konnte. Jetzt, im gedämpften Licht, betrachtete sie ihr Spiegelbild.

Sie hatte für den Abend ihr Haar offen getragen, und es fiel ihr seitlich über eine Schulter bis zum Ellbogen. Mit einer ungeduldigen Kopfbewegung schwang sie es auf den Rücken. Dann hob sie die schwarze Haarfülle an und ließ sie glatt zurückfallen. Das Haar umrahmte ihr zartes Gesicht mit den nicht ganz regelmäßigen Zügen. Ihr Mund war schön und voll, ihre Nase schmal und gerade, ihr Kinn fein gerundet. In dem aparten Gesicht fielen besonders die dunkelbraunen, katzenhaft schrägen Augen auf. Ein exotisches Gesicht, wurde ihr oft gesagt, und doch sah sie selbst keine Schönheit darin. Sie wusste, dass sie mit dem richtigen Make-up und der richtigen Beleuchtung fantastisch aussehen konnte, aber das war nicht dasselbe. Es war eine Illusion, eine Rolle, nicht Ruth Bannion selbst.

Mit einem Seufzer drehte sie sich vom Spiegel ab und ging zum Sofa, das sie antiquarisch erstanden hatte. Jetzt, wo sie allein war, wälzte Nijinsky sich auf den Bauch, streckte sich und gähnte ausgiebig. Dann kam er mit eleganten Schritten zu ihr herüber und rollte sich auf ihrem Schoß zusammen. Ruth kraulte ihn geistesabwesend hinterm Ohr. Wer ist Ruth Bannion? fragte sie sich.

Vor fünf Jahren war sie eine sehr naive, sehr eifrige Studentin gewesen, die einen neuen Abschnitt ihres Trainings in New York begann. Dank Lindsay, erinnerte Ruth sich mit einem Lächeln. Lindsay Dunne, ihre Lehrerin, ihre Freundin, ihr Idol – die feinste Ballerina im klassischen Ballett, die Ruth jemals auf der Bühne gesehen hatte. Ruth hatte Onkel Seth so lange bearbeitet, bis er sie nach New York gehen ließ. Der Gedanke an die beiden – an Onkel Seth und Lindsay – erwärmte ihr Herz. Sie waren jetzt verheiratet und lebten mit ihren zwei Kindern in einem Haus auf den Klippen des Atlantiks in Connecticut. Jedes Mal, wenn Ruth die beiden besuchte, nahm sie von deren Liebe und Glück so viel auf, dass sie noch Wochen danach davon zehrte. Sie hatte es noch nie erlebt, dass zwei Menschen so richtig füreinander oder mehr verliebt ineinander waren. Mit Ausnahme ihrer eigenen Eltern.

Bei dem Gedanken an ihre Eltern überfiel Ruth Traurigkeit. Sie waren vor neun Jahren bei einem Zugunglück ums Leben gekommen. Doch auf eine schicksalhafte Weise hatte ihr Tod Ruth dahin geführt, wo sie heute stand.

Seth Bannion war ihr Vormund geworden, und die Übersiedlung in die kleine Stadt an der Atlantikküste in Connecticut hatte ihn und Ruth zu Lindsay gebracht. Lindsay hatte dann auf Seth so lange eingewirkt, bis er schließlich eingesehen hatte, dass Ruth mehr Training brauchte. Ihr war klar, dass es für ihren Onkel nicht leicht gewesen war, sie mit siebzehn nach New York ziehen zu lassen. Natürlich war sie bei der Familie Evanston gut aufgehoben gewesen. Dennoch hatte Seth Bedenken gehabt, Ruth einem Leben auszuliefern, das schwierig und fordernd sein würde, wie er nur zu gut wusste. Es war Liebe, die ihn hatte zögern lassen, und es war Liebe, von der er sich schließlich zu seiner für ihn schweren

Entscheidung hatte leiten lassen. Ruths Leben hatte sich von da an von Grund auf geändert.

Vielleicht hat es sich aber auch in dem Moment geändert, als ich das erste Mal Lindsays Ballettschule betrat, überlegte Ruth. In dieser Schule hatte sie Davidov vorgetanzt.

Wie verängstigt sie damals gewesen war! Sie hatte vor einem Mann tanzen sollen, der als der beste Tänzer des Jahrzehnts gefeiert wurde. Er war eine Berühmtheit, ja geradezu eine Legende. Nikolai Davidov, der nur die begabtesten Ballerinas als Partnerinnen wählte. Und Lindsay Dunne hatte zu ihnen gehört. Lindsay war der eigentliche Grund gewesen, warum er nach Connecticut gekommen war. Er hatte vorgehabt, sie zu überreden, nach New York zurückzukehren, um die Hauptrolle zu übernehmen in einem Ballett, das er geschrieben hatte.

Ruth war vom ersten Augenblick an von ihm überwältigt gewesen. Und als er sie anwies, ihm vorzutanzen, war sie wie gelähmt gewesen. Aber Davidov hatte sich charmant gegeben. Ruth lächelte bei der Erinnerung und lehnte den Kopf gegen das Sofakissen zurück. Und wer, dachte sie, konnte charmanter sein als Nick Davidov, wenn er es darauf anlegte? Sie war seiner Aufforderung nachgekommen und hatte sich den Bewegungen und der Musik hingegeben. Dann hatte er gesprochen, und seine einfachen Worte hatten sie total überrascht.

„Wenn Sie nach New York kommen, dann kommen Sie zu mir", hatte er gesagt.

Sie war sehr jung gewesen und hatte angenommen, dass man Nikolai Davidovs Namen nur ehrfürchtig flüstern dürfe. Sie wäre den Broadway barfuß hinuntergetanzt, wenn er das von ihr verlangt hätte.

Ruth hatte hart gearbeitet, um ihm zu gefallen, hatte schreckliche Angst vor seinen Zornesausbrüchen gehabt, hatte die Kälte nicht ertragen können, wenn ihm etwas missfiel. Und er hatte sie angetrieben. Ruth erinnerte sich, wie er sie ständig erbarmungslos gefordert hatte. Es hatte Nächte gegeben, wo sie in ihrem Bett zusammengerollt gelegen hatte und zu erschöpft gewesen war, um zu weinen. Aber dann lächelte er oder warf ihr ein Kompliment hin, und aller Schmerz war vergessen.

Sie hatte mit ihm getanzt, sich mit ihm gestritten, mit ihm gelacht, und doch sie hatte ihn nie verstanden. Er hatte etwas an sich, das schwer fassbar war.

Vielleicht ist das das Geheimnis, warum er auf Frauen so anziehend wirkt, dachte Ruth – das leicht Geheimnisvolle, das ihn umgibt, sein fremdländischer Akzent, seine Verschwiegenheit, wenn es um seine Vergangenheit geht. Ihre Verliebtheit hatte sie schon vor Jahren überwunden. Sie lächelte, als sie sich erinnerte, wie vernarrt sie in ihn gewesen war. Aber anscheinend hatte er es nicht einmal bemerkt. Sie war knapp achtzehn gewesen, er dagegen fast dreißig und ständig von schönen Frauen umgeben – und war es immer noch. Ihr Lächeln fiel bei dem Gedanken ein wenig kläglich aus. Sie erhob sich vom Sofa und streckte sich. Der Kater, der so von ihrem Schoß vertrieben wurde, stolzierte verstimmt davon.

Mein Herz ist noch ungebrochen, und ich habe mich unter Kontrolle, fand Ruth. Vielleicht zu sehr sogar. Sie dachte an Donald. Nun, daran konnte sie nichts ändern. Sie gähnte und reckte sich erneut. Und morgen früh hatte sie ein hartes Trainingsprogramm.

Ruths T-Shirt war feucht vom Schweiß. Nicks Choreographie für sein Ballett *The Red Rose* war kompliziert und anstrengend. Sie hielt sich an der Stange fest und holte tief Luft. Der Rest der Balletttruppe stand verstreut im Probensaal herum, der eine oder andere probte entweder unter Nicks unermüdlichen Anweisungen oder wartete, wie sie selbst, auf den nächsten Aufruf.

Es war erst elf Uhr, aber Ruth hatte heute Morgen bereits zwei Stunden Training gehabt. Das lange, lose T-Shirt hatte dunkle Schweißflecke. Einige Haarsträhnen hatten sich aus ihrem festen Knoten gelöst. Aber wenn sie Nick bei seiner Arbeit zusah, vergaß sie, wie erschöpft sie war. Er ist absolut sagenhaft, dachte sie, wie schon so oft zuvor.

Als Künstlerischer Leiter der Truppe und als anerkannter Choreograph musste Nick nicht mehr tanzen, um im Rampenlicht zu bleiben. Er tanzte, weil er zum Tanzen geboren war, das wusste Ruth. Er war knapp über einen Meter achtzig groß, auch wenn seine schlanke, drahtige Gestalt ihn größer erscheinen ließ. Sein Haar war wie Goldstaub und lockte sich um ein Gesicht, das niemals seinen jungenhaften Charme verloren hatte. Sein Mund war einfach schön, voll und fein geformt. Und wenn er lächelte …

Wenn er lächelte, konnte ihm niemand widerstehen. In den Augenwinkeln bildeten sich dann Fältchen, und die Iris wurden unglaublich blau.

Er führte eine Pirouette vor, und Ruth fand wieder einmal, dass er mit seinen dreiunddreißig Jahren und trotz all der anderen professionellen Verpflichtungen noch immer tanzen sollte.

Mit einem Schnipsen seiner Finger brachte er den Pianisten zum Einhalten. „All right, Kinder", sagte er in seinem russischen Akzent, der angenehm melodisch klang. „Es könnte schlimmer sein."

Und das von Davidov, dachte Ruth trocken. Das war schon beinahe eine Auszeichnung.

„Ruth, den *pas de deux* vom ersten Akt bitte."

Sie ging sofort zu ihm und strich sich zerstreut die Strähnen zurück, die ihr in die Stirn fielen. Nick war bekannt für seine Launen – seine schnell wechselnden, unerklärbaren Launen. Heute erschien er sachlich und unpersönlich. Sie stellten sich voreinander auf und legten Handfläche gegen Handfläche. Ohne ein Wort fingen sie an.

Es war die erste Liebeszene im Stück und eigentlich mehr ein neckisch-erotisches Geplänkel als eine Vorführung von romantischem Zauber. Dieses Mal hatte Nick kein Märchenballett geschrieben. Dieses Mal ging es um Leidenschaft. Die Charaktere waren ein Prinz und eine Zigeunerin, beide heißblütig und impulsiv. Es war ein Aufreizen auf beiden Seiten. Er forderte sie heraus, sie widersetzte sich ihm. Ab und zu diente das abrupte Wenden des Kopfes oder eine Drehung des Handgelenks dafür, um die Gefühle zu unterstreichen.

Die späte Sommersonne fiel durch die Fenster, malte Muster auf den Boden. Schweißtropfen rieselten Ruth den Rücken herunter, während sie in und aus Nicks Arme tanzte. Vom ersten bis zum letzten Akt war die Rolle der Carlotta darauf angelegt, den Prinzen wild zu machen und ihn immer mehr anzufeuern. Das Duell der Herzen war gleich am Anfang der Szene bei der ersten Begegnung zwischen Zigeunerin und Prinz festgelegt.

Wenn Ruth mit Nick tanzte, wurde ihr besonders klar, wie sehr sie in ihm den Tänzer – die Legende – verehrte und es immer tun würde. Seine Partnerin zu sein war das Höchste aller Gefühle. Etwas Erregenderes hatte sie bisher nicht gekannt. Nick brachte sie dazu, über sich selbst hinauszuwachsen. Sie war dann so gut, wie sie es sich niemals hätte erhoffen können. Seit der Zeit ihres Tanzstudiums, dann als Mitglied des *Corps de Ballet* bis zur Ernennung zur Solotänzerin hatte Ruth mit vielen Partnern getanzt. Aber keiner von ihnen konnte an Nicks Brillanz und Präzision heranreichen. Und an seine Ausdauer, fügte sie kläglich im Stillen hinzu, als er sie anwies, den *pas de deux* noch einmal von vorn zu beginnen.

Ruth nutzte den Augenblick, den der Pianist brauchte, um die Seiten der Partitur umzuschlagen, zum Atemholen. Nick stellte sich wieder vor sie, hob die Hand und wartete, dass sie ihre dagegenlegte.

„Wo bleibt deine Leidenschaft, Kleines?" wollte er wissen.

Ruth hasste es, so genannt zu werden, und Nick wusste das. Er grinste, als sie ihm einen bösen Blick zuwarf. Schweigend legte sie ihre Handfläche gegen seine.

„Und jetzt, meine Zigeunerin, sag es mir mit deinem Körper wie auch mit den Augen, dass ich mich zum Teufel scheren soll. *Répétition!*"

Sie fingen aufs Neue an. Dieses Mal dachte Ruth nicht darüber nach, welche Freude es ihr machte, mit ihm zu tanzen. Sie behauptete sich jetzt, Schritt für Schritt, Sprung für Sprung. Ihr Ärger gab Nick genau das, was er haben wollte. Sie forderte ihn heraus, sie zu übertreffen. Mit blitzenden Augen wirbelte sie in seine Arme, balancierte nur einen Moment auf den Spitzen, dann wirbelte sie wieder von ihm weg, setzte zu einem fliegenden Spagat an und provozierte Nick, ihr zu folgen.

Sie endeten, wie sie begonnen hatten, Handfläche an Handfläche, ihre Köpfe nach hinten geworfen. Nick zog Ruth lachend an sich und küsste sie begeistert auf beide Wangen.

„Na siehst du, du bist wunderbar gewesen! Du hast mich ganz schön angestachelt."

Ruths Atem ging schnell nach der Anstrengung des Tanzes. In ihren Augen spiegelte sich noch immer der innere Aufruhr. Als sie Nick ansah, überrieselte es sie. Und sie bemerkte, dass es Nick ebenso erging. Sie erkannte es an seinem Blick, fühlte es in seinen Fingern, die er auf ihrem Rücken liegen hatte. Dann war dieses kurze erregende Gefühl weg, und Nick nahm sie bei der Hand.

„Mittagspause", verkündete er und erntete einen Chor der Zustimmung. Der Probensaal leerte sich im Nu. „Ruth." Nick hielt sie bei der Hand fest, als sie sich den anderen anschließen wollte. „Ich habe etwas mit dir zu besprechen."

„Gut, nach dem Essen."

„Nein. Jetzt. Hier."

Sie blickte ihn finster an. „Nick, ich bin noch nicht zum Frühstücken ..."

„Eine Treppe tiefer im Kühlschrank findest du Jogurt und Mineralwasser." Er ließ ihre Hand los, ging hinüber zum Flügel, setzte sich und fing an zu improvisieren. „Bring mir auch etwas mit."

Ruth rührte sich nicht. Wütend, die Hände auf den Hüften, beobachtete sie, wie er dasaß und spielte. Na klar, dachte sie aufgebracht, ein Nein würde er nicht einmal für möglich halten. Er würde nicht einmal auf die Idee kommen, nachzufragen, ob ich vielleicht andere Pläne habe. Er geht einfach davon aus, dass ich wie ein folgsames kleines Mädchen sofort losrenne und, ohne mich zu beschweren, das tue, was er will.

„Unausstehlich!" sagte sie laut.

Nick blickte hoch, hörte aber nicht zu spielen auf. „Hast du was gesagt?" fragte er sanft.

„Ja", antwortete sie entschieden. „Ich habe gesagt, dass du unausstehlich bist."

„Ja." Nick lächelte gut gelaunt. „Das bin ich."

Ruth musste lachen. „Welchen Geschmack?" erkundigte sie sich jetzt, und es bereitete ihr Genugtuung, als Nick sie verdutzt ansah. „Jogurt", erinnerte sie ihn. „Welchen Geschmack beim Jogurt, Davidov?"

Wenig später kam Ruth beladen mit Jogurtbechern, Löffeln, Gläsern sowie einer großen Flasche Mineralwasser zurück. Während Ruth die Treppe hinaufging, hörte sie das Geplapper der Tänzer sowie das Klirren von Geschirr in der Kantine, vermischt mit Nicks Klavierspiel oben im Probensaal. Sie wechselte ein paar Bemerkungen mit zwei Mitgliedern der Balletttruppe und einem Solisten. Das Stück, das Nick spielte, klang schwermütig wie ein Blues. Am Stil erkannte Ruth, dass es seine eigene Komposition war. Nein, keine Komposition, verbesserte sie sich, während sie ihn von der geöffneten Tür her betrachtete. Eine Komposition, die man niederschreibt, bleibt erhalten. Dies hier jedoch ist Musik, die aus dem Herzen kommt.

Die Sonnenstrahlen fielen auf sein Haar und auf seine Hände – lange, schmale Hände mit geschmeidigen Fingern, die mit einer Geste mehr ausdrücken konnten als ein anderer Mensch mit Worten.

Er sieht so verlassen aus!

Der Gedanke kam so unerwartet, dass es Ruth einen Stich versetzte. Es ist die Musik, entschied sie resolut. Es ist nur, weil er eine so traurige Melodie spielt. Sie ging auf ihn zu. Ihre Schritte in den Ballettschuhen machten keine Geräusche auf dem Holzboden.

„Du siehst einsam aus, Nick."

Ruckartig hob er den Kopf. So ruckartig, dass er mit seinen Gedanken weit weg gewesen sein musste. Einen Moment lang sah er Ruth seltsam an, seine Finger schwebten über die Tasten. „Stimmt, das bin ich gewesen", gab er zu und wandte den Blick ab. „Aber darüber wollte ich jetzt nicht mit dir sprechen."

Ruth zog die Augenbraue hoch. „Soll das ein Geschäftsessen sein?" fragte sie scherzend und setzte die Jogurtbecher ab.

„Nein." Er nahm ihr die Mineralflasche ab und drehte den Verschluss auf. „Dabei würden wir uns streiten, und das wäre nicht gut für die Verdauung, stimmt's? Komm, setz dich neben mich."

Ruth setzte sich auf die Bank und wappnete sich unbewusst gegen die Wirkung, die von ihm ausging. Dort zu sein, wo er war, bedeutete im Zentrum der Energie zu sein. Sogar jetzt, bei dem entspannten, einfachen Essen war er wie ein Wirbelwind, der einen Moment zum Stillstand gekommen war.

„Gibt es ein Problem?" fragte sie.

„Genau das möchte ich gern herausfinden."

Verwirrt wandte Ruth sich ihm zu. Mit seinen blauen Augen, die so klar waren wie Glas, blickte er sie prüfend an. Seine vollen Wimpern waren so dunkel wie sein Haar.

„Wie meinst du das?"

„Ich habe von Lindsay einen Anruf bekommen."

Das verwirrte Ruth noch mehr. Sie runzelte die Stirn. „Oh?"

„Lindsay glaubt, dass du nicht glücklich bist." Er nahm den Blick nicht von ihrem Gesicht, und Ruth verkrampfte sich. Abrupt drehte sie sich von ihm weg. Niemand sonst vermochte es, sie allein mit einem Blick so nervös zu machen.

„Lindsay macht sich zu viele Sorgen", erwiderte sie leichthin und tauchte den Löffel in ihren Jogurt.

„Bist du es, Ruth?" Nick legte die Hand auf ihren Arm, und Ruth war gezwungen, ihn wieder anzusehen. „Bist du unglücklich?"

„Nein", antwortete sie, und es war die Wahrheit. Sie lächelte ihn an mit diesem zögernden Lächeln, das so typisch für sie war. „Nein."

Er fuhr fort, ihr forschend ins Gesicht zu sehen, während er mit der Hand über ihren Arm bis zu ihrem Handgelenk hinunterstrich. „Bist du glücklich?"

Ruth öffnete den Mund, wollte ihm schon antworten, dann schloss sie ihn wieder und seufzte nur. Warum musste er sie so ansehen, so direkt, so fordernd nach einer absolut ehrlichen Antwort? Er würde keine Plattitüden oder Ausflüchte akzeptieren. „Sollte ich das denn sein?" entgegnete sie.

Er schloss seine Finger um ihr Handgelenk, als sie sich erheben wollte. „Ruth." Sie hatte keine Wahl, als sich ihm zuzuwenden. „Sind wir Freunde?"

Krampfhaft suchte sie nach einer Antwort. Ein einfaches Ja würde wohl kaum ihre komplizierten Gefühle für Nick oder den ungleichmäßigen Stand ihrer Beziehung beschreiben. „Manchmal", antwortete sie vorsichtig. „Manchmal sind wir es."

Nick gab sich damit zufrieden, obwohl es in seinen Augen belustigt aufleuchtete. „Gut gesagt", murmelte er. Völlig überraschend nahm er ihre beiden Hände und zog sie an seine Lippen. Sein Mund war zart wie eine Feder, die über ihre Haut strich.

Ruth entzog ihm die Hände nicht, aber sie versteifte sich, war überrascht und wachsam. Sein offener Blick begegnete ihrem Blick. Er hielt ihre Hände noch immer fest, so als ob ihm bewusst wäre, dass Ruth sich zurückziehen und es nicht zulassen wollte. „Wirst du mir sagen, warum du gerade nicht glücklich bist?"

Vorsichtig entzog Ruth ihm jetzt ihre Hände. Es war nicht leicht, beherrscht zu erscheinen, wenn er sie berührte. Er war ein sehr körperlicher Mann, der körperliche Reaktionen erwartete. Ruth erhob sich und ging zum Fenster auf der anderen Seite des Probensaals. Unten auf Manhattans Straßen drängten und hasteten die New Yorker vorbei.

„Um ganz ehrlich zu sein", fing Ruth nachdenklich an, „habe ich mir keine großen Gedanken darüber gemacht, ob ich glücklich bin." Sie lachte und schüttelte den Kopf. „Entschuldige, das klingt ganz schön affektiert." Sie drehte sich vom Fenster ab, um Nick anzusehen. Er lächelte nicht, sondern blickte ihr ernst ins Gesicht. „Nick, ich wollte damit nur sagen, dass ich bis zu deiner Frage, ob ich glücklich oder unglücklich bin, einfach nicht darüber nachgedacht habe." Sie zuckte die Schultern und stützte sich mit der Hüfte gegen die Fensterbank.

Nick schenkte Mineralwasser in ein Glas und brachte es ihr. „Lindsay macht sich Sorgen um dich."

„Lindsay sollte das lassen. Die Sorge für Onkel Seth, für ihre Kinder und für die Ballettschule fordert all ihre Kräfte."

„Sie liebt dich", erwiderte Nick schlicht.

Er sah es – ihr zögerndes Lächeln, die Wärme, die sich in ihren Augen spiegelte, die fast versteckte Freude. „Ja, ich weiß es, Nick."

„Und das überrascht dich?" Zerstreut wickelte er eine Strähne, die sich aus ihrem Haarknoten gelöst hatte, um seinen Finger. Das Haar war weich und noch immer ein wenig feucht.

„Lindsay ist so großmütig, dass es mich erstaunt. Wahrscheinlich wird es mich immer erstaunen." Ruth überlegte einen kurzen Moment, dann fuhr sie schnell fort, so als ob sie fürchtete, die Frage sonst nicht mehr über die Lippen bringen zu können. „Bist du jemals in sie verliebt gewesen?"

„Ja", antwortete Nick sofort, ohne verlegen zu sein oder

mit einem bedauernden Unterton. „Vor Jahren. Und kurz." Er lächelte und schob eine der lose sitzenden Spangen zurück in ihr Haar. „Sie blieb immer außerhalb meiner Reichweite. Und dann, ehe es mir so richtig klar wurde, waren wir Freunde."

„Seltsam", meinte Ruth nach einem kurzen Schweigen. „Ich kann es mir nicht vorstellen, dass dir irgendetwas außerhalb deiner Reichweite erscheinen könnte."

Nick lächelte wieder. „Ich bin sehr jung gewesen, ungefähr so alt wie du jetzt bist. Und eigentlich sollten wir über dich reden, über Ruth, nicht über Lindsay. Vielleicht nimmt sie an, dass ich dich zu hart antreibe."

„Zu hart antreiben?" Ruth richtete die Augen wie Hilfe suchend zur Decke. „Du? Nikolai?"

Er warf ihr einen seiner arrogant belustigten Blicke zu. „Ich selbst war überrascht."

Ruth schüttelte den Kopf. Dann ging sie zum Flügel zurück, stellte das Glas ab und nahm wieder den Jogurtbecher. „Mir geht es gut, Nick. Ich hoffe, du hast es ihr gesagt." Als er ihr nicht antwortete, drehte Ruth sich mit dem Löffel zwischen den Lippen zu ihm um. „Nick?"

„Ich dachte, dass du vielleicht eine unglückliche … Beziehung hättest."

Sie hob die Augenbrauen. „Du meinst, ich bin unglücklich wegen eines Lovers?"

Es war offensichtlich, dass er ihre Wortwahl nicht mochte. „Du bist sehr freimütig, Kleines."

„Ich bin kein Kind", wies Ruth ihn gereizt zurecht und knallte den Becher auf den kleinen Tisch neben dem Flügel. „Und ich habe nicht …"

„Triffst du dich immer noch mit dem Designer?" unterbrach Nick sie kühl.

„Der Designer hat einen Namen", entgegnete sie scharf. „Donald Keyser. Bei dir hört er sich wie ein Etikett an einem Kleid an."

„Tatsächlich?" Sein Lächeln war einen Hauch zu treuherzig. „Aber du hast meine Frage nicht beantwortet."

„Nein, das habe ich nicht." Ruth hob das Glas und nippte gelassen an dem Mineralwasser, obwohl es in ihren Augen funkelte.

„Ruth, triffst du dich immer noch mit ihm?"

„Das geht dich nichts an." Sie sagte es leichthin, aber der Unterton war scharf.

„Du bist ein Mitglied des Ensembles." Er funkelte sie genauso an wie sie ihn, aber er sprach jedes Wort bedacht aus. „Und ich bin der Leiter."

„Hast du jetzt vielleicht auch die Rolle des Beichtvaters übernommen?" spottete Ruth. „Müssen deine Tänzer ihre Lover neuerdings von dir überprüfen lassen?"

„Provoziere mich nicht", warnte er.

„Ich muss mein Privatleben nicht vor dir rechtfertigen, Nick", gab sie in heftigem Ton zurück. „Ich befolge das Training, bin pünktlich zu den Proben da, arbeite hart."

„Habe ich verlangt, dass du dich vor mir wegen irgendetwas rechtfertigst?"

„Nicht wirklich. Aber ich habe es satt, dass du mir gegenüber die Rolle des strengen Onkels spielst." Während sie auf ihn zuging, zog sie die Stirn kraus. „Ich habe bereits einen Onkel, und ich brauche es nicht, dass du mir prüfend über die Schulter schaust."

„Wirklich nicht?" Er nahm ihr eine Spange aus dem Haar und drehte sie gelassen zwischen Daumen und Zeigefinger, während er ihr eindringlich in die Augen schaute.

Der gleichgültige Tonfall seiner Frage machte Ruth zornig. „Hör auf, mich wie ein Kind zu behandeln!"

Nick griff sie fast grob bei den Schultern und zog sie hart an sich. Ruth spürte seinen Körper an ihrem, wie schon so oft davor. Aber dieses Mal war es anders. Es gab keine Musik, keine Ballettschritte in einer tänzerischen Handlung. Sie konnte seinen Ärger spüren – und noch etwas, etwas, das genauso impulsiv war. Sie wusste, dass Nick zu plötzlichen Zornesausbrüchen fähig war, und sie wusste auch damit umzugehen. Aber jetzt ...

Ihr Körper reagierte, was Ruth zutiefst erstaunte. Ihre Herzen pochten im gleichen Rhythmus. Sie fühlte den festen Griff seiner Finger an ihren Schultern, aber da war kein Schmerz. Die Hände, die sie instinktiv gehoben hatte, um ihn von sich zu schieben, hatten sich wie von selbst zu lockeren Fäusten geballt.

Sein Blick fiel auf ihre Lippen. Ein Verlangen überkam Ruth, das sehnsüchtiger und heftiger war als irgendetwas, das sie jemals erfahren hatte. Sie fühlte sich benommen von dem süßen Schmerz, der ihren Körper durchzog.

Ruth war sich bewusst, dass das, was sie ersehnte, nur ein Hauch von ihr entfernt war. Langsam lehnte sie sich vor, schloss die Augen und wartete auf seinen Kuss. Nick strich mit dem Finger federleicht über ihre Lippen, die sie wie selbstverständlich öffnete. Sie flüsterte seinen Namen, selbst erstaunt über ihr Verhalten.

Dann, mit einem Ruck und einem heftig ausgestoßenen russischen Fluch, schob Nick sie von sich. „Du solltest es besser wissen", sagte er beißend, „als mich absichtlich wütend zu machen."

„Waren das deine Gefühle?" fragte Ruth, von seiner Zurückweisung gekränkt.

„Treib's nicht zu weit!" Nick unterstrich diese unfreundlichen Worte mit einer abrupten Bewegung seiner Schultern. Seine Augen funkelten zornig. „Von mir aus lad dir deinen Designer auf den Hals", murmelte er in einem ruhigeren Ton, als er zum Flügel ging. „Der Mann scheint ja bestens zu dir zu passen."

Er setzte sich, fing an zu spielen ... und entließ Ruth mit seinem Schweigen.

2. KAPITEL

Sie musste sich das eingebildet haben. Ruth durchlebte noch einmal das Aufwallen von Leidenschaft, das sie in Nicks Armen gespürt hatte. Nein, ich kann mich nicht irren, sagte sie sich wieder. Ich bin unzählige Male in seinen Armen gewesen, und niemals, niemals habe ich so etwas empfunden. Und, rief Ruth sich in Erinnerung, während sie unter der Dusche stand und all den Staub und Schweiß des Tages fortspülte, ich bin nach dieser Begebenheit mindestens ein halbes Dutzend Mal wieder in seinen Armen gewesen, nachdem wir zur Probe zurückgekehrt waren.

Etwas war da jedoch geblieben, wie sie widerwillig zugeben musste, als sie sich die knisternde Spannung in Erinnerung rief, als sie beide immer wieder eine Tanzfolge durchgegangen waren. Aber es hatte wohl eher etwas mit Ärger, mit Unwillen zu tun.

Ruth ließ das Wasser über sich strömen, ihr langes Haar klebte nass auf ihrem Rücken. Jetzt, da sie allein war, versuchte sie herauszufinden, wie es zu ihrer Reaktion auf Nicks unerwartete Umarmung hatte kommen können.

Sie hatte rein körperlich und schockierend heftig reagiert. Dann wiederum konnte sie sich an dieses warme Gefühl bei Donalds Küssen erinnern – diese sanften, leicht zu widerstehenden Versuchungen. Donald gebrauchte leise zärtliche Worte und zurückhaltende Liebkosungen. Er nutzte all dieses traditionelle Drum und Dran der Verführung ... Blumen, Kerzenlicht, intimes Essen zu zweit. Mit ihm zusammen zu sein, war – Ruth suchte nach dem passenden Wort – angenehm. Sie seufzte laut auf. Kein Mann würde sich bei dieser Beschreibung geschmeichelt fühlen. Doch es war so. Sie hatte es niemals mehr als angenehm empfunden, mit Donald zusammen zu sein. Und dann, in einem kurzen Moment, hatte ein Mann, mit dem sie seit Jahren zusammenarbeitete, ein Mann, der sie mit einem Wort auf die Palme bringen oder mit einem Tanz zu Tränen rühren konnte, in ihr ein Auflodern der Gefühle verursacht. Und daran war nichts angenehm gewesen.

„Nick hat mich nie geküsst", sagte sie leise vor sich hin, „oder mich gehalten." Nicht wirklich so gehalten, wie ein Liebender es tun würde, fügte sie stumm hinzu.

Es war ein Zufall, hielt sie sich vor und stellte die Dusche ab. Eine Art Rausch. Nur eine Reaktion, hervorgerufen durch die Leidenschaft im Tanz und durch ihren Streit.

Sie griff nach einem Handtuch, um sich abzutrocknen, und fing bei ihrem Haar an. Sie war zierlich gebaut, dünn, wie es bei einer Tänzerin normal war. Und sie war mit ihrem Körper vertraut, wie nur ein Tänzer es sein konnte. Ihre Glieder waren lang, schlank und geschmeidig.

Ihr für eine Balletttänzerin klassischer Körperbau – und das Schicksal selbst – hatten sie vor Jahren zu Lindsay gebracht.

Lindsay ... Ruth lächelte, erinnerte sich an das erste Treffen mit der nur wenig älteren Tänzerin, die mit Nick den Solopart in *Don Quijote* gehabt hatte. Und dann in Lindsays kleiner Ballettschule ... Ruth war voller Scheu und Angst gewesen. Trotzdem hatte sie offen heraus erklärt, dass sie eines Tages auch in *Don Quijote* tanzen würde!

Und das hatte sie erreicht. Ganz den Erinnerungen hingegeben, wickelte sie sich ein trockenes Handtuch um ihren schlanken Körper. Und Onkel Seth und Lindsay waren zur Premiere gekommen, obwohl Lindsay damals im achten

Monat schwanger gewesen war. Lindsay hatte geweint, und Nick hatte sie deswegen aufgezogen.

Mit einem Seufzer ließ Ruth das Handtuch auf den Wäschehaufen fallen und langte nach ihrem Frotteemantel. Nur Lindsay hatte darauf kommen können, dass nicht alles so war, wie es sein sollte. Ruth band sich den Gürtel um den flauschigen Morgenmantel und suchte dann nach einem Kamm. Sie hatte Lindsay am Telefon von Donald erzählt, wie ihr wieder einfiel. Sie hatte ihr auch von der charmanten kleinen Kommode erzählt, die sie in einem der Antikläden in Greenwich Village gefunden hatte. Sie hatten über die Kinder geplaudert, und Onkel Seth hatte sich eingeschaltet und sie gebeten, an ihrem ersten freien Wochenende zu Besuch zu kommen.

Und aus all diesem Geplauder und Familiengerede hatte Lindsay etwas herausgehört, was ihr, Ruth, selbst verborgen geblieben war.

Dass sie nicht glücklich war.

Auch nicht unglücklich, dachte sie mit gerunzelter Stirn und fuhr sich mit dem Kamm durch das lange nasse Haar. Sie hatte alles, was sie sich jemals erträumt hatte. Sie war die Erste Solotänzerin des Ensembles, ein anerkannter Name in der Welt des Balletts. Sie würde die Hauptrolle in Davidovs jüngstem Ballettwerk tanzen. Die Anforderungen waren groß, aber Ruth ging ganz in dieser Arbeit auf. Es war das Leben, für das sie geboren worden war.

Und dennoch … Manches Mal sehnte sie sich danach, die Regeln zu durchbrechen, einfach wieder zurückzukehren zu den unsteten Zeiten, die sie als Kind gekannt hatte. Es hatte damals so viel Freiheit, so viel Abenteuer gegeben. Ihre Augen leuchteten auf bei den Erinnerungen. Skifahren in der Schweiz, wo die Luft so kalt und klar war, dass es ihr beim Einatmen in der Nase wehgetan hatte. Die Gerüche und Farben in Istanbul. Die großäugigen Kinder auf Kreta. Ein winziges Apartment mit gläsernen Türklinken in Bonn. Damals war sie mit ihren Eltern, beide Journalisten, herumgereist. Waren sie jemals länger als drei Monate an einem Ort gewesen? Es war für sie so gut wie unmöglich gewesen, irgendwelche engen Bindungen außerhalb ihrer kleinen Familie einzugehen.

Und was das Tanzen anging? Es war während ihrer Kindheit ihr ständiger Begleiter in einer immer wechselnden Umgebung gewesen. Die Lehrer hatten mit verschiedenen Stimmen, in verschiedenen Akzenten, in verschiedenen Sprachen gesprochen, aber das Tanzen war ihr überall geblieben.

Dann kam ihr Leben mit Onkel Seth und mit Lindsay und die Jahre mit den Evanstons, wo sie zum ersten Mal das Leben innerhalb einer Familie kennen gelernt hatte. Es hatte sie aufgeschlossen gemacht, hatte sie ermutigt, ihre Gefühle vertrauensvoll zu zeigen. Und doch führte sie ein eher isoliertes Leben. Ihre Welt war das Ballett. Aus dieser Abgeschlossenheit heraus war sie wohl zu einer ausgemachten Beobachterin geworden. Die Menschen zu beobachten und sie zu analysieren war ihr zur Gewohnheit geworden. Ja, es war ihr fast zur zweiten Natur geworden.

Und das ist auch mit ein Grund, warum Donald mir gefällt, dachte sie mit einem Lächeln. Er ist so berechenbar. Keine Wirbel, keine Unterströmungen. Dagegen ein Mann wie Nick ...

Sie goss sich Lotion auf die Handfläche und rieb sich die Arme ein. Ein Mann wie Nick, dachte sie, ist total unberechenbar, ein ständiger Quell des Ärgers und der Verwirrung. Launisch, uneinsichtig, anstrengend. Nur allein mit ihm Schritt zu halten erschöpfte sie. Und es war schwer, ihn zufrieden zu stellen! Sie hatte mehr als einmal erlebt, dass Tänzer das Alleräußerste gegeben hatten, um das zu leisten, was er verlangte. Sie hatte es selbst getan. Was war bloß an ihm, das so unendlich faszinierte?

Es klingelte an ihrer Tür, und Ruth schreckte aus ihren Gedanken auf. Sie knipste im Wohnzimmer das Licht an, ging zur Eingangstür und warf einen Blick durch den Spion. Sie war überrascht. Schnell schob sie die Sicherheitskette zurück und öffnete die Tür.

„Donald, ich habe gerade an dich gedacht."

Er zog sie in seine Arme, noch bevor Ruth ihm die Wange zu einem freundlichen Kuss hinhalten konnte. „Mmm, du duftest wunderbar."

Ihr Lachen wurde durch seinen Kuss erstickt. Der Kuss war länger und tiefer, als Ruth es erwartet hatte. Und doch erlaubte sie ihm die Intimität, ermutigte ihn sogar noch, indem sie sich an ihn schmiegte. Sie wollte fühlen, wollte mehr erfahren als nur die Wärme einer Zuneigung, an die sie gewöhnt war. Sie wollte die Erregung, das prickelnde Gefühl von Spannung noch einmal haben, das sie erst an diesem Nachmittag in den Armen eines anderen Mannes gespürt hatte. Aber als Donald den Kuss beendete, schlug ihr Herz weiter im gleichmäßigen Rhythmus.

„Endlich eine Begrüßung, wie ich sie mir wünsche", murmelte Donald und legte die Hand an ihren Nacken.

Ruth blieb noch einen Moment in seinen Armen, freute sich an der Vertrautheit ihrer Beziehung, an seiner fürsorglichen Art. Dann zog sie sich von ihm zurück und lächelte zu ihm auf. „Ich wollte damit sagen: ‚Wie nett, dich wiederzusehen'. Aber warum bist du gekommen?"

„Um dich auszuführen", antwortete er und trat in die

Wohnung. „Geh, zieh das hübscheste Kleid an", verlangte er und fuhr mit dem Handrücken zärtlich über ihre Wange. „Natürlich eins von mir. Wir gehen zu einer Party."

Ruth strich sich das noch immer feuchte Haar aus dem Gesicht. „Zu einer Party?"

„Hmm, ja." Donald blickte auf Nijinsky, der auf dem kleinen antiken Beistelltisch alle viere von sich gestreckt hatte und schlief. „Eine Party bei Germaine Jones", fuhr er ein wenig pikiert fort, weil der Kater ihn ignorierte. „Du kennst sie. Wir sind ihr mal begegnet. Sie ist die Designerin, die für ihre Modelle aus farbenfrohen, wild gemusterten Stoffen bekannt ist."

„Ja, ich erinnere mich." Kurz kam Ruth das Bild einer kleinen, koboldhaften Rothaarigen mit grünen Augen und dicken falschen Wimpern in den Sinn. „Ich wünschte nur, du hättest mich vorher angerufen."

„Das habe ich. Besser gesagt, ich hab's versucht", erwiderte er. „Ich weiß, es kommt ein wenig unvorbereitet, aber ich habe im Probensaal angerufen. Du warst gerade gegangen, wurde mir gesagt, und ich bin nicht eher losgekommen." Er zuckte die Schultern. Für ihn war es ein Versehen, das weiter keine Bedeutung hatte. Lässig zog er eine flache goldene Zigarettendose aus seiner Tasche. „Man kennt es von Germaine nicht anders, als dass sie ihre Partys spontan plant. Trotzdem erscheinen immer eine Menge wichtiger Leute. Germaine ist in dieser Saison ganz groß herausgekommen, und ihre Partys sind in." Donald ließ die Zigarettendose in die Innentasche der tadellos sitzenden schiefergrauen Jacke seines maßgeschneiderten Anzugs gleiten, dann schnippte er sein Feuerzeug an.

„Ich kann heute Abend nicht weg."

Donald hob eine Augenbraue und stieß langsam den Zigarettenrauch aus. „Warum denn nicht?" Er schien erst jetzt ihr feuchtes Haar und den Frotteemantel zu bemerken. „Du hast doch keine Pläne, oder?"

Ruth hätte ihm am liebsten widersprochen. Donald fing an, zu viel als selbstverständlich zu betrachten. „Wäre das so abwegig, Donald?" fragte sie und verbarg ihren Ärger hinter einem Lächeln.

„Natürlich nicht." Er grinste entwaffnend. „Aber irgendwie glaube ich nicht, dass du Pläne hast. Nun, sei ein braves Mädchen und schlüpf in das hautenge Rote. Germaine wird zweifellos eines ihrer berühmten Modelle tragen. Aber neben dir wird sie völlig deplaziert aussehen."

Ruth betrachtete ihn einen Moment nachdenklich. „Du bist nicht immer nett, Donald, nicht wahr?"

„Es ist kein nettes Business, Darling." Er zuckte gleichgültig die Schultern.

Ruth unterdrückte einen Seufzer. Sie wusste, dass Donald sie mochte und sich unleugbar von ihr angezogen fühlte. Aber plötzlich fragte sie sich, ob er sie ganz so mögen oder sich von ihr ebenso angezogen fühlen würde, wenn er in ihr nicht eine Reklame für seine Modelle sehen würde. „Es tut mir wirklich Leid, Donald, mir ist heute Abend einfach nicht nach einer Party zu Mute."

„Oh, komm schon, Ruth." Er tippte die Zigarettenasche mit einer knappen Bewegung in den Aschenbecher, sein erstes Anzeichen von Ungeduld. „Du musst nicht mehr als schön aussehen und ein paar Worte an die richtigen Leute richten."

Ruth war irritiert, ließ es sich aber nicht anmerken. Sie wusste ja, dass Donald die Anforderungen und die Härte ihres Berufes noch nie verstanden hatte.

„Donald", erklärte sie geduldig, „ich habe seit acht Uhr

heute Morgen gearbeitet. Ich bin hundemüde. Wenn ich nicht die Ruhe bekomme, die ich brauche, dann werde ich morgen nicht in Topform sein. Ich trage die Verantwortung für die Truppe und für Nick, aber auch für mich selbst."

Donald drückte sehr achtsam die Zigarette aus. Der Rauch hing noch einen Moment in der Luft, dann wehte er zum geöffneten Fenster hinaus. „Du kannst mir nicht erzählen, dass du keine Lust hast, dich mit den Prominenten zu treffen, Ruth. Das ist absurd."

„Nicht so absurd, wie du zu denken scheinst", entgegnete sie und kam auf ihn zu. „In weniger als drei Wochen wird die Ballettsaison eröffnet, Donald. Partys müssen einfach so lange warten."

„Und ich, Ruth?" Er zog sie in die Arme. Unter seinem ruhigen, kultivierten Äußeren spürte sie seinen Ärger heraus. „Wie lange muss ich warten?"

„Ich habe dir niemals etwas versprochen, Donald. Du hast es von Anfang an gewusst, dass meine Arbeit Vorrang vor allem hat. Genauso wie deine Arbeit dir über alles geht."

„Bedeutet das auch, dass du verleugnen musst, eine Frau zu sein?"

Ruth blickte ihn ruhig an, aber der Tonfall ihrer Stimme war eiskalt. „Ich glaube nicht, dass ich das getan habe."

„Nein?" Donald zog sie fest an sich. Nur wenige Stunden zuvor hatte Nick sie so gehalten. Sie fand es interessant, wie verschieden die Reaktionen waren, die zwei verschiedene Männer in ihr auslösten. Bei Nick hatte sie beides zugleich verspürt, Ärger und eine heftige Erregung. Jetzt empfand sie nur Ungeduld mit einer Spur Erschöpfung.

„Donald, ich werde wohl kaum meine Weiblichkeit verleugnen, wenn ich nicht mit dir ins Bett gehe."

„Du weißt, wie sehr ich dich begehre." Er küsste sie auf die Stirn. „Jedes Mal, wenn ich dich berühre, fühle ich, wie du bis zu einem bestimmten Punkt nachgibst. Dann ist es vorbei, so als ob du eine Grenze zwischen uns ziehst." Seine Stimme klang rau vor Verlangen und Enttäuschung. „Wie lange willst du mich ausschließen?"

Ruth fühlte sich schuldig. Er sagte die Wahrheit, das wusste sie genauso gut wie er, aber sie konnte nichts dagegen tun. „Es tut mir Leid, Donald."

Er sah das Bedauern in ihren Augen und wechselte die Taktik. Er hielt sie lose an sich gedrückt und sprach mit weicher, warmer Stimme. „Dir wird klar sein, was ich für dich fühle, mein Liebling." Sein Kuss war verführerisch und ganz darauf aus, Ruth gefügig zu machen. „Wir können die Party früh verlassen und mit einer Flasche Champagner wieder hierher zurückkommen."

„Donald, du wirst nicht …", fing sie an.

Das Klingeln an der Tür unterbrach sie. Ruth war so irritiert, dass sie es versäumte, einen Blick durch den Spion zu werfen, und nahm die Kette ab. „Nick!" Sie starrte ihn völlig entgeistert an.

„Öffnest du jedem einfach so die Tür?" fragte Nick missbilligend, als er unaufgefordert das Apartment betrat. „Dein Haar ist noch feucht", setzte er hinzu und strich darüber. „Und du riechst wie der erste Regen im Frühling."

Er sagte das alles so, als ob es keine zornigen Worte gegeben hätte, als ob die aufwallende Leidenschaft zwischen ihnen nicht allein mit größter Mühe hätte gezügelt werden können. Er lächelte auf sie herunter mit einem belustigten Aufleuchten in seinen Augen. Dann beugte er den Kopf und küsste sie auf die Nasenspitze.

Ruth runzelte die Stirn. „Ich habe dich nicht erwartet", erklärte sie trocken, nachdem sie sich wieder gefasst hatte.

„Ich kam hier vorbei", erklärte er lässig. „Und da sah ich, dass du noch Licht hast."

Bei dem Klang von Nicks Stimme sprang Nijinsky vom Tisch und strich um die Beine des zweiten Besuchers. Nick bückte sich, kraulte dem Tier den Nacken und lachte, als der Kater sich auf die Hinterpfoten stellte und mit den Vorderpfoten gegen Nicks Bein drückte. Nick richtete sich mit einem laut schnurrenden Nijinsky in seinen Armen wieder auf – und erblickte Donald am anderen Ende des Zimmers.

„Hallo." Er blieb liebenswürdig.

„Du kennst Donald", sagte Ruth schnell und auch ein wenig schuldbewusst, weil sie Donald für einen Moment total vergessen hatte.

„Ja, wir sind uns begegnet." Nick kraulte Nijinsky gemächlich hinter den Ohren. Der Kater schnurrte wie wild und starrte mit seinen glitzernden bernsteinfarbenen Augen auf den anderen Mann. „Vor kurzem habe ich eine Kreation von Ihnen bewundert, die eine gemeinsame Freundin, Suzanne Boyer, getragen hat." Nick lächelte breit, so dass seine makellos weißen Zähne zu sehen waren. „Beide, Trägerin und Kleid, waren außergewöhnlich."

Donald hob eine Augenbraue. „Danke."

„Willst du mir keinen Drink anbieten, Ruth?" fragte Nick mit einem immer noch freundlichen Lächeln zu Donald hin.

„Entschuldigung", murmelte sie und drehte sich automatisch zu der kleinen Bar, die sie auf einem Tisch in einer Ecke arrangiert hatte. Sie schenkte Wodka in ein Schnapsglas. „Donald?"

„Scotch", antwortete er kurz und versuchte Distanz zu Nicks aufgesetzter Freundlichkeit zu halten.

Ruth reichte Donald den Scotch und ging zu Nick.

„Danke." Er nahm das Wodkaglas entgegen, setzte sich in einen der gemütlichen Sessel und erlaubte Nijinsky, sich auf seinem Schoß breit zu machen. „Verkaufen sich Ihre Modelle gut?" erkundigte er sich bei Donald.

„Ja, gut genug", antwortete Donald. Er blieb stehen und nippte an seinem Scotch.

„Für die Herbstsaison bevorzugen Sie karierte Stoffe, nicht wahr?" Nick trank den puren starken Wodka, wie nur ein Russe ihn trinken konnte, ohne das Gesicht zu verziehen.

„Das stimmt." Ein Anflug von Neugierde stahl sich in Donalds gewollt gleichmütige Stimme. „Ich hätte nicht gedacht, dass Sie sich mit Damenmode auskennen."

„Ich kenne mich mit Frauen aus", erklärte Nick und nahm einen weiteren Schluck. „Ich habe Freude an ihnen."

Es war eine reine Feststellung, ohne irgendwelche sexuellen Untertöne. Nick fand Vergnügen an vielen Frauen, wie Ruth wusste, und das auf verschiedenen Ebenen. Angefangen bei der rein warmherzigen Freundschaft wie der zu Lindsay bis zur heißen Affäre wie die mit der gemeinsamen Freundin der beiden Männer, Suzanne Boyer. Nicks Liebesbeziehungen boten der Boulevardpresse Stoff genug für ständige Vermutungen.

„Ich glaube", fuhr Nick fort und unterbrach Ruths Gedanken, „dass aber auch Sie Freude an Frauen haben. Vor allem an dem, was Frauen schön und faszinierend macht. Das beweisen Ihre Modelle."

„Ich bin wirklich sehr geschmeichelt." Donald nahm auf dem Sofa Platz.

„Ich schmeichle nie", entgegnete Nick mit einem schiefen Lächeln. „Das wäre eine Verschwendung der Wörter. Ruth kann bestätigen, dass ich ein sehr gradliniger Mann bin."

„Gradlinig?" Ruth hob die Augenbraue und spitzte den Mund, als ob sie das Wort erst auf der Zunge probieren müsste. „Nein, ich denke, das Wort wäre eher ‚egozentrisch'."

„Es ist schon lange her, dass das Kind großen Respekt vor mir gehabt hat", sinnierte Nick in sein leeres Glas.

„Als ich noch ein Kind war, ja, da habe ich Respekt gehabt", entgegnete sie. „Ich kenne dich jetzt besser."

Etwas blitzte in seinen Augen auf, als er sie ansah. Ärger? Herausforderung? Belustigung? Vielleicht alles zusammen. Ruth war sich nicht sicher, hielt aber seinem Blick stand. Sie schlug die Augen nicht nieder.

„Kennst du mich wirklich?" murmelte er, dann setzte er das Glas ab. „Man möchte meinen, dass sie vor Männern unseres Alters mehr Ehrfurcht haben sollte", sagte er milde zu Donald.

„Donald geht es nicht um Ehrfurcht", erwiderte Ruth hitzig. „Und er legt keinen Wert darauf, dass ich ihn für älter und vielleicht sogar weise halte."

„Was für ein Glück für ihn", fand Nick. Weder er noch Ruth blickten den Mann, über den sie redeten, dabei auch nur ein einziges Mal an. „Denn dann braucht er seine Erwartungen nicht herunterzuschrauben." Er strich zärtlich über Nijinskys Rücken. „Hat sie nicht eine spitze Zunge?" Die Frage war zweifellos an Donald, der Blick aber auf Ruth gerichtet.

„Die ich nur für einige wenige Auserwählte gebrauche", konterte Ruth.

Nick neigte den Kopf zur Seite und zeigte ihr sein entwaffnend charmantes Lächeln. „Jetzt sollte ich mich wohl geschmeichelt fühlen."

Der Teufel soll ihn holen! dachte Ruth aufgebracht. Niemals ist er um eine Antwort verlegen.

Sie erhob sich in königlicher Haltung. Ihr Körper bewegte sich leicht unter dem weichen Frottee ihres Bademantels. Donalds Blick flackerte einen Moment, als er sie verstohlen betrachtete, Nicks jedoch blieb auf ihrem Gesicht haften.

„Genau wie du", sagte sie zu Nick mit einem kühlen Lächeln, „finde ich Schmeicheleien eine Verschwendung von Zeit und Worten. Und jetzt entschuldige mich bitte", fuhr sie fort. „Donald und ich gehen zu einer Party. Ich muss mich anziehen."

Sie empfand Genugtuung, als sie Nick den Rücken zukehrte und davonging. Die Schlafzimmertür machte sie hinter sich zu. Mit fahriger Geste holte sie das rote Kleid aus dem Schrank, zog Unterwäsche aus den Schubladen und warf sie achtlos auf das Bett. Sie band den Gürtel ihres Bademantels auf und wollte ihn gerade auf den Boden gleiten lassen, als sie hörte, wie der Türknauf gedreht wurde. Instinktiv hielt sie den Frotteemantel vor sich und drückte ihn mit beiden Händen an ihre Brüste. Ihre Augen wurden groß, als Nick das Zimmer betrat. Er schloss die Tür hinter sich.

„Du kannst nicht einfach so hier hereinkommen", fing Ruth an, viel zu überrascht, um wütend oder peinlich berührt zu sein.

Nick ignorierte ihren Einwand und trat auf sie zu. „Ich bin aber hereingekommen."

„Dann mach, dass du wieder hinauskommst." Ruth schob den Frotteemantel höher. „Ich bin nicht angezogen", erklärte sie unnötigerweise.

Nick blickte kurz und ohne offensichtliches Interesse auf ihre nackten Schultern. „Du bist angemessen bedeckt." Er sah ihr ins Gesicht. „Ist ein Zwölfstundentag nicht genug für dich, Ruth? Du hast morgen früh um acht Uhr Probe."

„Ich weiß, um welche Zeit ich da sein muss", entgegnete sie heftig. „Dein Hinweis auf meinen Zeitplan ist unnötig, Nick, genauso unnötig wie deine Zustimmung, was ich in meiner Freizeit tue oder nicht."

„Sie ist nötig, wenn die Freizeit sich negativ auf deine Leistung auswirkt."

Ruth zog abweisend die Brauen zusammen, als Nick die Diskussion auf die Ebene der künstlerischen Leistungen verlegte. „Du hast keinen Grund, dich über meine Leistung zu beschweren."

„Noch nicht", bestätigte Nick. „Aber ich erwarte von dir das Beste, und das kannst du kaum geben, wenn du dich bei diesen albernen Partys erschöpfst und …"

„Ich habe immer mein Bestes gegeben, Nick", unterbrach Ruth ihn. „Aber es scheint, dass dir auch die äußerste Anstrengung nicht genügt." Sie wollte herumwirbeln, um seiner Nähe zu entkommen. Aber dann erinnerte sie sich, dass ihr Rücken nackt war, und sie kochte vor Wut. „Würdest du jetzt bitte verschwinden?"

„Ich nehme das, was ich brauche", gab Nick in genau demselben hitzigen Tonfall zurück wie sie. „Vor noch wenigen Jahren, *mila moja*, warst du begierig darauf, es mir zu geben."

„Das ist nicht fair!" Der Seitenhieb saß. „Ich bin es noch immer. Wenn ich arbeite, gibt es nichts, was ich dir nicht gebe. Aber mein privates Leben ist allein dies – nämlich privat. Hör auf, den Daddy zu spielen, Nick. Ich bin erwachsen geworden."

„Ist das alles, was du willst?" Sein unbeherrschter Ausbruch erschreckte Ruth so sehr, dass sie unwillkürlich einen Schritt zurücktrat. „Ist es dir so wichtig, als Frau behandelt zu werden?"

„Ich bin es leid, dass du mich behandelst, als ob ich noch

immer siebzehn wäre und bereit, vor dir die Knie zu beugen, wenn du den Raum betrittst." Ihr Zorn stand seinem nicht nach. „Ich bin eine verantwortungsbewusste Erwachsene, die fähig ist, auf sich selbst aufzupassen."

„Eine verantwortungsbewusste Erwachsene?" Nick kniff die Augen zusammen, und Ruth erkannte die Anzeichen von Gefahr. „Soll ich dir zeigen, wie ich verantwortungsbewusste Erwachsene behandle, die zufällig auch Frauen sind?"

„Nein!"

Aber sie war bereits in seinen Armen, eng an ihn gedrückt. Der Kuss war hart und überwältigte sie. Nick küsste sie, als wisse er, dass sie mit gleicher Leidenschaft darauf reagieren würde. Er brauchte keine Überzeugungskraft, keine Gewalt.

Ruth öffnete ihm ihre Lippen. Ihre Gedanken, ihr Körper, ihre Welt ... alles war nur auf Nick konzentriert. Um ihn näher an sich zu ziehen, hob Ruth die Hände. Der Frotteemantel glitt zu Boden. Nick strich mit den Händen über ihren nackten Rücken, in einer langen, verführerischen Geste. Und mit einem kleinen genießerischen Laut schmiegte Ruth sich noch enger an ihn.

Als er die Hände über ihre Schultern gleiten und sie auf ihren Hüften verweilen ließ, wurde der Kuss verlangender und so heftig, wie Ruth es bisher noch nie erlebt hatte.

Hingebungsvoll ließ sie ihren Kopf in den Nacken fallen, während sie mit den Fingern durch sein Haar fuhr. Sie drängte sich an Nick und forderte so, dass er alles nahm, was sie ihm bot. Es war eine dunkle, ihr bis jetzt unbekannte Welt, nach der sie sich schmerzhaft sehnte, und sie zitterte vor heißem Verlangen, als er sie mit seinen Händen zärtlich streichelte. Zahllose Male hatte sie seine Hände gefühlt, wenn er sie stützte, sie hob, mit ihr probte, mit ihr im vollen Scheinwerferlicht tanzte. Aber es gab hier keine Musik, die sie zusammenbrachte, keine vorgegebene Choreographie, nur Instinkt und Verlangen.

Als Ruth spürte, wie Nick sich von ihr löste, protestierte sie und drängte sich an ihn. Doch er hielt sie an den Schultern fest, und dann waren sie plötzlich wieder getrennt.

Ruth stand nackt vor ihm. Sie versuchte nicht einmal, sich zu bedecken. Sie wusste, dass Nick bereits ihre Seele gesehen hatte, es war also nicht nötig, ihren Körper zu verbergen. Langsam ließ er seinen Blick über ihren Körper gleiten, als ob er sich jeden Zentimeter von ihr einprägen wollte. Dann sah er wieder in ihr Gesicht. Zorn blitzte aus seinen Augen. Ohne ein Wort drehte er sich um und verließ das Zimmer.

Ruth hörte die Eingangstür zufallen und wusste, dass Nick gegangen war.

3. KAPITEL

„Und eins – und zwei – und drei – und vier."
Ruth führte die Positionen aus, wie Nick sie angab. Nach stundenlangem Proben empfand ihr Körper den Schmerz nicht mehr. Ihre Glieder waren wie taub. Die knappen vier Stunden Schlaf waren nicht genug gewesen, um sie erfrischt aufstehen zu lassen. Bis in die frühen Morgenstunden hatte sie es auf der lauten, verqualmten Party ausgehalten. Ihr eigener Ärger und das Bedürfnis, trotzig zu sein, waren der Grund für ein derart unvernünftiges Verhalten. Und so blieb sie an diesem Morgen beim Tanzen weit unter ihrem üblichen Niveau.

Von Nick kam keine vernichtende Kritik, kein Zornesausbruch. Er rief einfach nur immer und immer wieder die einzelnen Positionen. Er schrie nicht, wenn sie das Timing verpatzte, fluchte auch nicht, wenn ihre Pirouetten und Attitüden ein wenig wackelig gerieten. Als er sich mit ihr als Partner zusammentat, gab es weder böse Bemerkungen noch Spott.

Es wäre einfacher, dachte Ruth, als sie sich auf der ganzen Spitze zu einer langsamen Arabeske streckte, wenn er mich anschreien oder mich ausschimpfen würde, weil ich seine Warnung in den Wind geschlagen habe.

Wenn er geschrien hätte, hätte sie zurückschreien können und wäre dadurch ein wenig von dem Zorn gegen sich selbst losgeworden. Aber er gab ihr keinen Anlass während der Unterweisungen und während der Stunden der Proben, um in Wut zu geraten. Jedes Mal, wenn sich ihre Blicke begegneten, schien Nick durch sie hindurchzusehen. Sie war für ihn nur ein Körper, ein Ding, das sich zur Musik bewegte.

Als Nick schließlich eine Pause einlegte, ging Ruth zum

Ende des Saals, setzte sich auf den Boden, zog die Knie zur Brust und legte die Stirn auf die Knie. Ihre Füße schmerzten, aber sie hatte keine Kraft, um sie zu massieren. Als jemand ihr ein Handtuch um den Nacken legte, blickte sie auf.

„Francie." Ruth brachte ein dankbares Lächeln zu Stande.

„Du siehst erschöpft aus."

„Das bin ich auch", erwiderte Ruth. Sie nahm das Handtuch, um sich den Schweiß vom Gesicht zu wischen.

Francie Myers war eine talentierte Tänzerin, mit der Ruth als Erste in der Truppe Freundschaft geschlossen hatte. Sie war klein und schmal mit weichem rehbraunen Haar und aufmerksam dreinblickenden schwarzen Augen. Sie arbeitete hart an sich und verlor einen Liebhaber nach dem anderen, was sie aber mit Heiterkeit trug. Ruth bewunderte ihre unerschrockene Ehrlichkeit und ihren Optimismus.

„Bist du krank?" erkundigte Francie sich mitfühlend und steckte sich einen Kaugummi in den Mund.

Ruth lehnte den Kopf gegen die Wand. Jemand klimperte auf dem Flügel. Im Saal summte es vor Unterhaltung und Musik. „Ich bin bis drei Uhr morgens auf einer schrecklichen Party gewesen, wo es von Menschen wimmelte."

„Hört sich nach Spaß an." Francie streckte ihr Bein, um mit den Zehen die Wand vor ihr zu berühren, dann stellte sie den Fuß wieder auf. Sie warf einen Blick auf Ruths dunkel umränderte Augen. „Aber es war wohl nicht der richtige Zeitpunkt dafür, was?"

Ruth schüttelte den Kopf und seufzte. „Ich wollte ursprünglich nicht einmal hingehen."

„Und warum hast du es dann getan?"

„Aus Halsstarrigkeit", murmelte Ruth und blickte verstohlen zu Nick hinüber.

Tanz ins große Glück

„Das nimmt dem Spaß die Freude." Francie sah sich im Saal um und entdeckte eine elegante Blondine in einem blassblauen Trikot. „Leah hatte einige Bemerkungen über deinen Stil heute gemacht." Ruth folgte Francies Blick. Leah hatte sich ihr goldblondes Haar aus dem Gesicht gekämmt und zu einem strengen Knoten gewunden. Sie sprach gerade auf Nick ein, wobei sie anmutig mit ihren schlanken Händen gestikulierte.

„Das überrascht mich nicht."

„Du weißt, wie sehr es ihr darum ging, den Solopart in diesem Ballett zu bekommen", fuhr Francie fort. „Nicht einmal die Rolle der Aurora hat sie besänftigen können. Nick tanzt nicht im *Schwanensee.*"

„Konkurrenz hält die Truppe lebendig", meinte Ruth zerstreut, während sie beobachtete, wie Nick Leah anlächelte und den Kopf schüttelte.

„Konkurrenz – und Eifersucht", fügte Francie hinzu.

Ruth wandte sich ihr zu und begegnete dem wachen Blick der dunklen Augen. „Ja", stimmte sie nach einem Moment zu. „Und Eifersucht."

Der Klavierspieler wechselte zu einer Liebesballade über, und jemand fing an zu singen.

„Da ist nichts falsch an ein bisschen Eifersucht." Francie ließ ihre Füße kreisen, erst den linken, dann den rechten. „Es ist gesund. Aber Leah ..." Ihr kleines zartes Gesicht wurde auf einmal ernst. „Sie ist Gift. Wenn sie nicht eine so ausgezeichnete Tänzerin wäre, würde ich sie aus unserer Truppe hinauswünschen. Sieh dich vor", setzte sie hinzu und legte Ruth die Hand auf die Schulter. „Sie wird alles tun, um das zu bekommen, was sie haben will. Und sie will die Primaballerina dieser Truppe sein. Dabei bist du ihr im Wege."

Nachdenklich erhob Ruth sich, nachdem Francie gegangen

war. Francie sprach nur selten schlecht über andere. Es gab in der Truppe Eifersucht, das stimmte, aber die gab es auch innerhalb jeder Familie. Das gehörte nun mal zum Leben. Ruth wusste auch, wie sehr Leah es sich gewünscht hatte, den Part der Carlotta in Nicks neuem Ballett zu tanzen.

Sie und Leah hatten um eine ganze Anzahl von Rollen konkurriert, seit sie zusammen im *Corps de Ballet* auftraten. Jede von ihnen hatte gewonnen, und jede von ihnen hatte verloren. Ihr Stil war voneinander verschieden, genau wie die Rollen, die jede von ihnen verkörperte, unvergleichbar waren. Leah war eine elegante Tänzerin – klassisch, kultiviert, kühl. Ihre Anmut und Grazie waren außergewöhnlich, und Ruth bewunderte sie dafür. Sie versuchte jedoch nie, Leah zu imitieren. Ihr Tanz wurde vom Herzen bestimmt, Leahs vom Kopf. Im technischen Können waren sie sich so gleich, wie zwei Tänzer es nur sein konnten. Ruth tanzte in *Don Quijote,* während Leah in *Giselle* den Solopart hatte. Ruth war der Feuervogel – Leah die Prinzessin Aurora. Nick setzte sie beide stets zu ihrem Vorteil ein. Und Ruth würde seine Carlotta sein.

Während sie Leah von weitem beobachtete, fragte Ruth sich jetzt allerdings, ob die Eifersucht nicht doch tiefer ging, als sie vermutet hatte. Obwohl Leah und sie nie Freundinnen geworden waren, so hatten sie einen gewissen professionellen Respekt füreinander gehabt. Doch Ruth hatte in letzter Zeit den Eindruck, dass von Leah zunehmend Feindseligkeit ausging. Sie seufzte und zog sich das Handtuch von den Schultern. Sei's drum, sie konnte es nicht ändern. Und sie waren alle hier, um zu tanzen.

„Ruth."

Sie zuckte zusammen und wirbelte herum, als sie Nicks Stimme hörte. Er hatte seinen kühlen, ausdruckslosen Blick auf ihr Gesicht gerichtet. Furcht beschlich sie. Am grausamsten war er, wenn er sich im Zaum hielt. Sie hatte falsch gehandelt, und sie war jetzt bereit, das zuzugeben. „Nick", begann sie und wollte zu einer Entschuldigung ansetzen.

„Geh nach Hause", unterbrach er sie.

Sie blinzelte verwirrt. „Was?"

„Geh nach Hause", wiederholte er im selben frostigen Ton.

Sie sah ihn mit großen Augen an. „Oh, nein, Nick, ich ..."

„Ich habe gesagt, geh." Seine Worte waren wie ein Peitschenhieb. „Ich will dich hier nicht haben."

Ruth wurde blass. Nick hatte sie zutiefst gekränkt. Es gab nichts, wirklich nichts, womit er sie hätte mehr verletzen können, als sie wegzuschicken. Ihre Kehle war wie zugeschnürt von den wütenden Worten und den bitteren Tränen, die sie herunterschlucken musste. Die Blöße würde sie sich nicht geben! Sie drehte sich um und ging mit stolzem Schritt durch den Saal. Dann nahm sie ihre Kombitasche an sich, die an den Haken neben der Tür hing, und verließ den Probensaal.

„Die zweiten Tänzer, bitte", hörte sie Nick rufen, bevor sie die Tür hinter sich schloss.

Ruth schlief drei Stunden tief und fest. Nijinsky hatte sich zusammengerollt und lag dicht an ihren Rücken geschmiegt. Nachdem sie sich geduscht hatte, hatte sie die Jalousie geschlossen und sich auf die Tagesdecke gelegt. Im Zimmer war es ganz dunkel und still. Das einzige Geräusch war das leise Schnarchen des Katers. Als sie die Augen aufschlug, war sie gleich hellwach und drehte sich auf den Rücken. Nijinsky wurde gestört und trottete zum Fußende, wo er eingeschnappt anfing, sich zu putzen.

Nicks Worte waren das Letzte gewesen, woran sie gedacht

hatte, bevor der Schlaf sie übermannte, und das Erste, was ihr in den Sinn kam, als sie jetzt aufwachte. Sie hatte falsch gehandelt. Sie war bestraft worden. Niemand, den sie kannte, konnte auf eine so lässige Art und Weise grausamer sein als Nikolai Davidov. Entschlossen glitt sie vom Bett und zog die Jalousie hoch. Sie entschied, nicht mehr an die Ereignisse vom Vormittag zu denken.

„Wir können nicht den ganzen Tag im Dunkeln liegen", sagte sie zu Nijinsky, ließ sich wieder zurück auf das Bett fallen und zerzauste sein Fell. Der Kater entschied, dass es wohl besser wäre, ihr zu vergeben, und stupste mit dem Kopf gegen ihre Hand. Diese Geste brachte ihr wiederum Nick in Erinnerung.

„Warum magst du ihn so sehr?" wollte sie von Nijinsky wissen, der sie aus bernsteinfarbenen Augen betrachtete. „Was ist an ihm, das dich anzieht?" Gedankenverloren kraulte sie ihn am Hals und starrte dabei vor sich hin. „Ist es die Stimme, sein musikalischer, ansprechender Akzent? Oder ist es die Art, wie er sich bewegt, mit solch lässiger und doch kontrollierter Grazie? Oder wie er lächelt, so als ob nicht nur sein Mund, sondern sein ganzes Gesicht daran beteiligt wäre? Oder ist es, wie er dich berührt, mit sicheren Händen und so bewusst?"

Ruth musste unwillkürlich an den vergangenen Abend denken, als Nick sie, nackt wie sie war, in den Armen gehalten hatte. Es war das erste Mal nach dem impulsiven, erregenden Kuss, dass sie sich erlaubte, daran zu denken. Nachdem Nick gegangen war, hatte sie sich rasch angezogen und war mit Donald zu der Party gehetzt. Sie hatte sich keine Gelegenheit zum Nachdenken gegeben. Sie war dann übermüdet nach Hause gekommen und hatte den ganzen Tag gegen die Erschöpfung angekämpft. Jetzt war sie ausgeruht, ihr Kopf war klar, und sie konnte sich mit dem Thema Nick Davidov befassen.

Ruth hatte Verlangen in seinen Augen gesehen. Sie legte sich mit angezogenen Knien auf die Seite und schob die Hand unter ihre Wange. Nick hatte sie begehrt.

Sehnsucht. Ruth sann über das Wort nach. War es das, was sie in seinen Augen gesehen hatte? Dieser Gedanke war schön, erwärmte sie. Und dann, wie ein Schwall eiskalten Wassers, erinnerte sie sich an seinen Blick an diesem Vormittag. Keine Sehnsucht, kein Zorn, nicht einmal Missbilligung. Einfach nichts.

Es tat noch immer weh, daran zu denken, wie Nick sie weggeschickt hatte. Sie hatte das Gefühl gehabt, dass er ihr die Rolle der Solotänzerin abgenommen habe. Aber ihr gesunder Menschenverstand sagte ihr, dass eine schlechte Probe nicht das Ende der Welt bedeutete, und ein Kuss – so hielt sie sich vor – noch lange kein Anfang von was auch immer.

Ihr Blick fiel auf ein Poster, das an der gegenüberliegenden Wand hing. Ihr Onkel hatte ihr das Bild vor über zehn Jahren geschenkt. Lindsay und Nick waren damals in einer neuen Produktion von *Romeo und Julia* aufgetreten. Ohne groß zu überlegen, nahm Ruth den Hörer vom Telefon und wählte.

„Hallo." Die Stimme klang warm und klar.

„Lindsay."

„Ruth!" Lindsay war überrascht. „Ich habe deinen Anruf nicht vor dem Wochenende erwartet", sagte sie in liebevollem Ton. „Hast du Justins Bild bekommen?"

„Ja." Ruth lächelte bei dem Gedanken an die abstrakte Buntstiftmalerei ihres vierjährigen Cousins, die Lindsay ihr geschickt hatte. „Es ist wunderschön."

„Natürlich. Es ist ein Selbstporträt. Er wollte unbedingt, dass du es bekommst." Lindsay lachte ihr warmes, ansteckendes Lachen. „Du hast Seth verpasst, fürchte ich. Er ist gerade in die Stadt gefahren."

„Das macht nichts." Ruth blickte wieder zum Poster hin. „Ich wollte eigentlich sowieso mit dir reden."

Das Schweigen am anderen Ende der Leitung war nur sehr kurz, aber Ruth fühlte heraus, dass Lindsay schnell begriffen hatte. „Ärger bei den Proben heute?"

Ruth lachte. Sie zog die Beine an. „Richtig. Wie wusstest du das?"

„Nichts macht einen Tänzer unglücklicher."

„Jetzt fühle ich mich ganz schön albern." Ruth raffte mit der Hand ihr Haar zusammen und warf es auf den Rücken.

„Das musst du nicht. Jeder hat mal einen schlechten Tag. Hat Nick dich angeschrien?" Lindsay schien mehr belustigt zu sein als Mitleid zu haben. Das allein war schon Trost genug.

„Nein." Ruth blickte auf das Blümchenmuster der Tagesdecke und fuhr mit dem Daumennagel den Linien einer der Blumen nach. „Es wäre so viel einfacher, wenn er mich angeschrien hätte. Er hat mir gesagt, dass ich nach Hause gehen soll."

„Und dir war, als ob dich jemand mit einem Faustschlag niedergeschmettert hätte, stimmt's?"

Ruth lächelte. „Ich wusste, dass du verstehen würdest. Was die Sache aber noch schlimmer macht, ist, dass er Recht hatte."

„Das hat er fast immer", erwiderte Lindsay trocken. „Und es ist einer seiner weniger liebenswerten Charakterzüge."

„Lindsay ..." Ruth zögerte. „Als du bei der Truppe warst, hast du dich zu Nick ... hingezogen gefühlt?" fragte sie dann schnell, ehe sie es sich anders überlegen konnte.

Lindsay antwortete nicht gleich. „Ja, natürlich", sagte sie dann. „Es ist beinahe unmöglich, sich nicht zu ihm hingezogen zu fühlen. Er ist die Sorte Mann, der Menschen nun mal anzieht."

„Ja, aber ..." Wieder zögerte Ruth. Sie suchte nach den richtigen Worten. „Was ich meinte, ist ..."

„Ich weiß, was du meintest", kam Lindsay ihr entgegen. „Und ja, ich habe mich einmal sehr zu ihm hingezogen gefühlt."

„Ich glaube, du bist ihm vertrauter als sonst irgendjemand", sagte Ruth leise.

„Vielleicht." Lindsay dachte einen Moment nach, bevor sie etwas erwiderte. „Nick ist ein sehr verschlossener Mensch", sagte sie schließlich.

Ruth nickte. Diese Feststellung war absolut richtig. Nick konnte sein Äußerstes an die Truppe geben, war gesprächig auf Partys, mitteilsam bei Pressekonferenzen und ohne Hemmungen seinem Publikum gegenüber. Er konnte dem Einzelnen mit seiner Aufmerksamkeit schmeicheln, aber er war erstaunlich zurückhaltend, wenn es um sein persönliches Leben ging. Ja, er ließ so gut wie niemanden an sich heran. Auf einmal fühlte Ruth sich sehr allein.

„Lindsay, würdest du bitte mit Onkel Seth zur Premiere kommen? Ich weiß, dass es nicht leicht ist, mit den Kindern, der Schule und der Arbeit, aber – ich brauche dich."

„Natürlich." Lindsay stimmte zu, ohne Fragen zu stellen. „Wir werden da sein", versprach sie.

Nachdem Ruth den Hörer aufgelegt hatte, saß sie noch eine ganze Weile still da. Sie fühlte sich nach dem Gespräch wesentlich besser. Schon allein mit Lindsay zu sprechen beruhigte sie. Lindsay war ihr mehr als Familie, sie war ebenfalls Balletttänzerin. Und sie kannte Nick.

Auf einmal wusste Ruth, was sie zu tun hatte. Sie rutschte vom Bett, nahm ein Trikot aus der Schublade der Kommode und zog es schnell an.

Als Ruth das sechsstöckige Gebäude betrat, in dem das Ballettzentrum untergebracht war, war es kurz vor sieben Uhr abends. Es gab allerdings immer noch einige von der Truppe, die umherliefen. Sie nahm den Lift nach oben, während sie in ihrem Kopf bereits die Tanzschritte ihrer neuen Rolle durchging. Sie wollte hart arbeiten.

Sie hörte die Musik, noch ehe sie die Tür zum Probenraum aufstieß. Der Saal schien ohne die Tänzer immer größer zu sein. Schweigend stand sie in der Tür und beobachtete.

Nikolai Davidovs Sprünge waren einzigartig. Er sprang wie von einer unsichtbaren Kraft angetrieben, und es wirkte, als ob er in der Luft im Spagat stehen bliebe, so als ob es keine Schwerkraft gäbe. Sein Körper war so fließend wie ein Wasserfall und so angespannt wie die Saite eines Bogens. Er musste diesem Körper nur die Befehle erteilen.

Aber da war noch mehr, wie Ruth wusste. Sein präzises Timing, seine Stärke und Ausdauer. Und er konnte schauspielern, was ein wesentlicher Teil des Balletts war. Sein Gesicht war so ausdrucksstark wie sein Körper.

Davidov arbeitete mit äußerster Konzentration. Sein Blick war auf den Spiegel gerichtet, der die ganze Wand einnahm, um nach Fehlern zu forschen. Er war dabei, sich zu perfektionieren, zu verfeinern. Schweiß rann trotz des Schweißbands seine Wangen hinunter. Er wirkte ungemein männlich und anmutig zugleich. Ruth konnte sehen, wie die Muskeln seiner Beine und Arme spielten, sich anspannten und hervortraten, wenn er sich in die Luft warf, seinen Körper drehte, um dann mit perfekter Kontrolle und Präzision zu landen.

Er ist mehr als großartig, dachte Ruth voller Bewunderung.

Nick fluchte, als er sich mit finsterer Miene im Spiegel betrachtete. Während er dann zurück zum Kassettenrekorder ging, um die Musik noch einmal abspielen zu lassen, entdeckte er Ruth. Er musterte sie aufmerksam, sah die Kombitasche, die sie über der Schulter trug.

„Du hast dich also ausgeruht." Es war eine einfache Feststellung, ohne Groll.

„Ja." Sie holte tief Luft. „Ich entschuldige mich, dass ich heute Morgen nicht so gut war." Als er schwieg, ging sie zur Bank, um sich ihre Spitzenschuhe anzuziehen.

„Du bist also zurück, um es wieder gutzumachen." Nick sagte das mit einer Spur von Spott.

„Mach dich nicht lustig über mich."

„Tue ich das?" Um seine Mundwinkel zuckte ein Lächeln.

Wie verletzlich Ruth war, verriet ihm ihr Blick. Erst sah sie ihn mit großen Augen an, dann senkte sie den Kopf, um das Satinband über ihre Fußknöchel zu kreuzen. „Manchmal", murmelte sie.

Nick bewegte sich geräuschlos. Ruth war es nicht bewusst, dass er zu ihr kam, bis er vor ihr in die Hocke ging und die Hände auf ihre Knie legte. „Ruth." Er sagte das weich und blickte ihr in die Augen. „Ich mache mich nicht lustig über dich."

Sie seufzte. „Es ist nicht leicht für mich, wenn du so oft Recht hast." Sie verzog das Gesicht. „Ich wäre nicht zu dieser albernen Party gegangen, wenn du mich nicht so geärgert hättest."

„Ah." Nick grinste und drückte freundschaftlich ihre Knie. „Dann ist es also meine Schuld."

„Ich mag es natürlich lieber, wenn es deine Schuld ist." Ruth zog das Handtuch aus ihrer Tasche und trocknete ihm den Schweiß von der Stirn. „Du arbeitest zu hart, Davidov", stellte sie fest.

„Machst du dir Sorgen um mich, *mila moja?*"

Er hatte seinen Blick nachdenklich auf sie gerichtet. Seine

Augen sind so blau, dachte Ruth, wie die See aus der Entfernung oder der Himmel im Sommer. „Ich habe es nie zuvor getan", überlegte sie laut. „Wäre es nicht seltsam, wenn ich jetzt damit anfangen würde? Ich glaube nicht, dass du jemanden brauchst, der sich um dich sorgt."

Er sah sie immer noch an, dann lächelte er. „Es ist ein wohltuendes Gefühl, nicht wahr?"

„Nick." Er wollte sich erheben, aber Ruth legte ihm die Hände auf die Schultern. Damit der Mut sie nicht verließ, sagte sie schnell: „Gestern Abend ... warum hast du mich geküsst?"

Er zog bei ihrer Frage die Augenbrauen hoch und wandte den Blick nicht von ihr. „Weil ich es wollte", antwortete er schließlich. „Das ist ein guter Grund." Er erhob sich, und Ruth stand mit ihm auf.

„Du hast es nie zuvor gewollt."

Er lächelte breit. „Wirklich nicht?"

„Nun, du hast mich nie zuvor geküsst, zumindest nicht so." Ruth drehte sich um und zog das weite T-Shirt aus, das sie über dem eierschalfarbenen, hautengen Trikot trug.

Nick betrachtete die anmutige Linie ihres Rückens. „Und du meinst, ich sollte alles tun, was ich möchte?"

Ruth zuckte die Schultern. Sie war gekommen, um zu tanzen, nicht, um zu fechten. „Ich dachte, dass du genau das tust", entgegnete sie, als sie eine Hand auf die Übungsstange legte. Während sie in die erste Position ging, warf sie einen Blick über die Schulter zu ihm hin. „Stimmt's?"

Nick lächelte nicht. „Hast du vor, mich zu provozieren, Ruth, oder war es unbeabsichtigt?"

Seine Worte klangen ärgerlich, doch sie zuckte erneut die Schultern. Vielleicht wollte sie ihn tatsächlich provozieren.

„Ich habe es nicht sehr oft versucht", entgegnete sie unbekümmert. „Es könnte Spaß machen."

„Sei vorsichtig, wohin du trittst", warnte Nick ruhig. „Du könntest böse stürzen."

Ruth lachte. Sie genoss es, wie ihre Muskeln ihren Weisungen gehorchten. „Immer sicher treten ist nicht das Ziel meines Lebens, Nikolai. Du würdest das verstehen, wenn du meine Eltern gekannt hättest. Ich bin die geborene Abenteurerin."

„Es gibt verschiedene Arten von Gefahr", bemerkte Nick und ging zum Kassettenrekorder. „Du könntest das eine oder andere weniger erfreulich finden."

„Möchtest du, dass ich mich fürchte?" fragte sie.

Er stieß einen leisen Fluch aus, als er den falschen Knopf drückte. „Du würdest dich fürchten", antwortete er ihr einfach, „wenn ich das täte, was ich wollte."

Ihre Blicke trafen sich im Spiegel. Ruth brauchte ihre ganze Konzentration, um mit ausgestrecktem Bein den Fuß zum Übungsgriff zu heben. Ja, gab sie im Stillen zu, während sie Nick nicht aus den Augen ließ, ich würde mich fürchten. Aber ich lasse mich nicht einschüchtern. Sie beugte sich mit geradem Rücken auf ihr Bein hinunter.

„Ich fürchte mich nicht so leicht, Nick." Sie sah ihn herausfordernd im Spiegel an.

Nick drückte auf den Knopf des Kassettenrekorders, und Musik füllte den Raum. Er ging zur Mitte und streckte die Hand aus. Ruth kam zu ihm, und ohne ein Wort nahmen sie die Position zu einem *grand pas de deux* ein.

Nick war nicht nur ein hervorragender Tänzer, er war auch ein fordernder Lehrer. Er wollte jedes Detail perfekt haben, jede kleinste Geste musste exakt sitzen. Immer und immer wieder gingen sie die Schritte durch, und immer und immer wieder hielt er an, um zu korrigieren.

„Nein, die Kopfstellung ist falsch. Hier." Er bewegte ihren Kopf mit seinen Händen. „Deine Handhaltung ... so ist's richtig." Und er brachte ihre Finger in die Position, die er haben wollte.

Er rückte die Haltung ihrer Schultern zurecht, glitt mit den Händen leicht über ihre Taille, als er Ruth drehte, und hob mit einem Griff ihren Schenkel. Ruth war bereit, sich von Nick formen zu lassen. Und doch schien es, als ob sie ihn nicht zufrieden stellen konnte. Er wurde immer ungeduldiger, sie immer frustrierter.

„Du musst mich anschauen!" forderte er.

„Das tue ich doch", entgegnete Ruth aufgebracht.

Mit einem russischen Fluch ging Nick zum Kassettenrekorder und stellte die Musik ab. „Ohne Gefühl! Du fühlst nichts. Es ist nicht gut."

Ruth blitzte ihn zornig an. „Na schön", murmelte sie und wischte sich mit dem Arm den Schweiß von der Stirn. „Wie soll ich denn fühlen?"

„Du bist in mich verliebt." Ruth blickte verdutzt hoch, aber Nick war wieder mit dem Kassettenrekorder beschäftigt. „Du willst mich, aber du bist stolz, heißblütig. Du bist nicht jemand, den man einfach nimmt, verstehst du? Gleicher Rang oder nichts." Er drehte sich zu ihr um und blickte ihr in die Augen. „Aber die Sehnsucht ist da. Leidenschaft, Ruth. Sie ist wie ein schwelendes Feuer. Fühl es. Begegne mir als Frau, nicht als Kind. Zeig es mir." Er kam zu ihr herüber. „Jetzt", sagte er und legte die Hand auf ihre Taille, „wiederholen wir's."

Dieses Mal ließ Ruth sich von ihrer Fantasie leiten. Sie war eine stolze, leidenschaftliche Zigeunerin und verliebt in einen

Prinzen. Die Musik war schnell und aufgeregt, sie drückte die Gefühlslage aus. Es war ein erotischer Tanz, sinnlich in allen Schritten und Gesten. Ihre Körper, ihre Blicke mussten es ausdrücken. Ruth spürte Verlangen. Und ihr Blut begann in ihren Adern zu kochen.

Begierig, als ob sie wollte, dass das, was sie fühlte, wie ein Feuer lodern sollte, drückte sie es in ihrem Tanz aus, war irgendwo eingefangen zwischen Wirklichkeit und Traumwelt. Sie begehrte Nick und war sich nicht mehr sicher, ob es ihre eigenen oder nur die Gefühle der Carlotta waren. Er berührte sie, lockte sie, und sie wich zurück, floh aber nicht, sondern trotzte ihm und reizte ihn deshalb umso mehr.

Die Musik schwoll an. Sie wirbelten immer weiter voneinander weg, einer verweigerte sich der Verlockung des anderen. Aber dann, als ob sie nicht widerstehen könnten, kamen sie wieder zusammen. Und in einem letzten *pas de deux,* der ihre Liebe füreinander ausdrückte, endete die Musik.

Die Stille war ein Schock. Sie ließ Ruth sich wie betäubt fühlen. Sie brauchte eine Sekunde, um aus der Rolle herauszufinden. Ihr und Nicks Atem ging noch immer schnell durch die Anstrengung des Tanzes. Sie verblieben noch in ihrer letzten Position, und Ruth konnte das Pochen von Nicks Herz spüren. Sie sahen einander an, suchend, forschend. Ihre Lippen begegneten sich im Kuss. Die Zeit für Fragen war vorbei.

Nick hielt sich nicht zurück. Er küsste Ruth ungezügelt und entzündete ihre Leidenschaft. Sie atmete den männlichen Geruch seines schweißnassen Körpers, schmeckte die salzige Feuchtigkeit auf seinem Gesicht, seinem Hals, als sie mit den Lippen darüberfuhr. Dann küsste er sie wieder auf den Mund, und sie begegnete ihm voller Verlangen.

Nick murmelte etwas, aber sie konnte es nicht verstehen.

Sogar seine Sprache war ihr ein Rätsel. Er presste Ruth an sich. Nur das dünne Trikot war zwischen seinen Händen und ihrer Haut. Sie berührten einander, streichelten einander, hielten inne, bis die Erregung sie überwältigte und sie sich noch enger aneinander klammerten.

Ruth barg das Gesicht an seiner Schulter und zitterte vor Lust. Nichts hatte sie jemals auf diesen abrupten Wechsel von innerer Stärke zu absoluter Schwachheit vorbereitet. Obwohl ihr klar war, dass sie sich selbst verlor, konnte sie nichts tun, um es aufzuhalten.

„Ruth." Nick legte die Hände auf ihre Schultern und hielt sie ein Stück von sich ab. Er sah sie an, tief in ihre von Leidenschaft verhangenen Augen. „Ich wollte nicht, dass das passiert."

Sie starrte ihn verständnislos an. „Aber es ist passiert." Es schien ihr so einfach. Sie lächelte. Doch als sie die Hand hob, um sie an seine Wange zu legen, hielt er ihr Handgelenk fest.

„Es sollte nicht."

Ruth musterte ihn, und ihr Lächeln verblasste. Ihr Blick wurde wachsam. „Warum nicht?"

„Wir haben in knapp drei Wochen Premiere." Nicks Stimme klang jetzt energisch, sachlich. „Wir können keine Komplikationen brauchen."

„Oh, ich verstehe." Ruth wandte sich von Nick ab, damit er den Schmerz in ihrem Gesicht nicht sehen konnte. Sie ging zur Bank zurück und fing an, die Bänder ihrer Spitzenschuhe zu lösen. „Ich bin eine Komplikation."

„Das bist du", bestätigte Nick und kehrte zum Kassettenrekorder zurück. „Ich habe weder Zeit noch Interesse, mich dir in einer romantischen Angelegenheit zu widmen."

„Dich mir romantisch zu widmen", wiederholte sie leise. Sie war zutiefst verletzt.

Tanz ins große Glück

„Es gibt Frauen, die wollen umworben werden mit allem möglichen romantischen Firlefanz", fuhr er fort. „Du bist eine von ihnen. Und im Augenblick habe ich keine Zeit dafür."

„Aha. Du hast nur Zeit für oberflächliche Beziehungen", bemerkte sie scharf und knotete mit zitternden Fingern die Bänder ihrer Tennisschuhe. Wie leicht konnte er ihr das Gefühl geben, ein Dummkopf zu sein!

Nick sah sie eine Weile an. „Ja", sagte er dann einfach.

„Und es gibt Frauen, die dir diese Art von Beziehung verschaffen."

Er zuckte gleichmütig die Schultern. „Ja. Ich entschuldige mich für das, was geschehen ist. Es ist leicht, sich im Tanz zu verstricken."

„Oh, ich bitte dich!" Sie warf ihre Ballettschuhe in die Kombitasche. „Es gibt keinen Grund, sich zu entschuldigen. Ich brauche es auch nicht, dass du dich mir privat widmest, Nick. Du bist nicht der einzige Mann, den ich kenne."

„Du meinst deinen Designer?"

„Richtig, meinen Designer. Aber sorge dich nicht, ich werde keine Probe mehr vermasseln. Und die Premiere deines Balletts wird auch mein Erfolg sein." Vor unterdrückten Tränen klang ihre Stimme erstickt, doch sie konnte es nicht verhindern. „Es wird begeisterte Kritiken geben, das schwöre ich dir. Und ich werde von da ab die gefeiertste Primaballerina im Lande sein." Die Tränen kamen, und obwohl es Ruth nicht recht war, wischte sie sie nicht weg. „Und wenn die Ballettsaison vorüber ist, werde ich nie wieder mit dir tanzen. Nie wieder!"

Damit wirbelte Ruth herum und stürmte aus dem Saal, ohne Nick die Gelegenheit zu geben, etwas darauf zu erwidern.

4. KAPITEL

Das Stimmengewirr hinter der Bühne drang durch Ruths Garderobentür. Es sah ihr eigentlich nicht ähnlich, die Tür geschlossen zu halten, doch sie tat es aus einem einzigen Grund: Sie wollte Nick meiden.

Sie war ziemlich sicher, dass Nick, der sich gewöhnlich kaum darum scherte, ob eine Tür geschlossen war oder nicht, in diesem Fall den Hinweis verstehen würde. Diese kleine Geste erfüllte sie mit Genugtuung.

Sie war innerlich so aufgewühlt wie noch nie zuvor, und wahrscheinlich hatte sie deshalb auch noch nie zuvor in ihrer Karriere so hart gearbeitet wie jetzt an ihrer Rolle der Carlotta. Sie war wild entschlossen, die Partie nicht nur zu einem durchschlagenden Erfolg zu bringen, sondern zu einem noch nie da gewesenen Triumph. Sie wollte damit ein deutliches Zeichen setzen für ihre Auflehnung und ihre Unabhängigkeit. Der Charakter der heißblütigen Zigeunerin entsprach ihrer augenblicklichen Stimmung.

Ruth saß, nur mit einem weißen Frotteekleidchen bekleidet, vor ihrem Garderobentisch und nähte neue Satinbänder an ihre Ballettschuhe. Das gehörte zu den einfachen Tätigkeiten einer Balletttänzerin, und im Augenblick half es Ruth, sich zu entspannen.

Jemand klopfte an ihre Tür, und Ruth schreckte aus ihren Gedanken hoch. Sie legte den Schuh auf den Tisch, erhob sich und ging zur Tür. Wenn es Nick sein sollte, wollte sie ihm stehend begegnen. Trotzig hob sie das Kinn und drehte den Knauf.

„Onkel Seth! Lindsay! Oh, ich bin ja so unendlich froh, dass ihr jetzt hier seid!"

Lindsay fand die Begrüßung ein wenig überschwänglich, aber sie sagte nichts. Sie umarmte Ruth und begegnete über deren Kopf hinweg dem Blick ihres Mannes. Sie verständigten sich schweigend. Ruth löste sich von Lindsay und ließ sich noch einmal von Seth in die Arme schließen.

„Ihr seht beide wunderbar aus!" rief sie und zog sie in die Garderobe.

Als Heranwachsende war sie Seth Bannion eng vertraut gewesen, aber erst als sie nach New York gezogen war, hatte sie begriffen, wie sehr er seinen Lebensstil hatte ändern müssen, um sich ihrer anzunehmen. Er war ein höchst erfolgreicher Architekt und dazu ein begehrter Junggeselle und Weltenbummler gewesen, als er die vierzehnjährige Ruth zu sich genommen hatte. Und er hatte viel in seinem Leben für ihr Wohlergehen geändert. Ruth liebte ihn über alles.

Sie blickte bewundernd auf das Paar. „Du bist so schön, Lindsay", schwärmte Ruth. „Ich muss es immer wieder feststellen." Lindsay hatte helles Haar, und die elfenbeinfarbene Haut ließ ihre tiefblauen Augen strahlen. Sie war der warmherzigste Mensch, den Ruth kannte. Eine Frau, die zu tiefen Gefühlen und zu unbegrenzter Liebe fähig war. Sie trug ein schmales, rauchgraues Kleid, das ihre elfenhafte Figur betonte.

Lindsay lachte und nahm Ruths Hände in ihre. „Was für ein wunderbares Kompliment. Seth sagt mir das bei weitem nicht oft genug."

„Nur täglich", warf er lächelnd ein. „War das nicht früher deine Garderobe?" fragte er seine Frau.

„Das solltest du tatsächlich wissen", antwortete Lindsay. „Hier habe ich dir den Heiratsantrag gemacht."

Er grinste. „Das stimmt."

„Davon habt ihr mir gar nichts erzählt."

Beide drehten sich zu Ruth um, und Lindsay lachte. „Ich habe mich noch nie viel um Tradition gekümmert", erklärte sie. „Und Seth hat mich nicht schnell genug gefragt."

Die Ballettschuhe, die auf dem Garderobentisch in einer Reihe aufgestellt waren, weckten in Lindsay Erinnerungen. Was für ein Leben, dachte sie. Was für eine Welt. Sie war einmal ebenso ein Teil dieser Welt gewesen, wie Ruth es jetzt war. Ihre Blicke begegneten sich im Garderobenspiegel.

„Nervös?"

Ruth stieß einen tiefen Seufzer aus. „Oh, ja."

„Es ist bestimmt ein gutes Ballett", sagte Lindsay, und sie meinte es auch so. Sie glaubte an Nicks Präzisionsarbeit. Sie hatte ihn zu lange gekannt, um daran zu zweifeln.

„Es ist wunderbar. Doch ..." Ruth schüttelte besorgt den Kopf. „Nun ja, im zweiten Akt gibt es eine schnelle Szenenfolge, wo ich ständig dran bin. Mir bleiben nur wenige Sekunden zum Luftholen, dann muss ich gleich wieder weitermachen."

„Nick macht keine leichten Choreographien."

„Nein, da hast du Recht." Ruth nahm Nadel und Faden wieder auf. „Wie geht es den Kindern?"

„Justin ist der reinste Terror", antwortete Seth trocken, aber mit väterlichem Stolz. „Er macht Worth verrückt."

Ruth lachte. „Worth, der Butler! Kann er seine Würde dabei aufrechterhalten?"

„Und wie!" rief Lindsay. „Master Justin", machte sie den kultivierten Tonfall ihres britischen Butlers nach, „man bringt keinen zahmen Frosch in die Küche, auch wenn er gefüttert werden muss." Lindsay lachte. „Natürlich liebt Worth Amanda abgöttisch, auch wenn er so tut, als ob er's nicht täte."

„Und sie ist genau so ein Tyrann wie ihr Bruder Justin!" fiel Seth ein.

„Wie kannst du deine eigenen Kinder nur so beschreiben?" tadelte Lindsay ihn mit einem breiten Lächeln.

Die beiden zu beobachten machte Freude, und Ruth fühlte eine Welle von Wärme in sich aufsteigen, aber auch einen Anflug von Neid. Wie würde es sein, so geliebt zu werden? fragte sie sich. Eine Liebe ohne Ende.

„Wir sollten jetzt verschwinden", meinte Lindsay. „Damit du dich in Ruhe fertig machen kannst."

„Nein, bitte, bleibt noch ein bisschen. Es ist noch Zeit genug." Ruth fingerte nervös an dem Satinband herum.

Die Nerven, dachte Lindsay mitfühlend.

„Ihr kommt zum Empfang, ja?" Ruth sah beide flehend an.

„Das lassen wir uns doch nicht entgehen." Lindsay stellte sich hinter Ruth und massierte ihre Schultern. „Wird Donald da sein?"

„Donald?" Ruth sammelte ihre Gedanken. „Oh, ja, Donald wird da sein. Ihr werdet ihn mögen", setzte sie ein wenig zurückhaltend hinzu. „Er ist sehr ... nett."

„Lindsay!"

Nick stand in der offenen Tür. Die Freude stand ihm ins Gesicht geschrieben. Lindsay eilte zu ihm, um sich von ihm in die Arme nehmen zu lassen.

„Oh, Nick, es ist so schön, dich wiederzusehen!"

Er küsste sie auf beide Wangen, dann auf den Mund. „Du wirst immer schöner", murmelte er und betrachtete ihr Gesicht. „*Ptitschka*, mein Vögelchen." Er gebrauchte den Kosenamen für sie und küsste sie wieder. „Der Architekt, den du geheiratet hast", er warf Seth einen Blick zu, „macht er dich immer noch glücklich?"

„Das tut er." Lindsay umarmte ihn wieder stürmisch. „Oh, aber ich vermisse dich. Warum besuchst du uns nicht öfter?"

„Wann soll ich die Zeit dafür finden?" Er ließ den Arm um Lindsays Taille und streckte die andere Hand Seth hin. „Die Ehe bekommt Ihnen."

Sie schüttelten einander die Hand.

„Bescheren Sie uns wieder einen Triumph heute Abend?" fragte Seth.

„Aber natürlich." Nick grinste. „Das ist das Ziel meiner Arbeit."

Lindsay drückte Nicks Arm. „Er wird sich nie ändern." Einen kurzen Moment lang legte sie den Kopf an seine Schulter.

Die ganze Unterhaltung über schwieg Ruth und beobachtete nur. Was sich zwischen Nick und Lindsay abspielte, war außergewöhnlich. Sie brauchte die beiden nur Seite an Seite zu sehen, um sich daran zu erinnern, wie perfekt sie sich zusammen auf der Bühne bewegt hatten. Und sie waren nicht nur auf der Bühne im Einklang.

Als Nick sie plötzlich ansah, konnte Ruth ihn nur anstarren. Der alte Schmerz war wieder da. Sie hatte geglaubt, ihn bezwungen zu haben. Nicks Augen waren so blau, und sie schien machtlos zu sein, ihn daran zu hindern, ihr bis in die Seele zu schauen. Sie atmete tief durch, um sich aus der inneren Lähmung zu befreien.

Lindsay und Seth war es nicht verborgen geblieben, was zwischen Nick und Ruth im Bruchteil einer Sekunde abgelaufen war. Ihre besorgten Blicke begegneten einander.

„Nadine wird zum Empfang kommen, nicht wahr?" Lindsay versuchte die plötzliche Spannung abzuschwächen.

„Hmm?" Nick musste sich konzentrieren. „Ah, ja, Nadine." Er räusperte sich, und seine Stimme klang ruhig. „Natürlich wird sie sich im Ruhm sonnen wollen, um dann mit frischem Elan die Werbetrommel zu rühren und an Geldgeber heranzukommen."

„Du hast es ihr nie leicht gemacht." Lindsay lächelte, als sie sich daran erinnerte, wie oft Nick und Nadine Rothschild, die Schirmherrin der „Company", anderer Meinung waren.

„Sie kann es vertragen", erwiderte er wegwerfend. „Sehe ich euch beim Empfang?"

„Ja." Lindsay beobachtete, wie sein Blick wieder zu Ruth zurückkehrte. Er hatte sich mit keinem Wort an sie gewandt noch hatte Ruth etwas zu ihm gesagt. Sie verständigten sich nur mit Blicken. Er hielt den Kontakt einige Sekunden lang, bevor er sich wieder Lindsay zuwandte.

„Wir sehen uns dann nach der Vorstellung", sagte er, und Ruth atmete auf. „Ich muss mich jetzt umziehen. *Do swidanja.*"

Er war weg, bevor Lindsay und Seth ihm auf sein „Bis nachher" antworten konnten. Sie hörten, wie jemand auf dem Gang seinen Namen rief.

Seth legte die Hände auf Ruths Schultern und küsste sie auf die Stirn. „Du solltest dich jetzt auch umziehen."

„Ja. Ich bin gleich in der ersten Szene dran."

„Du wirst großartig sein." Er drückte kurz ihre Schultern.

„Das will ich sein." Ruth blickte zu ihm hoch. „Ich muss es sein."

„Das wirst du", versicherte Lindsay. „Du bist dafür geboren. Außerdem bist du meine talentierteste Schülerin gewesen."

Ruth lächelte zum ersten Mal seit Nicks Auftauchen und hielt Lindsay die Wange für einen flüchtigen Kuss hin.

„Wir sehen uns nach der Vorstellung", versprach Lindsay lächelnd und verließ mit Seth die Garderobe.

Als Ruth eine Viertelstunde später ihre Garderobe verließ, konnte sie hören, dass das Orchester die Instrumente bereits stimmte. Sie trug ihr Kostüm. Der leichte Ballerinenrock wippte kess um ihre Hüften, ein rotes Tuch war um ihre Taille geschlungen, das Haar fiel frei bis zum Rücken hinunter. Sie eilte an den Tänzern vorbei, die sich für die erste Szene eintanzten. Sie konnte den Schweiß und das Licht der Bühne förmlich riechen, als sie zur Übungsstange ging und selbst anfing, ihre Muskeln aufzuwärmen.

Um sich besser auf ihren Körper zu konzentrieren, hielt sie sich mit dem Rücken zur Bühne.

Doch sie bemühte sich vergebens, die Gedanken von Nick loszureißen. Es wird allmählich Zeit, dachte sie aufgebracht, dass jemand diesem arroganten Kerl eine Lektion erteilt, und führte eine Bewegungsfolge in der ersten Position aus. Alles muss immer nach seiner Order gehen, sonst wird er fuchsteufelswild. Oh, das machte sie so wütend!

Ruth hob stolz das Kinn und nahm die zweite Position ein. Noch ehe sie ihre Übung ganz ausgeführt hatte, begegnete sie Nicks Blick.

Er war aus seiner Garderobe herausgetreten in dem glitzernden weiß-goldenen Kasack, den er im ersten Akt tragen würde. Er hatte Ruth bereits eine Weile zugeschaut. In dem spärlich beleuchteten Korridor hinter den Bühnenkulissen im Kostüm der Zigeunerin und mit den blitzenden Augen sah sie verführerischer aus als je zuvor. Und genau in dem Moment, als er das dachte, hatte Ruth ihn angesehen.

Die Anziehung war sofort da – ebenso wie die Feindschaft. Ruth starrte ihn kurz wütend an, warf dann den Kopf in den Nacken und wirbelte davon. Ihre unbewusste Mimik des Charakters, den sie gleich tanzen würde, belustigte Nick.

Tanz ins große Glück

Nun gut, Kleines, dachte er mit einem Anflug von Lächeln. Wir werden ja sehen, wer heute Abend groß herauskommt. Nick beschloss, die Herausforderung anzunehmen.

Er folgte Ruth, und als er sie erreichte, drehte er sie mit einer heftigen Bewegung zu sich herum und zog sie dicht an sich. Dass sie hinter der Bühne Zuschauer hatten, kümmerte ihn nicht. Ruth war so überrumpelt, dass sie keine Zeit fand, zu reagieren oder ihn zurückzuweisen, als er sie auf arrogante, selbstsichere Art küsste.

Nick hielt sie noch einen Moment an den Schultern fest und lächelte breit. „Das sollte dich in die richtige Stimmung bringen", meinte er unbekümmert, bevor er sich umwandte und davonging.

Wütend starrte Ruth ihm hinterher. Und die einzelnen Lacher von den Tänzern, die hinter der Bühne herumstanden, brachten sie nur noch mehr auf. Schließlich drehte sie sich um und ging, etwas staksig wegen ihrer Spitzenschuhe, auf die leere, dunkle Bühne.

Sie wartete, während der schwere Vorhang sich langsam hob. Sie wartete auf den Einsatz des Orchesters. Nur die Streichinstrumente setzten zur Ouvertüre an. Sie wartete, bis sie im Lichtkreis stand. Und dann begann sie zu tanzen.

Ihr Eröffnungssolo war kurz, schnell und beeindruckend. Als sie damit fertig war, wurde mit einem Schlag die ganze Bühne von den Scheinwerfern beleuchtet. Die Dekoration stellte ein Zigeunerlager dar, und Beifall vom Publikum brauste auf.

Während die nächsten Tänzer übernahmen, konnte Ruth Atem schöpfen. Sie wartete, hörte nur mit halbem Ohr das Lob von Nicks Choreographieassistenten. Auf der gegenüberliegenden Seite der langen Bühne konnte sie Nick sehen, der auf seinen Auftritt wartete.

„Nun überbiete mich mal, Davidov", murmelte sie vor sich hin. Ruth wusste, dass sie noch nie in ihrem Leben besser getanzt hatte als gerade eben. So als ob Nick die unausgesprochenen Worte gehört hätte, grinste er, bevor er in einem eleganten Spagat auf die Bühne sprang.

Er war der arrogante Prinz, der das Zigeunerlager betrat. Er beherrschte die Bühne mit seinem Auftreten, mit seinem Können. Ruth konnte das nicht leugnen. Doch das machte sie nur noch entschlossener, ihn zu übertreffen. Sie wartete, bis sie dran war. Und dann schwebte sie auf der Spitze mit hoch erhobenem Kopf auf die Bühne, eine rote Rose hatte sie hinter ihr Ohr gesteckt.

Ihre gegenseitige Anziehung war sofort in der Pantomime da, als der Blick des Prinzen dem der Zigeunerin zum ersten Mal begegnete. Der Moment wurde noch betont durch den Wechsel in der Beleuchtung und durch ein Crescendo der Musik.

Der Prinz hatte Carlotta gefunden, die er für sich begehrte. Doch das Zigeunermädchen widersetzte sich ihm. Sie war nicht leicht zu haben, aber der Prinz gab nicht so schnell auf. Beide waren stolze und leidenschaftliche Charaktere. Und schließlich, immer noch sich sträubend und wütend auf sich selbst, weil sie sich ihm nicht länger entziehen konnte, gab Carlotta nach. Sie begannen ihren ersten *pas de deux*, mit erhitztem Blut und glutvollen Blicken.

Nick hob Ruth mit beiden Händen, hielt sie mit durchgedrücktem Rücken und weit nach hinten gebeugtem Kopf, ehe er sie in einer fließenden Bewegung zu Boden ließ und die Hände um ihre Taille legte. Es sah wunderbar schwerelos aus, wie sie, seine Hände um ihre Taille, mit einem Fuß auf der Spitze stand, und während sie sich mit dem Kopf und dem ganzen Oberkörper absenkte, den anderen Fuß weit nach oben streckte.

Sechs, sieben, acht Takte, dann war sie wie ein Blitz zu einer Arabeske übergeglitten. Aus ihren Augen sprühte Feuer, als sie eine Pirouette ausführte und danach aus dem Bühnenraum verschwand. Während Nick sein Solo tanzte, presste Ruth eine Hand auf ihren Magen und holte tief Luft.

Bei jedem ihrer Auftritte schien die Bühne von ihrem heißblütigen Tanz wie erhitzt zu sein. Beim letzten Bild der Vorstellung lagen sich beide in den Armen, und Ruth stieß atemlos: „Ich hasse dich, Davidov!" aus.

„Hasse mich, soviel du willst", erwiderte er obenhin, als der Applaus und die Zurufe losbrachen. „Solange du nur tanzt."

„Oh, tanzen werde ich", versicherte Ruth ihm und machte einen tiefen Knicks zum Publikum.

Sie hörte Nicks leises Lachen, als er eine Rose aufhob, die auf die Bühne geworfen wurde, und sie Ruth mit einer eleganten Verbeugung übergab.

Er verneigte sich immer wieder tief vor dem jubelnden Publikum und wies mit einer weiten Geste auf Ruth darauf hin, dass die Bravorufe vor allem der Solotänzerin gehörten.

5. KAPITEL

Nick und Ruth hatten elf Vorhänge. Eine Stunde nach dem letzten Vorhang waren die Besucher endlich verschwunden, so dass Ruth aus ihrem Zigeunerkostüm schlüpfen konnte. Sie zog ein langes weißes Kleid an mit engen Ärmeln und einem Tulpenkragen. Der einzige Schmuck, den sie trug, waren goldene Ohrringe, die Lindsay und Seth ihr zu ihrem einundzwanzigsten Geburtstag geschenkt hatten. Der Triumph spiegelte sich in ihren Augen, die dunkler als sonst waren. Sie ließ ihr Haar offen, genau wie sie es als Carlotta getragen hatte.

„Sehr nett", bemerkte Donald, als sie ihm im Korridor begegnete.

Ruth lächelte, wusste, dass er ihr Kleid meinte, sein Design, aber auch die Frau, die es trug. Sie hakte sich bei ihm unter. „Du magst es wirklich?" Sie blickte mit strahlenden Augen zu ihm auf.

„Ich habe es zwar schon mal gesagt, Darling, aber du bist wunderbar gewesen."

„Oh, ich kann es nicht oft genug hören." Mit einem Lachen führte sie ihn zur Bühnentür. „Ich möchte Champagner haben", sagte sie. „Mindestens zehn Liter. Ich glaube, ich könnte heute Abend darin baden."

„Mal sehen, ob ich das arrangieren kann."

Sie verließen das Theater und gingen zu seinem Wagen. „Oh, Donald", fuhr Ruth begeistert fort, sobald sie sich gesetzt hatten. „Nie zuvor bin ich so … sicher gewesen. Alles schien zu stimmen. Die Musik ist einfach perfekt gewesen."

„Du bist perfekt gewesen", stellte er fest und steuerte den Wagen durch Manhattans Nachtverkehr. „Das Publikum war bereit, dich von der Bühne zu holen und auf den Schultern davonzutragen."

Ruth war viel zu aufgeregt, um sich bequem zurückzulehnen. „Wenn ich die Zeit einfrieren könnte mit all den Gefühlen, dann würde es die heutige Premiere sein."

„Morgen ist wieder eine Vorstellung."

„Ja, und sie wird wieder wunderbar sein, das weiß ich. Aber nicht mehr wie heute Abend." Ruth wünschte sich, Donald könnte sie verstehen. „Ich bin mir nicht sicher, ob es jemals wieder so sein wird – oder so sein sollte."

„Ich könnte mir vorstellen, dass es dir nach zwei, drei Wochen zum Überdruss wird, Abend für Abend dieselbe Partie zu tanzen." Er lenkte den Wagen in die Auffahrt zum Hotel.

Warum liegt mir überhaupt daran, dass er mich versteht? fragte Ruth sich, während der Portier ihr aus dem Wagen half. Trotz seines schöpferischen Talents als Designer stand Donald mit beiden Füßen fest auf dem Boden. Sie dagegen war bereit zu fliegen.

„Ich kann es nicht erklären", sagte sie zu ihm, als sie durch die breite Glastür in das Foyer des Hotels traten. „Etwas Einmaliges geschieht, wenn die Scheinwerfer angehen und die Musik anfängt. Es ist immer wieder etwas Besonderes."

Der Bankettraum mit den festlich gedeckten Tischen erstrahlte in hellsten Lichtern, und die Gäste drängten sich bereits. Kameras klickten und blitzten auf in dem Moment, als Ruth hereinkam. Tosender Applaus empfing sie.

„Ruth!" Nadine bahnte sich den Weg durch die Menge mit der Sicherheit einer Frau, die um ihren Wert wusste. Sie war klein und hatte eine straffe Haltung sowie eine Anmut, die das Training einer Tänzerin verriet. Doch berühmt war Nadine Rothschild nicht als Tänzerin, sondern als Schirmherrin der „Company".

Sie umarmte Ruth. „Du bist wunderbar gewesen", rief sie. Und Ruth wusste, dass diese Worte das größte Kompliment von Nadine waren.

„Danke, Nadine."

„Ich weiß, du möchtest jetzt zu Lindsay und Seth. Komm mit mir" Sie führte Ruth quer durch den Raum und gab Donald ein Zeichen, ihnen zu folgen. „Wir sitzen alle an einem Tisch."

Ruths Blick begegnete als Erstes dem von Lindsay. Was sie in Lindsays Augen sah, war ihr Erfüllung all ihrer Wünsche. Lindsay streckte ihr beide Hände entgegen, und Ruth nahm sie und drückte sie fest.

„Ich bin so stolz auf dich." Lindsays Stimme klang bewegt.

Seth stand hinter seiner Frau und strahlte seine Nichte an. „Jedes Mal, wenn ich dich auf der Bühne sehe, denke ich, dass du noch nie so gut getanzt hast. Aber du überraschst mich immer wieder."

Ruth lachte und hielt ihm die Wange zum Kuss hin. „Es ist eine Traumrolle. Eine Rolle, wie ich sie noch nie gehabt habe." Sie wandte sich Donald zu und stellte ihn den anderen am Tisch vor.

„Ich bin eine Bewunderin Ihrer Modelle." Lindsay lächelte zu ihm auf. „An Ruth sehen sie besonders schön aus."

„Sie ist meine liebste Kundin. Ich könnte mir vorstellen, dass Sie leicht meine zweitliebste Kundin werden könnten", gab Donald ihr das Kompliment zurück.

„Danke." Lindsay hörte den geschäftsmäßigen Tonfall in seinem Kompliment heraus und war mehr belustigt als geschmeichelt. „Wir haben schon Champagner für dich auf dem Tisch", sagte sie zu Ruth.

Doch ehe sie dazu kamen, anzustoßen, gab es erneuten

Applaus. Bevor Ruth sich der Tür zuwandte, wusste sie, dass er Nick galt. Nur er konnte eine solche Erregung auslösen. Er war allein, was sie überraschte. Wo Davidov war, waren gewöhnlich auch Frauen. Ruth spürte, dass er ihren Blick suchte.

Nick riss sich schnell von den Gästen los, kam mit der perfekt kontrollierten Eleganz eines Balletttänzers geradewegs auf Ruth zu und überreichte ihr eine rote Rose. Als sie die Rose entgegennahm, zog er ihre andere Hand an seine Lippen. Er sagte nichts, blickte ihr tief in die Augen, dann drehte er sich um und ging zu einem anderen Tisch.

Alles Theater, sagte Ruth sich, aber sie konnte nicht anders, als den Duft der Rose einatmen. Keiner konnte so gut wie Davidov eine Rolle perfekt zu Ende spielen. Sie blickte Lindsay an und sah in ihren Augen Verständnis, aber auch Besorgnis. Hastig zwang sie sich zu einem strahlenden Lächeln.

„Wie wär's jetzt mit dem Champagner?" fragte sie gespielt munter.

Ruth hatte kaum etwas gegessen und sich auch nur mit Mühe an der Unterhaltung am Tisch beteiligt.

„Du hast eine Lücke hinterlassen", sagte Nadine irgendwann zu Lindsay.

Das unerwartete Kompliment erstaunte Lindsay. Nadine war eine energische Frau, die es als selbstverständlich hinnahm, dass jeder Tänzer Talent hatte. Sie erwartete von jedem das Allerbeste, und nur selten sah sie Lob als nötig an.

„Danke, Nadine."

„Es war kein Kompliment, sondern ein Vorwurf", entgegnete Nadine. „Du hast uns zu früh verlassen. Du könntest noch immer tanzen."

Lindsay lächelte. „Mir scheint, du hast genug junge Talente, Nadine. Deine Balletttruppe ist immer noch die beste im Land."

Nadine bestätigte es mit einem Nicken. Eine Weile sagte sie nichts, sah Lindsay nur an und nippte an ihrem Wein. „Kannst du dir vorstellen, wie viele Julias ich in meinem Leben gesehen habe, Lindsay?"

„Ist das eine Fangfrage?" Lindsay warf Seth einen amüsierten Blick zu. „Wenn ich sage, zu viele, dann beschwert sie sich, dass ich sie alt mache. Sage ich, zu wenige, dann beleidige ich sie."

„Versuch den Mittelweg zu finden", schlug er vor und füllte das Weinglas seiner Frau erneut.

„Eine gute Idee." Lindsay wandte sich wieder Nadine zu. „Viele", antwortete sie lachend.

„Das stimmt." Nadine setzte ihr Glas ab und legte ihre Hand auf Lindsays. „Du bist die Beste gewesen. Die allerbeste Balletttänzerin. Ich habe geweint, als du von uns weggingst."

Lindsay wollte etwas darauf erwidern, dann hielt sie sich aber zurück. Und sobald es ihr möglich war, verließ sie ihren Platz mit einem gemurmelten: „Entschuldigt mich bitte" und eilte aus dem Raum.

Es gab eine weite Glastür, die auf einen Balkon führte. Lindsay öffnete die Tür und trat nach draußen. Sie lehnte sich gegen das Geländer und atmete tief durch. Die Nacht war sternenklar mit einem runden Mond, der Manhattans Skyline in silbernes Licht tauchte.

Nach all den Jahren, dachte Lindsay. Vor zehn Jahren hätte ich alles getan, um diese Worte von Nadine zu hören. Alles hätte ich getan. Sie merkte, wie ihr eine Träne über die Wange lief, und schloss die Augen. Und jetzt …

Jemand legte eine Hand auf ihre Schulter, und Lindsay fuhr

zusammen. Dann drehte sie sich um und sah Nick vor sich. Einen Moment lang sagte sie nichts, lehnte sich an ihn und erinnerte sich. Sie war seine Julia gewesen in einem anderen Leben, in einer Welt, die ein Teil von ihr gewesen war.

„Oh, Nick", murmelte sie. „Wie zerbrechlich wir doch sind und wie dumm."

„Dumm?" wiederholte er und küsste sie auf die Haare. „Sprich für dich selbst, *ptitschka*. Davidov ist niemals dumm."

Sie lachte und sah zu ihm auf. „Stimmt, das habe ich ganz vergessen."

„Wie dumm von dir." Nick zog sie zurück in seine Arme, und sie stellte sich auf die Zehenspitzen, um ihre Wange an seine zu legen.

„Nick, ganz gleich, wie lange man weg ist, ganz gleich, wie weit man weg ist, alles bleibt in dir. Es ist nicht nur im Blut, es ist im Fleisch und in den Muskeln." Mit einem Seufzer entzog sie sich ihm. „Wann immer ich zurückkomme, will ein Teil von mir sofort wieder zum Ballettzentrum rennen, um mit euch allen von der Truppe Kontakt aufzunehmen. Es ist so tief verwurzelt."

Mit der Hüfte gegen das Geländer gelehnt, betrachtete Nick ihr Profil. Eine Brise wehte ihr das Haar zurück. Sie war eine der schönsten Frauen, die er kannte. Und doch schien sie sich ihrer attraktiven Ausstrahlung nicht bewusst zu sein.

„Vermisst du es wirklich so sehr?" fragte er.

„Es hat, glaube ich, weniger etwas mit vermissen zu tun", antwortete Lindsay nachdenklich. „Wohl mehr mit etwas hervorholen, das abgelegt ist. Um ehrlich zu sein, zu Hause denke ich nicht viel an die Company. Ich bin so mit den Kindern und meinen Schülern beschäftigt, dass ich nicht dazu komme. Und Seth ist …" Sie unterbrach sich, und Nick sah, wie ihr Gesicht aufleuchtete. „Seth ist mir alles." Sie drehte sich wieder der Skyline zu. „Manchmal, wenn ich hier bin, um Ruth tanzen zu sehen, kommen die Erinnerungen allerdings lebhaft zurück."

„Und es macht dich traurig?"

„Ein wenig", gab Lindsay zu. „Aber es ist auch ein gutes Gefühl. Wenn ich auf mein Leben zurückschaue, dann denke ich, dass ich nichts ändern möchte. Ich habe Glück gehabt. Und Ruth …" Sie lächelte. Es war ein warmes, mütterliches Lächeln. „Ich bin so stolz auf sie, so begeistert von ihr. Sie ist eine sehr gute Tänzerin. Unglaublich gut."

Nick musterte sie lange. „Weißt du, ich bin immer noch erstaunt, wenn ich an dich als Mutter zweier Kinder denke."

„Warum?"

Er nahm ihre Hand. „Weil es so leicht ist, mich an unsere Begegnung zu erinnern. Du warst damals Erste Solotänzerin. Ich habe dir bei den Proben zu *Schwanensee* zugeschaut, und du bist immer mit dir unzufrieden gewesen."

„Du erinnerst dich daran?"

Nick zog eine Augenbraue hoch. „Ja, weil mein erster Gedanke war, wie ich dich in mein Bett bekommen könnte. Aber ich konnte dich nicht fragen. Mein Englisch hätte dazu nicht gereicht."

Lindsay lachte. „Die Sprache hast du schnell genug erlernt, wie ich mich erinnern kann. Doch ich kann mich nicht entsinnen, dass du mich jemals in irgendeiner Sprache in dein Bett eingeladen hättest."

„Wärst du der Einladung gefolgt?" Er musterte sie mit zur Seite geneigtem Kopf.

Lindsay prüfte ihr Herz, während sie ihm aufmerksam ins Gesicht sah. Sie konnte Lachen durch die Fenster hören und das gedämpfte Brummen des Verkehrs weit unter ihnen. Dann schüttelte sie den Kopf. „Ich weiß es nicht. Ganz sicher ist es besser so."

Nick legte den Arm um sie, und sie lehnte sich an seine Schulter. „Du hast Recht. Ich bin nicht sicher, ob es gut wäre, es zu wissen."

Sie schwiegen und ließen ihre Gedanken wandern.

„Donald Keyser scheint ein netter Mann zu sein", murmelte Lindsay schließlich. Sie fühlte, wie Nicks Arm sich leicht versteifte.

„Ja."

„Ruth ist natürlich nicht in ihn verliebt, aber er ist auch nicht in sie verliebt. Ich denke, sie sind gern zusammen." Als Nick auch darauf nichts sagte, sah sie ihn an. „Nick?"

Er blickte auf sie herunter und konnte ihre Gedanken in ihren Augen lesen. „Du siehst zu viel", murmelte er.

„Ich kenne dich, und ich kenne Ruth."

Er starrte mit gerunzelter Stirn über die Dächer von Manhattan. „Du fürchtest, ich könnte ihr wehtun." Es war eine Feststellung, keine Frage.

„Der Gedanke ist mir gekommen", gab Lindsay zu. „Mir ist auch der Gedanke gekommen, dass sie dir wehtun könnte." Und flüsternd setzte sie hinzu: „Dass ich euch beide liebe, macht es so schwer."

Nach einem Schulterzucken steckte Nick die Hände in die Hosentaschen und entfernte sich einige Schritte von ihr. „Wir tanzen zusammen, das ist alles."

„Das ist nicht alles", widersprach Lindsay. Und als er sich ihr wieder zuwandte mit einer verdrießlichen Miene, erklärte sie: „Ich wollte damit nicht sagen, dass ihr ein Liebespaar seid. Und wenn ihr es wärt, ginge mich das nichts an. Aber, Nick ..." Sie seufzte, als sie merkte, dass er seinen Ärger kaum zügeln konnte. „Es ist unmöglich, euch zwei zusammen zu sehen und es nicht zu merken."

„Was willst du?" forderte er. „Ein Versprechen, dass ich nicht mit ihr ins Bett gehe?"

Lindsay ging ruhig auf ihn zu. „Mir geht es nicht um Versprechen oder Ratschläge. Ich möchte dir nur sagen, dass ich immer für dich da bin, wenn du mich brauchst."

Sein Ärger verflog. „Sie ist ein Kind", murmelte er, hatte aber sein Gesicht abgewandt.

„Sie ist eine Frau", verbesserte Lindsay. „Ruth ist kaum jemals Kind gewesen. Sie war auf mehr als eine Weise erwachsen, als ich sie kennen lernte."

„Vielleicht ist es sicherer, wenn ich sie als Kind betrachte."

„Du hast dich mit ihr gestritten."

Nick lachte. „*Ptitschka,* ich streite immer mit meinen Partnerinnen, oder?"

„Ja, das tust du", gab Lindsay zu und entschied, dass sie es dabei belassen sollte. Sie streckte ihm die Hand hin. „Wir hatten einige großartige Auseinandersetzungen, Davidov."

„Die besten." Nick nahm ihre ausgestreckte Hand zwischen seine Hände. „Komm, ich bringe dich zurück. Wir sollten feiern."

„Habe ich dir gesagt, wie wunderbar du gewesen bist und wie hervorragend das Ballett ist?"

„Nur einmal." Er schenkte ihr sein charmantestes Lächeln. „Und das ist mir bei weitem nicht genug." Die Grübchen in seinen Wangen wurden tiefer. „Wie wunderbar bin ich gewesen?"

„Oh, Nick." Lindsay lachte und legte die Arme um ihn. „So wunderbar, wie nur Davidov sein kann."

6. KAPITEL

Gegen Ende der Woche war *The Red Rose* ein allgemein anerkannter Erfolg. Die Company spielte zu jeder Aufführung vor ausverkauftem Haus. Ruth las die Kritiken und wusste, dass dies der Wendepunkt ihrer Karriere war. Nur mit den Gefühlen für Nick war nicht so leicht fertig zu werden, wenn sie Abend für Abend mit ihm zusammen tanzte.

Er war völlig von seinem Ballett in Anspruch genommen – genau wie sie. Und er war nur an kurzen Affären interessiert. Wenn sie je eine wirklich tiefe Beziehung mit einem Mann eingehen sollte, dann wollte sie auch Gefühle – tiefe, bleibende Gefühle. Für weniger war sie nicht zu haben.

Ruth musste sich das nach jeder Vorstellung immer wieder warnend in Erinnerung rufen, wenn ihr Blut erhitzt war und das Verlangen nach Nick in ihr brannte. Sie musste es sich einhämmern, wenn sie nachts wach lag und vor lauter Denken und Sehnen keinen Schlaf finden konnte.

„Wie weit weg bist du?"

Ruth wirbelte herum und sah Francie in der offenen Tür zur Garderobe stehen. „Oh, Meilen", gab sie zu. „Komm herein und setz dich."

„Du warst tief in Gedanken versunken", bemerkte Francie und sah sie forschend an.

Ruth bürstete ihr Haar und fasste es zu einem Pferdeschwanz zusammen. „Mmm", meinte sie unverbindlich. „Mittwochs ist immer der längste Tag. Allein bei dem Gedanken an die zwei Vorstellungen verkrampfen sich meine Zehen."

„Sieben Vorhänge bei einer Matinee sind allerdings nicht zu verachten." Francie ließ sich in einen Sessel fallen. „Armer

Nick. Im Moment gibt er wieder mal ein Interview, dieses Mal einem Reporter von ‚New Trends'."

Ruth lachte kurz auf, während sie ihr Haar mit einer Lederkordel zusammenband. „Ganz sicher ist er absolut charmant, und sein Akzent wird immer unverständlicher."

„*Spasiba*"", sagte Francie. „Das Wort ‚Danke' ist eins meiner wenigen russischen Wörter."

„Und wo hast du es gelernt?" wollte Ruth wissen.

„Oh, ich dachte, ich könnte Nick damit bezaubern." Mit einem breiten Lächeln holte Francie aus ihrer Tasche einen Kaugummi, wickelte ihn aus und steckte ihn in den Mund. „Es hat nichts genutzt. Er hat gelacht und mir hin und wieder auf die Schulter geklopft." Sie seufzte. „Nick schien immer schwer beschäftigt, wenn du weißt, was ich meine."

„Ja, ich weiß." Ruth blickte sie prüfend an. „Ich habe nicht gewusst, dass du dich für Nick als Mann interessierst hast."

„Süße." Francie warf der Kollegin einen mitleidsvollen Blick zu. „Welches weibliche Wesen von acht bis achtzig würde es nicht? Ich habe allerdings bald festgestellt, dass er mir als Mann zu mühsam ist." Sie lachte und streckte sich. „Ich mag Männer. Ich kämpfe nicht mit ihnen." Sie legte die Hände in den Schoß. „Ich habe gerade meine Beziehung zu dem Hautarzt beendet."

„Oh, das tut mir Leid."

„Es sollte dir nicht Leid tun. Wir hatten Spaß miteinander. Ich überlege gerade, ob ich eine neue Beziehung eingehen soll, mit dem Schauspieler, den ich letzte Woche kennen gelernt habe. Er ist der Price Reynolds in *Eine neue Braut*." Auf Ruths verdutzten Blick hin erklärte sie: „Die Seifenoper auf BCN-TV."

„Aha." Ruth schüttelte den Kopf und lächelte.

„Er ist groß, hat eine gute Figur, breite Schultern und dunkle Augen. Er könnte genau der Richtige für mich sein."

Ruth biss sich nachdenklich auf die Unterlippe. „Wie willst du es wissen, ob er der Richtige ist oder nicht?"

„Meine Hände fangen an zu schwitzen." Francie lachte über Ruths ungläubiges Gesicht. „Nein, wirklich, so ist es." Sie lehnte sich vor. „Es genügt nicht, nur anzunehmen, dass der Mann der Richtige sein könnte", erklärte sie ernst. „Du musst es wissen, dass er es ist. Ich bin in diesem Jahr bereits zweimal verliebt gewesen. Im letzten Jahr bin ich mindestens vier- oder fünfmal verliebt gewesen. Und wie oft bist du verliebt gewesen?"

Ruth sah sie verlegen an. „Nun, ich …" Niemals, dachte sie. Es hat nie einen Richtigen gegeben.

„Schau nicht so jämmerlich drein." Francie schoss aus dem Sessel hoch mit all dem Überschwang, den sie sonst auf der Bühne zeigte. „Du hast dich eben noch nie verliebt. Du wirst es wissen, wenn es passiert." Freundschaftlich legte sie die Hände auf Ruths Schultern. „Und das wird passieren. Du bist nicht so unsicher wie ich. Du weißt, was du willst. Du musst dich nicht mit weniger abgeben."

„Unsicher?" Ruth lächelte verwirrt. „Nie wäre ich auf die Idee gekommen, du könntest unsicher sein."

„Ich muss jemanden haben, der mir sagt, dass ich hübsch bin, dass ich gescheit bin, dass ich geliebt werde. Du brauchst das nicht." Sie seufzte. „Als du zu unserer Truppe kamst, wusstest du, dass du Solotänzerin werden würdest. Du hast niemals daran gezweifelt." Sie lächelte erneut. „Und auch sonst niemand hat daran gezweifelt. Wenn du einen Mann findest, der dir so viel bedeutet wie das Tanzen, dann, zack, hast du ihn."

Ruth senkte den Blick. „Aber er müsste genau das für mich empfinden, was ich für ihn empfinde."

„Das ist Teil des Risikos. Es ist wie beim Dehnen eines Muskels." Francie grinste. „Es schmerzt wie verrückt, aber das gehört zum Tanzen, und deshalb dehnst du die Muskeln immer wieder."

„Was für ein großartiger Vergleich", lobte Ruth sie lachend.

„Ich philosophiere nur mit leerem Magen", erwiderte Francie. „Wie wär's mit Lunch zusammen?"

„Geht nicht. Ich treffe mich mit Donald." Ruth nahm die Armbanduhr vom Garderobentisch. „Ich bin bereits spät dran."

„Viel Spaß." Francie ging zur Tür. „George holt mich nach der Abendvorstellung ab. Du kannst ihn begutachten."

„George?"

„George Middemeyer." Francie griente über die Schulter. „Dr. Price Reynolds. Du weißt schon. Seifenoper. Der Neurochirurg mit einer zerrütteten Ehe und einer fordernden Geliebten. Wenn du morgen Vormittag den Fernseher einschaltest, erfährst du es."

Und damit verschwand sie. Ruth lachte und schnappte sich ihre Tasche.

Das kleine Feinschmeckerlokal lag nur zwei Straßenecken entfernt. Ruth eilte zu ihrer Verabredung. Sie kam zehn Minuten zu spät, und Donald war aus Gewohnheit pünktlich.

Der kräftige Duft von Corned Beef und Mixed Pickles schlug ihr entgegen, sobald sie die Tür öffnete. Das Lokal war nicht mehr voll besetzt, da die Mittagszeit vorbei war, aber einige wenige Gäste saßen noch ins Gespräch vertieft bei einem Kaffee herum.

Ruth blickte in die Runde und entdeckte Donald, der zurückgelehnt auf einem Stuhl saß und rauchte. Sie bewegte sich mit den leichten Schritten und dem Selbstvertrauen einer Tänzerin durch die Reihen der kleinen Tische.

„Es tut mir Leid, Donald, ich weiß, ich bin zu spät." Sie beugte sich zu ihm herunter und küsste ihn kurz, bevor sie sich setzte. „Hast du schon bestellt?"

„Nein." Er tippte die Asche von der Zigarette. „Ich habe auf dich gewartet."

Ruth blickte auf bei seinem unfreundlichen Tonfall. Sie kannte Donald mittlerweile schon gut genug, um abzuwarten. Was immer er ihr zu sagen hatte, er würde es zu einer für ihn passenden Zeit sagen.

Sie winkte zu dem Kellner hinüber, der mit der Schürze vor seinem rundlichen Bauch hinter der Theke hervorkam und zu ihrem Tisch schlurfte. „Was soll's sein?"

„Früchtesalat und Tee, bitte", bestellte Ruth und lächelte zu ihm auf.

„Weißfisch und Kaffee." Donald blickte ihn nicht an. Der Mann schnaufte kurz, bevor er wieder davonschlurfte. Ruth musste lächeln, als sie ihm nachsah.

„Bist du während der Mittagszeit schon mal hier gewesen?" fragte sie Donald. „Es ist das reinste Irrenhaus. Er hat noch eine Hilfe während der Stoßzeit, aber beide bewegen sich im gleichen Tempo. *Adagio.*"

„Ich esse nur selten in Lokalen wie diesem", bemerkte Donald und nahm noch einen letzten Zug, bevor er seine Zigarette im Aschenbecher ausdrückte.

Wieder hörte Ruth seine Verstimmung heraus, aber sie ging nicht darauf ein. „Heute kann ich nur kurz bleiben, Donald. Probe, du weißt schon. Es muss aber auch ganz schön hektisch für dich sein mit deiner Modenschau und dem anschließenden Empfang heute Abend." Sie hing ihre Schultertasche über ihren Stuhl, dann stützte sie die Ellbogen auf den Tisch. „Läuft alles gut?"

„So scheint es. Bis auf das übliche Chaos kurz vor Schluss und einige lautstarke Meinungsverschiedenheiten zwischen meinem dienstältesten Zuschneider und der Hauptnäherin." Er zuckte die Schultern. „Das Übliche."

Sie überhörte seinen schroffen Ton. „Die Modenschau ist dir wichtig, nicht wahr?"

„Ja, sie ist mir wichtig." Er warf ihr einen finsteren Blick zu. „Und darum wollte ich dich auch dabeihaben."

Ruth begegnete seinem Blick, schwieg aber, als das Essen vor sie auf den Tisch gestellt wurde. Sie nahm die Gabel auf, aß aber nicht. „Du weißt, warum ich nicht da sein kann, Donald. Wir haben bereits darüber gesprochen."

Er schüttete einen gehäuften Löffel Zucker in seinen schwarzen Kaffee. „Ich weiß auch, dass du eine zweite Besetzung hast. Es wird doch wohl kaum etwas ausmachen, eine Vorstellung auszusetzen."

„Eine zweite Besetzung ist vorgesehen für den Fall, dass ernsthafte Probleme auftreten."

„Ich habe dich jedenfalls damals bei der Premiere nicht im Stich gelassen."

„Das ist nicht fair." Ruth setzte ihre Tasse ab, noch bevor sie einen Schluck genommen hatte. „Wenn du eine Modenschau festgelegt hättest, die sich mit der Premiere überkreuzte, hättest du sie auch nicht fallen lassen, und ich hätte das auch gar nicht erwartet."

„Du bist nicht bereit, dich auf mich oder meine Arbeit einzustellen."

Ruth dachte an die Partys und die Veranstaltungen, auf die Donald bestanden hatte und die sie mit ihm besucht hatte.

"Ich gebe dir, was ich kann, Donald. Du kanntest meine Prioritäten bereits, als wir anfingen, uns öfter zu sehen."

Donald hörte auf, seinen Kaffee umzurühren, und legte den Löffel auf die Untertasse. "Mir ist es nicht genug", erklärte er kühl. "Ich möchte dich heute Abend dabeihaben."

Sie zog die Augenbraue hoch. "Ein Ultimatum?"

"Ja."

"Tut mir Leid, Donald." Sie sagte es leise, aber mit klarem, festem Ton in der Stimme. "Ich kann nicht."

"Du willst nicht", warf er ihr vor.

"Es spielt wohl kaum eine Rolle, wie du es formulierst", entgegnete sie verdrossen.

"Ich werde Germaine zu der Modenschau heute Abend mitnehmen."

Ruth sah ihn an. Seine Wahl bewies eine gewisse Schläue. Seine größte Konkurrenz würde ihm wahrscheinlich mehr nutzen als eine Tänzerin.

"Ich habe sie in letzter Zeit ein paarmal ausgeführt", erklärte er. "Du bist zu beschäftigt gewesen."

"Ach so." Ruths Worte klangen gleichmütig, obwohl er sie gekränkt hatte.

"Du bist seit kurzem zu sehr mit dir selbst beschäftigt. Es gibt nichts anderes in deinem Leben als Ballett. Und du lässt mich nicht an dich heran. Du hast eine selbstsüchtige Ader, Ruth. Einstudierung nach Einstudierung nach Einstudierung, mit Proben und Vorstellungen dazwischen. Tanzen ist alles, was du hast, alles, was du willst."

Seine Worte trafen Ruth zutiefst. Sie tastete hinter sich nach dem Lederriemen ihrer Tasche, aber Donald legte eine Hand auf ihren Arm.

"Ich bin noch nicht fertig." Er hielt sie fest auf ihrem Stuhl.

„Du stehst stundenlang vor diesen Spiegeln in den Probensälen, und was siehst du? Einen Körper, der darauf wartet, vom Ballettmeister angewiesen zu werden, was er tun soll. Wie oft bewegst du dich nach deinem eigenen Willen, Ruth? Wie oft fühlst du etwas, das nicht in dich hineinprogrammiert ist? Was wirst du haben, wenn es mit dem Tanzen vorbei ist?"

„Bitte!" Ruth biss sich auf die Lippen. Verzweifelt versuchte sie die Tränen zurückzuhalten. „Jetzt reicht's."

In diesem Augenblick schien Donald klar zu werden, was er da gesagt hatte, und abrupt ließ er ihren Arm los. „Oh Ruth, es tut mir Leid."

„Nein." Sie schüttelte heftig den Kopf, schob ihren Stuhl zurück und stand auf. „Sag besser nichts mehr." Sie floh förmlich aus dem Lokal.

Bis Ruth die Tür zu ihrer Garderobe erreicht hatte, waren die Tränen versiegt.

„Ruth!"

Sie blickte über die Schulter, während sie die Tür öffnete.

„Hallo, Leah." Ruth versuchte ein wenig Begeisterung aufzubringen.

„Die Kritiken über dich sind fantastisch", sagte die elegante Tänzerin und folgte Ruth in die Garderobe.

Das war Ruth absolut nicht recht, denn sie kannte Leahs Neigung, Unruhe zu stiften, nur zu gut. Und für heute hatte sie ihren Teil bereits weg.

„Rosen für das gesamte Ballett", las Ruth auf der Titelseite der Zeitung, die Leah ihr vor die Nase hielt. Sie setzte sich vor ihren Garderobentisch, während Leah auf dem Stuhl daneben Platz nahm. „In diesem Blatt hast du Kritiken über das Ballett gefunden?" wunderte Ruth sich.

„Du wirst erstaunt sein, wessen Name hier auftaucht." Leah

lächelte Ruth an, dann schlug sie eine Seite auf. „Oh, ja, hier ist es. Donald Keyser", las sie vor. „Der Topdesigner wurde neulich in der Begleitung seiner rothaarigen Konkurrentin, Germaine Jones, gesehen. Offensichtlich hat sein Interesse für das Ballett nachgelassen." Leah hob den Blick, und ein kleines Lächeln umspielte ihre Lippen. „Männer sind solche Schweine, nicht wahr?"

Ruth schluckte ihren Ärger herunter. „Das sind sie wohl."

„Und es ist auch ziemlich erniedrigend, durch die Presse zu erfahren, dass man abgeschoben wurde."

Ruth straffte sich. Sie wurde rot und gleich darauf blass.

„Ein so gut aussehender Mann", fuhr Leah beiläufig fort und faltete die Zeitung sorgfältig wieder zusammen. „Natürlich wird es ganz gewiss einen Nachfolger geben."

„Hab ich dir nicht von dem Texaner erzählt?" Ruth war über sich selbst überrascht, aber der zuerst verdutzte, dann neugierige Ausdruck auf Leahs Gesicht spornte sie nur noch mehr an, der Rivalin etwas vorzumachen.

„Texaner? Welcher Texaner?"

„Oh, wir haben uns bedeckt gehalten", erzählte Ruth frisch drauflos. „Er kann es sich nicht leisten, dass sein Name in der Presse groß herauskommt, bis die Scheidung endgültig durch ist. Hat 'ne Masse Geld, du weißt schon, und seine zweite Frau zeigt sich nicht gerade entgegenkommend." Ruth brachte ein breites Lächeln zu Stande. „Und die Abfindung! Es ist unglaublich. Er bot ihr eine Villa in Süditalien an, aber sie besteht auf seiner Kunstsammlung. Französische Impressionisten."

„Tatsächlich?" Leah zog die Augen zusammen. „Wer hätte das von dir gedacht?"

„Aber psst! Es muss ein Geheimnis bleiben."

„Ja, das sollte es wirklich. Wenn Nick das herausfindet …",

warnte Leah sie. „Das in der Presse, und er würde ausflippen. Er wird besonders jetzt vorsichtig sein müssen, wo seine Pläne für die große Sondersendung beim Kabelfernsehen kurz vor dem Abschluss stehen."

„Sondersendung?"

„Wusstest du nichts davon?" Leah blickte wieder erfreut drein. „Ein Dokumentarbericht von der Truppe natürlich, wobei die Solotänzer besonders ins Rampenlicht gestellt werden. Ich werde natürlich die Aurora tanzen, wahrscheinlich die Hochzeitsszene. Ich glaube, Nick hat vor, einen *pas de deux* aus dem *Le Corsaire* zu bringen und, na klar, eins aus der Roten Rose. Für seine Partnerin hat er sich noch nicht entschieden." Sie machte bewusst eine Pause und lächelte. „Wir haben zwei volle Sendestunden. Nick ist schon ganz aufgeregt." Sie warf Ruth einen Seitenblick zu. „Wie seltsam, dass er dir gegenüber noch nichts davon erwähnt hat."

Sie erhob sich. „Aber sorg dich nicht, Liebes, er wird es in wenigen Tagen bekannt machen. Ich bin sicher, dass er dich einsetzen wird." Damit verließ Leah die Garderobe und schloss die Tür hinter sich.

7. KAPITEL

Ruth saß noch einige Minuten da und starrte auf die geschlossene Tür. Wie konnte Leah über ein solch enorm wichtiges Projekt unterrichtet sein, während sie davon keine Ahnung hatte? Es sei denn, Nick hatte es ihr absichtlich verschwiegen.

Würde Nick sie auf Grund persönlicher Gründe nicht daran teilhaben lassen? Immerhin hatte sie ihm gedroht. Ruth kämpfte gegen die plötzliche Übelkeit an.

Nick hatte seitdem kaum mit ihr gesprochen. Verhielt er sich so, um sie zu bestrafen, weil sie behauptet hatte, sie lege keinen großen Wert darauf, ihn als Partner zu haben? Würde er eine andere Carlotta wählen? Der Gedanke war mehr, als Ruth ertragen konnte. Sie schloss die Augen.

Als sie die Augen wieder öffnete, fiel ihr Blick direkt auf die Ausgabe von „Keyhole". Leah hatte das Klatschblatt mit dem treffenden Namen „Schlüsselloch" auf dem Stuhl liegen lassen. Zweifellos hatte sie es darauf abgesehen, Ruth vor der Vorstellung aus der Fassung zu bringen. Und sie hatte Erfolg damit. Die Nachricht von Leah und alles, was Donald gesagt hatte, verstärkten Ruths Selbstzweifel und ihren Argwohn nur noch. Jetzt fürchtete sie, dass Nick sie aus seinem Ensemble entlassen würde, sobald das Engagement für *The Red Rose* beendet war.

Ruth barg das Gesicht in den Händen und versuchte die bedrückenden Grübeleien zu verdrängen. Sie hatte eine Aufführung. Nichts durfte dazwischenkommen.

Eine knappe Stunde später trat Ruth aus ihrer Garderobe, um sich hinter der Bühne aufzuwärmen. Automatisch entspannte sie die Muskeln und versuchte die Gedanken an Donalds und Leahs Worte beiseite zu schieben. Es gelang ihr nicht.

Das Stimmen der Instrumente im Orchestergraben holte sie aus dem Grübeln heraus. Auf einmal schien ihr alles falsch – das Kostüm, die Lichter, der Klang der Streichinstrumente. Ihr war kalt, und sie fühlte sich wie betäubt.

Nick kam aus seiner Garderobe. Als Erstes, wie immer, sah er sich nach Ruth um. Es war ihm zur Gewohnheit geworden, und das ärgerte ihn. Er hielt es für ein Zeichen der Schwäche. Ruth Bannion war ihm zur Schwäche geworden. Hinter der Bühne war sie kühl wie der Herbst und auf der Bühne so heiß wie der Sommer. Dieser Wechsel wirkte sich verheerend auf seine Nerven aus. Er mochte die ganze Situation nicht. Er mochte sie kein bisschen.

An ihrer Haltung bemerkte er sofort, dass sie verspannt war, obwohl sie mit dem Gesicht von ihm abgewandt stand. Ihr Körper drückte alles aus.

„Ruth."

Die bereits angespannten Schultern wurden steif beim Klang seiner Stimme. Langsam drehte sie sich zu ihm um.

„Was ist los?"

„Nichts." Ruth hoffte, dass ihre Stimme sie nicht verriet. Sie zuckte nicht zurück, als er mit dem Finger ihrCed anhob, um ihr prüfend ins Gesicht zu sehen. Unter dem Make-up war ihre Haut blass, ihre Augen waren dunkel und traurig.

„Bist du krank?"

„Nein."

Er musterte sie noch eine Weile, ehe er die Hand zurückzog. „Dann reiß dich zusammen. Du musst gleich tanzen. Wenn du dich mit deinem Freund gestritten hast, müssen die Tränen warten."

Tanz ins große Glück

Er hörte, wie sie scharf einatmete, sah an ihrem Blick, wie weh er ihr getan hatte.

„Ich werde tanzen, mach dir keine Sorgen. Du magst für diese Rolle bereits jemanden im Sinn haben, aber niemand wird darin besser sein als ich."

Nick kniff die Augen zusammen und ergriff ihren Arm. „Wovon redest du?"

„Lass mich los!" Sie entzog ihm den Arm. „Ich habe genug einstecken müssen heute Abend." Ihre Stimme brach, und wütend auf sich selbst, ging sie zur Seitenkulisse, um auf ihren Einsatz zu warten.

Ihr Eröffnungstanz war nicht so gut wie sonst. Als sie wieder hinter den Kulissen wartete, tröstete sie sich jedoch damit, dass nur das schärfste Auge irgendwelche Mängel gesehen haben konnte. Technisch waren ihre Schritte perfekt gewesen, sie war allerdings nicht mit Herz und Seele dabei gewesen. Aber dass sie nicht ihr Bestes gegeben hatte, erschütterte sie nur noch mehr.

Ihr zweiter Soloauftritt kam, und wenig später tanzte sie mit Nick.

„Bring ein wenig Leben hinein", verlangte er mit leiser Stimme, als sie, seine Hände leicht an ihrer Taille, eine Pirouette ausführte. „Du tanzt wie ein Roboter."

„Das willst du doch, oder?" zischte sie zurück. *Jeté, jeté, arabesque*, und sie war zurück in seinen Armen.

„Sei wütend", murmelte er und hob sie in die Luft. „Hasse mich, aber denk an mich. An mich!"

Es war nicht leicht, an irgendetwas anderes zu denken. Noch nie zuvor hatte Ruth das Ende einer Aufführung herbeigesehnt. Der Kopf dröhnte ihr, aber sie hielt bis zum Schluss durch. Als der Vorhang fiel, sank sie gegen Nicks Schulter.

„Du hast behauptet, du seist nicht krank." Er nahm sie bei den Schultern. „Kannst du das Verbeugen durchstehen?"

„Ja. Ja, natürlich."

Der Applaus drang gedämpft durch den schweren Vorhang, aber auf ein Kopfnicken von Nick hob sich der Vorhang. Er nahm Ruth bei der Hand und verbeugte sich tief zum Publikum hin. Der Beifall war donnernd, und Ruth glaubte, ihr Kopf würde zerspringen. Immer und immer wieder machte sie ihren Knicks und stand es nur durch, weil sie wusste, dass der lange Tag bald zu Ende ging.

„Genug", ordnete Nick knapp an, als der Beifall wieder hinter dem geschlossenen Vorhang aufrauschte. Er legte die Hand unter Ruths Ellbogen und führte sie von der Bühne.

„Nick", fing Ruth fragend an. Sie war verwirrt, weil ihre Garderobe auf der anderen Seite lag.

„Miss Bannion ist krank", teilte er dem Bühnenmeister mit, als sie an ihm vorbeikamen. „Sie geht nach Hause."

„Nick, das kann ich nicht", protestierte Ruth. „Ich muss mich noch umziehen."

„Später." Er schob sie in den Lift. „Wir gehen in mein Büro." Er drückte auf den Knopf, und die Türen glitten zu. „Wir müssen miteinander reden."

„Das kann ich nicht", sagte Ruth in Panik. „Ich will es nicht."

„Du willst. Und jetzt sei still. Du zitterst."

Ruth wusste, dass Nick seinen Willen durchsetzen würde und, wenn es sein musste, sich nicht scheuen würde, sie in sein Büro zu tragen. Also gab sie nach. Die Lifttüren glitten auseinander, und sie traten in den dunklen verlassenen Korridor. Auch ohne Licht fand Nick die Tür zu seinem Büro, stieß sie auf, ließ Ruth herein und knipste das Licht an.

„Setz dich", befahl er knapp, während er die Tür schloss und gleich darauf zu einem niedrigen antiken Schränkchen ging.

Ruth hatte kaum in einem der Besuchersessel Platz genommen, als er zu ihr kam und ihr ein Glas mit Brandy in die Hand drückte.

„Trink", ordnete er an, und Ruth nahm gehorsam einen kleinen Schluck.

„Was war heute Abend los?" verlangte er zu wissen, nachdem er sie eine ganze Weile betrachtet hatte.

„Ich konnte mich nicht sammeln."

„Warum?"

„Ich hatte schlechte Laune." Ein Blick auf den ungläubigen Ausdruck in seinem Gesicht genügte, um sie wütend zu machen. „Habe ich kein Anrecht auf ein Privatleben?" fuhr sie auf. „Auf persönliche Gefühle?"

„Nicht, wenn es deine Arbeit behindert."

„Bin ich ein Automat?" brach es aus Ruth heraus. „Was immer du denkst, ich bin nicht nur ein Körper, der nach der Pfeife von anderen tanzt. Oh, lass mich gehen! Ich will nicht mit dir reden."

Nick überhörte ihre Forderung. Er stellte sich vor sie hin und nahm sie bei den Schultern. „Wer hat dir denn solche Gedanken in den Kopf gesetzt?" Und als sie das Gesicht von ihm abwenden wollte, legte er die Hand an ihre Wange und zwang Ruth, ihn anzusehen. „Dein Designer?" Das Flackern in ihren Augen verriet sie, obwohl sie den Kopf schüttelte.

Nick stieß einen Fluch auf Russisch aus. „Schau mich an!" forderte er. „Wie kannst du nur auf einen solchen Unsinn hereinfallen?"

„Er sagte, ich habe keine Gefühle", berichtete Ruth stockend und versuchte erfolglos die Tränen zurückzuhalten. „Dass mein Leben auf das Tanzen beschränkt sei und dass ohne das Ballett ..." Die Stimme versagte ihr.

„Was weiß er denn schon?" Nick schüttelte sie leicht an den Schultern. „Er ist kein Tänzer. Wie will er wissen, was wir fühlen? Kennt er den Unterschied zwischen springen und sich aufschwingen?" Er ließ sie los. „Er ist eifersüchtig. Er will dich in einen Käfig sperren."

„Er will mehr, als ich ihm gegeben habe", entgegnete Ruth. „Ich mag ihn, aber ..." Sie strich sich mit beiden Händen das Haar aus dem Gesicht.

„Du liebst ihn nicht", beendete Nick für sie.

„Nein. Nein, ich liebe ihn nicht. Vielleicht bin ich zu solchen Gefühlen einfach nicht fähig. Vielleicht hat er Recht, und ich ..."

„Hör auf!" Nick nahm sie wieder bei den Schultern und schüttelte sie, dieses Mal etwas fester. Dann ließ er sie los, drehte sich von ihr weg und lief unruhig auf und ab. „Sei nicht dumm, dir von jemandem so etwas weismachen zu lassen. Wie kann ein Mann, den du nicht liebst, dir einreden, dass du keine Gefühle hast?" Er gab einen verärgerten Laut von sich und wirbelte zu ihr herum. „Was ist los mit dir? Wo ist dein Mut? Dein hitziges Temperament? Wenn ich dir das gesagt hätte, hättest du es dir verbeten!"

Ruth presste sich die Finger an die Schläfen und versuchte ihre Gedanken zu ordnen. „Du hättest so etwas aber gar nicht zu mir gesagt."

„Nein." Die Antwort kam ruhig. Nick stellte sich wieder dicht vor sie. „Nein, weil ich dich kenne, weil ich verstehe, was in dir vorgeht. Wir haben das so an uns." Er nahm ihre Hand und verschränkte seine Finger mit ihren. Ruth starrte auf ihre verschlungenen Hände. „Du hast deine Welt und der Designer seine. Wenn Liebe da wäre, könntest du in beiden Welten leben."

Ruth überlegte einen Moment seine Worte. „Ich möchte in beiden leben", sagte sie langsam. „Ich werde es versuchen. Aber..."

„Nein. Keine Aber, sie ermüden mich." Nick ging neben ihr in die Hocke. „Also hast du mit deinem Designer gestritten, und er sagte dummes Zeug zu dir. Reicht das, um dich in einen solchen Zustand zu bringen?"

„Es hat mir nicht gerade geholfen, als ich hörte, dass ich ersetzt werde", entgegnete Ruth heftig. „Es machte mir lange nicht so viel aus, wie eine Stunde vor dem Auftritt in einer Ausgabe des ‚Keyhole' verhöhnt zu werden, in dem über Donalds neue Beziehung geschwatzt wird."

„Keyhole?" Nick war verwirrt. „Was ist dieses Keyhole? Ah." Er erinnerte sich, noch ehe Ruth es ihm erklären konnte. „Dieses alberne Boulevardblatt mit den schrecklichen Bildern. Und er brachte dir diese Zeitung in deine Garderobe?"

„Nein, nicht Donald..." Ruth unterbrach sich, irgendwie war sie plötzlich durch seinen scharfen Blick alarmiert. Sie sprang vom Sessel auf. „Es spielt keine Rolle. Es war dumm, dass ich mich so aufgeregt habe."

„Wer?" Nick ließ nicht locker, und Ruth fühlte sich in der Falle. „Wer hat dir die Zeitung vor dem Auftritt gebracht?"

„Nick, ich..."

„Ich habe dich etwas gefragt." Er kam aus der Hockstellung hoch. „Es ist absolut unentschuldbar für ein Mitglied der Company, ein anderes Mitglied vor der Vorstellung absichtlich aufzuregen. Das kann ich nicht dulden. Ich will sofort den Namen haben."

„Ich kann es dir aber nicht sagen. Außerdem gibt es Wichtigeres, das wir klären müssen."

„Und das wäre?"

„Hast du vor, mich aus dem Ensemble zu entlassen?" fragte sie geradeheraus.

Nick sah sie eine Weile verdutzt an. „Was sagst du da?"

„Hast du vor, mich aus der Truppe zu entlassen?"

„Sehe ich aus wie ein Vollidiot?" fragte er heftig zurück.

Trotz ihrer Anspannung musste Ruth lächeln. „Nein, Davidov."

„Gut. Ausnahmsweise stimmen wir überein." Er wirkte wütend, aber auch verwirrt. „Und da ich kein Vollidiot bin, warum sollte ich also meine beste Ballerina entlassen?"

Ruth starrte ihn überrascht an. „Das hast du nie zuvor gesagt", flüsterte sie.

„Was gesagt?"

Ruth schüttelte den Kopf und wandte sich von ihm ab. Sie lachte gedämpft auf, als ihr Tränen in die Augen traten. „All diese Jahre habe ich geschuftet – meinetwegen, ja – und deinetwegen. Und du hast nie ein anerkennendes Wort über mein Tanzen verloren. Und nach einem Tag wie heute, nach einer Leistung wie die vorhin auf der Bühne stehst du da und sagst mir so ganz nebenbei, dass ich deine beste Ballerina sei." Ruth wischte sich mit dem Handrücken die Tränen weg.

Als er ihr von hinten die Hände auf die Schultern legte, war sie nicht überrascht. „Wenn ich es nicht zuvor gesagt habe, so tut es mir Leid. Ich hätte es tun sollen. Aber du weißt, dass ich Worte nicht so wichtig finde." Er strich ihr über das Haar. „Du bist mir sehr wichtig. Ich will dich nicht verlieren."

Ruth glaubte, ihr Herz würde aufhören zu schlagen. Aber schnell rief sie sich ins Gedächtnis, dass sie nur von der Balletttruppe redeten, allein vom Tanzen. Sie drehte sich zu ihm. „Wirst du mich als Carlotta für die Fernsehsendung ersetzen?"

„Für die Fernsehsendung?" wiederholte Nick verständnislos. Dann dämmerte es ihm. „Die Verhandlungen haben noch nicht einmal begonnen. Von wem hast du ..." Er unterbrach sich. „Jetzt verstehe ich dein Verhalten. Und diese Information hast du zweifellos von derselben Person, die dir dieses Mistblatt gebracht hat, stimmt's?" Er schimpfte lautstark auf Russisch los.

„Das dulde ich nicht! Ich lasse es nicht zu, dass meine Tänzer in dieser Weise intrigieren. Eins sage ich dir: Ich – ich allein! – mache die Pläne und vergebe die Rollen." Er starrte Ruth wütend an. „Es ist meine Entscheidung. Meine! Wenn ich es so will, dass du die Carlotta tanzt, dann tanzt du die Carlotta."

Das brachte Ruth erneut auf, und ihre Wut stand seiner nicht nach, als sie ihm entgegnete: „Ich werde wohl über mein Leben selbst bestimmen können."

„Ja, du kannst bestimmen, ob du gehst oder bleibst. Aber wenn du bleibst, dann tust du das, was ich dir sage."

„Du hast mir nichts gesagt", erinnerte sie ihn. „Eine Stunde, bevor der Vorhang aufgeht, erfahre ich von deinen Plänen. Seit Wochen hast du kaum mit mir gesprochen."

„Ich habe dir nichts zu sagen gehabt. Ich verschwende meine Zeit nicht."

„Ooh, du bist unerträglich in deiner Arroganz! Ich habe deiner Truppe alles gegeben. Alles. Glaubst du, ich lasse es zu, dass du meine Rolle einfach mit einer anderen besetzt, ohne dass ich mich zur Wehr setze? Wenn du das glaubst, dann bist du doch ein Idiot!"

„Ist das deine Meinung, Kleines?"

„Ja, das ist sie", fauchte Ruth ihn an. „Und nenn mich nicht Kleines! Ich bin eine Frau, und die Carlotta ist meine Rolle, bis ich sie nicht mehr tanzen kann."

„Wirklich?" Oh, sie konnte ihn so wütend machen! „Und hast du vergessen, wer das Ballett geschrieben hat? Wer es einstudiert und die Rollen verteilt hat? Wer hat dich als Carlotta eingesetzt?"

„Nein, das habe ich nicht vergessen. Aber vergiss du nicht, wer sie getanzt hat!"

Nick sagte nichts mehr. Seine Augen, die zornig geblitzt hatten, glänzten plötzlich weich, als er sie anschaute. Sehr, sehr langsam beugte er den Kopf, bis sein Mund kurz über ihren Lippen schwebte. Nach einem langen, atemlosen Moment berührte er ihre Lippen in einem Kuss. Er fühlte, wie ihr Puls sich beschleunigte, aber er verstärkte den Druck nicht.

Mit der Zungenspitze fuhr er federleicht über ihre Lippen, bis Ruth sie mit einem leisen Seufzer öffnete. Noch nie hatte er Ruth mit einer solchen Zärtlichkeit geküsst. Gab es einen Schutz gegen solche Liebkosungen? Zuvor hatte es immer Hitze und Feuer gegeben. Ja, und auch Furcht – wenn auch nur einen Anflug davon. Jetzt fühlte Ruth nichts als blinde Hingabe.

Er nippte an ihrer Unterlippe, nagte leicht mit den Zähnen daran und fuhr dann mit der Zungenspitze darüber. Ruth roch nach Schminke und Schweiß, und auch ein wenig nach Brandy. Schwach und voller Verlangen ließ sie den Kopf in den Nacken fallen. Sie wollte nichts so sehr, als sich Nick ganz hinzugeben.

Genauso langsam wie zuvor und genauso bewusst zog Nick sich zurück. Er fühlte, wie Ruth ausatmete und dann die

Augen öffnete. Als sie ihn ansah, las er in ihrem Blick, dass sie ihm gehörte.

„Kleines", murmelte er und streichelte ihre Wange. „Was hast du heute gegessen?"

„Gegessen?" fragte sie total verwirrt.

„Ja, gegessen." Seine Stimme klang ungeduldig.

„Ich ..." Ihr Kopf war völlig leer. „Ich weiß es nicht", antwortete sie schließlich mit einer hilflosen Geste. Ihr Körper schmerzte noch vor ungestilltem Verlangen.

„Wann hast du zuletzt ein Steak gegessen?"

„Ein Steak?" Ruth fuhr sich mit der Hand durchs Haar. „Das ist Jahre her", erklärte sie mit einem etwas verzweifelten Auflachen.

„Komm", sagte Nick und hielt ihr die Hand hin. „Ich lade dich zum Essen ein."

„Nick", Ruth sah ihn prüfend an, „werde ich dich jemals verstehen?"

Er zog bei ihrer Frage eine Augenbraue hoch. „Ich bin Davidov", antwortete er mit einem Grinsen. „Ist das nicht genug?"

Sie lachte. „Es ist zu viel", entgegnete sie. „Zu viel."

8. KAPITEL

Das Essen mit Nick war nett gewesen, sie hatten allerdings überhaupt nicht über das Ballett gesprochen. Nach einer wilden Taxifahrt, typisch für New York, hatte Nick sie an ihrer Tür mit einem schnellen, leidenschaftslosen Kuss abgesetzt.

Am nächsten Tag bestimmte die Routine die Arbeit. Obwohl die Fragen noch immer offen waren, kannte Ruth Nick gut genug, um zu wissen, dass er sie dann beantworten würde, wenn er es für angebracht hielt.

Nach der Vorstellung saß Ruth in ihrem Wohnzimmer im bequemen Sessel und guckte Fernsehen. Nijinsky lümmelte zu ihren Füßen mit dem Bauch nach oben.

Ruth gähnte. Der alte Film konnte ihre Aufmerksamkeit nicht mehr fesseln. Sie schloss die Augen und streckte sich ausgiebig.

Nicks Bild stand ihr vor Augen. Sein zärtlicher Kuss hatte sie hilflos gemacht. Sie hatte es sich nicht gestattet, an ihn zu denken – bis jetzt.

Sie begehrte ihn. Ganz gleich, wie sehr sie dieses Verlangen unterdrückt hatte, es war wieder da – mit aller Macht. Sie flüchtete sich in den Gedanken, dass eine Beziehung zu ihm viel zu kompliziert wäre, zu anstrengend und schwierig. Aber auch das half nicht viel.

„Ich bin zu müde, um mich jetzt noch weiter mit diesem Problem zu beschäftigen", erklärte sie dem völlig desinteressierten Nijinsky. „Ich gehe ins Bett, auch wenn es dir nicht passt." Als ihm auch das egal zu sein schien, stieg sie über ihn hinweg und stellte den Fernseher ab, knipste die Lichter aus und ging in ihr Schlafzimmer.

Tanz ins große Glück

Nick starrte hinauf zu den dunklen Fenstern von Ruths Apartment. Es war ein Uhr früh, und sie schlief. Wenn ich bei klarem Verstand wäre, würde ich auch schlafen, sagte er sich grimmig.

Er steckte die Hände tief in die Taschen. Die Nacht war kühl. Ein Hauch von Herbst lag in der Luft. Wie idiotisch von ihm, hierher zu kommen. Er hatte sich das wieder und wieder vorgehalten, während er zielstrebig zu dem Wohnblock ging, in dem ihr Apartment lag.

Die Nächte trieben ihn noch zum Wahnsinn. Er brauchte Ruth. Er hatte sie von dem Augenblick an begehrt, als er sie in Lindsays Studio an der Übungsstange gesehen hatte. Himmel, sie war damals siebzehn gewesen!

Wie hatte er wissen können, wie sie schmeckte, wenn er sie küsste. Oder dass sie auf ihn so reagieren würde, als ob sie auf ihn gewartet hätte? Wie hätte er wissen können, dass allein der Anblick ihrer grazilen, feinen Gestalt ihn Tag für Tag aufs Neue quälen würde?

Er drehte sich um und ging davon. Nur wenige Schritte, dann blieb er stehen und kam zurück. Oh, wie er sie begehrte! Jetzt. Heute Nacht.

Das Klopfen an ihrer Tür schreckte Ruth aus dem Tiefschlaf auf. Sie war noch nicht aus dem Bett, als es erneut heftig klopfte. „Ich komme!" rief sie, während sie nach ihrem Seidenkimono tastete.

Sie zog den Kimono über, eilte durch die dunkle Wohnung zur Tür und blickte durch den Spion. Sie blinzelte und blickte ein zweites Mal hindurch.

Nick klopfte wieder.

Als Ruth die Tür endlich geöffnet hatte, starrten sie einander an. Ruth war irgendwie bestürzt, als sie bemerkte, dass Nick kurz davor war, die Beherrschung zu verlieren. Er machte einen Schritt nach vorn in ihre Wohnung, und ihm war im selben Augenblick bewusst, dass er die Grenze überschritten hatte.

„Ich brauche dich."

Drei einfache Worte, ruhig, aber auch zögernd gesprochen. Noch bevor Ruth klar war, was sie tat, streckte sie ihm die Arme entgegen.

Sie begegneten sich mit wildem Verlangen. Der Kuss war heftig, ja beinahe verzweifelt.

„Ich will dich", stöhnte er und hielt sie auf Armeslänge von sich, um ihr ins Gesicht zu sehen. „Ich will dich."

Ruth schluckte. Sie spürte, wie er um Beherrschung kämpfte. Doch das war es nicht, was sie von ihm wollte. Keine Kontrolle. Nicht heute Nacht. Sie wollte, dass Nick sich nach ihr verzehrte. Die Sehnsucht, dass er sie berührte, überwältigte sie. Langsam, sich kaum dessen bewusst, was sie da tat, streifte sie den Kimono von den Schultern, ließ ihn auf den Boden gleiten und stand nackt vor ihm.

„Liebe mich", flüsterte sie.

Sie hörte, dass er leise aufstöhnte. Er war ihr ausgeliefert, und er wollte es nicht anders haben, als er sie in seine Arme zog. Ruth konnte spüren, wie drängend sein Verlangen war.

Ruth nahm Nick bei der Hand und führte ihn ins Schlafzimmer. Sie half ihm, sich auszuziehen. Seine Hüften waren schmal, und seine Haut war warm.

„*Milenkaja*", sagte er und lachte rau. „Warte, ich habe die Schuhe noch an."

„Mach schnell." Sie wollte nicht länger warten. Sie hatte schon so lange gewartet. Zu lange. Als er sich zu ihr umdrehte, zog sie ihn mit sich aufs Bett. „Liebe mich, Nick. Ich werde verrückt, wenn du es nicht sofort tust."

Dann lag er auf ihr. Ruth konnte sein Herz pochen hören. Er zitterte, als er in sie eindrang, und sie gab sich ganz dem Ansturm der Empfindungen hin. Sie war stark und schwach in ihrer Hingabe und schließlich erschöpft.

Völlig verausgabt barg Nick schließlich sein Gesicht in ihrem Haar. „Lieber Himmel, Ruth!" Nick atmete schwer und brachte die Worte nur mühsam heraus. „Unberührt ... Unberührt, und ich falle einfach so über dich her!" Nick rollte von ihr, legte sich neben sie und fuhr sich mit der Hand durchs Haar. „Ich hätte es besser wissen sollen. Es gibt keine Entschuldigung. Ich muss dir wehgetan haben."

„Nein." Ruth fühlte sich wie berauscht, aber es gab keinen Schmerz. „Nein."

„So hätte es nicht sein dürfen."

„Willst du damit sagen, dass es dir Leid tut?"

„Ja, es tut mir Leid."

Seine Antwort verletzte sie. „Warum?" fragte Ruth und setzte sich auf.

„Kannst du das nicht begreifen?" Er stand auf. „Ich komme mitten in der Nacht an deine Tür und dränge dich ins Bett ohne das kleinste Anzeichen von ..." Er suchte nach einem englischen Wort, das dem russischen in der Bedeutung gleichkam.

„Mich ins Bett gedrängt?" wiederholte Ruth. „Na klar, ich habe ja nichts damit zu tun gehabt, nicht wahr?" Nick sah das wütende Glitzern ihrer Augen. „Du eingebildeter Kerl! Wer hat dir denn die Tür geöffnet, Davidov? Ich bin es gewesen, oder? Ich habe dir gesagt, was ich von dir wollte. Ich habe mich vor dir ausgezogen. Tu also nicht so, als ob es nur deine Idee gewesen wäre! Wenn du bereust, dass du mit mir geschlafen hast, dann verschwinde von hier."

Sie stand ebenfalls auf. „Aber versteck dich nicht hinter Schuldgefühlen, weil ich unberührt war. Ich war noch Jungfrau, weil ich es so wollte. Ich habe den Zeitpunkt gewählt, um das zu ändern. Ich habe dich verführt!" schloss sie zornig.

„Nun", begann Nick nach einem langen Schweigen. „Es sieht ganz danach aus, dass du mich in die Schranken verwiesen hast."

Ruth lachte kurz auf. Sie war wütend und verletzt. „Das möchte ich erleben!"

Nick kam zu ihr zurück. „Ruth, es tut mir nicht Leid, dass wir uns geliebt haben. Ich habe mir das schon sehr lange gewünscht. Mir tut es nur Leid, dass deine erste Erfahrung so wenig ... romantisch war, verstehst du?" Er umschmiegte mit den Händen ihr Gesicht. „Das war nicht gerade die Art, eine Frau bei ihrem ersten Mal zu behandeln. Ich hätte dir zeigen sollen, wie zärtlich und hingebungsvoll es sein kann."

Ruth sah ihn an. Jetzt, wo ihre Augen sich an die Dunkelheit gewöhnt hatten, konnte sie erkennen, wie liebevoll er sie ansah. Sie fühlte, wie die Wärme in ihren Körper zurückströmte, und lächelte. „Es kann auch anders sein?" flüsterte sie.

Nick strich mit dem Daumen über ihre Wange. „Ja."

„Dann möchte ich, dass du es mir zeigst." Sie legte die Arme um seinen Hals. „Jetzt."

„Ruth ..."

„Jetzt", wiederholte sie und begann ihn zu küssen. Mit einem Aufstöhnen kam Nick ihrer Forderung nach.

Einfühlsam, liebkosend, zärtlich und mit immer stärkerer Leidenschaft zeigte Nick ihr, wie schön es sein kann, wenn Mann und Frau sich lieben.

Sie flüsterte seinen Namen.

„Da ist noch mehr, *mila moja*", murmelte er. „Viel mehr."

Er führte sie, wie er sie sonst zur Musik führte, und gab das Tempo an zu ihrem sehr intimen *pas de deux*.

Ruth öffnete sich ihm, als Nick sich erneut mit ihr vereinigte. Und er liebte sie, als ob er ein ganzes Leben hätte, um mit ihr diese Freuden auszukosten.

Sekunden, Minuten, Stunden blieben sie so zärtlich, so hingebungsvoll vereinigt, bis sie beide verrückt waren vor Verlangen nach Befriedigung und Nick sie zum Höhepunkt brachte.

Erschöpft lag Ruth dicht an ihn geschmiegt mit dem Kopf auf seiner Brust. Hin und wieder strich Nick ihr über das Haar, wickelte eine Strähne um seine Finger. Ruth konnte seinen gleichmäßigen Herzschlag hören.

Dafür, dachte Ruth glücklich, habe ich mich bewahrt. Das ist das Ende meines Alleinseins. Nick kennt jetzt alle meine Geheimnisse. Heute Nacht habe ich ihm alles gegeben, was ich in mir verschlossen gehalten habe. Sie seufzte.

„Du bleibst", murmelte sie und schloss die Augen. „Du bleibst heute Nacht, nicht wahr?"

Einen Moment lang war es still. „Ja", antwortete Nick schließlich weich. „Ich bleibe."

Zufrieden schmiegte Ruth sich an ihn und schlief ein.

9. KAPITEL

Nijinsky sprang aufs Bett. Er wollte sein Frühstück haben. Aus seinen mandelförmigen Augen starrte er einen Moment auf Nick, dann trottete er über Nicks Beine und Bauch bis zur Brust hinauf. Nick spürte den Druck und bewegte sich, dann öffnete er die Augen, um direkt in die des Katers zu blicken. Sie musterten einander schweigend. Nick hob die Hand und kraulte das Tier bereitwillig hinter den Ohren.

„Nun, *prijatel,* du scheinst nichts dagegen zu haben, dass ich hier bin."

Nijinsky machte erst einen Buckel, dann ließ er sich in voller Länge auf Nicks Brust nieder. Nick kraulte ihn immer noch geistesabwesend und wandte dann den Kopf, um einen Blick auf Ruth zu werfen.

Sie lag zusammengerollt an ihn geschmiegt. Ihr volles Haar war auf dem Kissen ausgebreitet. Ihr Atem ging regelmäßig, und ihre Lippen waren leicht geöffnet. Sie sah unwahrscheinlich jung aus. Zu jung, um die wilde Leidenschaft zu fühlen, die sie ihm gezeigt hatte. Er beugte sich über sie und küsste sie.

Ruth wurde wach, und ihr Körper prickelte sofort wieder vor Verlangen. Sie seufzte wohlig und drehte sich Nick ganz zu, als er begann, sie zu streicheln. Nijinsky, der zwischen ihnen gefangen war, gab missbilligende Laute von sich.

Ruth lachte, als Nick leise schimpfte. „Er will sein Frühstück", erklärte sie.

„Und ich will deinen Mund", murmelte Nick und knabberte an ihrer Unterlippe.

Nijinsky steckte den Kopf zwischen ihre Münder. Nick

kniff die Augen zusammen und blickte den Kater böse an. „Meine Zuneigung zu diesem Wesen schwindet rapide", sagte er sanft.

„Er mag seinen Tagesplan", verteidigte Ruth den Kater. „Er weckt mich immer, kurz bevor der Wecker losgeht." Wie auf ein Stichwort setzte das regelmäßige Piepen der Uhr ein. „Siehst du?" Sie lachte, als Nick schnell auf den Ausknopf drückte. „Was zuerst?" fragte sie ihn. „Duschen oder Kaffee?"

Er lehnte sich über sie, und sein Lächeln war viel sagend. „Ich hatte etwas anderes vorgehabt."

„Wir haben früh Training", erinnerte sie ihn und sprang aus dem Bett.

Nick sah ihr nach, wie sie nackt zum Schrank ging und einen roten Seidenkimono herausholte. Sie war ausgesprochen schlank, hatte lange Beine und kaum Hüften – eine knabenhafte Figur, wenn ihre Bewegungen nicht durch und durch weiblich gewesen wären.

Sie zog den Seidenkimono über und band den Gürtel vorn zu einer Schleife. Dann drehte sie sich zu ihm um. „Nun?" fragte sie und zog das lange Haar aus dem Kimono hervor. „Möchtest du Kaffee?"

„Du bist fantastisch", murmelte Nick und sah sie bewundernd an.

Es erstaunte Ruth immer wieder, wie sehr seine Stimme ihr unter die Haut ging. Und sie wusste, was geschehen würde, wenn sie zum Bett zurückginge. Ihr Körper fing an zu glühen, als ob er sie mit seinen Händen bereits erforschte. Nijinsky miaute laut.

„Da ich als Erste aufgestanden bin", sagte sie und warf dem Kater einen entschuldigenden Blick zu, „dusche ich mich auch als Erste." Sie lächelte auffordernd. „Du kannst den

Kaffee machen." Auf dem Wege zum Bad rief sie noch über die Schulter: „Und vergiss nicht, Nijinsky zu füttern."

Nachdem Ruth ausgiebig geduscht und sich abgetrocknet hatte, schlüpfte sie wieder in den Seidenkimono und ging ins Schlafzimmer zurück. Sie konnte hören, wie Nick in der Küche zu Nijinsky sprach. Mit einem Lächeln holte sie ein Gymnastiktrikot aus der Schublade und zog es an. Wie oft hatte sie sich morgens mit ihrem Kater unterhalten?

Nick kam ins Schlafzimmer, zwei dampfende Becher in den Händen. Er war nackt, betrat aber den Raum ohne den leisesten Anflug von Befangenheit.

„Der Kaffee ist heiß", sagte er und setzte die Becher auf die Frisierkommode, um dann Ruth in die Arme zu nehmen. „Du duftest herrlich", murmelte er an ihrem Nacken.

Seine Haut war wie ein Reibeisen, als er mit der Wange über ihre Wange strich. Ruth mochte es und lachte in sich hinein.

„Ich sollte mich rasieren, nicht wahr?"

„Ja", bestätigte Ruth und küsste ihn leicht auf die Lippen. „Es würde Davidov nicht gut tun, unrasiert zum Training zu erscheinen."

„Ich habe einen Rasierapparat und ein frisches Trikot in meinem Büro", murmelte er.

Ruth sah ihm nach, als er im Badezimmer verschwand. Er sang unter der Dusche etwas auf Russisch. Sie summte mit, als sie ihm ins Bad folgte, um sich die Zähne zu putzen. „Wie ist denn der Text von dem Lied?" fragte sie, den Mund voller Zahnpasta.

„Es ist ein altes Lied", antwortete er. „Und tragisch. Die schönsten russischen Lieder sind alle alt und tragisch."

„Ich bin mal mit meinen Eltern in Moskau gewesen." Ruth

spülte sich den Mund aus. „Es war sehr schön – die Gebäude, der Schnee. Du hast sicher ab und zu Heimweh, nicht?"

Sie hatte keine Zeit, aufzuschreien, als Nick sie um die Taille packte und sie mit unter die Dusche zog.

„Nick!" Sie war blind vom herunterströmenden Wasser und rieb sich die Augen. Das Trikot klebte an ihr wie eine zweite Haut. „Bist du verrückt?"

„Ich brauche dich, um meinen Rücken zu waschen", erklärte er und zog Ruth enger an sich. „Aber ich habe jetzt eine bessere Idee."

„Deinen Rücken waschen!" Ruth wollte sich aus seinem Griff befreien. „Ich bin angezogen, wenn du es noch nicht bemerkt haben solltest."

„Oh, ja?" Er lächelte freundlich. „Macht nichts. Ich richte das schon." Er zog ihr das Oberteil über die Schultern, noch ehe Ruth wusste, wie ihr geschah.

„Ich habe mich schon geduscht", protestierte Ruth und rang mit ihm.

„Du kannst mit mir duschen. Ich bin ein großzügiger Mensch." Er küsste sie fordernd, während das Wasser auf sie herabprasselte.

„Nick." Sie wollte ihn davon abhalten, ihr auch noch die Trikothose auszuziehen. „Wir haben Training."

„Wir haben Zeit", entgegnete er, und Ruth hörte auf, gegen ihn zu kämpfen. „Wir nehmen uns die Zeit."

Er zog ihr das Trikot die Hüfte herunter.

Arabesque, pirouette, arabesque, pirouette. Ruth ging auf die Spitze, streckte die Arme weit von sich, winkelte das Bein an, hob den Arm – sie drehte sich nach den Befehlen. Ihr Körper wie die Körper der anderen Tänzer – schweißbedeckt. Jeden

Tag, sieben Tage die Woche gingen sie immer und immer wieder die Grundschritte durch. Sie waren Profis. Das Training gehörte zum Leben eines Balletttänzers wie das tägliche Brot.

Jedes auch noch so kleine Detail war ihnen bereits in ganz jungen Jahren eingetrommelt worden. Die Muskeln mussten ständig aufgewärmt werden. Der Körper musste immer wieder die für ihn unnatürlichen Haltungen ausführen, durfte niemals längere Zeit ausruhen. Fünfte Position. *Plié.* Nur ein Tag Ruhepause würde genügen, um den Körper dagegen rebellieren zu lassen. *Port de bras.* Die Arme und Hände mussten wissen, was sie zu tun haben. Eine falsche Geste konnte den Ablauf stören, einen Ausdruck vernichten. *Attitude.* Position halten. Eins, zwei, drei, vier ...

„Danke."

Das Training für die Truppe war zu Ende. Ruth holte ihr Handtuch und fuhr sich damit übers Gesicht.

„Ruth."

Sie blickte hoch. Nick war ebenfalls durchgeschwitzt. Sein feuchtes Haar lockte sich um das Schweißband.

„Wir treffen uns unten. In fünf Minuten."

„In fünf Minuten?" fragte sie alarmiert. „Ist was passiert?"

„Passiert?" Er lächelte und beugte sich zu ihr, um sie zu küssen. Dass sie nicht allein waren, beachtete er nicht. „Sehr viel ist passiert, meinst du nicht auch?"

Sie war ein bisschen durcheinander und sah ihn fragend an. „Warum sollen wir uns treffen?"

„Du hast doch jetzt frei." Es war eine Feststellung, keine Frage, aber sie schüttelte noch immer den Kopf. „Und ich habe auch nichts auf meinem Terminkalender." Er lehnte sich dichter zu ihr herüber. „Wir werden viel Spaß haben. New York ist eine sehr unterhaltsame Stadt."

„So sagt man."

„Fünf Minuten", wiederholte er und drehte sich zum Gehen um.

Ruth kniff die Augen zusammen, als sie ihm hinterhersah. „Fünfzehn."

„Zehn", konterte Nick.

Ruth holte ihre Tasche und stürmte zu den Duschkabinen.

Nach genau dreizehn Minuten kam Ruth mit dem Lift nach unten gefahren, frisch geduscht, in Jeans und einem losen malvenfarbigen Sweater. Ihr Haar war offen, so frei wie ihre Stimmung. Nick wartete bereits, wehrte ungeduldig die Fragen von zwei Solotänzern ab.

„Ich werde mich morgen um die Sache kümmern", versprach er und ließ sie stehen, als er Ruth erblickte. „Du bist spät", warf er ihr vor und schob sie in Richtung Ausgang.

„Pah. Drei Minuten."

Der Lärm, der sie draußen empfing, war ohrenbetäubend. Irgendwo zur Linken rissen Straßenarbeiter den Gehweg auf, und der Presslufthammer knatterte durchdringend wie ein riesiges Maschinengewehr. Zwei Taxen kamen quietschend direkt vor ihnen zum Halten, Nase an Nase. Die Fahrer rollten die Seitenfenster herunter und beschimpften sich heftig. Fußgänger strömten hektisch vorbei. Aus einem Fenster auf der anderen Straßenseite dröhnten die harten, abgehackten Töne des Punk-Rocks.

„Eine unterhaltsame Stadt, nicht wahr?" Nick hakte sich bei Ruth unter und sah mit einem Grinsen auf sie herunter. „Heute gehört sie uns."

Ruth war auf einmal atemlos. „Wohin ... wohin gehen wir?" wollte sie wissen.

„Irgendwohin", antwortete Nick und zog sie an sich, um sie leidenschaftlich zu küssen. „Du kannst wählen."

„Diese Richtung", entschied sie und wies mit der Hand nach rechts.

Der Sommer hatte sich über Nacht fortgestohlen. Die kühle Luft war angenehm. Sie stöberten in Antiquitätenläden und Buchhandlungen, begutachteten das eine, steckten die Nase in das andere hinein – und kauften nichts. Sie saßen auf dem Rand eines Springbrunnens und beobachteten die Menge, die an ihnen vorbeieilte, während sie mit Honig gesüßten Tee tranken.

Im Central Park spazierten sie an schwitzenden Joggern vorbei und warfen den Tauben Krümel hin. Eine ganze Welt war da zu sehen.

Bei Saks an der Fifth Avenue führte Ruth Nick Designermäntel aus kostbaren Winterstoffen vor.

„Das ist nicht gut", bemerkte er.

„Aber ich mag ihn", entgegnete Ruth und fuhr gespielt ehrfürchtig über den anschmiegsamen Kragen.

„Nicht der Mantel", korrigierte Nick. „Deine Füße. Welches Model setzt die Füße so wie du jetzt?"

Sie blickte auf ihre Füße herunter, dann grinste sie. „Offensichtlich ist mir das Trikot vertrauter als Luxusmäntel." Sie vollführte eine Pirouette, die der Verkäuferin absolut nicht gefiel, denn sie blickte ziemlich besorgt drein.

„Soll ich ihn dir kaufen?" fragte Nick.

Ruth wollte lachen, aber dann erkannte sie, dass er es absolut ernst meinte. „Sei nicht albern."

„Albern?" Nick kam vom Stuhl hoch, als Ruth der Verkäuferin den eleganten Kaschmirmantel zurückgab. „Warum ist das albern? Magst du keine Geschenke, Kleines?"

Ruth wusste, dass Nick den Namen nur gebrauchte, um sie

ein wenig zu ärgern. Sie hakte sich bei ihm unter und wollte ihm eine entsprechende Antwort geben, als er die verdutzte Verkäuferin breit anlächelte, ihr „Einen guten Tag, Madame" wünschte und im besten Kosakenstil mit Ruth hinwegfegte.

„Ich mag es, wenn du so russisch bist, Nikolai."

Er hob eine Augenbraue. „Ich bin immer russisch."

„Manchmal bist du es mehr als sonst. Allerdings kannst du amerikanischer sein als ein Farmer aus Nebraska."

„Tatsächlich?"

„Deshalb finde ich dich ja so faszinierend", erklärte Ruth ihm. „Manchmal habe ich mich gefragt, ob du in Russisch denkst und es für dich ins Englische übersetzt."

„Ich denke in Russisch, wenn ich", Nick suchte nach dem Wort, „wenn ich mich von Gefühlen leiten lasse."

„Dann denkst du sehr oft in Russisch." Ruth lächelte zu ihm auf. „Du lässt dich ständig von Emotionen leiten."

„Ich bin Künstler", entgegnete er mit einem Schulterzucken. „Wir leben von Emotionen. Wenn ich mich ärgere, dann kommt mir das Russisch leichter, und russische Flüche haben mehr Muskeln als amerikanische."

„Du hast letzte Nacht zu mir auf Russisch gesprochen."

„Wirklich?" Bei dem Blick, den er Ruth zuwarf, beschleunigte sich ihr Puls. „Vielleicht ließ ich mich von Gefühlen leiten, was meinst du?"

„Es hat sich jedenfalls nicht angehört, als ob du fluchen würdest", antwortete sie.

Er legte die Hand in ihren Nacken und zog sie an sich. „Soll ich es dir übersetzen?"

„Nicht jetzt." Ruth überlegte, wie weit es von der Fifth Avenue zu ihrer Wohnung war. Zu weit, entschied sie. „Lass uns den Bus nehmen."

Nick grinste. „Ein Taxi", entgegnete er entschieden und winkte eins herbei.

Das Schlafzimmer war eingetaucht in Sonnenlicht. Sie hatten sich nicht die Zeit genommen, um die Jalousie herunterzulassen. Eng aneinander geschmiegt lagen sie da. Jetzt still, nachdem sie sich stürmisch geliebt hatten. Im Halbschlaf spürte Ruth, wie Nicks Oberkörper sich gleichmäßig hob und senkte. Er schlief.

So könnte es für immer bleiben, dachte sie verträumt. Sie schmiegte sich enger an ihn und strich unbewusst mit dem Fuß über seine Wade.

„Füße einer Tänzerin", murmelte er, und Ruth war klar, dass sie ihn mit der kleinen Bewegung geweckt hatte. „Kräftig und hässlich."

„Oh, vielen Dank." Sie zwickte ihn in die Schulter.

„Das war ein Kompliment", entgegnete Nick, dann drehte er sich zu ihr herum. Sein Blick war verschlafen. „Großartige Tänzer haben hässliche Füße."

Sie lächelte über seine Logik. „Hat dich das so an mir gefesselt?"

„Nein, es waren deine Kniekehlen."

Ruth lachte und legte den Kopf bequem in seine Nackenbeuge. „Stimmt das? Was hat dich daran denn so gereizt?"

„Wenn ich mit dir tanze, dann sind deine Arme weich, und ich frage mich, wie die Kniebeugen sich anfühlen würden." Er stützte sich auf den Ellbogen und sah auf sie herunter. „Wie oft habe ich deine Beine gehalten – um dich anzuheben, um einen Krampf zu lindern? Aber da war immer das Trikot. Und wie würde es sein, die Kniekehlen so …", er legte die Hand unter ihre Wade und hob das Bein leicht an, „ … zu berühren?"

„Hier", flüsterte er und strich mit den Fingern über die

Kniekehlen. „Und hier." Er sah, wie ihre Augen sich verdunkelten. „Es hat mich halb verrückt gemacht, dass ich nicht erfahren konnte, ob du überall weich bist. Weiche Stimme, weiche Augen, weiches Haar, davon wusste ich, mehr aber nicht."

Seine Stimme war leise und ruhig. „Und ich umfasste deine Taille, um dein Gleichgewicht zu halten, aber da waren das Trikot und dein Tutu. Wie fühlt sich die Haut da an?" Er streichelte mit der Hand über ihren Schenkel hinauf zum Bauch, ließ sie auf der Taille eine Weile liegen, um dann zärtlich ihre Brust zu umfassen.

„Kleine Brüste", murmelte er und sah ihr ins Gesicht. „Ich fühlte sie gegen mich gepresst, sah, wie sie sich hoben und senkten mit deinem Atem. Aber wie würden sie sich in meiner Hand anfühlen? Wie würden sie schmecken?" Er beugte den Kopf und nahm die Knospe sanft zwischen die Lippen.

Ruth fühlte, wie ihre Glieder schwer wurden. Sie lag still da, während er sie mit den Händen und Lippen erforschte und seine Stimme sie einlullte.

Ruth hätte überall sein können – im Schnee, in der Wüste. Sie fühlte nur Nick. Sie hörte seinen Atem, der immer heftiger ging, wie nach einem anstrengenden Tanz. Hart und ungezügelt presste er den Mund auf ihre Lippen.

Der Kuss wurde leidenschaftlicher, während er Ruth mit seinen Liebkosungen immer näher zum Höhepunkt brachte. Ruth klammerte sich an ihn, gab sich ganz der Lust hin. Und dann waren sie vereinigt.

„Kleines." Ruth hörte seine Stimme, die rau war vor Gefühlen. „Sieh mich an."

Sie öffnete ihre schweren Augenlider.

„Ich habe dich", sagte er leise und bestimmt. „Und ich will dich noch immer."

10. KAPITEL

„Wo bist du denn gestern abgeblieben?" fragte Francie, als sie neben Ruth zum morgendlichen Training unter dem Drill von Madame Maximowa antraten.

„Gestern?" Ruth konnte sich ein Lächeln nur mit Mühe verkneifen. „Oh, ich habe einen Schaufensterbummel gemacht."

Francie gab sich damit zufrieden, weil etwas Aufregenderes den Vorrang hatte. „Hast du die Neuigkeit schon gehört?"

Ruth führte an der Übungsstange ihre *pliés* aus, während der Raum sich mit den anderen der Truppe füllte. Verstohlen blickte sie zu Nick hinüber, der in der entlegenen Ecke mit mehreren Tänzern seines Ensembles stand. „Welche Neuigkeit?"

„Die Fernsehsache." Francie begann auch mit ihren Übungen. „Hast du nichts davon gehört?"

„Doch. Leah hat es erwähnt." Ruth schaute sich um, doch die blonde Tänzerin schien noch nicht da zu sein. „Mir wurde gesagt, dass es noch nicht endgültig sei."

„Jetzt ist es endgültig."

„Oh?"

„Nadine hat ein Riesending ausgehandelt." Francie bückte sich, um ihre Wadenwärmer zurechtzuziehen. „Na klar, mit einem solchen Supermann sollte es ihr nicht schwer gefallen sein, sie zu ködern."

Ruth war klar, dass Francie von Nick sprach. Wieder warf sie einen Blick zu Nick hinüber. „Was genau hat sie ausgehandelt?"

„Zwei Stunden." Francie sagte das begeistert. „Hauptsendezeit. Und Nick hat im Künstlerischen praktisch freie Hand.

Immerhin hat er ja den Namen, und nicht nur allein in der Welt des Balletts. Davidov ist ein Begriff. Man redet von einem dreiteiligen Fernsehprogramm, dem er zugestimmt haben soll. Sie wollen Davidov haben. Überleg nur, was das für die Truppe bedeuten kann!"

Francie ging auf die volle Spitze. „Wie viele Zuschauer können wir in zwei Stunden Fernsehen erreichen im Vergleich zu den Zuschauern, die wir in einer ganzen Saison auf der Bühne erreichen?" Sie senkte sich zu einem *plié.* „Du wirst natürlich *The Red Rose* tanzen." Sie seufzte neidisch.

Ruth war froh, als Madame Maximowa mit dem Training begann. Es war für sie nicht leicht, auf die Rufe und das Zählen zu reagieren, wenn in ihrem Kopf tausend Fragen herumwirbelten. Warum hatte Nick ihr nichts davon erzählt?

Sie streckte das Bein und legte den Fuß auf die Übungsstange, während Madame Maximowa die Reihe der Tänzer durchging, um ihre Haltung zu kontrollieren. Ruth war sich bewusst, dass Nick direkt hinter ihr stand.

Verstehe einer diesen Mann, ging es ihr durch Kopf. Es ist unmöglich, fügte sie im Stillen hinzu. Sie drehte den Kopf zu ihm um und sah ihm geradewegs in die Augen.

Nick begegnete ihrem Blick ein wenig spöttisch, aber das von Madame Maximowa vorgegebene Tempo steigerte sich vom *adagio* zu *allegro,* und Ruth brauchte ihre ganze Konzentration dafür.

„Ich danke euch", sagte Madame eine halbe Stunde später zu den Tänzern, die in Schweiß gebadet waren. Ihr Akzent, dachte Ruth flüchtig, klingt russischer als der von Nick, obwohl sie schon vierzig Jahre in Amerika lebt.

„Ich möchte die ganze Truppe in fünfzehn Minuten auf der Bühne sehen", verlangte Nick, und sogleich fing das aufgeregte Rätselraten unter den Tänzern an. Ruth hob ihre Tasche auf und wollte ihnen folgen.

„Einen Moment, Ruth." Sie blieb bei Nicks Worten gehorsam stehen. Er sagte etwas leise zu Madame Maximowa in Russisch, das sie zum Lachen brachte – was eine beachtliche Leistung war.

Mit dem Handtuch in der Hand durchquerte er den Raum und kam zu Ruth. „Du bist während der Übungen nicht ganz bei der Sache gewesen."

„Nein?"

„Dein Körper bewegte sich, aber deine Augen waren weit weg. Wo?"

Ruth sah ihn einen Moment lang prüfend an. Dann entschied sie sich für Offenheit. „Warum hast du mir nichts von den Fernsehplänen erzählt?"

Nick zog arrogant die Brauen hoch. „Warum sollte ich?"

„Ich bin die Erste Solotänzerin in der Gruppe."

„Ja." Er wartete eine Sekunde. „Das beantwortet nicht meine Frage."

„Alle hier scheinen die näheren Einzelheiten zu kennen", fuhr sie aufgebracht fort. „Ich bin sicher, dass man in der Truppe darüber redet."

„Sehr wahrscheinlich", stimmte er zu und legte sich das Handtuch um den Nacken. „Es ist kein Geheimnis. Warum sollte man darüber nicht reden?"

„Ich habe dich letzte Woche gefragt, und …"

„Letzte Woche war noch kein Vertrag abgeschlossen."

„Ganz sicher war er aber gestern abgeschlossen, und auch da hast du geschwiegen."

Ruth sah, wie er die Lider senkte – ein gefährliches Zeichen. Als er wieder sprach, war sein Ton eiskalt. „Gestern waren wir nur ein Mann und eine Frau." Er ergriff das Handtuch an den Enden und hielt es leicht gespreizt. „Glaubst du, weil wir ein Liebespaar sind, sollte ich dich als Ballerina irgendwie bevorzugt behandeln?"

„Natürlich nicht!"

„Ah." Er nickte. „Ich verstehe. Ich soll deine Integrität respektieren und dir vertrauen, während meine ruhig in Frage gestellt werden kann."

„Ich habe niemals versucht ...", fing Ruth an, aber Nick unterbrach sie mit einer herrischen Handbewegung.

„Geh und dusch dich. Du hast noch zehn Minuten." Er ging davon und ließ eine Ruth zurück, die ihm mit offenem Mund hinterherstarrte.

Als Ruth ins Theater stürmte, saßen die Tänzer des Ensembles auf der großen Bühne oder in kleinen Gruppen in den Ecken. Atemlos setzte sie sich neben Francie.

„Wir sind jetzt vollzählig." Nick ersparte ihr einen rügenden Blick. Er stand in der Mitte der Bühne, die Hände tief in den Taschen seiner grauen Trainingshose vergraben. Aller Augen waren auf ihn gerichtet.

„Mir scheint, dass die meisten von euch zumindest ein bisschen von unseren Plänen wissen, für KNT-TV eine Serie zu produzieren." Sein Blick glitt über die Gruppe, begegnete dem von Ruth und richtete sich dann auf Nadine. „Nadine und ich werden jetzt die einzelnen Punkte erläutern."

Nadine faltete die Hände und berichtete über das Programm, so wie es bis jetzt ausgearbeitet worden war, und dass Nick und sie vorhatten, so viele Tänzer wie möglich in das Repertoire mit einzuschließen. Nachdem Nadine mit ihrem Teil fertig war, nahm Nick ein Klemmbrett auf und fing an, die Liste der Tänze und Rollen sowie die Einteilung der Probensäle vorzulesen.

Es war ein abwechslungsreiches Programm, wie Ruth fand. Die Auswahl reichte von Tschaikowskys *Nussknacker-Suite* bis zu Agnes de Milles *Rodeo*. Offensichtlich ging es Nick darum, zu zeigen, wie vielseitig Ballett war.

Nick fuhr mit der Liste fort, ohne hochzublicken. „Ruth tanzt den *grand pas de deux* aus *The Red Rose* sowie den *pas de deux* im zweiten Akt aus *Le Corsaire*. Ich werde dabei ihr Partner sein."

Ruth stieß den Atem, den sie angehalten hatte, langsam aus, und sie fühlte, wie ihr die Anspannung von den Schultern wich.

„Wenn die Zeit es zulässt, werden wir auch eine Szene aus *Carneval* einfügen."

Er las noch weitere Punkte vor, aber Ruth hörte kaum mehr zu. Sie hätte vor Erleichterung und Freude weinen können. Dafür hatte sie gearbeitet. Das war das Ergebnis von fast zwei Jahrzehnten allerhärtestem Training. Doch diese Freude war nicht ganz ungebrochen. Nicks Launen und sein Eigensinn machten ihr zu schaffen.

Ruth stand mit den anderen auf, als Nick seine Anweisungen beendet hatte. Sie ging in den kleinen Probenraum, den er für sie bestimmt hatte, und ließ die Tür offen stehen. Die Tänzer strömten den Korridor hinunter, unterhielten sich angeregt. Manchmal erhob sich eine Stimme, Musik klang aus einem anderen Raum weiter unten am Korridor. *Petruschka* von Strawinsky, wie Ruth erkannte.

Sie setzte sich auf die Bank, um die Schuhe zu wechseln, und betrachtete die Ballettschuhe. Sie hatte sie gerade vor einer Woche das erste Mal getragen, aber länger als zwei, drei Tage würden sie wohl nicht mehr halten. Wie viele Paare hatte sie bereits in diesem Jahr durch? Eine müßige Frage, wie sie fand.

Tanz ins große Glück

Und wie viele Meter Satin? Sie kreuzte das Band über ihrem Fußknöchel und sah hoch, als Nick hereinkam. Er schloss die Tür hinter sich.

„Wir machen *Le Corsaire* als Erstes", teilte er ihr mit und setzte sich neben sie auf die Bank. „Wir fangen mit der Probe zunächst ohne Klavierbegleitung an." Er zog seine Trainingshose herunter, so dass er nur das Trikot anhatte.

„Nick, ich möchte mit dir sprechen."

„Willst du dich über etwas beschweren?" Er zog Beinwärmer über seine Knöchel.

„Nein. Nick ..."

„Dann bist du also zufrieden mit dem, was dir zugewiesen wurde. Wir fangen an." Er erhob sich, und Ruth stellte sich ihm gegenüber.

„Zieh nicht deine Solotänzer-Pose vor mir ab", warnte sie.

Er hob eine Augenbraue und musterte sie mit kühlem Blick. „Ich *bin* der Erste Solotänzer."

„Du bist auch ein Mensch, aber darum geht es nicht." Sie spürte, wie Zorn in ihr aufstieg, obwohl sie ihn zügeln wollte.

„Und worum", sagte er in einem viel zu milden Ton, „geht es dann?"

„Was ich heute Morgen gesagt habe, hatte nichts mit der Rollenverteilung zu tun." Sie stützte die Hände in die Hüften, bereit, sich ihren Weg zu bahnen durch die Wand, die er zwischen ihnen aufgerichtet hatte.

„Nein? Dann sag mir, womit es zu tun gehabt hat. Und das schnell. Ich habe eine Menge zu tun."

Zorn blitzte aus ihren Augen. „Dann tu das. Ich kann die Rolle auch ohne dich einstudieren." Sie drehte sich abrupt von ihm ab, doch er wirbelte sie gleich wieder zu sich herum.

„Ich bestimme, wann und mit wem du einstudierst." Der Zorn in seinen Augen stand ihrem nicht nach. „Jetzt sag, was du zu sagen hast, damit wir mit der Arbeit anfangen können."

„Nun gut." Ruth riss den Arm aus seinem Griff. „Ich mochte es nicht, wie du mich im Ungewissen gelassen hast. Ich denke, ich hätte es von dir erfahren sollen. Und dass wir miteinander geschlafen haben, hat nichts damit zu tun. Wenn du es der halben Truppe mitteilen kannst, warum nicht mir?" Sie nahm sich kaum Zeit, Atem zu holen. „Ich mochte es überhaupt nicht, es häppchenweise zu erfahren, zuerst von Leah, und dann ..."

„Also ist es Leah gewesen", unterbrach Nick ihren Wortschwall mit ruhiger Stimme. Ruth hätte sich am liebsten auf die Zunge gebissen. Ihr Zorn hatte sie dazu gebracht, das Versprechen zu brechen, das sie sich selbst gegeben hatte.

„Vergiss, was ich gerade gesagt habe", fing sie an, aber Nick unterbrach sie mit einer ärgerlichen Handbewegung.

„Es gibt keine Entschuldigung für einen Tänzer, der absichtlich einen anderen Tänzer vor der Vorstellung stört. Du willst mir doch nicht weismachen, sie habe das nicht absichtlich gemacht?" Er wartete. Ruth wollte etwas erwidern, schwieg dann aber lieber. Sie war keine gute Lügnerin, auch dann nicht, wenn es darauf ankam. „Also sag nicht, dass es keine Rolle spielt."

„In Ordnung", räumte sie ein. „Aber es ist geschehen. Es ist also unnötig, aus der Sache ein Problem zu machen."

Nick überlegte einen Moment. Er wirkte hart und unzugänglich. Ruth wusste sehr wohl, dass Nick, wenn jemand aus der Truppe gegen die Disziplin verstieß, in der Bestrafung kein Mitleid kannte. „Nein", sagte er schließlich. „Im Moment brauche ich sie. Aber ..." Er ließ den Satz offen.

„Leah ist nicht die eigentlich Schuldige", erinnerte Ruth ihn.

„Nein", gab Nick mit einem Kopfnicken zu.

„Lass uns die Sache vergessen. Ich habe mich ausgeschlossen gefühlt, und das machte mich wütend", erklärte sie ruhig. „Wir haben seit den Proben zu *The Red Rose* nicht mehr vernünftig über das Tanzen gesprochen. Das verunsicherte mich."

„Vielleicht war das wirklich nicht klug von mir."

Ruth lächelte. Ein solches Eingeständnis von Davidov war mehr, als sie erhoffen konnte. „Vielleicht", stimmte sie ihm neckend zu.

Er hob die Augenbraue. „Du solltest mehr Respekt vor Älteren haben."

„Wie ist's damit?" fragte sie und steckte die Zunge heraus.

„Verführerisch." Nick zog sie in die Arme und küsste sie, lange und fordernd. „Und jetzt will ich es dir noch ein letztes Mal sagen, und ich werde mich nicht wiederholen." Er ließ sie los, behielt aber die Hände auf ihren Schultern. „Ich habe dich als Partnerin gewählt, weil ich nur mit den Besten tanze. Wenn du als Tänzerin weniger gut gewesen wärst, hätte ich mit einer anderen getanzt. Du würdest aber immer noch für mich die Frau sein, die ich nachts für mich haben will."

Eine Zentnerlast fiel Ruth von den Schultern. Sie war glücklich, dass Nick sie als Frau für sich selbst wollte und mit ihr tanzte, weil er ihr Talent respektierte.

„Nur nachts?" murmelte sie.

Nick drückte liebevoll ihre Schultern. „Wir werden uns für längere Zeit damit zufrieden geben müssen." Er küsste sie wieder, kurz, rau, Besitz ergreifend. „Und jetzt arbeiten wir."

Sie stellten sich in die Mitte des Probenraums, mit dem Gesicht zum Spiegel, und fingen an.

11. KAPITEL

Ein langer, anstrengender Tag nach dem anderen verging. Jeder Tag brachte von neuem Aufregung und Enttäuschung. Ruth arbeitete mit Nick am *pas de deux* aus *Le Corsaire* zusammen. Die Choreographie musste für die Kamera neu eingerichtet werden. Es war etwas völlig anderes als das Tanzen vor Publikum. Gleich bei ihrer ersten Probe erkannte Ruth, dass Nick sich gründlich vorbereitet hatte. Wenn es um den Blickwinkel und die Szenenfolge ging, stimmte er mit dem Fernsehdirektor voll überein. Darin gab es also keine Probleme.

Nick hatte ihr gesagt, dass die Nächte ihnen gehören würden, aber bis jetzt hatte sich in dieser Hinsicht nichts getan. Nick hatte als Choreograph und Künstlerischer Leiter voll zu tun. Er musste Proben beaufsichtigen, Tänze einstudieren, Konferenzen beiwohnen, wo es um den Etat ging, und an Sitzungen teilnehmen mit dem Mitarbeiterstab vom Fernsehen, die sich nicht selten bis spät in die Nacht hineinzogen.

Es war das erste Mal, seit Ruth in ihre Wohnung gezogen war, dass sie sich allein fühlte. Sie ging zum Fenster, öffnete die Jalousie und starrte hinaus in die Dunkelheit.

Ein Klopfen an die Tür schreckte sie auf. Nein, Nick kann es nicht sein, hielt sie sich gleich vor, während sie zur Eingangstür ging. Er hatte zwei Sitzungen an diesem Abend. Sie warf einen Blick durch den Spion, dann stand sie einige Sekunden lang da mit der Hand auf dem Türknauf, atmete tief durch und öffnete schließlich.

„Hallo, Donald!"

„Ruth." Er lächelte sie an. „Darf ich hereinkommen?"

„Natürlich." Sie trat zurück und ließ ihn eintreten. Dann schloss sie die Tür hinter ihm.

Er war lässig, wenn auch tadellos gekleidet. Es war Wochen her, dass sie sich zuletzt gesehen hatten.

„Wie geht es dir?" fragte sie und wusste nicht, was sie sonst noch sagen sollte.

„Gut, gut."

Unter seiner äußeren Gelassenheit entdeckte sie eine Spur von Befangenheit. „Komm, setz dich. Wie wär's mit einem Drink?"

„Ja, gern. Scotch, wenn du einen hast." Donald ging zu einem Sessel und nahm Platz, dabei beobachtete er Ruth, wie sie den Scotch für ihn in ein Glas goss. „Möchtest du keinen?"

„Nein." Sie überreichte ihm das Glas, dann setzte sie sich auf das Sofa. „Ich habe gerade vorhin Tee getrunken." Abwesend strich sie Nijinsky über den Kopf.

„Wie ich gehört habe, macht eure Company etwas für das Fernsehen." Donald schwenkte den Scotch im Glas, dann nahm er einen Schluck.

„Es hat sich offensichtlich schnell herumgesprochen." Sie zog die Beine unter sich. „Was macht deine Arbeit?"

Donald hob den Blick vom Glas. „Gegen Ende des Monats fliege ich nach Paris."

„Wirklich?" Ruth lächelte freundlich. „Wirst du länger dort bleiben?"

„Einige Wochen. Ruth ..." Er zögerte, dann setzte er das Glas ab. „Ich möchte mich für das, was ich beim letzten Mal gesagt habe, entschuldigen."

Sie sah ihn prüfend an. Dann nickte sie. „Ist in Ordnung."

Donald stieß den Atem aus. Er hatte eine so leichte Absolution nicht erwartet. „Ich habe dich vermisst. Ich hoffte, wir könnten uns zum Essen treffen."

„Nein, Donald", antwortete sie milde.

„Ruth, ich war durcheinander und wütend. Ich weiß, dass ich einiges gesagt habe, was unentschuldbar ist, aber ..."

„Das ist es nicht, Donald."

Er starrte sie an, dann nickte er. „Ich verstehe. Ich hätte damit rechnen sollen, dass es etwas anderes sein muss."

„Du und ich waren niemals mehr als Freunde, Donald." Ruth sagte das völlig sachlich. „Und ich wüsste nicht, warum sich das ändern sollte."

„Davidov?" Er lachte kurz auf bei ihrem überraschten Ausdruck.

„Ja, Davidov. Wie hast du das gewusst?"

„Ich habe Augen im Kopf", antwortete er brüsk. „Ich habe gesehen, wie er dich anschaut." Donald nahm einen weiteren Schluck Scotch. „Ich glaube, du passt zu ihm."

Ruth musste lächeln. „Ist das ein Kompliment oder eine Beleidigung?"

Donald schüttelte den Kopf und erhob sich. „Da bin ich mir nicht sicher." Einen Moment lang sah er sie eindringlich an. Sie begegnete seinem Blick. „Lebe wohl, Ruth."

Ruth machte keine Anstalten, ihn zur Tür zu begleiten. „Lebe wohl, Donald."

Sie wartete, bis Donald gegangen war. Dann nahm sie das Glas, trug es in die Küche und goss den Rest Scotch in das Spülbecken. Sie dachte an die Zeit, wo Donald sie glücklich gemacht hatte, nicht mehr, nicht weniger. Stimmte es, dass es Frauen gab, die nur für einen Mann geschaffen waren? Gehörte sie zu diesen Frauen?

Wieder störte ein Klopfen ihre Gedanken. Sie überlegte,

ob sie die Tür öffnen sollte. Noch eine Kraftprobe mit Donald war das Letzte, was sie wollte. Dennoch ging sie zur Tür.

„Nick!"

Er trug zwei Kartons, einen flachen, der andere war größer, und eine Flasche Wein. *„Previt, milenkaja."* Er trat über die Schwelle und bekam es irgendwie fertig, Ruth trotz Kartons und Flasche zu küssen.

„Solltest du nicht heute Abend in einer Sitzung sein?" Sie schloss die Tür hinter ihm, während er die Kartons auf ihrem kleinen Esstisch abstellte.

„Ich habe sie abgesagt." Mit einem breiten Lächeln zog er Ruth an sich. „Ich habe es dir schon mal gesagt, Launen zu haben ist ein Anrecht von uns Künstlern." Den kurzen Kuss von vorhin ersetzte er durch einen langen, sehnsuchtsvollen. „Hast du Pläne für heute Abend?" murmelte er an ihrem Ohr.

„Nun ja..." Ruth ließ den Satz offen. „Ich denke, ich könnte es mir anders überlegen. Natürlich nur bei entsprechender Alternative." Sie genoss es, von Nick gehalten zu werden, seine Lippen auf ihrer Haut zu fühlen. „Was ist in den Kartons?"

„Mmm. Was hast du gesagt? Ah, was in den Kartons ist." Nick ließ sie los. „Dieser hier ist für später", erklärte er und zeigte auf den großen Karton. „Dieser hier für jetzt." Mit einem Schwung nahm er den Deckel von dem flachen Karton ab.

„Pizza!"

Nick lehnte sich über den Karton und atmete mit geschlossenen Augen den Duft ein. „Köstlich. Hol uns Teller, ehe es kalt wird."

Ruth drehte sich gehorsam um.

Er nahm die Weinflasche auf. „Ich brauche außerdem einen Korkenzieher, Ruth."

„Was ist im anderen Karton?" rief Ruth über das Klappern des Geschirrs.

„Später. Ich bin hungrig."

Als sie mit den Tellern, Gläsern und dem Korkenzieher zurückkam, stand Nick über Nijinsky gebeugt, die Weinflasche hatte er immer noch in der Hand. „Du bekommst deinen Teil", versprach er dem Kater.

Ruth fühlte, wie ihr Herz ganz weit wurde. „Ich bin so froh, dass du hier bist."

Nick richtete sich auf und lächelte. „Warum?" Er nahm ihr den Korkenzieher aus der Hand.

„Ich liebe Pizza", antwortete Ruth sanft.

„Also gewinne ich dein Herz über den Magen, ja? Ein alter russischer Brauch." Der Korken kam mit einem dumpfen „Plop" heraus.

„Absolut." Ruth nahm die Pizza aus dem Karton und legte sie auf die Teller.

„Dann springst du bald auf der Bühne wie ein runder Fleischball herum." Nick saß ihr gegenüber und goss den Wein ein. „Mir scheint, die Zeit ist reif für *Carneval*. Du tanzt die Columbine."

„Oh, Nick!" Ruth hatte den Mund voller Pizza und versuchte schnell hinunterzuschlucken, um darauf einzugehen.

„Das Mehr an Proben wird dich davon abhalten, pausbäckig zu werden."

„Pausbäckig!"

„Ich möchte nicht beim Heben meinen Rücken strapazieren." Nick warf ihr einen schalkhaften Blick zu.

„Und wie ist es mit dir?" fragte sie mit süßer Stimme. „Wer will schon einen Harlequin mit Bauchansatz sehen?"

„Mein Stoffwechsel würde es nie dazu kommen lassen",

erwiderte Nick selbstgefällig. Er schlang sein Stück Pizza hinunter und trank einen Schluck Wein. „Ich habe mir die alten Filme angesehen", teilte er ihr plötzlich mit. „Fred Astaire, Gene Kelly. Diese Bewegungen! Mit der richtigen Kameraeinstellung können wir die Tänze wunderbar hinkriegen. Blickwinkel – das ist das Schlüsselwort."

„Woran denkst du?"

„Ein neues Ballett mit einigen der so typisch amerikanischen Bewegungsabläufen. Aber noch nicht jetzt. Später mal." Er blickte eine Weile gedankenverloren vor sich hin, als ob er die Idee in seinem Kopf festhalten wollte. „Komm, greif zu." Er legte noch ein Stück auf Ruths Teller. „Wenn man schon sündigt, dann sollte man es in aller Großzügigkeit tun."

„Noch einer dieser russischen Bräuche?" fragte Ruth mit breitem Lächeln.

„Aber natürlich." Er goss mehr Wein in ihr Glas.

Sie aßen die Pizza auf und fütterten auch den Kater damit. Sie sprachen über Proben, über das eine oder andere, was in letzter Zeit in der Truppe so vorgefallen war, und als sie dann in der Küche standen, um zusammen das Geschirr abzuwaschen, sagte Nick unvermittelt: „Ich habe dich vermisst."

Ruth blickte hoch. Sie waren jeden Tag stundenlang zusammen, aber natürlich wusste sie, was Nick meinte. „Ich habe dich auch vermisst", flüsterte sie.

„Bevor die neuen Proben beginnen, könnten wir uns ein wenig Zeit für uns nehmen. Einige Tage." Nick setzte den Teller ab und berührte ihr Haar. „Würdest du mit mir nach Kalifornien kommen?"

In sein Haus nach Malibu, dachte Ruth und lächelte. „Ja." Sie legte die Arme um seine Taille und schmiegte sich an ihn. Sie schwiegen eine ganze Weile.

„Möchtest du nicht wissen, was in dem anderen Karton ist?"

Ruth stöhnte. „Ich bekomme keinen Bissen mehr runter."

„Noch ein Glas Wein?" murmelte Nick und küsste sie hinter das rechte Ohr.

„Nein." Sie seufzte. „Nur dich."

„Dann komm." Nick nahm sie bei der Hand. „Es ist schon viel zu lange her."

„Wenn ich es mir aber richtig überlege", sagte Ruth und blieb stehen, „dann möchte ich doch zuerst wissen, was in diesem Karton ist."

Neugierig nahm sie den Deckel ab. Sie starrte in den Karton, sagte kein Wort.

Sie hatte eine Torte oder etwas Ähnliches erwartet, nicht jedoch den knöchellangen Mantel aus dem weichen wertvollen Kaschmir. Das Stück hatte zweifellos ein Vermögen gekostet. Mit den Fingerspitzen fuhr sie über den luxuriösen Stoff, dann sah sie zu Nick auf.

„Davon setzt du kein Fett an", sagte er ihr.

„Nick." Ruth machte eine hilflose Geste und schüttelte den Kopf.

„Er stand dir so gut. Und die Farbe passt wunderbar zu deinem Haar." Er nahm ihr volles Haar in seine Hand und ließ es durch seine Finger gleiten. „Es ist so weich. Wie du."

„Nick." Sie nahm seine Hand in ihre. „Ich kann nicht."

Er hob eine Augenbraue. „Darf ich dir kein Geschenk machen?"

„Doch, ja." Nick lächelte sie an, und das machte es ihr so schwer, ihm das Warum zu erklären. „Aber kein Geschenk wie dieses."

„Ich habe dir eine Pizza gekauft", wies er sie zurecht und

zog ihre Hand an die Lippen. „Du hast nichts dagegen einzuwenden gehabt."

„Das ist nicht das Gleiche. Außerdem hast du die Hälfte davon gegessen."

„Es hat mir Freude gemacht", erklärte er einfach. „Und mir wird es genauso viel Freude machen, dich in dem Mantel zu sehen."

„Er ist zu teuer."

„Ah, ich soll dir also nur billige Geschenke machen, ja?"

„Hör auf, mich zu veralbern. Ich finde es nicht ... ich weiß wirklich nicht wie ..."

Nick zog sie fest an sich und brachte sie mit einem Kuss zum Schweigen. „Komm, zieh ihn für mich an."

Ruth starrte Nick einen Moment an. Seine Geste war großzügig, impulsiv und typisch für Nick. Wie konnte sie das Geschenk ablehnen? „Danke", sagte sie so ernst, dass er lachen musste und sie erneut an sich drückte.

„Du siehst mich an wie eine Eule, sehr vernünftig und sehr weise. Und nun möchte ich dich, bitte, im Mantel sehen."

Wenn Ruth noch Zweifel gehabt hatte, bei seinem ‚bitte' schwanden sie dahin. Ohne zu zögern, nahm sie den teuren, großzügig geschnittenen, herrlich weichen Kaschmirmantel aus dem Karton.

„Er ist wunderbar. Wirklich wunderbar."

„Nicht über deine Kleider, *mila moja*." Nick schüttelte den Kopf, als Ruth den Mantel überziehen wollte.

Ruth zog sich aus und schlüpfte schnell in den Mantel. Nick fühlte, wie es ihn bei dem kurzen Blick auf ihren nackten Körper durchzuckte. Ihr dunkles Haar fiel über den schmeichelnden kamelfarbenen Stoff des Mantels. Ihre Augen glänzten vor Freude.

„Ich muss sehen, wie er mir steht!" Ruth drehte sich um und wollte zum Spiegel in ihrem Schlafzimmer eilen.

„Ich liebe dich."

Sie blieb abrupt stehen und schloss die Augen. Dann drehte sie sich langsam um. Ihre Kehle wurde eng, und ihre Worte klangen wie herausgepresst. „Was hast du gesagt?"

„Ich liebe dich."

Sie starrte Nick an, fühlte, wie sie zu zittern anfing. „Ich habe Angst", flüsterte sie. „Ich habe so lange darauf gewartet, dass du mir das sagst, und nun habe ich Angst, Nick." Sie schluckte, als ihr Tränen in die Augen stiegen.

„Möchtest du nicht zu mir herkommen?"

Die Frage brachte Ruth wieder zur Besinnung. Sie ging auf ihn zu. Als sie vor ihm stand, wartete sie, bis ihre Stimme wieder frei war. „Ich liebe dich", sagte sie dann fest. Sie sah das Aufleuchten seiner Augen, bevor er sie an sich riss. „Ich liebe dich", sagte sie noch einmal.

Nick küsste ihr Haar, ihre Wangen, ihre Augenlider und dann – Besitz ergreifend – ihre Lippen.

Der kostbare Kaschmirmantel glitt zu Boden.

12. KAPITEL

Ruth hatte in ihrem ganzen Leben noch nicht so hart gearbeitet. Ein Ballett in voller Länge aufzuführen war schon nicht leicht, aber vor den Kameras zu tanzen war zum Verzweifeln. Kurze Aufeinanderfolgen von Schrittkombinationen mussten ständig wiederholt werden, und es erschien ihr unmöglich, die Stimmung beizubehalten. Sie war an Scheinwerferlicht gewöhnt, aber die Kabel und die Kameras machten sie nervös. Ruth fühlte sich von ihnen bedrängt.

Ihre Muskeln verkrampften sich von dem ewigen Anfangen und Einhalten. Ihr Gesicht musste für die Nahaufnahmen von der Maskenbildnerin neu geschminkt werden. Das Fernsehpublikum würde es nicht mögen, an einer Ballerina Schweißperlen zu sehen. Bei einer Bühnenaufführung war es wegen der Entfernung zum Zuschauerraum möglich, die Illusion der Mühelosigkeit und Leichtigkeit zu vermitteln.

Nick schien unerschöpflich zu sein. Die Arbeit vor der Kamera faszinierte ihn. Sie hatten an einem Drei-Minuten-Segment ganze zwei Stunden gearbeitet. Es forderte von den Tänzern viel Schwung, Leidenschaft und geradezu athletische Kraft. Es war ein Tanz ganz nach Nicks Geschmack. Wieder drehte Ruth sich in einer Pirouette, da fühlte sie im Bein einen stechenden Schmerz und ging zu Boden. Nick war sofort neben ihr.

„Nur ein Krampf", stieß sie hervor und rang nach Luft.

„Hier?" Nick fasste nach ihrer Wade, fühlte den verhärteten Muskel und fing an, ihn zu massieren.

Ruth nickte, obwohl der Schmerz heftig war. Sie legte die Stirn auf die Knie und schloss die Augen.

„Zehn Minuten Pause", hörte sie Nick rufen. „Hast du dir sonst noch wehgetan, als du gefallen bist?" murmelte er und knetete weiter den Muskel. Ruth konnte nur den Kopf schütteln. „Es ist ein schlimmer Krampf", sagte er und schaute finster drein.

„Ich krieg es nicht hin!" Völlig außer sich schlug Ruth mit den Fäusten auf den Boden. Ihr Gesicht war verzerrt. „Ich krieg es einfach nicht richtig hin!"

Nick kniff die Augen zusammen. „Was ist das für ein Unsinn?"

„Es ist kein Unsinn. Ich kann es nicht", fuhr Ruth völlig außer sich fort. „Es ist unmöglich. Immer und immer wieder, hin und zurück und hin und zurück. Wie kann ich etwas fühlen, wenn es keinen Fluss gibt? Überall sind Leute, praktisch unter meiner Nase, wenn ich zum Sprung bereit bin."

„Sieh über die Leute hinweg und tanze", wies Nick sie trocken an. „Anders geht es nicht."

„Oh, Nick, ich bin so müde."

„Also, was willst du tun? Aufgeben?" Seine Stimme klang hart. „Ich brauche eine Partnerin, kein klagendes Baby."

„Ich bin kein Baby." Ruth hob den Kopf. „Ich bin aber auch keine Maschine!"

„Du bist Tänzerin." Nick fühlte, wie der Muskel sich unter seiner Hand langsam entspannte. „Also tanze."

Sie funkelte ihn wegen des kurz angebundenen Tonfalls wütend an. „Danke für dein Verständnis." Sie schob seine Hände weg und stand auf.

„Es gibt Zeiten, wo man Verständnis zeigen kann." Nick erhob sich. „Dies ist nicht die Zeit dafür. Wir müssen arbeiten. Also, mach dich auf zur Kostümbildnerin, damit sie dein Gesicht pudert."

Ruth starrte ihn einen Moment an, dann drehte sie sich um und ging ohne ein weiteres Wort von der Bühne.

Nachdem sie weg war, stieß Nick einen unterdrückten Fluch aus, dann setzte er sich auf den Boden, um die Erschöpfung aus seinen eigenen Beinen zu kneten.

„Du bist ein ganz schön harter Mann, Davidov."

Nick blickte hoch und sah Nadine, die sich aus einem Sessel im Zuschauerraum erhob. „Ja." Er wandte die Aufmerksamkeit wieder seinen Beinen zu. „Das hast du mir früher schon gesagt."

„Ich mag dich so." Sie kam die Seitentreppe zur Bühne hoch. „Aber das Mädchen ist noch sehr jung." Als Nadine bei ihm war, reichte sie ihm die Hand und half ihm auf die Füße. „Sie ist noch nicht so hart, wie wir es sind."

„Gut für sie."

„Und schwieriger für dich, weil du sie liebst." Nick sah Nadine erstaunt an. „Es gibt kaum etwas bei meinen Tänzern, das ich nicht weiß", fuhr sie fort und warf ihm einen kühlen Blick zu. „Manchmal sogar, bevor sie es selbst wissen. Du liebst sie schon eine ganze Weile."

„Und?" meinte Nick.

„Tänzer nehmen sich oft Tänzer als Partner. Sie sprechen dieselbe Sprache, haben dieselben Probleme. Aber wenn mein Solotänzer und Künstlerischer Leiter mit meiner besten Ballerina verstrickt ist, dann bin ich besorgt."

„Das ist nicht nötig, Nadine." Sein Tonfall war milde, aber der Ärger klang durch.

Nadine lächelte ein wenig wehmütig. „Tänzer sind gefühlvoll, Nick. Ich möchte weder Ruth noch dich verlieren, falls es zwischen euch zum Bruch kommen sollte. Sie ist geschaffen, Primaballerina zu sein."

Nicks Stimme war sehr kühl. „Schlägst du mir vor, dass ich mich mit Ruth nicht mehr treffen soll?"

Nadine musterte ihn nachdenklich. „Wie lange kenne ich dich, Davidov?"

Er lächelte kurz. „Es würde uns nur um Jahre älter machen, Nadine."

Sie nickte. „Eine lange Zeit. Lang genug, um dir so einen Vorschlag gar nicht erst zu machen." Ihr Lächeln wurde bitter. „Ich habe die Jahre hindurch die Parade der Frauen nicht übersehen können."

„Danke."

„Das war kein Kompliment", entgegnete Nadine. „Es war eine Beobachtung." Sie hielt kurz ein. „Ruth Bannion ist anders."

„Ja", bestätigte er einfach. „Ruth ist anders."

„Sei vorsichtig, Davidov." Sie wandte sich einem Techniker zu, der wieder auf die Bühne zurückkam. „Sie wird dich eine Weile hassen."

„Damit muss ich fertig werden."

„Natürlich", stimmte Nadine zu und erwartete auch nichts anderes.

Sehr aufrecht, mit gesammelter Miene und frischem Makeup kam Ruth auf die Bühne zurück. Sie hatte alles aus ihrem Kopf verdrängt bis auf den Tanz, den sie vor den Kameras ausführen würde. Gefasst ging sie auf Nick zu.

„Ich bin bereit."

Nick sah sie an. Er wollte sie fragen, ob sie noch immer Schmerzen habe, wollte ihr sagen, dass er sie liebte. Stattdessen sagte er: „Gut, dann fangen wir wieder an."

Keine zwei Stunden später stand Ruth unter der Dusche. Ihr Körper war wie betäubt vor Schmerz, ihr Kopf benommen

Tanz ins große Glück

vor Erschöpfung. Nur zwei Dinge waren klar: Sie verabscheute das Tanzen vor der Kamera. Und als sie Nick brauchte, hatte er sie im Stich gelassen. Er hatte mit ihr geredet, als ob sie faul und schwach wäre. Dass sie in aller Öffentlichkeit die Kontrolle über sich selbst verloren hatte, war demütigend genug. Seine kalten Worte hatten alles nur noch verschlimmert.

Sie trat aus der Duschkabine und wickelte sich gerade das Badetuch um, als Leah hereinkam. Mit einem Lächeln lehnte sie sich gegen das Waschbecken.

„Hi." Sie betrachtete Ruths blasses und erschöpftes Gesicht. „War der Tag hart?"

„Ziemlich." Ruth zog einen Sweater aus ihrer Kombitasche.

„Ich habe gehört, dass du am Nachmittag Schwierigkeiten mit einer Nummer gehabt hast."

Ruth hielt einen Moment inne, dann zog sie den Sweater über den Kopf und setzte eine gleichmütige Miene auf. „Nichts von Bedeutung", erwiderte sie einsilbig. Dann fügte sie ruhig hinzu: „Die Aufzeichnungen für *Le Corsaire* sind beendet."

„Du siehst blass aus", bemerkte Leah, während Ruth in ihre Jeans stieg. „Ein Glück, dass du zwei Tage freihast und dich ausruhen kannst, bevor man mit *The Red Rose* anfängt."

Ruth zog den Reißverschluss ruckartig hoch. „Du weißt ja toll Bescheid", entgegnete sie kurz angebunden.

„Ich mache es mir zur Pflicht, über alles, was in der Truppe vor sich geht, Bescheid zu wissen."

Ruth setzte sich und nahm ihre Turnschuhe aus der Tasche. Sie zog einen an und warf Leah einen langen, nachdenklichen Blick zu. „Was willst du wirklich, Leah?"

„Nick", kam die Antwort sofort. Ihr Lächeln vertiefte sich, als Ruths Augen glitzerten. „Nicht so, Darling, obwohl es verlockend wäre." Sie machte eine Kunstpause. „Mir scheint, dass es seine Vorteile hat, mit ihm liiert zu sein."

Ruth kämpfte gegen den Drang an, Leah den anderen Schuh in das grinsende Gesicht zu werfen. „Was zwischen Nick und mir persönlich ist, hat mit niemand anderem etwas zu tun, das lass dir gesagt sein."

„Oh, doch. Es hat zum Beispiel mit mir zu tun."

„Was?"

„Ich habe die Absicht, Primaballerina zu werden."

„Soll das eine Neuigkeit sein?" fragte Ruth mit beißendem Spott.

„Mir ist voll bewusst", fuhr Leah noch immer lächelnd fort, „dass ich Nick als Partner brauche, wenn ich ans Ziel kommen will."

„Dann hast du ein Problem." Ruth sah ihr ins Gesicht. „Nick ist mein Partner."

„Im Augenblick", stimmte Leah ihr ohne weiteres zu. „Er wird dich fallen lassen, wenn er es überhat, mit dir zu schlafen."

„Das geht nur mich etwas an", sagte Ruth leise.

„Nicks Liebschaften dauern niemals lange. Wir haben ja das Auf und Ab über die Jahre hinweg miterlebt. Außerdem, er wird nicht mehr lange tanzen, vielleicht noch zwei Jahre. Er choreographiert sowieso schon die meiste Zeit. Und mehr als zwei Jahre brauche ich nicht", schloss Leah selbstzufrieden.

„Zwei Jahre!" Ruth lachte und schwang ihre Tasche über die Schulter. „In sechs Monaten werde ich die absolute Primaballerina sein." Der Zorn bestimmte, was sie sagte. „Nach der Fernsehsendung wird jeder im Lande wissen, wer ich bin." Sie schob Leah zur Seite und verließ den Duschraum.

Sie kochte vor Wut, als sie auf den Ausgang zusteuerte.

Tanz ins große Glück

„Ruth!" Nick nahm sie beim Arm, als sie auf seinen ersten Ruf nicht reagierte. „Wo gehst du hin?"

„Nach Hause", antwortete sie schroff.

„Gut." Er musterte ihr erhitztes Gesicht. „Ich bringe dich hin."

„Ich weiß, wo es ist." Sie wandte sich der Tür zu, aber er umschloss fest ihren Unterarm.

„Ich habe gesagt, dass ich dich hinbringe."

„Nun gut." Ruth zuckte die Schultern. „Mach, was du willst."

„Das tue ich meistens", entgegnete er kühl und zog sie mit sich nach draußen und zum Taxistand.

Auf dem Weg zu ihrem Apartment saßen sie schweigend nebeneinander. Ruth wusste, dass es nicht viel brauchte, um sie wie eine Rakete hochgehen zu lassen. Der Zorn kochte in ihr. Sie schloss ihre Wohnungstür auf und überließ es Nick, ihr zu folgen oder sich umzudrehen und wegzugehen.

Von seinem Platz auf dem Sofa erhob sich Nijinsky, streckte sich kurz und sprang geräuschlos zu Boden. Pflichtbewusst umrundete er Ruths Füße, um dann sogleich Nicks Schuhe zu beschnuppern. Sie hörte, wie Nick den Kater murmelnd begrüßte. Immer noch schweigend, ging sie in ihr Schlafzimmer, um ihre Tasche auszupacken.

Volle zehn Minuten blieb sie im Schlafzimmer, beschäftigte sich mit einem Dutzend sinnloser Dinge. Ihre Nerven waren zum Zerreißen angespannt. Dann fand sie, dass es allmählich lächerlich wurde, sich noch länger hier aufzuhalten. Sie band ihr Haar mit einer Kordel zurück und verließ den Raum.

Nick lag in tiefem Schlaf auf der Couch. Er lag auf dem Rücken mit einem schnurrenden Nijinsky auf seiner Brust, der sich dort gemütlich zusammengerollt hatte.

Sie konnte die dunklen Schatten unter seinen Augen sehen und die Falten der Erschöpfung um seinen Mund.

Ruth nahm die Mohairdecke von der Sessellehne und breitete sie über Nick aus. Er rührte sich kein bisschen. Nijinsky öffnete kurz ein Auge, warf ihr einen vorwurfsvollen Blick zu und döste wieder ein. Ruth setzte sich mit untergezogenen Beinen in den Sessel und wachte über den Schlaf ihres Geliebten.

Es war dunkel, als Nick völlig desorientiert wach wurde. Er presste die Hände gegen die Schläfen. Auf seiner Brust lag etwas Schweres. Er tastete danach und berührte ein warmes Fellknäuel. Als Nijinsky versuchsweise seine Krallen ausfuhr, stieß Nick einen leisen Fluch aus und setzte sich auf. Er sah Licht in der Küche, blieb aber noch einen Moment lang so sitzen, bevor er aufstand und hinging.

Ruth stand am Herd. Sie hatte das Haar zurückgebunden, und er konnte ihr Profil betrachten. Es war ein schön geschnittenes Profil mit gerader Nase, glatter Stirn und leicht schrägen Augen. Sie hatte ihre Lippen leicht geöffnet – weiche Lippen, die so freigebig sein konnten und so verführerisch schmeckten. Sie hatte den schlanken Hals einer klassischen Ballerina. Er kannte die genaue Stelle, wo die Haut am empfindlichsten war.

Ruth sah sehr jung aus in dem kalten Küchenlicht, genauso wie sie ausgesehen hatte, als er ihr das erste Mal begegnet war – im grellen Sonnenlicht auf dem Parkplatz vor Lindsays Tanzschule. Plötzlich drehte sie sich zu ihm um, als ob sie ihn gespürt hätte.

Sie fuhr sich mit der Zunge über die Lippen. „Du hast angefangen, dich zu bewegen. Ich dachte, dass du vielleicht hungrig sein würdest. Magst du Omelett?"

„Ja."

Nick lehnte sich gegen den Türpfosten, während sie sich weiter mit den Vorbereitungen beschäftigte. Ein Blick auf seine Uhr zeigte ihm, dass es kurz vor neun war. Er hatte keine zwei Stunden geschlafen, aber er fühlte sich so erfrischt, als ob er die ganze Nacht durchgeschlafen hätte.

„Kann ich dir helfen?"

Ruth schlug die Eier in die Pfanne. „Du kannst den Tisch decken. Ich bin fast fertig." Neben ihr auf der Arbeitsplatte blubberte die Kaffeemaschine.

Nick holte Teller und Tassen heraus. Und Ruth gab das erste Omelett gekonnt auf seinen Teller. „Fang schon an. Meins ist auch gleich fertig." Die geschlagenen Eier zischten, als Ruth sie in die heiße Pfanne goss. „Ich bringe den Kaffee mit."

Nick trug seinen Teller in den Essraum, während Ruth sich auf das zweite Omelett konzentrierte. Als es fertig war, stellte sie die Kaffeemaschine aus und brachte ihren Teller und die Kaffeekanne zum Esstisch.

Nick blickte auf, als sie hereinkam.

„Schmeckt's?" Sie setzte sich ihm gegenüber und füllte die Kaffeetassen.

„Sehr gut." Er nahm noch einen Bissen in den Mund. „Ich habe dir zu danken, dass du mich hast schlafen lassen. Ich brauchte den Schlaf."

„Du hast sehr müde ausgesehen", murmelte sie. „Mir ist nie der Gedanke gekommen, dass es auch für dich aufreibend sein könnte."

„Ah", sagte er leicht belustigt. „Davidov, der Unverwüstliche."

„Ich nehme an, dass ich dich immer so gesehen habe. Ja, dass alle von der Company dich so gesehen haben."

Er schwieg eine Weile. Dann sagte er leise: „Du bist nicht

‚alle von der Company'." Er sah, wie ihr Tränen in die Augen stiegen. Etwas zog sich in ihm zusammen. „Du solltest essen", verlangte er energisch. „Es war ein langer Tag."

Ruth nahm die Kaffeetasse und kämpfte um ihre Fassung.

„Etwas riecht verbrannt", sagte Nick plötzlich und sprang auf. Mit einem kleinen Aufschrei folgte Ruth ihm in die Küche.

Das verbliebene Fett in der Pfanne rauchte. Sie stellte die Gasflamme aus und kickte mit dem Fuß wütend gegen den Herd.

„Vorsicht", warnte Nick. „Ich kann keine Partnerin mit gebrochenen Zehen gebrauchen."

Ruth wirbelte zu ihm herum, am liebsten hätte sie die Wut an ihm ausgelassen. Aber Nick lächelte. Es war, als ob er damit einen Damm durchbrochen hätte.

„Oh, Nick!" Ruth warf sich ihm in die Arme und klammerte sich an ihn. „Es war ein so schrecklicher Tag. Ich habe noch nie so schlecht getanzt."

„Nein", widersprach er und küsste sie aufs Haar. „Du hast sehr gut getanzt. Und du wurdest noch besser, als du nach dem Krampf böse auf mich warst."

Ruth wusste, dass Nick sie, wenn es ums Tanzen ging, nie anlügen würde, nur um sie zu trösten.

„Ich hätte nicht auf dich böse sein dürfen. Ich bin so mit mir selbst, mit meinen Gefühlen beschäftigt gewesen, dass mir kein Gedanke daran gekommen war, wie anstrengend es auch für dich sein kann. Bei dir sieht immer alles so einfach aus."

„Du hast etwas gegen die Kameras."

„Ich hasse sie. Sie sind schrecklich."

„Aber nützlich."

„Das weiß ich." Ruth entzog sich ihm. „Ich finde es mehr

als abscheulich, wie ich mich am Nachmittag benommen habe. Vor all den Leuten zu weinen ... dich anzugreifen."

„Du bist Künstlerin. Ich habe es dir schon mal gesagt ... Gefühlsausbrüche werden von dir erwartet."

„Ich mag es aber nicht, mich öffentlich zur Schau zu stellen." Sie seufzte. „Und ganz besonders mag ich es nicht, wenn ich mich egoistisch und lieblos zeige."

„Du gehst zu hart mit dir selbst ins Gericht, Ruth. Die Frau, die ich liebe, ist nicht egoistisch und lieblos."

„Ich bin es heute gewesen." Sie schüttelte den Kopf. „Ich habe unentwegt nur an mich selbst gedacht, bis ich dich schlafend hier auf dem Sofa gefunden habe. Du hast so völlig erschöpft ausgesehen. Mir wurde plötzlich klar, dass ich tatsächlich so einseitig ausgerichtet sein kann, wie Donald es mir vorgeworfen hat."

„Oh, genug davon." Nick nahm sie bei den Schultern. „Wir müssen an uns selbst denken, an unsere Körper. Anders können wir in unserem Geschäft nicht überleben. Es wäre dumm von dir zu glauben, dass du deshalb weniger wertvoll als Mensch bist. Wir unterscheiden uns von den anderen, ja, das stimmt, aber wir müssen so sein."

„Egoistisch?"

„Muss es eine Bezeichnung haben?" Nick schüttelte sie ein wenig, dann zog er sie an sich. „Egoistisch, wenn du es so nennen willst. Hingebungsvoll. Besessen. Spielt es eine Rolle? Macht dich das zu jemand anderem? Macht mich das zu einem anderen?" Unvermittelt presste er die Lippen auf ihren Mund.

Ruth stöhnte unter seinem Kuss und drängte sich an ihn. Seine Lippen waren zärtlich und Besitz ergreifend zugleich. Nick zog Ruth enger an sich – und noch enger, bis kleine Funken tief in ihr sich entzündeten.

„So wollte ich dich küssen, als du wütend und voller Schmerz auf der Bühne gesessen hast." Nick sagte das dicht an ihrem Mund.

„Ja, das hätte ich mir gewünscht." Sie schloss die Arme fest um ihn.

„Du hättest niemals so weiter tanzen können, wie du es getan hast, wenn ich dich getröstet hätte." Nick legte den Finger unter ihr Kinn und hob ihr Gesicht an. „Ich weiß das, weil ich dich kenne. Macht mich das kalt und egoistisch?"

„Es macht dich … zu Davidov." Ruth seufzte und lächelte ihn an. „Und das ist alles, was ich haben will."

„Und du bist Ruth." Er küsste sie wieder. „Und das ist alles, was ich haben will."

„Es hört sich so einfach bei dir an. Ist es so einfach?"

„Heute Nacht ist es einfach." Nick hob Ruth auf die Arme.

13. KAPITEL

Ruth saß in der sechsten Reihe und sah den Aufzeichnungen zu. Ihre drei Teilstücke aus dem Ballett waren beendet. Was vielleicht neun oder zehn Minuten Sendezeit dauern würde, hatte sie drei harte Drehtage gekostet. Ruth hatte es gelernt, für die Kamera zu tanzen. Aber ihr war klar, dass sie niemals die Begeisterung dafür aufbringen würde wie Nick.

Er glüht förmlich vor Energie, dachte sie, während sie ihn auf der Bühne beobachtete. Sogar wenn er nicht tanzt.

Die Ballettgruppe tanzte eine Szene aus *Rodeo*. Von den Cowboyhüten und den karierten Baumwollhemden hob sich Nick in dem für ihn typischen grauen Trainingsanzug ab. Er unterwies die Tänzer.

Ruth wusste, wie wenig Entspannung er sich während der letzten Wochen gegönnt hatte. Und sogar jetzt, wo er das letzte Mal mit den Tänzern die Stücke vor der Kamera durchprobte, war er lebendig und enthusiastisch wie ein Junge. Wie schafft er das nur? fragte sie sich.

Die Musik füllte das Theater. Der schnelle, abgehackte Western-Rhythmus gab die Stimmung für den Tanz an. Nick stand, die Hände leicht auf die Hüften gestützt, hinter einem der Kameramänner und beobachtete die Tänzer aus diesem Blickwinkel.

„Er scheint die Sache im Griff zu haben. Doch wen wundert's?" Nadine setzte sich neben Ruth.

Die Musik verstummte. Der Fernsehregisseur redete über den Kopfhörer zu einem der Techniker. Daraufhin sagte Nick etwas zu den Tänzern.

„Ja", antwortete Ruth. „Es sieht ganz danach aus."

„Wie ein Junge mit einer neuen Spielzeugeisenbahn."

Ruth warf Nadine einen verdutzten Blick zu. „Spielzeugeisenbahn?"

„Diese Begeisterung, diese Aufregung", erklärte sie und machte eine ausladende Handbewegung. „Er geht darin auf."

„Ja." Ruth blickte wieder zu Nick hinüber. „Ich kann es sehen."

„Deine Tänze waren gut." Auf Ruths Auflachen fuhr Nadine fort: „Oh, ich weiß, dass du dich den neuen Anforderungen erst anpassen musstest. Aber so ist das Leben."

„Hast du zugesehen?"

„Ich sehe immer zu."

„Du bist normalerweise nicht so nett, Nadine", bemerkte Ruth trocken.

„Meine Liebe, ich bin niemals nett. Ich kann es mir nicht leisten." Die Musik fing wieder an, und obwohl Nadines Blick auf die Bühne gerichtet war, sprach sie zu Ruth. „Alles in allem ist es sehr gut gegangen. Die Aufzeichnung ist großartig."

„Hast du sie gesehen?"

Nadine zog nur die Augenbraue hoch. „Die Serie wird so ausfallen, wie wir es uns erhofft haben. Ich kann offen sagen, dass du und Nick zusammen schon lange nicht so gut gewesen seid wie bei diesen Dreharbeiten. Nie hätte ich gedacht, dass er eine Partnerin finden könnte, die Lindsay gleichkommt. Natürlich ist euer Stil grundverschieden. Wenn Lindsay sich in den Spagat aufschwang, dann wirkte es so schwerelos und fließend, dass es geradezu an Zauberei grenzte. Du dagegen forderst heraus, so als ob du der Schwerkraft trotzen wolltest. Aber auch deine Bewegungen sind wunderbar fließend."

Ruth dachte darüber nach. „Lindsay war die beste Ballerina, die ich jemals gesehen habe."

Tanz ins große Glück

„Wir haben sie verloren, weil sie zuließ, dass ihr das persönliche Leben zu wichtig wurde", erwiderte Nadine brüsk.

„Sie hatte keine Wahl", verteidigte Ruth Lindsay. „Sie traf den Mann ihres Lebens, und die Familie wurde ihr wichtiger als das Ballett. Es war Schicksal."

„Es war ihre eigene Entscheidung." Nadine sah Ruth jetzt wieder an. „Ich glaube nicht an Schicksal. Wir lassen die Dinge geschehen. Oder eben auch nicht."

„Lindsay hat das ganz einfach nur getan, was sie glaubte tun zu müssen."

„Was sie freiwillig gewählt hat", verbesserte Nadine. „Ich habe eine Priorität in meinem Leben gehabt. Und ich würde es gerne sehen, dass alle meine Tänzer genauso denken, nur weiß ich es leider besser. Du hast das Talent, die Jugend, den Ehrgeiz, dir in der Welt des Balletts einen großen Namen zu machen. Lindsay hatte gerade angefangen, Aufmerksamkeit zu erregen, als sie das Ballett verließ. Ich möchte nicht gern auch dich verlieren."

„Warum solltest du das?" Ruth stellte die Frage sehr vorsichtig und ließ Nadine dabei nicht aus den Augen. Sie nahm plötzlich nicht mehr wahr, was auf der Bühne geschah.

„Tänzer sind für ihr Temperament bekannt."

„Das weiß ich nur allzu gut", gab Ruth trocken zurück. „Aber das beantwortet nicht meine Frage."

„Ich brauche euch beide, Ruth, dich und Nick, aber Nick brauche ich mehr." Nadine machte eine Pause. Sie wartete darauf, dass ihre Worte auch begriffen wurden. „Solltet ihr zwei an den Punkt kommen, wo die Dinge nicht mehr so sind, wie sie sind, und ihr nicht mehr länger zusammenarbeiten könnt – oder wollt –, müsste ich eine Wahl treffen. Der *Corps de Ballet* kann es sich nicht leisten, Nick zu verlieren."

„Ich verstehe." Ruth drehte sich zur Bühne um und starrte auf die Tänzer.

„Ich habe schon seit einer ganzen Weile vorgehabt, mit dir darüber zu reden. Ich dachte, dass es besser sei, dir meinen Standpunkt klar zu machen."

„Hast du mit Nick darüber gesprochen?"

„Nein." Nadine blickte zu Nick hinüber, der sich mit den Kameramännern unterhielt. „Nicht so offen. Ich werde es natürlich tun, wenn es mir notwendig erscheint. Ich hoffe, dass es nicht dazu kommen muss."

„Eine ganze Anzahl von Tänzern in der Truppe haben ein Verhältnis miteinander", sagte Ruth. „Einige sind sogar miteinander verheiratet. Machst du es dir zur Gewohnheit, in ihrem Privatleben herumzuschnüffeln?"

„Solange ihr Privatleben sich nicht negativ auf die Arbeit auswirkt, sehe ich keinen Grund, mich da einzumischen." Sie warf Ruth wieder einen ihrer viel sagenden Blicke zu. „Aber Nick ist nicht nur einer meiner Tänzer. Wir beide wissen das."

„Du kannst wohl kaum behaupten, dass das, was zwischen mir und Nick ist, sich störend auf die Truppe oder auf unser Tanzen auswirkt", bemerkte Ruth steif.

„Noch nicht. Ich mag dich, Ruth, darum habe ich es dir auch gesagt. Und jetzt muss ich gehen, um aus unseren Geldgebern ein paar Dollars mehr herauszuholen." Nadine erhob sich, und ohne ein weiteres Wort ging sie den Gang hinunter, dem Ausgang zu, und verließ das Theater.

Auf der Bühne arbeitete Nick mit seinen Tänzern, korrigierte sie einzeln und als Gruppe. Dieser Arm war nicht perfekt angewinkelt, diese Fußstellung war nicht ganz makellos. Es gab zwei im Ensemble, die er bald zu Solotänzern befördern wollte – ein junges Mädchen, knapp achtzehn, das er mit besonderem Interesse ins Auge gefasst hatte. Sie erinnerte ihn ein wenig an Lindsay. Er sah sie bereits als Carla im *Nussknacker*, den er im nächsten Jahr in einer Neufassung zur Aufführung bringen wollte. Er würde Madame Maximowa veranlassen, mit ihr einzeln zu arbeiten.

Arme Kinder, dachte er, als er seine Tänzer beobachtete. Waren sie sich der Schinderei bewusst, der sie täglich ausgesetzt wurden? Nur wenige von ihnen würden es zu Solisten schaffen.

Er lächelte, als er sich an die Zeit erinnerte, wo Ruth noch in der Ballettgruppe als eine von ihnen getanzt hatte. Sie war so jung gewesen und sehr scheu. Nur wenn sie getanzt hatte, war sie wirklich selbstsicher gewesen. Sogar damals hatte er sie begehrt, und das hatte ihn erstaunt.

Fünf Jahre, dachte er. Fünf Jahre, und jetzt, endlich, hatte er sie. Doch das war ihm nicht genug. Es gab Abende, wo er bis spät in die Nacht mit Verpflichtungen beschäftigt und deshalb gezwungen war, in seine eigene leere Wohnung heimzukehren, während Ruth weit weg von ihm in ihrem Bett schlief.

Er fragte sich, ob er jetzt wohl derart ungeduldig war, weil er so lange auf Ruth hatte warten müssen. Das Geständnis, das er ihr an dem späten Abend gemacht hatte, als er in ihr Apartment kam, wurde von Tag zu Tag gewisser. Er liebte sie. Er brauchte sie.

Schließlich waren die Aufzeichnungen fürs Erste beendet, und das Kamerateam, die Tänzer und die Musiker verließen nach und nach die Bühne. Die Beleuchter schalteten die Scheinwerfer aus, und die Temperatur sank merklich.

„Na?" Nick zog Ruth in die Arme, als sie auf die Bühne trat. „Was denkst du darüber?"

„Es war großartig", antwortete sie ehrlich. Sie versuchte, nicht an die Unterhaltung mit Nadine zu denken, als Nick ihr einen Kuss gab. „Offensichtlich hast du ein Gespür für das typisch Amerikanische."

„Ich habe mir schon immer gedacht, dass ich einen guten Cowboy abgeben würde." Nick grinste und nahm einen liegen gelassenen Stetson auf. Mit einer schwungvollen Handbewegung setzte er ihn sich auf den Kopf. „Jetzt brauche ich nur noch einen Revolver."

Ruth lachte. „Er steht dir", fand sie und zog ihm den Stetson tiefer in die Stirn.

„Bist du hungrig?" wollte Nick wissen. „Wir haben noch eine Stunde, bevor wir weitermachen."

„Ja, ich bin hungrig."

Er legte den Arm um ihre Taille, nahm den Hut ab und warf ihn auf einen Stuhl, während sie von der Bühne gingen. „Wir holen uns etwas aus der Kantine und nehmen es in mein Büro. Ich möchte dich für mich allein haben."

Zehn Minuten später schloss Nick die Bürotür hinter sich. „Wir sollten Musik zu einem solch ausgewählten Mahl haben, meinst du nicht auch?" Er ging zur Stereoanlage.

Ruth setzte die zwei kleinen Schüsseln mit dem Früchtesalat auf seinen Schreibtisch, als er Musik von Rimski-Korsakow anmachte.

Dann kam er zu ihr zurück. „Das zuerst." Er nahm Ruth in die Arme.

„Küss mich", verlangte sie, und als Nick es tat, stöhnte sie leise. Mit den Fingern fuhr sie durch sein Haar, während das Verlangen immer größer wurde. Er küsste sie wild und drückte sie so fest an sich, dass sie für einen Moment glaubte, keine Luft mehr zu bekommen.

Als das Telefon auf seinem Schreibtisch anfing zu klingeln, stieß er einen leisen Fluch aus.

„Was ist?" fragte er ziemlich barsch, nachdem er den Hörer abgenommen hatte.

Ruths Atem ging noch immer heftig, und sie setzte sich.

„Ich kann ihn jetzt nicht empfangen." Sie kannte diesen scharfen, ungeduldigen Ton bei Nick bereits und konnte nicht anders, als ein wenig Mitleid mit dem Anrufer zu empfinden. „Nein, er wird warten müssen. Ich bin beschäftigt, Nadine."

Ruth hob die Augenbrauen. Niemand sprach so mit Nadine. Doch Davidov war kein Niemand.

„Ja, ich bin mir dessen bewusst. Gut, dann in zwanzig Minuten. Nein, zwanzig." Er legte den Hörer auf. Als er Ruth wieder ansah, blitzten seine Augen noch immer vor Ärger. „Es sieht so aus, als ob eine geöffnete Geldbörse meine Aufmerksamkeit verlangt." Er fluchte und steckte die Hände tief in die Hosentaschen. „Es gibt Zeiten, wo diese Jagd nach Geld mich verrückt macht. Dieses stete Schmeicheln ist widerlich. Es ist einfacher gewesen, nur zu tanzen."

„Komm und iss", meinte Ruth besänftigend. „Zwanzig Minuten ist genug Zeit."

„Ich rede nicht nur von jetzt!" Zorn lag in seiner Stimme, und Ruth machte sich auf eine wütende Schimpfkanonade gefasst. „Ich wollte letzte Nacht mit dir zusammen sein, und all die Nächte zuvor. Immer muss ich alleine schlafen. Ich brauche mehr als nur dies, mehr als die wenigen Augenblicke am Tag, mehr als nur ein, zwei Nächte in der Woche."

„Nick ...", begann Ruth, aber er unterbrach sie.

„Ich möchte, dass du zu mir ziehst, um bei mir, mit mir zu leben."

„Zu dir ziehen?" fragte Ruth überrascht.

„Ja. Heute noch."

Die Gedanken wirbelten ihr im Kopf herum, als sie Nick anstarrte. „In dein Apartment?"

„Ja." Ungeduldig zog er sie auf die Füße. „Ich kann nicht – will nicht in meine leeren Räume heimkehren." Fest umfasste er ihre Arme. „Ich will dich bei mir haben."

„Mit dir zusammenleben?" sagte Ruth, als ob sie es immer noch nicht begriffen hätte. „Meine Sachen ..."

„Die holen wir." Nick sah sie aufmunternd an. „Das ist doch kein Problem."

Ruth zog sich von ihm zurück. „Das muss ich zuerst überdenken."

„Verdammt, was gibt es denn da noch zu überdenken?" Selbst wenn sie auf Nicks Vorschlag gefasst gewesen wäre, dann hätte sie ganz sicher nicht damit gerechnet, dass er sie dabei anschreien würde.

„Ich muss es aber überdenken, Nick", beharrte Ruth genauso laut wie er. „Du willst schließlich, dass ich mein Leben ändere und das einzige Zuhause, das ich jemals für mich allein gehabt habe, verlasse."

„Ich bitte dich, ein Zuhause mit mir zu haben." Er sah sie eindringlich an. „Ich habe es satt, mir die kurzen Augenblicke mit dir stehlen zu müssen."

„Ich möchte über mein Leben selbst bestimmen. Ich werde mich nicht auf diese Weise bedrängen lassen!"

„Bedrängen? Verdammt noch mal!" Nick stürmte zum Fenster, dann zurück zu ihr. „Du redest von zwingen? Fünf Jahre – fünf Jahre! – habe ich auf dich gewartet. Ich wollte ein Kind und musste warten, bis das Kind endlich zur Frau herangereift war."

Ruth sah ihn mit großen Augen an. „Willst du damit etwa

sagen, dass du für mich Gefühle gehabt hast seit ... von Anfang an? Und dass du es mir nie erzählt hast?"

„Was hätte ich dir erzählen sollen?" entgegnete Nick zornentbrannt. „Du warst siebzehn!"

„Ich hatte ein Recht, meine eigene Entscheidung zu treffen!" Mit einer stolzen Kopfbewegung warf sie ihr Haar zurück und starrte Nick wütend an. „Du hast kein Recht gehabt, die Entscheidung für mich zu treffen."

„Ich habe dir die Entscheidung überlassen, als die Zeit dafür gekommen war."

„Du hast ... Oh, nein!" brachte Ruth vor Entrüstung mit erstickter Stimme heraus. „Du bist der Leiter des Ballettkorps, nicht der Leiter meines Lebens, Davidov. Wie kannst du es wagen, für mich Entscheidungen zu treffen?"

„Die Entscheidung betrifft auch mein Leben", erinnerte Nick sie. Seine Augen funkelten, als er hinzusetzte: „Oder hast du das vergessen?"

„Du hast mich immer wie ein Kind behandelt", entgegnete Ruth heftig, ohne auf seine Frage einzugehen. „Ich bin schon erwachsen gewesen, bevor ich dich traf. Und nun stehst du da und erzählst mir, dass du jahrelang meinetwegen etwas vor mir verborgen hast. Und du sagst mir, einfach so, ich soll meine Sachen zusammenpacken und zu dir ziehen."

„Ich habe ja nicht geahnt, dass ein solcher Wunsch dich beleidigen würde", entgegnete er schroff.

„Wunsch?" wiederholte Ruth. „Es war ein Befehl. Und ich lasse mir nicht befehlen, mit dir zusammenzuleben!"

„Nun gut, wenn du es so willst." Nick sah sie lange und fest an. „Ich habe eine Verabredung."

Wieder übermannte Ruth die Wut, als Nick zur Tür ging. „Ich nehme mir Urlaub", rief sie impulsiv.

Nick blieb mit der Hand auf der Türklinke stehen und drehte sich zu ihr halb um. „Die Proben fangen in sieben Tagen wieder an", erklärte er mit tödlicher Ruhe. „Du wirst zurück sein, oder du bist gefeuert. Die Entscheidung liegt bei dir."

Er verließ sein Arbeitszimmer, ohne sich die Mühe zu machen, die Tür hinter sich zu schließen.

14. KAPITEL

Lindsay hob Amanda hoch und setzte sie auf ihre Hüfte, während Justin ein Spielzeugauto quer über die Holzdiele rasen ließ.

„Wir essen in zehn Minuten, junger Mann", warnte Lindsay und trat gekonnt über die umgefallenen und geparkten Autos. „Geh, wasch dir die Hände."

„Die sind nicht schmutzig." Justin beugte den blonden Kopf über einen winzigen knallroten Rennwagen, so als ob er den Motor reparieren müsste.

Lindsay zog Amanda, die sich freistrampeln wollte, dichter an sich. „Würde sich trotzdem lohnen", meinte sie trocken. Es war ihr letztes Wort, und Justin wusste das.

Er steckte den Ferrari in seine Hosentasche und stand auf. Mit einem verdrossenen Seufzer verließ er das Zimmer, ohne sich umzusehen.

Lindsay lächelte. Es erstaunte sie, dass ihr Sohn vier Jahre alt war. Er war bereits aus der Entwicklungsstufe eines pausbäckigen Kleinkindes herausgewachsen und war schmal geworden. Und, wie sie nicht ohne Stolz dachte, er hat das Haar und die Augen seiner Mutter. Sie verzog das Gesicht bei der Ansammlung von Spielzeugautos, die auf der Diele verstreut lagen. Und er hat auch den Mangel an Organisation seiner Mutter, setzte sie im Stillen hinzu.

„Überhaupt nicht wie du, stimmt's?" Sie gab ihrer kleinen Tochter einen Kuss.

Amanda war dunkelhaarig, das Ebenbild ihres Vaters. Und wie Seth war sie peinlich genau. Ihre vielen Puppen saßen in Reih und Glied in ihrem Zimmer, wenn sie nicht gerade mit ihnen spielte. Das Temperament hatte sie allerdings von beiden

Elternteilen geerbt, denn sie ging nicht gerade zimperlich mit ihrem Bruder um, wenn er sie störte.

Lindsay setzte die Kleine auf den Boden und fing an, die Autos einzusammeln.

Eine Stunde später eilte sie die Treppe hinunter, um sich auf den Weg zu ihrer Ballettschule zu machen, und öffnete die Eingangstür. „Ruth!" Sie war so verblüfft, dass sie Ruth nur anstarren konnte.

„Hast du noch ein Zimmer frei für eine entflohene Tänzerin und einen leicht übergewichtigen Kater für das Wochenende?"

„Oh, natürlich!" Lindsay zog Ruth über die Türschwelle und umarmte sie. Nijinsky machte sich zwischen ihnen frei, sprang auf den Boden und stolzierte davon. Er hatte es überhaupt nicht gern zu reisen. „Es ist schön, dich wiederzusehen. Seth und die Kinder werden überrascht sein."

Nach der ersten überschwänglichen Freude konnte Lindsay es förmlich spüren, dass Ruth verzweifelt war. Sie hielt sie ein Stück von sich ab und blickte ihr prüfend ins Gesicht. Ruths Ausdruck war eindeutig unglücklich. „Ist alles in Ordnung?"

„Ja."

Lindsays Blick war klar auf sie gerichtet.

„Nein", gab Ruth zu. „Ich brauche Zeit für mich."

„Gut." Lindsay nahm Ruths Reisetasche und setzte sie in der Halle ab. „Dein Zimmer ist frei. Geh nach oben und überrasche Seth und die Kinder. Ich bin in zwei Stunden wieder zurück."

„Danke."

Lindsay eilte aus der Tür, und Ruth holte tief Luft.

Zwei Tage später schickte Seth seine Frau und Ruth zu einem Spaziergang an den Strand, ohne ihn oder die Kinder. Er wusste, es war an der Zeit, dass Ruth ihr Herz ausschüttete. Sie war sehr still und zurückgezogen gewesen.

Die Luft roch nach Meer. Ruth hatte es fast vergessen, wie sauber und scharf der Meeresgeruch war. Der Strand war lang und steinig und laut mit der stetigen Brandung.

„Ich bin schon immer sehr gern hier gewesen." Lindsay steckte die Hände tief in die Jackentaschen.

„Zu Anfang habe ich es gehasst, als wir hierher an die Atlantikküste kamen", sagte Ruth in Gedanken versunken. „Das Haus, die Brandung, alles."

„Ja, ich weiß."

Ruth warf ihr einen Seitenblick zu. Ja, dachte sie, Seth wird es ihr erzählt haben. „Ich kann mich nicht mehr erinnern, wann es anders wurde. Eines Morgens wachte ich auf und fühlte mich zu Hause. Onkel Seth ist unglaublich geduldig gewesen."

„Ja, er ist ein geduldiger Mann." Lindsay lachte. „Manchmal bringt er mich damit aber auch auf die Palme. Ich laufe Sturm gegen ihn, und er gewinnt in seiner Ruhe den Kampf. Seine Selbstbeherrschung kann frustrierend sein." Sie musterte Ruth von der Seite. „Du bist ihm darin ähnlich."

„Tatsächlich?" Ruth überlegte einen Augenblick. „In letzter Zeit bin ich nicht sehr beherrscht gewesen."

„Auch Seth hat seine Momente." Lindsay bückte sich, um einen glatten Stein aufzuheben.

„Lindsay, du hast mich nicht gefragt, warum ich so plötzlich aufgetaucht bin und wie lange ich vorhabe zu bleiben."

„Es ist dein Zuhause, Ruth. Du musst keine Erklärungen abgeben."

„Es ist Nick", sagte Ruth unvermittelt.

„Ja, ich weiß."

„Ich liebe ihn, Lindsay. Und das macht mir Angst."

„Ich kenne das Gefühl. Du hast dagegen angekämpft, nehme ich an."

„Ja. Oh, es gibt da so vieles, mit dem ich ins Reine kommen muss." Aus Ruths Stimme klang Verzweiflung heraus. „Ich habe in den letzten Tagen versucht, klar zu denken, aber nichts scheint einen Sinn zu haben."

„Es ist der Zustand eines jeden, der verliebt ist." Lindsay setzte sich auf einen Felsen.

Es war genau hier, als Seth und sie sich an jenem Tag geküsst hatten. Die Erinnerung tauchte vor Lindsays geistigem Auge auf. Sie war verliebt gewesen und voller Angst, weil nichts einen Sinn zu haben schien. Ruth war vom Haus gekommen mit einem Kätzchen unter dem geschlossenen Reißverschluss ihrer Jacke. Sie war siebzehn gewesen und auf der Hut, dass keiner ihr zu nahe kam. Vielleicht ist sie noch immer auf der Hut, dachte Lindsay und sah sie prüfend an. „Möchtest du darüber reden?"

Ruth zögerte einen Moment. „Ja, ich denke, ich sollte es tun."

„Dann setz dich zu mir und fang beim Anfang an."

Es war einfach, nachdem sie erst einmal begonnen hatte. Ruth erzählte ihr, wie Nick und sie plötzlich zusammengekommen waren nach so vielen Jahren, in denen sie Seite an Seite miteinander gearbeitet hatten. Sie erzählte ihr auch, wie überrascht sie gewesen war, als sie erfuhr, dass Nick sie liebte, und wie enttäuscht sie beide gewesen waren, weil sie keine Zeit füreinander hatten. Sie ließ nichts aus – die Szenen mit Leah, Nicks rasche Stimmungswechsel, ihre eigenen Unsicherheiten.

„Dann, an dem Tag, wo ich einfach abreiste und hierher kam, hat Nadine mit mir gesprochen. Sie wollte, dass ich mir über eine Sache ganz klar werde: Falls es zwischen Nick und mir zu einem Bruch kommen sollte und wir deshalb nicht mehr zusammenarbeiten würden, müsste sie mich gehen lassen." Ruth starrte hinaus aufs Meer. Sie fühlte sich absolut hilflos in ihrer Enttäuschung.

„Bevor ich mich über diese Nachricht beruhigen konnte, verlangte Nick von mir, dass ich mein Apartment aufgebe und zu ihm ziehe." Ruth lachte kurz auf. „Er *verlangte* es. Und er machte mich so wütend, wie er dastand, mich anschrie, weil ich ihm nicht gleich folgte. Wie nebenbei ließ er einfließen, dass er mich seit fünf Jahren für sich haben wollte. Kein einziges Wort hat er darüber in der ganzen Zeit verloren. Kein einziges Wort! Ich konnte es kaum glauben. Den Nerv zu haben ..."

Ruth hielt inne, um den neu aufgekommenen Ärger herunterzuschlucken. „Ich konnte den Gedanken nicht ertragen, dass er über mein Leben bestimmt. Ich sollte meine Sachen packen und ohne einen weiteren Gedanken zu ihm ziehen. Er hat mich nicht einmal gebeten. Er hat es befohlen, so als ob er sein neuestes Ballett inszenieren wollte. Nein", verbesserte sie sich und sprang auf, weil sie keine Ruhe hatte zu sitzen. „Bei der Arbeit gibt er sich menschlicher. Er hat mich kein einziges Mal gefragt, wie ich dazu stehe, wie meine Gefühle sind. Er hat mich vor die vollendete Tatsache gestellt, und das gleich nach dem kleinen Zwiegespräch mit Nadine und nach der schrecklichen Woche vor der Kamera."

Nachdem Ruth ihrem Herzen Luft gemacht hatte, fühlte sie sich auf einmal besser und setzte sich wieder neben Lindsay. „Ich bin in meinem ganzen Leben noch nie so verwirrt gewesen."

Nachdenklich ließ Lindsay den Stein durch ihre Finger gleiten und befühlte seine Glätte. „Nun", meinte sie schließlich,

„ich habe den strikten Grundsatz, keine Ratschläge zu geben."
Sie blickte eine Weile auf den Atlantik hinaus. „Aber Grundsätze sind da, um sie zu brechen. Wie gut kennst du Nick?"

„Nicht so gut wie du", antwortete Ruth spontan. „Er war in dich verliebt." Die Worte waren heraus, bevor Ruth klar war, was sie da gesagt hatte. „Oh, Lindsay ..."

„Ja, tatsächlich." Lindsay wandte Ruth das Gesicht zu. „Als ich zur Truppe stieß, hatte Nadine um das Weiterbestehen der Ballettgruppe schwer zu kämpfen gehabt. Mit Nicks Eintreten bekam sie den nötigen Impuls, um mit neuem Schwung die materielle Grundlage für die Truppe abzusichern. Aber es gab immer noch interne Probleme. Die Geldknappheit, von der Außenstehende kaum etwas ahnten, war noch immer da. Du hältst Nadine für hart, was sie auch zweifellos ist. Aber die Company ist ihr Ein und Alles. Für mich ist es jetzt aus der Distanz heraus leichter, sie zu verstehen. Aber es ist nicht immer so gewesen." Sie schüttelte den Kopf.

„Nun ja", fuhr Lindsay fort. „Nicks Kommen war der Wendepunkt. Er war sehr jung, wurde in einem fremden Land förmlich ins Rampenlicht geworfen. Er sprach kaum einen zusammenhängenden Satz Englisch. Er konnte ein wenig Französisch, Italienisch, auch Deutsch. Englisch musste er von Grund auf lernen. Gerade du solltest es verstehen, wie es ist, in einem fremden Land zu sein mit dir fremden Gewohnheiten. Du gehörst nicht dazu, du bist ein Außenseiter."

„Ja", murmelte Ruth. „Ja, ich weiß."

„Nun gut." Lindsay schlang die Arme um die Knie. „Versuch dir ein Bild von einem Einundzwanzigjährigen zu machen, der gerade die wichtigste Entscheidung in seinem Leben getroffen hat. Er hat sein Land verlassen, seine Freunde, seine Familie. Ja, er hat Familie", unterstrich Lindsay, als sie sah, wie überrascht Ruth war. „Es ist nicht leicht für ihn gewesen. Und die Erfahrungen der ersten Jahre haben ihn misstrauisch gemacht. Es gab eine Menge Leute, die darauf aus waren, ihn auszunutzen – seine Geschichte, seine Herkunft, seinen Werdegang. Er hat lernen müssen, sich zu schützen, sein Leben gegen maßlose Neugier abzuschirmen. Als ich ihm das erste Mal begegnete, war er bereits Davidov – ein Name in Großbuchstaben."

Lindsay schaute eine Weile der Brandung zu, die sich an den Steinen brach und Gischt versprühte. „Ja, ich habe mich zu ihm hingezogen gefühlt, sehr sogar. Vielleicht bin ich für eine Weile sogar in ihn verliebt gewesen. Könnte sein, dass er auch in mich verliebt gewesen ist. Wir waren Tänzer und jung und ehrgeizig. Wenn ich länger in der Truppe geblieben wäre, hätte sich womöglich zwischen uns beiden noch etwas mehr entwickeln können. Ich bin mir da nicht sicher. Aber ich traf Seth." Lindsay lächelte und warf einen Blick zurück zu dem Haus auf der Klippe. „Sicher bin ich mir in dem einen: Was immer Nick und ich auch gehabt haben könnten, es wäre weder für ihn noch für mich die richtige Wahl gewesen. Es gibt keinen anderen Mann für mich als Seth. Jetzt und für immer."

„Lindsay, ich wollte nicht indiskret sein." Ruth machte eine hilflose Geste.

„Du bist nicht indiskret. Wir sind alle darin verwickelt. Deshalb breche ich ja auch meinen Grundsatz." Lindsay hielt wieder inne. „Wenn Nick dir nicht alles aus seiner Vergangenheit erzählt hat, dann liegt es einfach an seiner Gewohnheit, sich nicht mit dem aufzuhalten, was er zurückgelassen hat."

„Das weiß ich", flüsterte Ruth. „Ich wollte nur Anteil nehmen."

„Du musst warten, bis er bereit ist", riet Lindsay einfach.

„Nick hat dem Ballett in seinem Leben den Vorrang gegeben, aus freier Entscheidung oder weil er es notwendig fand – such es dir aus. Aus dem, was du mir erzählt hast, schließe ich, dass etwas anderes anfängt, bei ihm den ersten Rang einzunehmen. Und wie ich mir denken kann, hat ihn das zu Tode erschreckt."

„Ja, so wird es wohl sein. Obwohl ich es mir nur schwer vorstellen kann."

„Wenn ein Mann, vor allem ein Mann mit einem Talent für Worte und auch dafür, Dinge in Szene zu setzen, eine Frau so ungeschickt bittet, mit ihm zusammenzuleben, dann ist er in Panik." Lindsay lächelte und berührte Ruths Hand. „Und dieses andere, was du mir erzählt hast, das mit Leah und dem ganzen Unsinn, dass deine Beziehung zu Nick sich negativ auf deine Karriere auswirken könnte und umgekehrt, das solltest du eigentlich besser wissen. Nach fünf Jahren bei der Truppe solltest du im Stande sein, Eifersucht zu erkennen, besonders, wenn sie so dick aufgetragen wird."

Ruth seufzte. „Zuvor habe ich damit nie Probleme gehabt."

„Liebe kann die Sache vernebeln." Lindsay musterte Ruth eine Weile. „Und wie viel hast du Nick von dir gegeben?"

Ruth wollte schon etwas sagen, dann schloss sie den Mund wieder. „Nicht genug", gab sie nach einer Weile zu. „Ich habe auch Angst gehabt. Er ist ein so starker Mann, Lindsay. Seine Persönlichkeit ist überwältigend. Ich wollte mich nicht an ihn verlieren." Sie blickte Lindsay fragend an. „War das falsch?"

„Nein. Wenn du schwach gewesen wärst und dich jeder seiner Forderung gefügt hättest, würde er dich nicht lieben." Sie nahm Ruths Hand und drückte sie. „Nick braucht eine Partnerin, Ruth, keinen Fan."

„Er kann so arrogant sein. So unmöglich!"

„Ja, und wie!"

Ruth lachte und umarmte Lindsay. „Es war gut, dass ich nach Hause gekommen bin."

Lindsay drückte sie an sich. „Liebst du ihn?"

„Ja. Ja, ich liebe ihn."

„Dann geh, pack deine Sachen. Die Zeit ist zu kostbar. Er ist in Kalifornien." Sie lächelte bei Ruths verblüfftem Gesichtsausdruck. „Ich habe heute Morgen Nadine angerufen. Da hatte ich mich bereits entschlossen, meinen Grundsatz zu brechen."

15. KAPITEL

Nick stapfte durch den Sand. Er hatte bereits drei Meilen hinter sich. Die Sonne ging langsam auf und schimmerte rosa-golden über dem Pazifik. Als er aufbrach, hatte die Morgendämmerung mit ihrem fahlgrauen Lichtschein gerade erst begonnen. Er liebte es, wenn der vor ihm lang gedehnte Strand sich unter den Sonnenstrahlen in Gold verwandelte, liebte die schrillen Schreie der Möwen über seinem Kopf, die die Stille zerrissen, liebte das Klatschen der Wellen an seiner Seite.

Weit draußen im Pazifik machte eine Gruppe von Delfinen mit einem eleganten Sprung eine Kehrtwendung – ein wunderbar choreographiertes Wasserballett. Nick blieb jedoch nicht stehen, er stapfte weiter – weit genug, fest genug, um die Gedanken an Ruth zu vertreiben.

Sie wird nicht zurückkommen, dachte er grimmig. Dann, in Verzweiflung: Himmel, was soll ich tun? Soll ich mich im Ballettkorps vergraben und nichts anderes haben? Wie die arme Nadine? Ist dies das Ende des jahrelangen Wartens darauf, dass Ruth endlich zur Frau wird und ich sie haben kann? Sie wird zu einer anderen Company wechseln, mit Mitchel oder Kirminow tanzen.

Der Gedanke machte Nick zornig. Ich hole sie zurück, und wenn es sein muss, mit Gewalt. Seine Füße hinterließen tiefe Spuren im Sand. Ruth ist so jung, dachte er und fühlte wieder den tiefen Schmerz über den Verlust. Welches Recht habe ich, sie zu mir zurückzuholen? Ein Mann holt keine Frau, die ihn verlassen hat, mit Gewalt zurück. Es gibt auch so etwas wie Stolz. Ich werde es nicht tun.

Zum Teufel, nein, ich werde es nicht tun! Er blieb kurz

Tanz ins große Glück

stehen und kehrte zu seinem Strandhaus zurück. Zum Teufel, ich tue es nicht!

Ruth fuhr den Leihwagen vor das Strandhaus, blieb sitzen und ließ den Motor im Leerlauf. Das zweistöckige Haus aus wind-, salz- und wetterbeständigem Zedernholz mit der großen Glasfront war sehr eindrucksvoll. Ihr Onkel Seth hatte dieses Haus entworfen, und sie bewunderte die klaren, scharfen Linien sowie das großzügige Einbeziehen von Raum und Weite.

Sie schluckte schwer und fragte sich zum hundertsten Mal, wie sie die Situation angehen sollte. All die kleinen hübschen Reden, die sie im Flugzeug geprobt hatte, schienen auf einmal hoffnungslos albern und überspannt zu sein.

Tu's einfach, sagte Ruth sich. Geh die Eingangstreppe hinauf und klopf an die Tür. Und dann lass es einfach geschehen.

Ruth stellte den Motor ab und glitt aus dem Wagen. Die sechs Stufen zum Vordereingang schienen ihr unmöglich hoch zu sein. Sie holte tief Luft, wie sie es schon so oft getan hatte, wenn sie von der Bühnenseite zu einem *jeté* ansetzte.

Und jetzt klopf, befahl sie sich, als sie auf die Tür starrte. Heb die Hand, schließ sie zur Faust und klopf. Ruth brauchte eine volle Minute, um es zu tun. Sie wartete mit angehaltenem Atem. Keine Antwort. Sie klopfte erneut, dieses Mal entschlossener – und wartete.

Sie legte die Hand auf den Knauf und drehte ihn. Fast hätte sie einen Sprung rückwärts gemacht, als die Tür sich unter ihrer Berührung sofort öffnete. Die Sicherheitsschlösser und Türriegel von Manhattan waren ihr vertrauter.

Der Wohnraum nahm offensichtlich das ganze untere Geschoss ein. Die Vorderfront war fast ganz aus Glas und gab einen fantastischen Ausblick auf den Pazifik frei. Einen Augenblick lang vergaß Ruth ihre Unruhe. Sie hatte andere Gebäude gesehen, die nach dem Entwurf ihres Onkels gebaut worden waren, aber dieses Haus war ein wirkliches Meisterstück.

Ein Flügel aus glänzendem Mahagoni stand vor dem Riesenfenster und war geöffnet. Ruth ging hinüber und hob ein Notenblatt auf. Am Rande waren in kyrillischer Schrift Notizen geschrieben. Nicks neues Ballett. Sie spielte die Melodie auf dem Flügel. Die Melodie klang fremd. Er ist unglaublich, dachte sie mit einem Lächeln. Davidov hatte die Fähigkeit zu etwas wirklich Großem.

Aber wo war er?

Langsam ging Ruth auf die breite Wendeltreppe zu und guckte hinauf. Ich kann da nicht hinaufgehen. Sie presste die Lippen zusammen. Ich könnte anrufen. Doch was sollte sie dann sagen?

Sie holte tief Luft, legte die Hand auf das Geländer und nahm die erste Stufe.

Nick öffnete die Doppelglastür, die von draußen ins Wohnzimmer führte. Er atmete schwer. Sein Sweatshirt mit dem tiefen V-Ausschnitt war verschwitzt und klebte an seinem Oberkörper. Die Strapaze hatte geholfen. Sein Kopf fühlte sich klarer an. Er würde jetzt nach oben gehen, duschen und dann den Tag hindurch an seinem neuen Ballett arbeiten. Sein Vorhaben, zurück nach New York zu fliegen und Ruth mit Gewalt zurückzuholen, waren die Gedanken eines verrückten Mannes gewesen.

Er war knapp bis zur Mitte des Raums gekommen, als er abrupt stehen blieb. Der Duft von Wildblüten wühlte ihn auf.

Lieber Himmel, werde ich ihr nie entrinnen können? dachte er zornig. Ich habe es satt!

Mit drei Riesenschritten war er beim Telefon, nahm ab und wählte Ruths Nummer in Manhattan. In blinder Wut wartete er darauf, dass sie abnahm – und legte mit einem weiteren Fluch auf. Wo, zum Teufel, steckte sie? Im Theater? Nein, er schüttelte den Kopf. Lindsay! Natürlich, wo sonst würde sie hingehen?

Erneut nahm er den Hörer auf und hatte gerade vier Ziffern gewählt, als ein Geräusch ihn aufmerken ließ. Mit gerunzelter Stirn blickte er zur Treppe hinüber. Ruth stand auf der obersten Stufe und blickte genauso stirnrunzelnd drein wie er.

Ihre Blicke begegneten sich.

„Hier bist du also", sagte sie verlegen und hoffte, dass ihre Worte nicht allzu albern klangen. „Ich habe dich gesucht."

Langsam legte Nick den Hörer wieder auf. „Ja?"

Obwohl seine Reaktion nicht gerade freundlich war, kam Ruth die Treppe herunter. „Ja. Die Tür war nicht verschlossen. Ich hoffe, du hast nichts dagegen, dass ich einfach so hereingekommen bin."

„Nein."

Ruth war schrecklich nervös. Sie gab sich alle Mühe zu lächeln. „Ich habe bemerkt, dass du an einem neuen Ballett arbeitest."

„Ja, ich habe damit angefangen." Jedes seiner Worte kam gesetzt heraus. Sein Blick blieb starr auf sie gerichtet.

Ruth hielt seinen Blick nicht mehr aus, drehte sich abrupt um und ging zur geöffneten Glastür. „Es ist so schön hier. Ich verstehe jetzt, dass du hierher kommst, wann immer es dir möglich ist. Ich kenne die Pazifikküste von Japan her, wo ich und meine Eltern ..."

Ruth fing an drauflozureden, wusste kaum, was sie sagte, wollte mit Worten ihre Hilflosigkeit und Verlegenheit verdecken. Nick schwieg. Er blickte wie geistesabwesend auf ihren Rücken, während sie auf das Meer starrte.

Seine Muskeln waren verkrampft, und er hatte kein Wort verstanden von dem, was sie sagte.

„Bist du gekommen, um die Aussicht zu bewundern?" fragte er schließlich in ihr Geplapper hinein.

Ruth zuckte zusammen. Dann sammelte sie sich, bevor sie sich ihm wieder zuwandte. „Ich bin deinetwegen gekommen", antwortete sie. „Ich wollte mit dir reden."

„Also gut." Er machte mit der Hand eine einladende Bewegung. „Rede."

Ruth versteifte sich, dann wurde sie wütend. „Oh, das habe ich vor. Setz dich!"

Nick zog eine Augenbraue hoch angesichts ihres befehlenden Tons. Dann ging er zum Sofa. „Ich sitze."

„Übst du dich darin, unausstehlich zu sein, Davidov, oder ist es ein angeborenes Talent?"

Nick wartete einen Augenblick, dann lehnte er sich gegen die Kissen zurück. „Du bist dreitausend Meilen gereist, um mir das zu sagen?"

„Und mehr noch", entgegnete Ruth. „Ich habe nicht vor, mich von dir ins Bockshorn jagen zu lassen, weder professionell noch persönlich. Wir reden zuerst über das Tanzen."

„In Ordnung." Nick hob die Hand. „Bitte, fahre fort."

„Ich bin eine gute Tänzerin. Ob du nun mein Partner bist oder nicht, ich werde immer eine gute Tänzerin bleiben. In deinem Ensemble kannst du von mir verlangen, so lange zu tanzen, bis mir die Füße abfallen, und ich werde es tun. Du bist der Choreograph."

„Ich bin mir dessen bewusst."

Ruth starrte ihn wütend an. „Aber da hört es auch auf. Du bestimmst nicht über mein Leben. Was immer ich tue oder nicht tue, ist meine Entscheidung und meine Verantwortung. Wenn ich vorhabe, mir ein Dutzend Liebhaber zuzulegen oder wie ein Einsiedler zu leben, ist es allein meine Angelegenheit und nicht deine."

„Das glaubst du wirklich?" Nick sagte das kühl und saß gelassen gegen die Kissen gelehnt, doch Zorn ließ seine Augen dunkel schimmern.

Ruth machte einen Schritt auf ihn zu. „Keiner kann mir vorschreiben, wie ich lebe und mit wem ich lebe. Keiner, Davidov." Sie stemmte die Hände in die Hüften. „Wenn du glaubst, ich lasse mir wie ein gutes kleines Mädchen alles gefallen und packe meine Sachen, weil du es so haben willst, dann bist du ganz schön im Irrtum. Ich bin kein kleines Mädchen und lasse mir nicht sagen, was ich tun soll. Ich treffe meine eigenen Entscheidungen." Sie machte noch einen Schritt auf ihn zu.

„Du erwartest immer, dass jeder das tut, was du willst", fuhr Ruth fort. Sie war jetzt richtig in Fahrt. „Aber mach dich auf eine Enttäuschung gefasst. Ich habe nicht vor, deine Untergebene zu sein. Wir sind Partner, Davidov, im besten Sinne des Wortes. Und ich werde nicht mit dir zusammenleben. Es ist mir nicht gut genug. Wenn du mich willst, dann musst du mich heiraten. Ja, genau so ist es." Sie kreuzte die Arme vor der Brust und wartete.

Nick setzte sich langsam auf, dann brauchte er noch einen langen Moment, ehe er sich erhob. „Ist das ein Ultimatum?"

„Darauf kannst du wetten."

„Ich verstehe." Er sah Ruth prüfend an. „Mir scheint, dass

du mir keine Wahl lässt. Möchtest du in New York heiraten oder soll es woanders sein?"

Ruth öffnete den Mund, und als kein Wort herauskam, räusperte sie sich. „Nun, ja ... nehme ich an."

„Planst du eine kleine Hochzeitsfeier oder eine größere?"

Ruth war so in Rage gekommen, und jetzt starrte sie Nick total verwirrt an. „Ich weiß nicht, ich ... ich habe nicht geglaubt ..."

„Nun, du kannst es dir ja noch im Flugzeug überlegen." Sein Lächeln war sonderbar, wie sie fand. „Soll ich jetzt gleich einen Flug reservieren lassen?"

„Ja. Nein!" sagte Ruth schnell, als Nick sich zum Telefon umdrehte. Er neigte den Kopf zur Seite und wartete. „Gut. Ja, tu es." Ruth ging wieder zur geöffneten Glastür und starrte hinaus. Warum, fragte sie sich, erscheint mir das so falsch?

„Ruth." Nick wartete, bis sie sich ihm wieder zugewandt hatte. „Ich habe dir gesagt, dass ich dich liebe. Ich habe die gleichen Worte zu Frauen gesagt, an die ich mich nicht einmal erinnern kann. Worte bedeuten so wenig."

Ruth schluckte und fühlte, wie der Schmerz einsetzte. Der ganze weite Raum trennte sie beide.

„Ich habe dir niemals eingestanden, was ich wirklich für dich fühle, sosehr ich es mir gewünscht habe. Du bringst mich dazu, mich unbeholfen zu verhalten." Er zuckte die Schultern. „Was für einen Tänzer nicht gerade von Vorteil ist, wie ich zugeben muss. Wenn ich nicht so unbeholfen wäre, könnte ich dir sagen, dass mein Leben ohne dich kein Leben ist. Ich könnte dir sagen, dass du das Herz von allem für mich bist. Ich könnte dir sagen, dass ohne dich nur Leere da ist und Schmerz. Ich könnte dir sagen, dass mir nichts so wichtig ist, wie dein Partner zu sein, dein Ehemann, dein Geliebter ... Aber", er schüttelte den

Kopf, "weil du mich dazu bringst, so unbeholfen zu sein, kann ich dir nur sagen, dass ich dich liebe. Und ich hoffe, dass dir das genug ist."

"Nick!" Ruth lief zu ihm, und er fing sie auf.

Er hielt sie fest, ließ die Freude ganz auf sich wirken, sie wieder in seinen Armen zu spüren. "Als ich dich die Treppe herunterkommen sah, dachte ich, ich träume. Ich dachte, ich hätte den Verstand verloren."

"Ich nahm an, dass du noch schläfst."

"Schlafen? Ich glaube nicht, dass ich geschlafen habe, seit du mich verlassen hast." Nick hielt sie ein Stück von sich ab. "Niemals wieder", sagte er heftig. "Hasse mich, schrei mich an, aber verlasse mich nie wieder." Er verschloss ihren Mund mit einem Kuss und erstickte so ihr Versprechen.

Ihre Reaktion war so wild wie sein Verlangen. Sie fuhr mit den Fingern durch sein Haar und drängte sich an ihn, als die Sehnsucht übermächtig wurde. "Ich liebe dich. Ich will dich."

Ruth spürte, wie Nick ihr den Reißverschluss im Rücken öffnete und wie das Kleid auf den Boden glitt.

Er stöhnte, als er mit den Händen über ihre Arme und ihre Hüften strich. "So klein, so zart, so zierlich. Ich habe immer gefürchtet, dass ich dir wehtun könnte."

"Ich bin Tänzerin", erinnerte Ruth ihn und war hingerissen von der zärtlichen Berührung seiner Hände auf ihrer nackten Haut. "Ich bin klein, aber stark wie ein Pferd." Nick ließ sich mit ihr auf das Sofa sinken. "Ich habe Angst gehabt", murmelte sie mit geschlossenen Augen und genoss seine Liebkosungen. "Angst, dir zu vertrauen, Angst, dich zu lieben, Angst, dich zu verlieren."

"Mir ging es nicht anders." Nick zog sie an sich. "Das ist aber jetzt vorbei."

Ruth fuhr mit der Hand unter sein Hemd, um sie auf sein Herz zu legen. Davidov. Wie viele Jahre hatte sie die Legende angebetet? Jetzt gehörte der Mann ihr. Und sie ihm. Lächelnd drückte sie die Lippen auf seinen Hals.

„Davidov?"

„Mmm?"

„Nimmst du das Ultimatum wirklich an?"

Er überlegte. „Mir scheint, dass es so am besten ist", erwiderte er. „Du bist ganz schön wütend gewesen. Ich denke, ich lasse dir deinen Willen."

„Oh, tatsächlich?" Ein Lächeln klang aus ihrer Stimme.

„Ja. Doch dieses Dutzend Liebhaber werde ich dir nicht gestatten, es sei denn, sie sind alle ich", zog Nick sie auf. „Ich denke, ich werde dich genug zu beschäftigen wissen."

Ruth schmiegte sich mit einem zufriedenen Seufzer an ihn.

„Ich werde ein sehr eifersüchtiger Ehemann sein. Oft unvernünftig und manchmal sogar heftig." Nick lächelte auf sie hinunter. „Es wird nicht leicht sein, mit mir zu leben. Soll ich den Flug trotzdem reservieren?"

Ruth öffnete die Augen und schaute in seine. Sie lächelte. „Ja. Morgen."

– ENDE –

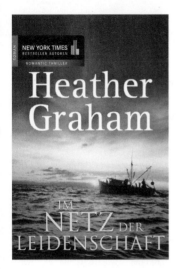

Nora Roberts

Im Netz der Leidenschaft

Zuerst glaubt Roc, dass er eine bezaubernde Nixe in seinem Schleppnetz gefangen hat. Doch dann erkennt er: Es ist Melinda, die wie er in der Karibik nach versunkenen Schätzen sucht. Sofort verspürt Roc wieder heftiges Verlangen, aber auch Misstrauen: Will Melinda ihn womöglich ausspionieren?

Band-Nr. 25184
6,95 € (D)
ISBN: 3-89941-242-7

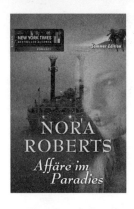

Nora Roberts

Affäre im Paradies

Band-Nr. 25189
6,95 € (D)
ISBN: 3-89941-282-6

Sandra Brown

Das verbotene Glück

Band-Nr. 25190
6,95 € (D)
ISBN: 3-89941-283-4

Tess Gerritsen

Die Meisterdiebin/
Angst in deinen Augen

Band-Nr. 25191
6,95 € (D)
ISBN: 3-89941-284-2

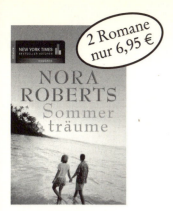

Nora Roberts
Sommerträume
Band-Nr. 25059
6,95 € (D)
ISBN: 3-89941-074-2

Nora Roberts
Sommerträume 2
Band-Nr. 25096
6,95 € (D)
ISBN: 3-89941-129-3

Nora Roberts
Sommerträume 3
Band-Nr. 25143
7,95 € (D)
ISBN: 3-89941-182-X

Nora Roberts
Sommerträume 4
Band-Nr. 25186
6,95 € (D)
ISBN: 3-89941-244-3

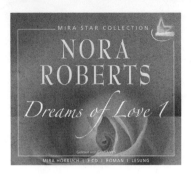

Nora Roberts

Dreams of Love 1
Rebeccas Traum
Hörbuch

Band-Nr. 45003
3 CD's nur 9,95 € (D)
ISBN: 3-89941-219-2

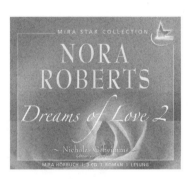

Nora Roberts

Dreams of Love 2
Nicholas Geheimnis
Hörbuch

Band-Nr. 45005
3 CD's nur 9,95 € (D)
ISBN: 3-89941-221-4

Nora Roberts

Dreams of Love 3
Solange die Welt sich dreh
Hörbuch

Band-Nr. 45007
3 CD's nur 9,95 € (D)
ISBN: 3-89941-223-0